粉色事务所
Pink office

璃华 著

目录

001 ········ 楔　子

第一卷　红辣椒

005 ········ 第一章　热情似火的夏天有客自远方来
022 ········ 第二章　磨刀不误砍柴工
037 ········ 第三章　改变不了你，那就为了你而改变
053 ········ 第四章　那个单纯的姑娘死在了过去
067 ········ 第五章　所谓敌人的敌人就是盟友
081 ········ 第六章　姑娘，你是不是瞎了
097 ········ 第七章　本是同根生，相煎何太急
111 ········ 第八章　这就是我存在的意义
124 ········ 第九章　谁都要为自己的错误埋单

第二卷　蚊子血

149 ········ 第一章　午夜无人接听的电话
170 ········ 第二章　章台柳昔日依依今在否
190 ········ 第三章　成都的天空天很蓝

第四章　所谓XX配X，天长地久　213
第五章　趁你病，要你命　236
第六章　可以麻烦你去切腹吗　257
第七章　所谓神一样的队友，猪一样的对手　278
第八章　所谓机会从来只给有准备的人　297
第九章　有时候胜利离你只有一步之遥　317
第十章　曾经信誓旦旦要守护的人都去了哪里　337
第十一章　这世上最爱你的人　357

第三卷　白玫瑰

第一章　生活比小说更叫人难以接受　377
第二章　命运总会开些黑色玩笑　396
第三章　不是所有的初恋都经得起考验　408
第四章　当你以为自己站在世界中心时你就输了　421

楔　子

"我希望你幸福快乐,原谅我吧。"

"幸福?我会带着你们一起下地狱的。"

他没有再给我回过一个短信。很久很久以后,我再打那个号码,已经变成了一个空号。

第一卷　红辣椒

pink
office

第一章 热情似火的夏天有客自远方来

01

我按掉了唱个不停的手机,懒得去看来电显示,因为这个点会打给我的,除了许陌,没有别人。

反正接起来他也只会说同一句话:"方晓晓你别做傻事儿。"

我肯定会回给他一句:"我知道自己在做什么。"

如此营养不良的对话,我觉得我有必要掐死在摇篮里。

我用睫毛膏将睫毛刷得又密又长,再用蜜桃色的口红将我本身偏淡色的唇描抹了一遍,最后刷上一层腮红,用蜜粉定了妆,这才有空给许陌回个短信:"我要去赴约了,晚上我再打给你。"

我满意地看了一下自己精致的妆容,从琳琅满目的衣柜里抽出一条长及膝盖的紫色吊带裙穿上,最后打理了一遍我及腰的长卷发,抓起桌上的车钥匙,锁好了家门,往楼下的停车场走去。

我顺便看了下时间,10 点 30 分,离约定的时间,还有半个小时。

从西环开到市中心,大概需要 15 分钟,不过这是在不堵车的情况下;要是堵车,1 个小时都到不了。事实证明,我还是很幸运的,老天爷格外开恩,让我比约定的时间还早了 10 分钟抵达 SecondCup。

这是沙市最高档的一家咖啡厅,里面无论是灯光还是桌椅茶具甚至服务生都显得非常有档次。我在最靠里的位置上坐下,点了一杯卡布奇诺,耐心地等待我的委托人到来。

她来得很准时。我喜欢准时的姑娘。

冲着这一点,我多看了她几眼。她长得其实很不赖,有一头齐耳短发,白皙的脸颊上,一双乌黑的大眼睛,却因为睡眠不足而有深深的黑眼圈。她个子大概1.6米,很瘦,一身雪纺连衣裙遮得不漏一点春光。

"是粉色事务所的方小姐吗?"她怯怯地看着我,声音也很低柔。

我连忙站起来冲她递过一张名片:"对,我就是。您是何小姐吧,请坐吧。"

这可是我的顾客,我得小心伺候着,毕竟我的衣食住行全指望她呢。

"叫我何羽绯吧,我从微博上看到你的广告的,然后我从广告的链接看到了你的网页。"她说话的时候,眼睛不太敢对着我,声音像蚊子叫似的,配合她的样子来看,这是个很温柔的女人。

很难想象这样的近乎完美的女人会来找我。

"可以介绍下,粉色事务所到底是个怎样的存在吗?"何羽绯有些不好意思,语气也是小心翼翼的,像是害怕得罪我,"毕竟……我也是第一次接触……"

我冲她露出一个相当友好的笑容,试图用这样的方式让她放松下来,"放心吧,我们粉色事务所是正规注册过的侦探公司,业务范围不会涉及违法的部分,绝对可靠,也绝对安全。"

何羽绯听我这么说,缓缓松了一口气,似乎是放心了一些。

"说说看你的男朋友吧,嗯,顺便说一下,那位抢了你男朋友的女人,"我喝了一口咖啡,"对了,你喝点什么?"

服务生已经走了过来,她看了一眼茶单,要了一份摩卡。

我从包里抽出一份打印好的文件递到她面前,说:"看看吧,这是我们事务所的劳务合同和一些文件资料,上面有收费标准。做到什么程度,相应地要收多少费用。以及,保密协议。"

"保密协议?"她眼神有些惊讶,拿起那份文件开始认真的看。

"是的,"我很认真地说,"我们可是正规公司,当然有一些协议。"

咖啡厅里的光线很暗,加上这里又最靠里,所以她看得有些吃力。我从包里找到一支笔递给她,"算了,还是我来跟你解释一下吧。如果只是让他们分手,我收10

万元,如果分手不能解气,要整得他们身无分文,那就是 20 万元。别嫌这个价钱贵,因为我需要准备很多东西,比如换造型什么的,你懂的。"

"分手……"她抓着笔在文件最后一页签上自己的名字,低低说着,"我要他们分手。只要你做到,我愿意付给你 10 万元。"

我吹了一声口哨,心情顿时大好。

她从钱包里取出一张银行卡跟着文件一起递给我:"卡里有 5 万元定金,他们分手之后,我会再付给你 5 万元。"

我接过来,看着文件最后处她签下的名字:"这些文件你不用详细看一下吗?"

她摇摇头:"不需要,反正这个钱,是他作为分手费给我的。"

啧啧,看来这个男人还是个有钱的主。她喝了一口咖啡,有些不确定地看着我:"你真的能让他们分手吗?我不是不相信你……只是他们很相爱。"

我觉得她是在怀疑我的职业水平,我不得不慎重的对她讲:"没有挖不倒的墙,只有不努力的小三。三人者,人恒三之,你放心,我很有信誉的。"

"好吧,不过他们下个月 18 号就要结婚了。"她语气很忐忑,一点自信都没有的样子。大概是因为受到的打击太大,导致对谁都不相信,甚至连她自己都不信了吧。

我喝掉了咖啡,冲她笑了笑:"你放心,我会代替你送一份上好的礼物给他们的。"

她脸色并不好,有点苍白,她抓起手边的包站起来,冲我微微弯了弯腰:"那么,拜托你了。"

她说完,递了两张照片给我,转身离开了咖啡厅。

我将照片摊开。两张照片,一男一女,男的很年轻,意气风发地穿着一身白色西装,头发打理得很清爽,笑容挺帅气阳光。看不出来这样的一个男人,会做出始乱终弃这种事情来啊。

我再将女人的照片仔细看了看,其实照片上的女人和刚刚坐在我对面的,根本没有办法比。如果说何羽绯是一朵精致高贵的卡萨布兰卡,那么照片上的这个女人,顶多算是一朵路边开着的喇叭花。不过贵在精神气儿还不错,皮肤是健康的小麦色,眼睛不大却很有神,嘴唇有些厚,看上去很性感。

截然不同的类型,一个温柔,一个奔放。男人啊。

我再次将视线移回男人的照片上,翻过去,背面用黑色签字笔写着两行字:"苏常瑞,江海集团执行董事。"

这是何羽绯给我的男方信息。我顿时就有些同情起她来,这男人果然很有钱,比我想象的还有钱,这么有钱只给了她5万元分手费。

之前在网上我和她有过短暂的沟通,她和苏常瑞是从高中开始就认识了,到现在少说也有8年的感情,8年就给5万元分手费,对得起人家这8年来的青春吗!

女人那张照片背面,也有两行字:"张叶,江海集团销售部主管。"

何羽绯之前是集团秘书部的。我有些想不通,明明秘书接触董事的时间要比销售部的多,就这外在条件,她都能让张叶抢了男朋友,也真是够包子的。更何况,这个张叶,还是她的好朋友。

"真狗血。"我感叹了一句,喝掉了咖啡,喊了服务生结账,将照片和文件都揣进了手提包里。我接下来要做的事情,就是好好调查一下这位年轻的董事和他现任的未婚妻。

我还真是坏啊,我心情不是一般的好,提着我的手提包走出咖啡厅。

外面太阳很晒人,不过我现在不能回家,还必须去一个地方。

去一个地方,见一人。

02

只是我才走到停车场,就看到我的车前面站着一个人。他个子很高,穿着蓝色衬衫,双手环抱在胸前,表情有些严肃地看着我。

"许陌?"我觉得我的头开始隐隐疼了。

他冲我笑了笑:"哟,还认识我是许陌啊。"

"我不是说了晚点给你电话的吗?"被看到了就代表着不能溜走,我只能硬着头皮走到车门边上,"再说了,我谁都能不认识,也不能不认识你啊,许大帅哥。"

我开了车门坐了进去,一侧头,许陌已经坐在我旁边了。他沉默了一会儿,酝酿了一下才开口:"晓晓,咱能收手吗?"

"收手,我喝西北风啊?"我白了他一眼,"再说了,谁都说了,三百六十行行行出状元,我也是在工作,这也是一个行业。"

我又补充了一句:"充满朝气的新兴行业。"

他伸手给我额头来了个爆炒栗子:"你这脑袋瓜子里到底是怎么想的。你这是去做小三!你不是最看不起小三吗,你马上就要去做你看不起的人了。"

"一码归一码,这不是一回事儿。我是不喜欢小三,所以我才要去做小三。"我觉得要让许陌认可我的工作,是一件很不容易的事情,"再说了,没有买卖就没有杀戮,没有伤害就没有买卖。要不是你们男人披着爱情的外衣,拿无辜的人当炮灰,会有人来找我吗?你爱别人可以,但你别搞得自己特高尚对不对?"

许陌被我气笑了:"都是男人的错,你们女人就一点责任都没有?"

我连忙摇头,笑得跟朵花儿似的:"才不是这样,我现在不是代表女人,去惩罚那些虚伪的女人吗?再爱一个人,也不可以踩在别的女人心尖儿上去爱。这种人家还没分手就死皮赖脸的去抢老公抢男朋友抢未婚夫的,可不值得同情。既然做得出来,就要有心理准备,她去抢别人的,那别人也能抢她的。"

"得得得,我说不过你,"许陌冲我摆摆手,"你别玩到最后自己栽进去!"

"我不爱禽兽,"我看了下时间,11 点 30 分,"我说许大帅哥,你再不下车,我可要带着你一起走了。"

他无奈地看了我一眼,开了车门:"我知道我阻止不了你,好吧,我走,你自己小心点。晚点我再去找你。"

我冲他比画了一个 OK 的手势,发动车子开出了咖啡厅的停车场。

我哼着歌,开着车,车子慢慢驶出市中心,朝东郊驶去。开了大概 30 分钟,车子就开进了盘山公路,最终,车子停在一处场地很大的停车场。今天不是周末,所以这里人也不是很多。不过就算是周末,这里人也不会很多吧。

因为这里是一处疗养院,安静的环境对于住在里面的病人来说,很重要。

我在山下的花店里买了一捧白色的百合花,抱着走了进去。

推开病房的门,就能看到靠窗的病床上躺着一个人,那个人是我的姐姐。

我的姐姐,一年前的今天,被我的姐夫抛弃,受不住打击,选择了自杀。等到许陌发现姐姐的自杀举动将她送去医院时,一切已经太晚,她成了植物人。医生说她醒来的可能性很渺茫,但不管怎样,她至少还活着。

当一个人将全部的期望都押在另一个人身上的时候,背叛就会显得那样无法原谅。

发生这件事情的时候,我人在韩国,是许陌告诉我的。许陌也很喜欢我的姐姐,所以他一直对我很照顾。

我将百合花插进花瓶里,深呼一口气对她说:"我回来了。所有伤害过你的人,我一个都不会放过的。"

和姐姐絮絮叨叨说了一会儿话,我离开了这里。我回到车里,将音箱开到最大,然后一路飙下了山。

时间已经到了中午12点30分了,我还没吃午饭,肚子的哀嚎伴随着音箱的歌声一路飙升。我正在犹豫是找个小餐馆儿随便对付一下,还是去高档餐厅庆祝一下我刚刚接到的生意,手机就唱起歌来。

我将车停到路边,关掉音箱接了起来:"哪位?"

电话那头隐隐传来嘤嘤哭泣声。这大白天的,我也觉得心里发毛,这太像恐怖电影开始的前奏了。

就在我要挂掉电话的时候,电话那头传来一个冷冷的声音:"我是何羽绯,我收回我之前要他们分手的要求,我要你把他们整到身无分文!报酬方面,我已经准备好了,我全部的财产都给你。"

我正要问为什么,那边已经挂掉了。

我看了一眼街边的餐厅,决定还是乖乖回家啃方便面吧。

一路飙车回到家里,我翻出一桶"康师傅"泡上热水,开了电脑打算度娘一下我即将下手的男主角。我连了网络打算刷一下微博,看看有没有其他生意,就看到一条让我喷方便面的微博。

微博的内容是这样的:"何羽绯你个臭不要脸的,他已经不要你了,你还死皮赖脸地给他打电话!既然你这样,也别怪我不顾姐妹之情了,我要曝光你这个不要脸的小三!"微博还贴了何羽绯的照片,上面还有手机号。这条微博已经被转发了上万次了,微博上骂声一片,将何羽绯当成了死不要脸的小三。

我想起之前她打给我是用的陌生号码,估计她自己的手机现在已经被打爆了吧。

这条微博是何羽绯转发的,她是转给我看的。转发的时候是这么说的:"只有这件事是必须做到的,我把钱都给你,你一定要完成我的委托。"

她这个微博是小号,她当初勾搭我的时候,并不是这个微博。估计她原先的微博也已经不能上了,被轮死了。

我心里咯噔一下,顾不得去管方便面,连忙掏出手机回拨过去,可是只有嘟嘟的忙音。我翻出 QQ 聊天记录,找出她上次联系我时留给我的个人资料。我抄下她的地址,抓了钥匙,连电脑都来不及关,直接冲出家门。

她这是打算自杀啊!

03

我用最快的速度下楼,开车,将地址输入导航仪,将车速开到最快。

张叶这也太过分了,上位成功诬陷原配是小三,人家都已经放手了,她这是要逼得她身败名裂没脸见人。不管怎么样,在网络这样一个公众平台曝出别人的私人资料是不对的!

我咬了咬牙,虽然还没有见过张叶这个人,但是我已经非常不喜欢她了。我姐姐为什么会自杀,就是因为那不要脸的小三!谈情说爱别作践别人,没有谁应该是被牺牲的那一个。咄咄逼人是做什么,这简直令人发指!

好在何羽绯家也是住在西环,离我住的地方不算太远,加上在现在是大中午的,热火朝天路上没有什么人。不然,光堵车就够我受的了。

何羽绯现在的心情,应该和当初我的姐姐一样吧。我似乎能体会那种冷——锥心刺骨的冷。

不要做傻事啊,我心里默念着,其实有些恨的,要是当初有人阻止我姐姐自杀,或者那对狗男女稍微关心一下她,怎么可能会出现这样的悲剧?

导航仪上的两个蓝点终于重合在了一起,我急急踩下刹车,车子发出尖锐的制动声停了下来。我打开车门,何羽绯的家是住在8楼,我按了电梯,可是电梯始终不来。

我一咬牙,直接推开楼梯间的门,用力往楼上跑。只是等我站在她家门口的时候,我才发现我根本没她家钥匙,打她电话又打不通,我用力拍门、用力喊:"喂,你在家里吗?你回答我,你开门啊,你给我开门啊!"

然而屋子里始终安静得很,倒是边上有几户人家听到我的咆哮出来看热闹的。

"睡午觉呢,吵什么吵?"一个壮实的大汉走到我面前,冲我咆哮,"还让不让人休息了!"

我已经顾不得那么多了,一把抓住他往何羽绯家门口拉:"麻烦你把门撞开,麻烦你了!再慢点要出人命了!"

"怎么了?"大汉半信半疑地看着我,"这不是何小姐家吗?你是谁?你也是那个女人的人吗?我告诉你,何小姐可是个好人!我不知道发生了什么,但是你们能不能别欺负老实人。"

我急得直冒冷汗。听他的说法,看来我不是第一个来找何羽绯的人了,也是,那样一条微博,在这个几乎全民博的年代,肯定很多人都知道了。微博上已公布了她的照片和手机号,这附近的人看到了也不奇怪,加上这年头"人肉"很流行,她家的地址,估计早就被"人肉"出来了。

"我知道她是老实人,我不是来找她麻烦的,我来不及跟你细说。你快撞开这门,她要自杀!"我想了想,又加了一句,"受到这样的打击,像她那样的人,你说她会怎么办!"

大汉脸色忽然一白,也顾不上跟我废话了,打着赤膊就往门上撞。

只是这门是钢铁的,怎么可能这么简单就被打开。

大汉撞得手臂都红了,可是门仍旧纹丝不动。我都快绝望了。就在这时候,一个老太太走了过来,颤巍巍递给我一把钥匙:"我这里有钥匙,之前她男朋友把钥匙拿来还她,她好像不在家,放在我这里的。"

我顾不得听她细说,抢过钥匙就开门。因为太紧张,我戳了好几次才把钥匙伸进去。

门开了,我直接跑了进去。

客厅里并没有人,我几乎把每个房间都找了一次,最终找到了躺在浴缸里——手腕割开,早就昏迷过去的何羽绯。

她的手放在浴缸里,浴缸里的水猩红,也不知道她到底流了多少血。

跟着我冲进来的大汉也看到了,急忙从短裤口袋里掏出手机打了120,然后把她从浴缸里抱了出来。我捂住她的手腕,她还有呼吸,还没有死!

不知道为什么,我的眼圈一下子就红了,我很愤怒,我愤怒得很想大喊,甚至想去揍那两个狗男女一顿。我用毛巾紧紧缠住她的手腕,好在她并没有割破大动脉,否则现在已经死了。

她睡得很沉,像是感受不到痛苦,应该是在割腕之前吃了安眠药。

"畜生啊,"拿钥匙给我的老婆婆唉唉叹着气,"何小姐是个好人,为什么那么多人都说她坏,她真的一点都不坏,见谁都是温温柔柔的一脸笑。"

我心里很难过。这就是我为什么选择成立粉色事务所的原因。凭什么善良的、柔弱的人就一定要被抛弃，一定被辜负、被伤害？

救护车很快来了。护工抬着担架将何羽绯抬了出去，我跟在后面下了楼，开车跟在救护车后面到了医院。

当初我姐姐也是割破手腕自杀的，躺在酒店的套房里，白色的床单都被染红了。她静静地谁都没有打扰，像何羽绯一样，独自去死。如果不是被许陌发现，现在一定已经入土为安了。

我替何小姐办了入院手续，用她给我的、还没有来得及将钱取出来的银行卡付了手术费。我坐在走廊里等着手术中的灯灭，她失血太多，还需要输入大量的血。

她的确吞了不少安眠药，医生正在替她洗胃。

很快，她被推了出来，医生跟我说暂时脱离危险期了，只是失血过多，她还很虚弱。

她倒是很快就醒过来了，目光怔怔地有些不明白自己身在何处的样子。不过很快，她没有焦距的双眼就恢复了意识，她抬手就要去拔输液针。我抓住了她的手。她错愕地看着我，像是才看到我在这里。

"是你救了我？"她声音更低了，"我不要你救，钱我已经全部打在一张卡上了，我用快递寄给你的。"

我冷冷看着她："你不怕你死了，我拿了钱却不做事吗。"

她愣了愣，眼神黯然："你应该不会吧，我相信你。"

"我告诉你，我会，"我打破她的幻想，"不要轻易相信任何人，因为任何人都有可能背叛你。你相恋8年，曾经认定彼此就是一生的男朋友都能背叛你，我这个才认识你不到72小时的陌生人，更有理由背叛你了，不是吗？你要是死了，我会真的吞了钱什么都不做。你要死，也得等我完成任务再死，对不对？不然的话，你甘心吗？"

04

"你!"她像是恼了,"你怎么可以这样?"

"我为什么不能这样,"我嘲讽一笑,"死解决不了任何问题,发生自己不想面对的事情,就只会用死来逃避。你这个样子,死了也没有人会同情你,只会当你是心虚了自杀,坐实了你是小三的传闻。"

她闭上眼睛,眼泪从眼角滚下来,细致的眉眼,看上去楚楚动人:"可是我不想面对,我一点都不想去面对啊。你不是我,你怎么知道我有多痛苦。"

"但你必须面对,你的痛苦不是懦弱逃避的理由。而且,你现在还有我。相信我,一个月后,我会让大家看到谁才是真的小三,谁才是不要脸的那一个。到时候,我会还你一个公道。只要你活着,我就一定会说到做到。"

她呆呆看着我,咬了咬牙:"可是我的全部信息都被曝光了,这一个月,我又要怎么熬?"

"你身体还很虚弱,你就在医院里住着吧,"我看着她被包扎起来的手腕说,"那里,应该会留下消不掉的伤疤吧。不过不用担心,等以后,去韩国做个小手术就可以去掉了,保证和你没有割腕之前一样。"

我说着,下意识地摸着自己的手腕,那里当然没有疤痕。

安抚好了何羽绯,我才开着车回了家。

桌上的泡面早就不能吃了,我也没有胃口再吃什么东西。

我开始查苏常瑞的资料。查到江海集团的时候,忽然发现这家公司正在招人,其中一项就是秘书。我笑了笑,大概因为何羽绯离职,导致职务空缺吧。

我再仔细查了一下张叶的信息。她的倒是很好查,因为之前微博就是她发的。我点开她微博进去看了看,之前那条暴露何羽绯资料的微博已经删掉了,不知道是不是觉得玩过头了,还是知道她自杀的消息了?

她的微博上,有很多秀恩爱的微博,甚至还有一张她和苏常瑞的照片,底下一片恭喜的留言。网络时代就是这样,很多时候,那些别有用心的人都在欺骗无知群众,达到颠倒是非的目的。

真话未必是真的,假话也未必是假的。真真假假,谁又说得清。

我习惯用本子记录重要的东西。我用笔将这两个人的信息,还有江海集团的资料都抄了下来。等我全部搞定,外面早就天黑了。

我正饿得慌,正挣扎于出去吃还是在家里继续吃方便面,许陌的电话打了过来。

"我忙到现在,还真不是故意不给你电话的。"面对许陌的时候,我还是很老实的。

许陌低低笑了笑:"忙到现在,吃了没有?"

"还没有。"我说着,关上了电脑,将笔记本放回抽屉里。

"出来吃,准备一下,10分钟后我到你楼下。"他说完,不等我回话就挂断了电话。整个一太子爷口气,不让人不答应的。

我看了下身上的衣衫,上面有之前何羽绯手腕上流下来的血染在上面,我赶紧换了一身衣衫。

在不用见顾客的时候,我穿着还是很随意的。胡乱套了个短袖中裤,我就锁了门下了楼。

有全职司机,我当然不用自己开车。许陌是个时间观念很重的人,他说5分钟,绝对不会6分钟。等我到下面的时候,他早就到了。坐在车里,正悠闲地等着我。

我打开车门坐了进去,他笑着对我说:"想吃什么?"

"能吃饱的。"我现在对吃的要求不高,只求快速解决。面对苏常瑞那个难度的,我必须狠下功夫才行。张叶,这个我还没见过的女人,我也得好好做一番功课,她能把何羽绯逼得去死,应该是个心计很重的人。

我正寻思着,忽然额头一疼。许陌严肃地看着我:"你到底在想什么东西?我问你,吃百岁鱼好不好,问你半天不回答。"

"好好,没问题。"我揉了揉被敲疼的前额,狠狠瞪了他一眼。

许陌抿着唇像是在偷笑,也不知道他成天到晚到底在乐什么。

第一章 热情似火的夏天有客自远方来

我住的这里离市中心挺近,许陌自己有个公司,在西环这里有个独立的写字楼,离我也挺近。当初我刚从韩国回来的时候,他就替我在这附近租了一套房子。

直到上个月,我和他说,没道理一直让他养着我,我决定开个工作室。当时他就特好奇——我能开什么样的工作室?等我在网上像模像样的注册了个网页,起名为粉色事务所的时候,许陌嘴里的茶水足足喷出去1米远。

"就这家。"许陌将车靠着路边的停车位停好了,领着我下了车,推开百岁鱼家大门,就有青春靓丽的小服务员将我们领了进去。

楼下大厅基本客满,这家生意还真火爆。

"二位跟我到楼上吧,楼上还有位置的,"靓丽小妹很热情地跟我们说话,"今天的鱼特新鲜,二位有口福了。"

"好说好说。"我含糊地应着,不管好吃还是不好吃,赶紧吃完了回家才是正经事。

二楼人倒是不多。小妹把我们带到靠窗户的一个小隔间,这才将菜单递过来。我怕许陌磨蹭,就抓了菜单点了几个烧起来快的菜。

小妹笑容满面地拿了单子去厨房下单了。许陌一直盯着我看,那眼神儿看得我心里直发麻。

"我说晓晓,你今天到底在忙什么?吃个饭都急匆匆的。"许陌淡笑着问我。

许陌是个大帅哥,这还是他不笑的时候,他这一笑,顿时就有种炫目的效果,比那言情小说里的男主角还炫目。要不是他挚爱着我姐姐,我说不准会爱上他的。

我干咳了两声:"没,我这不是饿了嘛。"

"和我,你还不说实话?"许陌斜眼瞄着我,"你和你姐一样,不说实话的时候,眼珠子就会乱转。"

我双手托着下巴看着他:"我姐为什么就没看上你呢。看上你多好,你看,我们许大帅哥,人又帅,又有才华,将来前途不可限量啊。"

他扑哧笑了一声:"哪儿学得油嘴滑舌,你能别戳我伤疤吗。我要是真这么好,你能不看上我?"

05

"又取笑我，"我故意拉下脸，"我说许大帅哥，您能别开我玩笑吗？要是哪天我真看上你，我不得哭死。"

"为什么哭死?"他满目不解地看着我。

肚子饿得真叫唤了，我往桌上一趴："因为你爱我姐啊，我看上你，我这不自己找虐吗。"

"你就这么没自信，也许你努力一下，我会喜欢你呢?"他打趣道，"你现在要做的，不就是去勾搭高富帅吗。来嘛，勾搭我一下，说不定我就从了你。"

他这么一说，我顾不得去吐槽他这闷骚的性格，我忽然想到一个问题："你在江海集团，有没有什么熟人?"

他愣了愣，"你问这个做什么？你该不会真要去勾搭高富帅吧，今天微博上一姑娘，人家都要结婚了她还缠着人家，这不被曝照曝手机号，差点没被骂死。"

我严肃地看着他："你要是说的那姑娘叫何羽绯的话，我可以告诉你，她是我的客户。"

"什么?"许陌吃惊地看着我，"你开玩笑呢，还是认真的?"

我白了他一眼："我骗你做什么。她的男朋友就是江海集团的小开，那位发微博的姑娘，才是正牌小三，还是她的好朋友。"

"真的假的啊?"许陌狐疑地看着我，明显一脸的不信。

"骗你做什么?"我正想继续往下说，就有服务生端着一盆百岁鱼上来了。我乖乖闭了嘴，抓起筷子，开吃!

开玩笑，我一天就吃了早饭，中午饿到现在，饿得我整个人都没有力气说话了。

"慢点吃，没人和你抢，"许陌眉头皱了一下，"所以你问我，认不认识江海集团的人，是想近水楼台先得月?"

我边吃边点头，赏给他一个孺子可教的肯定眼神。

许陌吃相十分斯文，比我还像个女的。

他吃了一片鱼肉之后，就放下了筷子，眼里满含笑意："如果你说的那位江海小开，就是他家的执行董事苏常瑞的话，我想我还是有过几面之缘的。他下个月18号结婚，我还收到了一张请帖。"

我眼神立马就亮了，这是天助我也啊！

"看你这表情，应该就是他了。"许陌一语中的。

"他公司正在招秘书，你能让我进去吗？"我满怀期待地看着他。如果他肯帮我，那我进江海就简单得多了。因为我没有做过秘书的经验，单独去应聘，人家未必会要。

许陌想了想，缓缓地说："也不是不可以，不过他身边可都是美女。"

他拿眼睛把我上上下下看了个遍，眼神里带着一丝嫌弃："虽然说你长得还人模人样，但是放在那一堆美人里，就没什么优势了。你知道的，像他那样的人，身边莺莺燕燕的绝对不会少。"

我顿时被他打击惨了，怨念地看着他："不带这么打击人的啊，我好歹收拾收拾也是大美女好嘛。"

说话之间，我点的菜送上来了，百岁鱼里已经加过了汤，我直接将菜一股脑全丢了进去。

"这跟猪吃的似的，"许陌用勺子捣了捣，瞥了我一眼，"这么怨念啊。"

我狠狠瞪了他一眼："你到底帮不帮我嘛。"

许陌伸手在我头顶揉了揉："先吃饭，这里不是说这事儿的地儿，吃完再说。"

我一听就来了劲儿。许陌答应帮忙的话，我接下来要做的事情就会简单得多。

囫囵吞枣地将一锅子的菜啊丸子啊吃干净了，我擦了擦嘴巴站了起来。许陌无奈地看着我，最后乖乖地认命跟着我下了楼，在柜台前结了账。随后，许陌直接把车开到我家楼下。

"快走快走。"我下了车边催促他，自己已经跑进去按了电梯。

我住在18楼，要是爬上去，那可真够呛。好在我住的这片小区，电力稳定，住到今天还没停过电。

许陌停好了车，走到我身边，电梯刚好到了。

我住的地方，许陌没少来，反正他把我当妹妹，我当他是无缘的姐夫，也没什么好避嫌的。我打开本子，打算好好记录一下许陌给我提供的情报。

"来吧，开始吧。"我激动地看着许陌——我觉得人生还是很美好的。

许陌皱着眉头看着我猪窝一样的房间，叹着气说："你姐房间从来都是井井有条的，哪像你？两姐妹，怎么会这么天差地别。"

"反正又不用你住猪窝里。"我将沙发上的衣裳团起来塞在一旁的坐垫下面，那是之前我去何羽绯家时穿的，还沾着血，不能让许陌看见。

许陌皱着眉像是在考虑怎么跟我说："你确定你要进秘书部？"

我把头点得飞快："我确定、一定、以及肯定。"

他眼神扫过我的脸，落在我身后的窗户上："我和苏常瑞的接触不是很深，只是工作上有合作过几次项目。他身边的女人一直很多，他的口味我还真说不准。浓妆艳抹的有，高贵女神一样的也有，健康阳光的，就是他现在的未婚妻张叶了。"

我飞快地将这些记在了本子上，这些是很重要的信息。所谓知己知彼，百战百胜，要推倒一个魅力四射、不缺女人的公司执行董事，这个难度还是很大的。

好在何羽绯没跟我还价，不然别说赚点生活费了，我估计还得倒贴。

"你做戏就得了，别来真的，"许陌忽然说了这么一句，"别让他碰你，听到没有？"

我摆摆手："我又不是白痴，要是我每一单生意都让男人碰一次，那我不成公交车了吗？放心，我没那么傻。"

他这才放下心来："我明天就给你安排去他公司当秘书的事情，其他的你自己看着办吧。实在不行咱就收手，反正你要是真饿死了，还有我呢不是？"

"我知道了。"我将本子合上，看来许陌知道的也就这么多了。剩下的，还需要靠自己啊。

"我得回去了，明天还有个重要的会议，"许陌看了下时间，站了起来，"回头工作的事情搞定了我再给你电话,记得早点睡觉。"

"走吧,走吧,"我冲他挥挥手,"我就不送你了。"

许陌轻轻关上门,脚步声渐渐远去。

我得再调查一下张叶这个人了。这个厉害的女人,将会是我强大的对手。

不过现在么,我打了个哈欠,决定先去会一会我现在最大的对手——周公。

第二章 磨刀不误砍柴工

01

快递小哥敲门那会儿,我还在和周公打架。我和周公平分秋色,一时半会儿还分不出个胜负。就在这时候,一颗手榴弹朝周公脑袋瓜子砸去,顿时,轰一声,周公仰面倒地,嘴里还在念:"你!作!弊!"

我战胜了周公,从刀光剑影的睡梦中醒来。

快递小哥还很有耐心地敲着门,一边敲一边有气无力地喊:"方晓晓,有你快递,方晓晓快出来拿快递。"

我搭了双拖鞋走过去,开门。快递小哥本来趴在门上,我这门一开,顿时就跌了进来。外面热辣辣的热气从门口往我屋子里卷,我连忙接过小哥手里的快递:"辛苦了,辛苦了。"

快递小哥满头大汗,但这也不能掩盖他本身是个帅哥的事实。我抽了几张纸巾递过去,再从冰箱里翻出我前几天才买的碎碎冰递给他一根:"给你,麻烦你等了这么久。"

大夏天的,走廊里的温度我还是知道的。

他也不跟我客气,接过去,掰断了,咔擦咔擦地嚼着冰,冲我笑得满面春风:"麻烦您签个字,我还得去送别家的。"

我从桌子上的笔筒里抽出一支笔,飞快地签了个字,将回执单递给他。快递小哥接过去,跟我道了个谢就将门反手一拉,关上走了。

我撕开封口,从里面倒出一张银行卡——这是昨日何羽绯给我寄的全部家当了。

我将卡塞进包里,刷了牙洗了脸,看了下只有方便面的冰箱,再看了下时间,已

第二章 磨刀不误砍柴工

经差不多 10 点多了。看来今天的早饭又得跟午饭一起对付了,我想了想,不如干脆去一趟医院看看何羽绯。正好将那张卡还给她。

我稍微擦了个防晒霜,今天不用给客户留下我很好的印象,所以也就懒得去化妆了。我套了一件长款无袖连衣裙,拎了包下了楼。这个天到处都是热乎乎的,走到哪儿都热得要命。

我开车去了一家骨汤店,打包了一份骨头汤,再从边上的小餐馆打包了几样饭菜。我本来还打算就在这里自己先吃,但是这餐馆里没开空调,热得我满头满脸的汗,于是决定多打包点,带去医院和她一起吃。

等我拎了一堆吃的到医院,已经是 11 点之后的事情了。

我推开病房,何羽绯一个人坐在床上,正在看电视。天津卫视正在播《火线三兄弟》。这是每日重播,正放到田二林忽悠日本人,那水准,完全把"不要脸"3 个字诠释得淋漓尽致。

她回头看了我一眼,像是有些意外:"你怎么来了?"

"我来看看你,你可是我的老板,我的衣食父母。"我将她病床上的小桌子支了起来,将饭菜放了上去。病房里开了空调,不冷不热,很舒服。

没事来蹭空调吹,好像是个不错的主意啊。

我将筷子递给她,看了一眼她包得跟粽子似的右手腕,默默地将筷子拿回来,换了个勺子给她:"吃吧,随便买了点。"

我抱着一次性的碗筷开吃,她怔怔地看了我一会儿,这才开始吃饭。我将骨头汤推到她面前:"这家骨头汤不错,你多喝点。"

"谢谢你。"她声音很低,吃起东西来跟过去人家大小姐似的,慢条斯理的。

我冲她挥挥筷子,表示不用谢。这一顿我吃得倒是很香。

我擦了擦嘴,将卡递给她:"好好儿活着,看我怎么整倒他们。"

她犹豫了一下,最终将卡收了回去:"昨天谢谢你,不然我现在应该已经死了。"

"命是你自己的。别人救得了一次,救不了第二次。如果你自己都不珍惜,你指望别人珍惜你?你看你人又漂亮,脾气又好,没有必要为了一个不值得的人去送死,"我平静地开导她,"我有空就会来看你,你其他时间,早饭晚饭什么的……"

"我自己会打快餐电话,"她冲我苍白地笑了笑,"你放心,我不会再和自己过不去了。"

我顿时大大松了一口气,是个听劝的。

就在这时候,我的手机响了。看了一眼是许陌打过来的,我连忙接了起来。电话那头声音很愉快:"吃饭了没有?"

"吃过了,怎么样,那事儿成了吗?"我最关心的是这一点。

昨天许陌走的时候说了,有了眉目就打电话给我的。

"没良心的,也不问问我吃了没有,"许陌的声音带着点儿抱怨,"下周一,早上8点30分,去江海人事部报到。"

我顿时眉开眼笑:"收到!改天请你吃饭,太感谢你了,你简直是我的再生父母。"

"得得得,别和我贫嘴。"许陌没耐性听我的恭维,又叮嘱了我几句要小心别瞎搞之类的话,就挂了电话。

我冲何羽绯得意地晃了晃手机:"第一步,出乎意料的大成功。"

她不解地看着我,我只好再解释了一下:"我顶替了你的位置,成了他的秘书。好的开头等于成功的一半。"

何羽绯咬了咬牙,将她所了解的那个苏常瑞跟我讲了一遍。

从病房出来,我一路高歌把车开回了家。我还要再研究一下苏常瑞的爱好兴趣。这要归功于张叶的微博,她的微博里其实有很多细节,研究一下就能获得很多重要的信息。

这一忙就忙到了夜里,我满意地看了一眼我记录的笔记,勾搭高富帅可不是随随便便就能勾搭上的,前期需要做很多准备工作,任何一个环节都不能出错,否则就会前功尽弃。

张叶的微博真是帮了大忙,何羽绯对苏常瑞的描述也很有价值。

我丢下笔,伸了个懒腰,敲门声响了起来。我正捉摸这个点会是谁来敲门,从猫眼看出去,站在门口拎着一堆吃的,那个人不是许陌是谁?

我打开门,用最快的速度抢过他手里吃的,一份麻辣烫,还热乎。大夏天吹着空调吃麻辣烫,那感觉真是超级过瘾啊。

许陌默默地跟着我走进屋,将门关上,坐在我对面,看着我狼吞虎咽:"你慢点吃,没人跟你抢。你姐吃起来就很斯文,哪像你,跟土匪似的。"

我冲他咧了咧嘴。这话许陌对我说过不止一次。

02

我和我姐的性格截然相反,她温柔漂亮善良,是所有男人幻想娶回家的类型。但是事实证明,男人的品位也并不是全部都一致的。我姐这么好,到最后还不是被辜负到死?

"就知道你会不吃饭,"许陌有些无奈,"你啊,不让人省心,指不定哪天折腾出什么幺蛾子。别到最后收不了场。"

"收不了场的时候不还有你嘛。"我嘴巴里含着一粒丸子,说话有些不清不楚。

他眉头就皱了起来:"吃饭谁让你说话的,呛到了怎么办?慢点吃,我走了,明天周末,我来接你。"

"接我干啥?"我不解地看着他。我还打算窝在家里昏天暗地睡个两天去报到的,不然以后都得8点之前起床,这对于我这个一天之计在于午的人来说,简直是晚清十大酷刑,太痛苦了。

许陌白了我一眼:"你周一去上班,你自己看看你那些花花绿绿红红紫紫的,哪件适合穿着去上班?那么大个公司可不是夜店,上班还是得有上班的样子。"

我一拍脑袋,是了,我怎么忘记这茬儿了。

"好,明天什么时候?"我变得比许陌还急了。

许陌站起来，看了下时间："中午 11 点我到楼下接你，吃完饭去买。"

"好的！"解决了这么件事情，我几乎将整个脸埋进麻辣烫的碗里，恨不得喉咙开个口子，直接把吃的都灌下去。

为了防止起不来，我给自己设了个闹钟，可惜第二天我还是和周公来了一番苦斗才成功醒过来。许陌曾经感叹过，你这每天起床如此痛苦，不能早点睡吗？

其实他错了，这不是早睡晚睡的问题，是给我 24 个小时，我能睡 26 个小时的问题……

于是，在许陌眼里，我除了是个吃货，还是个睡货。

我把自己折腾得能见人了，锁好家门下了楼。许陌果然已经到了。我看了下时间，正好 11 点。

我上了车，随便找了家有空调的小饭馆儿吃了顿饭。许陌带着我直奔今天的目的地——金鹰国际。

要入得苏常瑞的眼，那必须得好好武装一下自己。传说王子爱灰姑娘，那只是传说，别傻了，现实里王子是不会出现在灰姑娘面前的。就拿何羽绯来说，她也是个白富美，正巧又是男人想征服的类型，所以有了短暂的成功，可惜，不还是被别有心计的小三抢走了吗？

"这件拿去试试，"许陌拎了一套很职业化的西装套裙递给我，"上班的话，还是正规一点的衣服适合。"

我接过来看了看，这套职业装看上去很大众，不过很多细节上的东西，都很细致。一看就很上档次，如果要当执行董事的秘书，普通的职业套装显然是不够的。如果是要勾引执行董事的秘书，那高档一点的职业套装显然还是不够的。

第一次见面，一定要制造一个惊鸿一瞥的效果才行。

张扬而不失低调，奢华又不逾越身份，要在规则内将不规则发挥到极致，才能制造出那样的效果。

我将那套放回去，冲许陌摇头："不够，这样的还不够。"

第二章 磨刀不误砍柴工

许陌没有说什么，只是笑了笑，也不知道究竟想到了什么，低头继续寻找合适的职业套装。

"这位小姐，不如试试这一套？"导购妹子手里拎了一套黑色套装。我看了一眼，那套倒是还不错，但是离我预期的，还是差了一点点。

"如果是你姐，她会选择很低调的衣服。"许陌忽然说了这么一句话。

我低下头去，没在意他说的话："我姐是我姐，我是我，我们是两个完全不同的个体。"

"也对，"他环视了一圈，"这里大概没有你要找的类型，我们换个专柜看看。"

"好。"反正金鹰国际里大牌云集，不是国际知名品牌都不好意思在这里开店。

等我几乎将套装专柜走了大半，才终于发现了一套符合我要求的职业套装。

普通职业套装，第一粒纽扣会在心口的位置，在夏天里面会有一件衬衫，从脖颈位置就是扣子，上衣的长度正好到胯部，裙子则会到膝盖上面一寸或者两寸。

被我拎在手上的这套，和普通的套装区别不是很明显，只不过每一个数值都有了两寸偏差。

黑色的小西装长度到腰部，可以很好地修饰出细致的腰线，而里面的衬衫，扣子则在锁骨以下3厘米，用适合的内衣制造出乳沟，衬衫扣子扣住的位置就会正巧在乳沟上面一点的位置。这样既不会走光，又起到犹抱琵琶半遮面的效果。

低调的放荡，就是这么个意思。

等我换好衣服出来，许陌的眼睛都亮了，他干咳了两声："就你那还没有C的罩杯，竟然能穿出这么火辣的身材，这种让人看着想拖到办公室扒光的效果，你做到了。"

"谢谢夸奖。"我看着镜子里的自己。其实，这套衣服作弊很明显，我的胸部不是巨乳，所以只能靠衣服修饰出某种效果，男人对这种禁欲系的，抵抗力绝对不会很高。

我用何羽绯给我的那张定金卡付了钱，心里一阵肉疼，这套衣服可是花掉了我七八千元。虽然在金鹰国际这样的商城，这个价钱买到这一套已经算是很便宜的了,但对我来说,着实是一笔很大的开支。

"还要再买一套换洗吗?"许陌看着被我提在手里的套装。

我神秘一笑:"不,不,不,这一套就够了。接下来,我还需要一套小清新的青春长裙。"

"刚刚扮演完小妖精,又要扮演清纯系的女神?"许陌取笑我,"你是去上班还是去演戏的?"

我说:"不去演戏难不成我还真情流露吗,我可不爱那样的类型。"

"那你爱哪个类型?"许陌走在我身边,双手插在口袋里跟我有一搭没一搭地鬼扯,"莫非是我这样的?"

我只得白了他一眼:"许大帅哥,人贵在要脸啊。"

到了裙装的专柜,我开始寻找我要找的那类裙子。小清新里透着低调的华丽,清纯但又不做作,自然而然地露出女神的气质。

这种衣服,找起来不是那么容易,颜色、领口位置、腰身是紧贴还是蓬松,都很讲究。我的时间不多,苏常瑞下个月18号就要和张叶结婚,我承诺给何羽绯的时间,只有一个月。

03

"要不要试试这一件。"许陌指着一条浅薄荷色的长裙。那条裙子款式并不复杂,很素净,但是在细节上又非常讲究。我的眼睛一亮:"不错嘛,想不到你喜欢这种格调的。"

炎热的盛夏,有什么比冰凉清爽的小清新妹子来得更有吸引力?

我换装出来,许陌眼神有些奇怪,他喃喃说了一句:"真像。"

"像什么?"我随口问了一句。

他笑了笑:"没什么,这件很好看,就这件了。"

我在镜子前面转了个圈,不得不说,许陌的眼光其实还是很不错的。第一套职业装要不是我有特殊要求,那件也是很适合的。买完两套衣服,许陌问我要不要再买几件,来日方长,要穿好几天的。

我直接回了一句:"不用。"买了配饰和鞋子,我和许陌出商场的时候,天已经黑了。我还得回家研究一下周一和苏常瑞第一面要在哪里见,于是就让许陌送我回家了。

从何羽绯那里得来的信息,是苏常瑞每天早上8点钟准时到公司,然后乘专用电梯上楼,8点15分正式进入办公室。我现在顶替的是何羽绯的位置,是苏常瑞的秘书之一。因为是第一天上班,我8点30分得去人事部报到。

我心里已经有了几个想法,然后拉上窗帘开始睡觉。我得保持非常好的精神面貌去和苏常瑞偶遇啊,必须将自己调整到最佳状态。准备了这么多这么久,也不是白准备的。

周一,我7点钟就起床了,先敷了个面膜,然后化了一个精致的职业妆。不会过于夸张,搭配我那一套职业装,要起到刚刚好的效果。

我太谢谢我爹妈了,给了我一副还不赖的皮相,虽然不算倾国倾城,但是这么打扮一下,也绝对有资格去勾引高富帅。

7点30分,我开着小车到了江海集团的地下停车场。我在车里坐了15分钟,将自己的发型、衣着再次整理了一下。然后我下了车,拎着我昨天才买的黑色皮包,朝苏常瑞专用电梯方向走去。

我走得不快,我必须保持自己不出汗,清清爽爽出现在他面前。

我看了一下时间,7点55分,还有5分钟,苏常瑞的车就要到了。我站在暗处,仔细盯着外面。很快,苏常瑞开着车停在了他专用的停车位。跟着从车里先下来一个人,是个女人,穿着一身黑色职业套装,头发张扬地披散着。虽然看不太清楚,但我认得出,这个人就是照片上的女人——张叶。这个有些出乎我的意料,不过他们都快结婚了,一起来公司似乎也没有什么奇怪的。

苏常瑞很快下了车,他在车前拥着张叶来了个火辣辣的湿吻,然后也不知道说了什么。张叶拎着包走向相反的方向。

我松了一口气，如果她跟着苏常瑞一起乘电梯那就不好了。

我精心计算好的第一次见面，差一点点就泡汤。我站在暗处又等了一会儿，待苏常瑞走近了一些才装作很无措惊慌的样子从暗处走了出来。我的视线并没有直接朝苏常瑞看过去，只是不经意地掠过他，然后很快移开。

我走到他左前方3米远的地方，站在一辆车边上掏出手机，假装给许陌打电话："许陌哥，你给我介绍的工作，没有说他们人事部在哪里嘛，我都在停车场找好久了，都没找到哪部电梯上去啊。"

我一边问，一边继续无措地四处看，我的眼角看到苏常瑞已经注意到了我的存在，原本迈向电梯的步子停了停。

我继续说："哪能让许陌哥来帮我，我要是这点小事都不能完成，会给哥哥丢脸的，我不要啦。"

我一边忍着鸡皮疙瘩一边继续用娇柔甜糯的声音说："我再找一会儿，没事，嗯，再见。"

我挂掉了电话，将手机塞回包里。

苏常瑞已经朝我走过来，他上下打量了我一下，停车场的光线有些暗，他笑着问我："小姐，你要找人事部？"

"对啊，对啊，"我跟抓住了救命稻草似的，轻轻揪住了他的手臂，眼神带着一点可怜和水汽，"这位先生，可以麻烦你告诉我怎么走吗？"

他笑起来阳光帅气，没有犹豫就说："你是公司的新员工吧，今天才来报到啊。听你说起许陌，难道是许先生的那位？"

"你认识我许陌哥啊，"我惊喜地冲他笑，"对啦，我刚回国，一直没有找到工作，他说这家招秘书，和我的专业也算对口，就让我来了。说起来还真的谢谢许陌哥呢。"

他没有一丝戒备和怀疑："这样啊，这里没有到人事部的电梯哦，不然你跟我上这部电梯，一会儿我再告诉你怎么去人事部吧。"

上钩了！就是要你邀请我一起乘电梯。

第二章 磨刀不误砍柴工

我松了一口气对他说:"太感谢你了,不然我还会继续在这里找呢。人事部要我8点钟报到,迟到可不好。"

他赞赏地看了我一眼:"不过人事部8点30分才有人,我大概知道你是什么职务,一会儿我先带你去看看你工作的地方吧,等8点30分你再去人事部报到。"

"可以吗?"我小心翼翼地问他,用小女生第一次上班所需要的紧张和畏缩。

电梯门开了,他走了进去,我飞快地跟了进去。

电梯里的光线比地下室要亮得多。我下意识抬头,看到了他的脸。他也在打量我,我蹭一下脸红了。他的确长着一张很阳光很帅气的脸,再加上还很有钱,这样的高富帅肯专心对一个不懂得怎么捍卫自己情人的女人才怪。

我羞怯地低下头,低低说:"你,你长得真帅。"

他笑出声音来:"哈哈,谢谢,你长得也很漂亮。"

"真的吗?"我眼神立马亮了,掺杂害羞与期待的眼神看着他,"那,那我可以请你吃饭吗?你今天帮了我的忙呢。"

他像是有些意外,不过我是新员工,第一次上班在无措的状态下被人帮了一下,而且这个人还是个会让小女生脸红的帅哥,说出这样的话,也是在情理之中的。

也许不这么说,倒显得我不诚实了。

"可以啊,等有空,一定让你请。"不愧是花花公子,就算有未婚妻,面对别的漂亮女人的邀请,依旧不会拒绝。

我兴奋得跳起来:"太好了,我才来上班,以后有不懂的,还要麻烦你了。"

"没关系。"他说着,电梯开了,这部电梯是直通顶楼的。

顶楼有很多精英,当看到我和苏常瑞一起出电梯的时候,眼神堪称精彩。我怯怯地跟在苏常瑞身后。这时候,边上有人向他打招呼:"苏总早。"

"诶?"我吃惊地站在原地不肯再往前走,苏常瑞回头看了我一眼,"怎么了?跟我来,你的办公室在我外面,跟我进来吧。"

"对、对不起!"我连忙弯腰对他说,"我不知道您是苏总,还要请您吃饭,我我我……"

"没事。"他笑得很开怀,看得出来他的心情非常好,"怎么,你要反悔吗?你可欠着我一顿饭,不许忘记了。跟我进来吧,顺手把门关上,我跟你说一下你工作的事情。"

我心里别提多乐了,无视身后八卦似的窥探眼神,跟着苏常瑞进了办公室。

这个办公室其实很小,但是能有一间独立办公室也算是很不错了。之前何羽绯就在这里工作的,她不过和他一门之隔,就这样也能被张叶横刀夺爱。

我就要在这个位置上,重新将苏常瑞勾引到手。

他直接将我带进办公室。我脚上穿着高跟鞋,偷偷地垫了垫脚。他笑着指着皮椅:"坐下吧,站着怪累的。"

"谢谢苏总。"我诚惶诚恐地在椅子上坐下。我调整好坐姿,让他站立的地方,一低头就能看到我的胸。

他在我前面坐下。低头的时候,我眼角看到他的眼神亮了一下,他说:"你是方小姐吧。"

"是的,我是方晓晓,您直接称呼我晓晓就好。我许陌哥都是这么叫我的,"我柔着声音说,"刚刚真抱歉,不知道您就是我的上司,要是冒犯了,还请您原谅。"

"方小姐不用放在心上,"他不在意地笑笑,"你是许总介绍来的,不用这么客气。"

我连忙说:"嗯,苏总您放心,我一定会好好做的。"

"嗯,一会儿我正好也要去人事部一次,你跟我一起去吧,"他说着冲我挥挥手,"你去熟悉一下工作环境吧,一会儿我出去的时候会喊你的。"

"谢谢苏总!"我简直太受宠若惊了!

我退了出去,坐在位置上,看了一下时间,现在是8点16分。

再一会儿,好戏就要开场了。

04

我将包放在电脑桌上,开了电脑偷偷刷了一下微博。我才扫了两眼,就听到边上通往苏总办公室的门发出了声响。我关掉了微博，然后用浏览器自带的工具清除了浏览历史，面带微笑站了起来："苏总。"

他冲我点点头："走吧，方小姐。"

"苏总可以直接称呼我晓晓，为苏总做事，一直方小姐称呼着，不太合适吧。"我小声建议着。

他想了想："也对，那么晓晓，我们走吧。"

我就乐得跑去开门，跟在他后面往外走。身边的眼神都很热辣，一副你们有奸情、你们绝对有奸情的架势。

我目不斜视地跟着他上了另一部电梯。

公司的人事部在地下二楼，停车场是地下一楼，苏常瑞的电梯不到地下二楼。

到了人事部，人事部主管看我的眼神就不对了。因为还没有哪个员工进公司，是被苏常瑞亲自送下来的。不过这个倒是冤枉我了，苏常瑞下来，的确是还有其他事情，只是把我交给人事主管之后，就进去找人事总监说话去了。

我在人事主管钉子似的眼神下办理好了入职手续。此时，正好苏常瑞也出来了，我再次蹭着电梯回了办公室。周围的窃窃私语声更响亮了。

"你和我们苏总是什么关系啊。"终于有人忍不住来找我八卦了。

我看了一下四周，连忙对她说："没有关系，你别乱说话。我和苏总之间什么关系都没有，你们相信我。"

有时候不解释还好，一解释没关系的也变成有关系了。

那人眼里明显写着不信，嘴里还在念："嗯嗯，我知道了。我不会说的，你放心。"

这种状态一直持续到中午吃饭。虽然我是新人，但是奇异地出现了两极分化，一部分人跟我坐在一起，一部分人离我很远。

离我远的，不用说，一定是张叶的人；离我近的，大概是张叶平时不待见，现在终于出现了一个和苏总疑似关系不明的人，当然要好好地拉拢了。

我礼貌地和坐在我身边的人谈话，然后我就看到张叶在一群人的簇拥之下走进了员工餐厅。我有些意外,怎么看苏总的未婚妻也不会看上员工食堂啊,并且之前何羽绯的信息里,张叶的确是不吃员工食堂的。

她还挺沉得住气,去打了饭菜坐到我后面的位置上。我周围桌子其实很多都空着,她专门挑了这个位置,说明她已经知道我的存在了。

我周围的这些人,看到张叶来了,故意抬高声音说话:"哎,晓晓啊,听说你是从韩国回来的啊,那里好玩吗?"

我忍着笑,用恰到好处的声音说:"其实也没有什么特别的啦,你们要是想去玩,下次我可以带你们一起去玩,我还是知道不少好玩的地方的。"

张叶脸色越来越不好,我的心情则是越来越好。

她终于忍不住走到我身边:"方小姐是吧,我有些话想和你说。"

我眨了眨眼睛无辜地看着她:"这位小姐是?"

"她是我们苏总的未婚妻啊。也是我们公司销售部的张主管,晓晓你不认识吗?"我身边一姑娘故意用调笑的声音说。看来张叶这个人,处世方式还有待提高啊。

"哦,原来是未来的董事夫人,"我连忙站了起来,冲她打了个招呼,"抱歉,不知道找我有什么事儿?"

张叶冷冷瞥了我一眼:"听说,你是和苏总一起乘专用电梯上班的?还听说,你要请苏总吃饭?"

啧啧,消息果然灵通。我无辜地看着她,"对不起,那时候我不知道那是苏总,我今天第一天上班,在地下室里找不到去人事部的电梯。苏总是好人,他帮了我忙,所以我打算请他吃饭谢谢他。不过我现在知道了,请吃饭就当没发生过。"

"你们之前不认识?"她明显不信。

也是,她是踩着何羽绯上位的,就要成功了,当然要时时提防别人上位。

"不认识,"我摇着头,语气低了很多,"张小姐,我们之前真的不认识。"

她忽地站了起来:"最好是这样。可别起什么别的心思,我告诉你,没用的。"

估计很快,她就会去找苏常瑞要他把我调离秘书部吧。我就怕她不来找我。

第二章 磨刀不误砍柴工

她说完就要走。我哪能放过这个机会！

我微微侧身拦住她的去路，"张小姐，我第一天上班，不知道您是不是误会了什么。如果是苏总帮了我，又恰好跟我一起去了人事部让您误会了，那么我道歉。但是我和苏总真的没有什么，我不知道张小姐说的别的心思是什么。"

她不耐烦地推了我一把。我心里不觉大喜，借力往餐桌倒去，顿时，轰隆隆的桌椅倒塌声传来。我摔在了地上，桌子上的餐盘全都砸在我身上，我一身衣服都弄脏了。

我眼泪很快就下来了，这个倒是真的，这么一摔还是很痛的，估计好几块地方都蹭破了皮。我可怜兮兮地说："张小姐，您为什么要这样？我到底哪里做错了？"

这一下子，已经有很多人围了过来。

周围很多人在交头接耳地说着什么。

张叶显然没有想到事情会忽然变成这样，她一时间也懵了："我，我做什么了，我！"

"我们可都看见了，是你推的晓晓，"刚刚说话的那个女人，幸灾乐祸地带着兴奋的口气说，"张主管啊，不管怎么说，晓晓第一天上班，要是哪里错了你直接说啊，何必动手呢。"

我眼泪不停往下流，我躺在地上一身狼狈。张叶站着强作声势。人都有个习惯，那就是同情弱者，如今我是弱得不能再弱了，于是很多人看着张叶的眼神就带了点刺。

张叶立马就怒了，她伸手指着我："我就推了她怎么了！谁要她勾引苏总！别以为我不知道你要做什么，我告诉你，没门儿！"

我委屈极了，不停地哭："我没有要勾引苏总，我第一天上班，我还什么都不知道。我、我还没有男朋友。张小姐您这么说，大家都以为我是小三，我以后还要怎么见人，还要怎么交男朋友嘛。"

"晓晓你先起来吧，"有人走到我身边要把我扶起来，我甩开她的手坐在地上，双手抱住双臂,将头埋进膝盖里,"太过分了,我虽然只是个小小员工,但是我也有尊严。我从不会抢别人男朋友的,张小姐你怎么能这么说我?你别用你的想法来想我,我不是那样的人。"

张叶以为我会被她吓住,没想到会被我将在这里,一时间不知道要说什么。

"我听说,苏总本来是有女朋友的……"我耳边听到了这样的声音。

"可不是嘛,前任秘书啊。"

"怪不得这么忌惮苏总的秘书啊……"所有人都发出意味深长的说话声。

"都给我闭嘴!"张叶咆哮了一声,她抬手指着我的脸,"不得了了,我说你几句怎么了啊,要是心里没鬼,又有什么好在乎的。你在乎,说明你心里有鬼!"

我哽咽着看着她,当我的眼角看到大步朝餐厅走来的那个人之后,哭得更加楚楚动人了一些,我边哭边说:"张小姐,我只是在乎自己的名声和尊严,这里我已经待不下去了,我不要别人拿有色眼镜看我。我知道张小姐误会我和苏总,可是我真的是第一天上班,我不认识苏总。我也不敢请苏总吃饭,如果让您介意了,我可以走,您不必动手。"

"好啊,你走,现在就开除你,你马上给我离开江海!"张叶不负众望地顺应我的心意吼出了这句话。

"谁要开除我的秘书?"一个冷冷的声音从张叶背后传来,然后在所有人错愕的目光里,苏常瑞隔开人群,大步走到我身边,将我从一地狼藉里扶了起来。

第三章 改变不了你,那就为了你而改变

01

张叶彻底傻愣在了那里,周围围观的人也都有些意外。

苏常瑞是不会在员工餐厅吃饭的,所以他几乎没在这里露面过。现在来,一定是有人偷偷跑去告诉他,张叶在刁难我的事情。

我的高跟鞋鞋跟被摔断了,此时几乎整个身子贴着他站立。他眼神里有一丝怒气。他看着张叶有些无奈地说:"晓晓第一天上班,我们之间没什么,你这是闹什么?"

张叶当时脸就变了,她抬手指着我的脸:"你喊她什么?她骗我说你们根本不认识。"

"我们是不认识。"苏常瑞眉头微微皱了起来。

张叶尖着嗓子喊道:"骗人!不认识你能这么亲昵地喊她晓晓?苏常瑞你骗鬼呢,你当我是傻子还是什么,我还在呐,这么急就把人带到身边,好让我添堵啊。"

我之前还觉得张叶是个很聪明的人,可是现在看来,也不知道是不是被何羽绯的自杀弄得失去了理智和判断力,怎么会做出这样的反应。

不过换个角度想,倒也并不算意外。

任何一个小三,刚刚上位总是会迫不及待地给自己树威风,越心虚,越会摆出正室的范儿。她现在逮住我,是为了在公司里、在苏常瑞心里证明自己是正牌而不是小三。

就是说,她在拿我当枪使,想借着我彻底摆脱小三的心理阴影。

"你到底在胡说八道什么。"苏常瑞的脸色已经很不好看了。苏常瑞这样的人,很难对哪个人钟情,之前的何羽绯会在他身边那么久,可能有一大部分原因是她懂

事,不会在人前毁他面子。当然,也有可能张叶就是这样咋咋呼呼的人,她张扬惯了,应该不会允许自己被威胁。

现在几乎当着整个公司人的面,张叶要给自己立威风,就等于在人前撕苏常瑞的面子。不管苏常瑞到底有多喜欢张叶,从今天开始,总归会有一道裂痕存在了。

张叶之所以一直没有这么做,是因为她没有下手的对象,整个公司的人不会傻得去招惹苏常瑞,除了我这个不怕死的新人,又恰好被她知道了我和苏常瑞乘一部电梯,他还亲自和我一起去人事部。

"我胡说八道?"张叶此时已经完全没有理智了。她失去理智对我来说却是最好的。因为一旦她恢复了理智,必定不会在这里闹了,"你看看你们,你还搂着她!"

我挣扎着推开苏常瑞,却因为鞋跟断裂又摔了一跤,整个人狼狈不堪甚是可怜:"苏总您别再扶着我了,别再让张小姐误会了,我现在已经到哪里都说不清了,请张小姐你放过我吧,我求求你了。"

我的手臂磕到了桌角,顿时疼得我眼泪哗哗的,手臂被磕破了,血都流出来了。

苏常瑞冲我笑了笑,有些尴尬,他继续将我扶起来,这次直接将我打横抱了起来:"我先带你处理下伤口再说吧,叶子有什么,我们上去说。"

张叶看他抱着我,整个人都气炸了:"你还说没什么,这都抱上了!凭什么上去说,现在就说,今天公司里,有我没她,有她没我!"

我心里哀嚎一声,张叶这是要让苏常瑞开除我啊。我可是好不容易才让许陌把我弄进来的呀!

苏常瑞已经愤怒了,他一把推开拦路的张叶:"你让开!你把晓晓当什么人了,她刚从韩国留学回来,进公司上班第一天,你就把人家欺负成这样了!"

苏常瑞必须维护我,否则在公司里,他可就彻底立不起威风了;而且传出去也不太好听,任由未婚妻欺负才进公司的新员工,这势必会影响公司的名声。

"苏总,你放我下来吧,我马上就走,就算您让我留下我也不会留下了。对不起,给你们添麻烦了,"我哭着说,很是委屈,"是我不好,我不该和苏总一起乘电梯,不该为了谢谢你请你吃饭,更不该和你一起去人事部。"

"晓晓,这不关你的事,"苏常瑞柔声对我说,"你是许总介绍来的人,抱歉让你受伤了,我会处理好这件事情的,我会对你负责的。"

周围的人已经彻底糊涂了,他们看我的眼神又不一样了。

"你什么意思?苏常瑞,"张叶歇斯底里大叫,"你要对她负什么责任!"

苏常瑞看向张叶的眼神都带了一丝嫌恶:"你口口声声说人家跟我怎样,晓晓一个刚入社会的女孩子,名誉被你毁了,我难道不该负责吗?"

"所以你要她不要我了?"张叶错愕地看着我,显然无法接受这个现实,"苏常瑞你有良心吗?"

我不由觉得可笑。张叶她在质问别人有没有良心的时候,难道没有想过,最没有良心的人是她吗?何羽绯有什么错,被她逼到去自杀,她怎么就没问问自己有没有良心?

苏常瑞也不是什么有良心的,8年的感情,一旦分手了,就跟丢垃圾一样把何羽绯丢了,甚至还容忍张叶诬陷何羽绯。这人呐,爱的时候你什么都好,不爱了,你就是根草。

"你又歪到哪里去了,"苏常瑞已经开始不耐烦了,"下个月我们的婚还结不结了?你不要面子,我还要点面子。"

苏常瑞这句话一出,张叶瞬间就恢复了理智,她怔怔看着被苏常瑞抱在怀里的我,脸色一阵红一阵白,张着嘴什么都说不出来。

"我先带晓晓处理下伤口,"他说着,无视周围八卦眼神,也无视了张叶,直接带着我上了电梯,电梯在顶楼停下。他带着我进了总裁办公室,拧了毛巾替我擦了擦被割破的手臂:"抱歉,晓晓,叶子……叶子她是太爱我才会这样。你放心,我一定会澄清我们之间根本不是那样的。"

我牵强地对他笑了一下,眼睛里闪着泪花:"不用了苏总,我累了,我想回家,我明天再来办理离职手续吧。实在太抱歉,让你们之间变成这样。但是我也是有尊严的。"

苏常瑞满怀歉意地看着我,不知道要怎么开口安慰我:"我会负责的,你放心吧。"

"苏总你就别安慰我了,"我收回手臂,"现在大家肯定都觉得我是坏女人,和苏总你之间有什么,根本什么都说不清了。你别留我了,我明天就来办离职。"

02

我说着就要站起来,可惜我的鞋跟是断的,这一站又要摔倒。苏常瑞眼疾手快地接住了我,无奈地说:"先不说那些,我送你回去吧,你先好好休息,其他的事情,我们明天再说。"

我正想拒绝他,他已经把我抱了起来。我急忙说:"不用了,苏总,我自己开车来的,我可以自己回去的。"

"那让我送到停车场吧,你这样,我怎么能不管。毕竟你是因为我才变成这样。"他像是真的很懊悔的样子,我又象征性地拒绝了几下。他坚持,我就应了下来。

我的包就放在外面的办公桌上,里面的东西都没拿出来,我就拎了包,继续让他打横抱着出了办公室。外面所有人都假装没看到,其实偷偷用眼神在看着我。

苏常瑞抱着我进了专用电梯下到停车场,将我安顿在我自己的车里,这才再次跟我表示歉意:"你今天先休息吧,公司里我会吩咐,不让他们乱说话的。抱歉,第一天上班就让你遇到这种事情。"

我很善解人意地摇摇头:"不怪你,苏总你是个好人。都怪我自己,是我不好。"

苏常瑞冲我笑了笑,眼神明显不一样了:"好了,回去好好休息吧,你身上的衣衫,改天我再赔你一套。有空我请你吃饭,替你压压惊,不用你请我。"

"不用了,苏总,"我咬了咬牙,摇头说,"张小姐已经误会成这样了,我怎么敢再要您的衣服,也不敢答应你的请客。"

"晓晓,这还是怪我,"他说着,"要是真的不怪我,那就不要拒绝我的补偿。"

我挣扎了一下,然后点点头:"那有机会吧,苏总,再见了。"

第三章 改变不了你,那就为了你而改变

我摇上车窗,开着车缓缓出了停车场,后视镜里,苏常瑞还站在那里看着我。我嘴角露出一个微笑,初战告捷,我决定好好犒劳一下我自己。

首先,就是去买一双好鞋。

我将断了鞋跟的鞋子脱下来,在车子经过垃圾桶的时候,摇下车窗丢了进去。这些是我从淘宝上买的,几十元的货,就是为今天准备的。

不过在买鞋子之前,我似乎应该先回家洗个澡,把这一身粘满菜叶和汤汁的衣服换下来。

我才把自己收拾干净,许陌的电话就到了。我刚接起来,就先噼里啪啦地说了我一通,"你还真有闯祸天分,你说说看你上班几个小时,这几个小时江海都被你闹翻了啊,你是孙悟空,齐天大圣啊!"

我傻笑了几声:"我这不是无辜嘛,我还什么都没做,是他们未来的董事夫人不喜欢我啊。"

"哈,"许陌被我逗笑了,"你去抢人家未婚夫的,你还指望她喜欢你?"

"我这不是还没开始嘛。"我觉得自己特委屈。

"好了,听说你受伤了?伤得怎么样,别忘了去医院打个针,消消炎。夏天伤口容易发炎的,"许陌想了想,又问我,"你打算怎么收场?"

我理所当然地说:"当然是今天休息一天,明天去办离职手续啊。"

"啊?"许陌被我惊到了,"可是你不在江海,那怎么勾引苏常瑞,再说,我可是卖了个人情才把你弄进去的,你一天没到就把自己又弄出来了?"

我嘿嘿笑了笑:"你也太小看我了,不然我为什么只买一件职业套装,我就准备了两套衣服,一套是办入职手续的,一套是离职的。而且今天发生这样的事情,苏常瑞好意思欠着你的人情?现在反过来,是他觉得对不起你才对。"

"敢情你一早就算计好了啊?"许陌忍不住笑了出来,"我说你前期做了那么多准备工作,怎么会只买一套职业装。就算今天张叶不找你,你也会找机会去招惹她吧。反正会想办法,造成你今天第一天上班就不得不离开公司的悲催命运。"

"聪明,"我觉得许陌还是很厉害的,几句话就把我的打算给说了出来,真是太不

好意思了,"好了,我没事,你好好工作,我一会儿出去转转,顺便买双鞋。"

"好,那晚点我去找你。"许陌说着,不等我拒绝,再次挂了电话。

这人总是会让你不知道怎么拒绝。

我检查了一下,刚刚那一下子,我后背似乎蹭破了一块皮,手肘磕破了,好在伤口也不深,只是之前流血又沾上了污渍,显得很严重的样子。

不知道苏常瑞和张叶之间出现的裂痕会不会也是看着很深,其实也只是一道浅浅的印子呢。不过第一天有这样的成果,我还是很满意的。

人得知足才能快乐。我觉得我还是一个比较懂得知足常乐的人。

午饭没吃好,肚子还是有些饿。我给何羽绯打了个电话,告诉她晚点我会带吃的去找她。这大夏天的,家里不开空调就没法待,开了空调,那电费是蹭蹭往上涨。

我抹了点防晒霜,换了一身衣服,正打算出去买鞋,我的手机就响了。

抓起来一看,是个陌生号码,我寻思着会是谁,接起来就听到那边传来一个半生不熟的声音:"晓晓,伤得重不重?去医院看看,算工伤,到时候把发票拿到公司报销。"

我柔着声音疲惫地说:"没事的,苏总,我已经在休息了,晚点再说吧。"

"成,那你先休息吧。晚点我再打给你。"他说完,等着我先挂电话。

倒还算是个绅士,懂得在女士后面挂电话。我将手机塞进包里,吹着口哨下了楼。当初决定买车并不是错误的决定,这大夏天的在外面跑,没车还真有些吃不消。虽然我这车一共也就出了六七万元,但不管它多少钱,它总归是四个轮子的。

我没有去金鹰国际,那里的东西是真的在烧钱,除非必要,我还是不太喜欢去那样的大商场。

我将车停在一家鞋服城的停车场,拎着包下来了,然而我才走了几步,手臂就被人拽住了。

"方小舞?"那人是这么喊我的。

我皱着眉转身,眼前站着一个年轻的女人,个子比我稍微矮一点,皮肤挺水灵。她看我的表情十分奇怪,像是害怕又像是松了一口气。

"你是谁?"我问了一声,将手臂从她手中夺了回来,"我不是方小舞。"

我和我姐姐长得非常像,不过许陌倒是能区分我们两个,这种在大街上被人抓住认错的,还真没有遇到过。因为我高中时就出国了,很少和姐姐出现在同一个地方。

她似乎有些发愣:"你不是方小舞?"

我摇摇头:"小姐你是不是认错人了,我真的不是方小舞,可能长得像,但绝对不是。"

她有些怅然若失,喃喃着说了一句什么,最终只说:"抱歉,我可能认错人了。"

她说完,没有再说话,转身就往前走,那里似乎站着几个女人在等她,其中一个还说:"杜蕾,怎么,是认识的?"

她摇摇头:"不是,我认错了,也是,方小舞已经死了,我怎么会忘记这点呢。"

那群人就说说笑笑地走开了,我觉得有些莫名其妙,尽管我刚刚很想跟她说一声,"我是方小舞的妹妹,方晓晓。"

不过这并不重要,我哼着小调儿进了商城。这里的消费水平应该属于中等,不像金鹰商场里都是国际大牌,这里的牌子名气稍微小一点,不过对于一般的白领,这里的消费还是合适的。

03

我挑了一双白色坡跟鞋,付了钱,将鞋丢进车后座。

到老地方打包了些吃的,开着车直接去了医院。不知道何羽绯知道了今天公司发生的事情,会是什么反应呢。

我提着一堆吃的下了车,从电梯上去,走到何羽绯病房外,正要推门进去,就听到里面传来谈话声。

"下个月十八,我会和常瑞结婚,到时候你会来的吧?"咦,我放下了按在门把手上的手,感觉这声音怎么会是张叶?

"我没指望要你原谅,"张叶声音里有一丝小得意,"不过自古以来就是胜者为王败者为寇,你不要怪我,我也很爱常瑞。只怪我们爱上了同一个人。"

何羽绯气得声音都在发抖:"你给我出去!张叶你到底要不要脸,我把一切都让给了你,你到底为什么要这么对我?你就算颠倒是非说我是小三,这也改变不了你自己才是小三的事实。"

"那又怎么样,"张叶嚣张地说,"历史从来都是胜利者写的,现在我是他的未婚妻,一个月后我们就要结婚了,到时候谁都会相信我,不会相信你。"

我听着觉得好无趣,就提着吃的走开了。我走过去一截走廊,最后在B超室外面坐下了。

我身边还坐着一个年轻女人,穿着孕妇装,不过肚子还没有显出来,应该是刚怀孕不久。她的视线落在了我手里提着的吃的上面,我连忙从里面掏出几个橘子塞给她:"来,给你。"

"不,不,不,不用,不用。"她有些吃惊,急忙把橘子塞回来。

我把橘子放在她身侧的凳子上:"没事,你吃吧,我这里还有很多。算是我给你肚子里的小宝贝吃的。"

她这才笑了笑,不再拒绝,剥了一只橘子慢慢吃了起来。

"几个月了?"我笑着问她。

她伸手摸了摸自己的小腹,一脸的幸福:"4个月了呢。今天来做定期检查,医生说孩子很健康,我很开心。"

"你一个人来的?"我四处看了看,这里就她一个人坐在这里,并没有看见男的。

她点点头:"嗯,老公最近工作忙,而且我一个人也可以,不用他陪我。"

我心里有些异样感,我不太喜欢这种老婆怀孕了,要老婆一个人去医院做检查的男人。这么重要的事情,怎么说也得一起来啊。不过也许是因为她才怀孕不久的

第三章 改变不了你,那就为了你而改变

原因,所以一个人应该也不会有什么危险。

"谢谢你的橘子。"她说着,冲我友善地微笑。

我摆摆手:"不用谢,这大热天的,怀孕了也挺不方便吧,尤其我听说孕妇会更热,是不是这样?"

"是的,孕妇的确会比较热,"她腼腆地看了我一眼,"等你将来怀孕了就知道啦。"

她吃完了一只橘子,站起来打算走了。"我要回家了,老公晚上回来吃晚饭,我得做好饭等他回来。"

"哦,好,你一个人小心点哦。以后尽量让你老公陪你来,一个人总归不太安全,"我看着她的肚子,那里早晚有一天大起来,"你现在可是两个人啊。"

"嗯嗯,谢谢你的意见,我会和我老公说的。"她笑起来,眼睛都弯成了月牙儿样,浑身都透着幸福的味道。

真好啊,平淡的幸福,看上去很让人向往。

直到她走了一会儿,我才将剥下来的橘子皮丢进垃圾桶。我掏出手机给何羽绯挂了个电话,得知张叶已经离开了,我这才提着吃的回到了何羽绯的病房。几天不见,她的气色倒是好了不少,也不知道是真好了不少还是被张叶气的,脸颊很红润。

"我买了好多好吃的。"我将小桌子支起来,把吃的铺上去,蹲在她床头,拿着筷子开吃。

"你不问我,张叶和我说了什么?"何羽绯眼睛亮亮的,眼底下红红的,倒像是刚刚哭过。

我摇摇头:"她说了什么都不重要,你只要知道一点,那就是她早晚有一天会哭着求我的。她是来让你参加婚礼的吧,你可以去参加,因为那是我给你交成果的场地。"

她看着我,忽然笑了:"你为什么能这么有自信呢?难道你就这么笃定你一定可以让苏常瑞爱上你,甚至可以为了你抛弃张叶?"

这是在怀疑我的专业水平，我敲了敲筷子对她说："相信我，我是专业的。"

她抓起筷子慢慢吃饭。"其实这几天我一直在想，也许他会选择张叶，是因为我自己的原因吧。一直以来，我都相信他，可是因为太相信，反而让他有太多的时间出轨。"

"不，你错在不是相信他，"我瞄了她一眼，心里暗暗叹了一口气，"你错在，太不相信你自己。你不够自信，才会变成这样。一旦你没有自信，变成一个附庸存在，那么你离被抛弃就不远了。"

我知道，像何羽绯这样的性格，短时间是拗不过来的，但我最起码可以告诉她，她之前的做法是错的，她会被抛弃，固然张叶可恶、苏常瑞不是个东西，但是她也不是全然无辜。没有纵容就没有出轨，是她太不自信，觉得不能时时刻刻将苏常瑞绑在身边，加上她把全部的希望和信任都给了苏常瑞，就导致了自身懦弱没有主见。这样的女人，怕是不太能锁得住男人吧。

吃完了饭，我又在病房里待了一会儿，等外面天黑了，稍微不那么热了，才回家了。

我得准备一下，明天可是我能不能成功的关键。

如果明天顺利，那就等于我成功一半了。看样子苏常瑞还是很喜欢张叶的，就算今天在全公司面前丢了那么大的脸，张叶还能跑到何羽绯病房里来放肆，就足以说明在苏常瑞心里，张叶处在什么样的位置了。

我开了电脑刷开张叶的微博，看到她最新发的一条微博是这么写的："你们谁都抢不走他，他是我的，只能是我的。"

微博下面还有一张照片，背景是在一家高档的餐厅，环境十分高雅。

她是用手机发的，下面还有地图定位。我点开看了一下，是市中心一家名为月尚的西餐厅。之前似乎听许陌提起过，那家的牛排相当不错。

我再看了一下时间，是5分钟前。我眼珠子转了转，飞快地掏出手机给许陌打了个电话。许陌接得倒是很快："哟，难得，竟然知道打电话给我。不用我给你打，嗯,这是个进步。"

我懒得和他贫嘴:"15分钟后,月尚餐厅门口见,我还欠你一顿饭,我今天请你吃牛排!"

我说完,学着他直接挂断了电话。

04

我飞快地换了一身衣服,化了个淡妆,将长发盘起来拿卡子固定了。收拾妥当,我用最快的速度关门,下楼,开车。再次谢谢老天爷帮忙,一路上并不堵车,甚至一个红灯都没有要等,我一路飙到了月尚,将车子停好。刚走到餐厅门口,就看到许陌已经到了。

"怎么这么快?"我本来以为要等一会儿的,没想到他比我还早到。

"我本来就在这附近。"他跟着我进了餐厅。我之前研究了一下那张照片,是在2楼窗户边上拍的。我直接让侍者带我们上了2楼,心里只祈祷他们吃得慢一点,别在我正好到了,他们走了,那就不好玩儿了。

"苏常瑞和张叶在这里。"我低声凑近许陌的耳边说。

我得让他有个心理准备,别到时候穿帮了,我就哭去吧。许陌倒是很上道,一副我都明白的架势,在我前面领着我走。

我用眼睛的余光将2楼扫了一遍,这里并不是包厢,也是大厅,只不过格调高雅,灯光很暧昧。我第一眼就发现了坐在左手边窗户那里的苏常瑞和张叶。许陌显然也发现了,故意带着我在他们身后的一个位置上坐下。

侍应送上菜单。许陌将菜单递给我,满含歉意地说:"晓晓别客气,今天哥请客。今天让你受委屈了,哎,我之前觉得苏总那里应该还不错,你去工作还能学到点儿东西,算了,你还是到哥哥公司上班吧。"

"哎哟喂!"我偷偷冲他竖了竖大拇指,看不出来啊,许陌竟然还有这天分!

"许陌哥你就别说了,"我声音很委屈很可怜,"我今天,都差点跳楼直接去死了。我从小到大,男朋友都没有交过,真没想到会被误会成那个样子。"

"看来知人知面不知心,这次是我错了,我没有弄清楚人家的脾气就把你说过去当秘书,"许陌一副追悔莫及的样子,他看见我包着纱布的手臂,故意问,"手臂还疼不疼了?"

我冲他吐了吐舌头,嘴巴里却说:"怎么可能不疼啊,不过忍一忍就过去了。只是有些东西,是忍了也没有办法改变的。哥要是我以后被当成小三,你会不会瞧不起我?"

许陌温柔地看着我:"不会的,大不了哥哥养你一辈子。"

许陌说到这里,忽然站了起来:"我去一下洗手间,你看看要吃什么。"

我瞬间明白了许陌的意图,要去洗手间就必然要经过苏常瑞那一桌,刚刚我和许陌说话,故意用正常音量说的,苏常瑞应当听得到。

只不过为了防止尴尬,所以故意装作没听到。

许陌走了几步,好像是偶然转头看了一眼,然后他停住了脚步:"咦,这不是江海集团的苏总和张小姐吗?好巧,你们也来这里吃西餐?"

他这一席话说的脸不红气不喘,好像他真的是到现在才发现苏常瑞。

苏常瑞再想当不知道,在人家都跟他打招呼的情况下,总不能再无视吧?

于是,苏常瑞也惊讶地站了起来:"呀,是许总,是好巧。"

"晓晓,快来见见你的顶头上司啊!"许陌扭头喊了我一声,然后继续回头看向苏常瑞,"苏总我去趟洗手间,马上回来。"

苏常瑞笑着点点头,我已经站在了他边上了,冲他打了个招呼:"苏总好,张小姐好。"

张叶脸色一点都不好,可是在听完我和许陌故意说的那段话之后,又不好继续刁难我,只好回了我一声,"方小姐,晚上好。"

估计她现在一定忍到内伤吧,之前对何羽绯的气势也不知道哪里去了。

苏常瑞的视线飘到我的手臂上。这其实是我特地包着的,为的就是让他看到后心里产生负罪感,果然他问,"去医院看过了吗?"

"有什么大不了的,不过蹭破了点皮而已。"张叶哼哼道,顺道还白了我一眼。这姑娘大概有种天生的直觉,对进入自己领地里的侵略者,有种本能的抗拒。

"叶子,"苏常瑞连忙喊了她一声,转过头有些尴尬地看了我一眼,"抱歉,叶子她不是这个意思。"

"苏常瑞你不用替我说话,我就是这个意思。"张叶冷冷地看着我,那是连做戏都懒得做的。我简直要为她鼓掌了,她要是虚伪地对我友善,我还要花一点功夫把她刺激成这种嫌弃的状态。

现在不用我刺激,她自带嫌弃的状态,我太开心了。

"怎么个意思?"许陌的声音适时插了进来,他一边擦手一边往这边走,看看我又看看张叶,"张小姐对我们晓晓有意思?"

"没有,许总误会了,"苏常瑞笑着打圆场,"一起吃吧,今天这顿算我请,只管往好的点。"

"苏总这就客气了,"许陌连忙说,"今天是我请晓晓吃饭,为表达我安排不周的歉意。她姐姐把她托付给我照顾,我没照顾好,这顿怎么能让苏总请呢。来晓晓,我们回我们的座位上去。"

"好。"我转身回到原来的位置,我都快憋出内伤了。

许陌把话当面说到这个份儿上,他苏常瑞就不好对今天在公司发生的事情熟视无睹:"其实今天晓晓在公司……都是我的责任,是我疏忽了。"

"苏总,我说了我不怪你的,"我可怜兮兮地说,"苏总,不需要对我负责任,是我自己不好,惹张小姐生气。"

张叶不是嫌弃我吗?那我就添把火,让她想忍也忍不住。

05

"反正大家都以为我是坏女人,怎么解释都不会有人相信了,"我哽咽着说,"我最讨厌小三了,没想到有一天我会成为自己讨厌的人。"

苏常瑞终于说了一句我期望听到的话:"叶子,给晓晓道歉吧。明天去公司,当着全公司人的面,给晓晓道个歉。"

许陌立马加了一句:"晓晓,张小姐要给你道歉,当着全公司的人道歉,这样就没有人还误会你是小三了。不要难过,这个社会就是这样的,你得学着适应这个社会。唉,才进社会的嫩芽,你得学着成长,等哪天成为张小姐那样成熟的人就好了。我就可以不用操心了。"

鼓掌啊!口哨啊!

我彻底对许陌刮目相看了。这货演起戏来都不用剧本,甚至连草稿都不用打的。

苏常瑞也许本来只是说个打圆场的话,没想到被许陌这么一来,就变成了骑虎难下,既不能说刚刚只是随口说说的,可是真的让张叶跟我道歉,那又太有难度了。

但是怎么说,张叶对我做出这样的事情,要一个道歉根本就不过分。

张叶坐在那里气得浑身发抖,她脸一阵红一阵白,猛然用力将酒杯砸在了地上,哐当一声,"有这么金贵吗?又没有出人命,我不道歉"!

我其实真的很想知道,苏常瑞到底是哪根筋不对,不要何羽绯那样的,选择张叶这种浑身带刺儿、一点都不肯吃亏不肯让人、一旦得势就把别人踩在脚底下踩死才甘心的女人。

许陌的脸色渐渐沉了下来。许陌严肃起来的时候,还是有那么点儿杀伤力的,他讽刺道:"哟,敢情别人的名誉就是一点都不重要?张小姐不在乎自己的名誉,但不代表晓晓也不在乎。任谁得了个小三的名声,未来的路都不会太好走吧。苏总,今天在这里偶然碰见了,我还就要问问了,晓晓和你之间,到底有没有关系。"

"没有,当然没有,"苏常瑞此时也有些恼了,"这事儿和晓晓没关系。"

"和晓晓没关系会被当成你的小三?"许陌冷笑一声,"晓晓你告诉我,你是不是真和苏总有点什么,否则怎么会空穴来风,让张小姐这么肯定你和苏总有关系?"

"这只是个误会,"苏常瑞抢在我之前开口,"我未婚妻不懂事,你们别和她一般计较。"

第三章 改变不了你，那就为了你而改变

"哦？这么说，你未婚妻比晓晓年纪还小吗？"许陌语气很平淡，若无其事地像是说家常似的，"那就难怪了，只是这么大个人还不懂事，还真是挺奇怪的。仗着不懂事，就可以肆意伤害别人，哪怕毁了别人一辈子也无所谓呢！"

苏常瑞脸色变得煞白。刚刚许陌的语气虽然很平淡，但是他说出来的话，却一点都不平淡。他这是要苏常瑞给个说法。我知道，我再一次觉得带上许陌来这里，是一个很好的决定。

"许陌哥，你别这么说！"我状似惊恐地看着许陌，"苏总是个好人，他帮过我，张小姐也只是太喜欢苏总才会这样的，都是我不好，我没有先弄清楚苏总身份就先要请苏总吃饭，对不起苏总，对不起张小姐，给你们添麻烦了。"

一个很不懂事，一个善解人意还知道把责任往自己身上揽，这么一对比，高下立分。

苏常瑞拉着张叶站起来，他看向我的眼神满含歉意，歉意里还隐藏着一丝什么东西，他对许陌说："许总你放心，明天，无论如何我都会让叶子对晓晓道歉的。我们先走了，你们慢慢吃。"

他说完，就拽着不情愿的叶子离开了餐厅。

我看着许陌，顿时很想笑。

"许陌，看不出来啊，"我笑着说，"我觉得你要是踏进影视圈，影帝非你莫属。"

许陌没有笑，只是看着我说："你觉得我刚刚是在演戏？"

我愣了愣，没明白他是什么意思："他们都走了，别演了，你快点菜，我已经很饿了。"

他没有动，视线仍旧停在我的脸上。"我没有在演戏，我是真的很生气。如果你做了什么让张叶这么说，我倒不在意，但你什么都没做，她这么说你，我不太开心。"

我真想白他一眼，这叫不动一根毫毛就让对方阵脚大乱好吗？杀敌最高境界啊，真是的。

"晓晓，我们能收手吗？"他很严肃地说，眼神里有担忧的神色，"其实你有没有想过，你这么做，也会毁了你自己。在别人眼里，你就是小三，不管你是什么目的，出发点是什么。"

我喝了一口水，我觉得我有必要和许陌谈一谈，否则他还是会想阻止我。"可是我做的就是错的吗？我姐姐是怎么死的，你应该比我还清楚吧。何羽绯她现在的境地，和我姐姐多么像，她在家里割腕自杀，张叶逼得她自杀。"

"也许在别人眼里，只是会愤怒，会唾骂张叶。但是现在，被唾骂的人反而变成了何羽绯。再说了，骂又有什么意义？没有，没有人去替无辜的人主持公道。怜悯起不到任何安慰，漫骂惩罚不了罪恶，"我冷静地说，"我知道我没有办法左右别人的死活，但是如果什么都不做，好人被踩在脚底下，坏人胜利高高在上，我无法接受这样的世界。"

"我无法改变整个世界，但最起码，我可以改变我所能看到的这个世界。"

许陌没有说话，好一会儿他才笑了，伸手摸了摸我头顶："好吧，如果你坚持。如果我无法改变你，但我起码，可以帮你一起改变一些什么。"

得到了许陌的支持，我就没有什么顾虑了。

没有顾虑的我，有些迫不及待地要和张叶正面交锋了。当着全公司人的面跟我道歉，张叶会吗？

我很期待。

第四章　那个单纯的姑娘死在了过去

01

这鬼天气还真是热,早上 6 点钟,我被热醒了。空调开的是定时,半夜就关掉了。此时房间里像是蒸笼一样,我几乎是免费蒸了个桑拿。我从床上爬起来,睡衣被汗润湿了,我随手开了空调,抓了衣服进了卫生间。

这满头满身的汗,不梳洗一下显然是不行的;而且我能不能成功拿下苏常瑞,就看今天的了!

从卫生间出来时,外面已经凉快下来了,我用吹风机将湿漉漉的头发吹干,然后掏出那件在金鹰国际买的浅薄荷色的连衣长裙。看到这条裙子我就不得不感叹,许陌真是好眼光。我换上裙子,坐在梳妆镜前面开始最重要的一步——化妆。

所谓人靠衣装,这个不假,但衣服不等于全部,还需要一张能够 hold 住衣服的脸。当然,女娲在造人的时候,并没有给每个女人一张完美无瑕的脸蛋儿,但这不妨碍人类追逐美的脚步,各种各样的化妆品由此而生。

俗话说得好,没有丑女人,只有懒女人,只要不是天生残缺,总能有办法把自己收拾得明艳动人。为了配合那套浅薄荷色的长裙,我需要一个青春靓丽的妆容,要单纯不失明艳,精致又美丽。

45 分钟之后,我一袭长裙,长发飘飘,十足是才出社会的单纯小女生,还不知道世事险恶,对未来还怀揣着盲目的幻想。确认每个细节都无可挑剔,但又不显得刻意和做作,我打了个响指,在心里给自己打了个满分。好的开始意味着成功的一半。一个头没开好,除非期待奇迹,否则等到的只有失败。

关掉空调,我抓起车钥匙,拎了时下最流行的小猪包下了楼。

现在的时间是8点钟,等到我将车停到地下停车场,时间正好是8点20分。我翻出化妆镜看了一下,确认妆容完美无缺,这才下了车。今天不需要等苏常瑞,我直接去了顶楼,因为昨天有上班,就算只是一天,今天也得作一下简单的整理,做戏要做全套,细节决定胜负。无论做什么事,能做到谨慎认真、细致入微的人,总是会被幸运的光环笼罩着的幸运儿。

电梯门开了,我一出电梯就感觉到有很多目光投注在我的身上。我从容地看了回去,那些神色迥异的目光触碰到我的视线之后,全都避开了。我径直走到了我的办公室,像模像样地整理了一会儿东西,没等多久,苏常瑞终于来了。

我整理了一下仪容,端着一杯泡好的咖啡进了总裁办公室。苏常瑞抬起头见到我时,明显怔住了,哪怕只是短暂的一瞬间,我很敏锐地从他眼底捕捉到了一丝赞叹。看样子我今天的造型,相当成功啊。

"苏总早。"我将咖啡放在他面前,不动声色地往后稍微挪了半步。

"早,"他不着痕迹地将我上下打量了一番,很是关切地问我,"怎么不在家里多休息几天,我和人事部说过了,你多休息几天没关系的。"

"不了,苏总。"我心中忍不住冷笑,看来昨天晚上张叶没少吹枕边风,苏常瑞绝口不提道歉的事,是想就这么混过去吗?如果不是时间紧迫,我倒是有兴趣和他们慢慢玩,然而只有一个月的时间,我必须抓住任何一个机会,甚至没有机会我都要去创造适合的机会。摆在眼前的梯子我不爬,我是不是傻?

"我是来和你说一下的,虽然时间很短,但是能当苏总的秘书我真的很开心。我本来以为我可以和苏总愉快地相处,和公司的同事成为朋友……"我微微低下头去,从苏常瑞的角度看过来,我此时的表情应该是非常楚楚可怜、我见犹怜的。我深吸一口气,对苏常瑞露出一个单纯灿烂的笑容。因为这个笑容,苏常瑞有一刹那的失神,我继续说了一句,"真遗憾啊,不能继续待在这里了。"

"晓晓,你听我说……"苏常瑞语气就有些急了。

"我也不想苏总为难,所以我今天是来跟苏总说声再见的,我现在就去人事部办离职手续了。"我冲他鞠了个躬,然后飞快地打开办公室的门跑了出去。身后传来一

第四章 那个单纯的姑娘死在了过去

阵急促的脚步声,我心里比画出一个胜利的手势。苏常瑞追出来了。

所有人都朝我投来惊诧的目光。我没有回头,一口气跑到电梯厢那里,电梯正好停在顶楼,我走进去,转过身按下地下2层,电梯的门缓缓地关上,然而已经追到跟前的苏常瑞伸手挡住了快要合上门的电梯。我用错愕的混合着不可思议的眼神看着他。

"苏总?"我小心翼翼地喊了他一声。

"晓晓,昨天的事情的确是让你受委屈了,你先出来好吗?相信我,我会给你一个说法的。"他眉目里有一丝焦虑和无奈,他是明白的吧,在公司里,初来第一天的员工被未婚妻逼得离职,这种事传出去,不管是在公司内还是公司外都不好听,不管是因为什么理由,他今天要是真的让我离职了,那可就真是搞出乌龙了。别忘了,我可是许陌介绍来的。而且最重要的是,这事儿完全是张叶自己搞出来的。

我稍作思考了一下,然后才走出了电梯。顶楼的那些精英们都偷偷用眼尾余光打量着这里,大概他们都非常好奇,我和苏常瑞之间到底发生了什么吧?

苏常瑞见我出了电梯,缓缓松了一口气,他原本紧皱的眉心也稍微舒展了一些。他带着我去了顶级会客室,这里一般是用来接待非常重要的客人的。

"晓晓,你不相信我吗?虽然时间不长,但是我也是真心觉得晓晓你适合当我的秘书。"他坐在我对面,神色认真无比。人家都说认真的男人最帅,我要给说出这句话的人点32个赞,就算苏常瑞是个渣男,这也丝毫没有影响他的颜值。他的确是个很吸引人的男人。我顺从自己的内心,盯着他英俊的脸愣神。

苏常瑞一直盯着我的眼睛,他似乎也发现了我的异样,没有说话,也没有移开视线,而是用一种带着怀念的眼神看着我。

会客室里非常安静,这里隔音效果很好,听不到外面的声音。气氛一时之间暧昧到了极点,我看着苏常瑞眸光里带着的情绪的变化,心中已然乐开了花,都说密室容易滋生激情,这话不假。

人在安静的封闭空间里,特别容易对身边的异性产生异样感情。

前段时间我看过一篇报道,这个现象用科学的方法来解释,就是封闭的空间里,人会比较容易紧张,这时候肾上腺分泌会异常,这种时候就会对身边的人产生一种依赖情绪。

大灾难的时候,结伴逃难的男女就特别容易走到一起去,原理和密室效果是一样的,只不过它有个专业名词,那就是吊桥效应。

时间一点一点,仿佛是沙漏中的沙子一样,悄无声息地溜走。苏常瑞有些出神。此时我们中间隔着一条长桌,他坐在对面,他忽然无意识地抬起手来,似乎是想要触摸我的脸。我冷笑一声,心中很是不屑,果然他能因为张叶抛弃何羽绯,就绝对会为了另一个人抛弃张叶,苏常瑞这种人,和他谈道德和责任是没有用的。

我放缓呼吸节奏,用略带迷离的眸光看着苏常瑞。他的手眼见着就要碰到我的脸了,就在这时,"嘭"的一声巨响,门板被一阵大力拍在了墙壁上,这响声将失神的苏常瑞一下子叫醒了。他闪电般地收了手。

02

"你们在做什么!"张叶看上去愤怒极了,眼前的所见所闻,顷刻间将她的理智瓦解了,她也顾不得外面就是江海集团最顶尖的精英,进门就朝我扑来,她声音高亢尖锐,听得人头皮发麻。

"还说是我误会了,这真的是误会吗?"张叶胸口剧烈地起伏着,因为愤怒,她脸上煞白一片,眼神锋利无比,像是刀子一样,一下一下地像是要凌迟了我。她扑到我跟前,伸手就要打我。我心道不好,盛怒之下的张叶,要是真让她打我,我估计得挂彩。

"你这个狐狸精,我就知道你没安好心,水性杨花就知道勾引男人,你给我看清楚,他是我的!"张叶尖声道,她一把揪住我的头发,我顿时被她拽出了一身冷汗。她还真是下了死手啊。

"苏总!"我回头朝苏常瑞看去。苏常瑞因为张叶的忽然到来,一时间僵在了那里,因为我的一声"苏总"瞬间缓过神来,他眉心一拧,大步朝这边走来,他周身被极

第四章 那个单纯的姑娘死在了过去

低的冷肃气压笼罩着,看样子苏常瑞现在应该也非常生气,张叶已经无法无天了。

偶尔闹闹,增添情趣和感情,但没有分寸的频繁闹,这可就让人消受不起了。苏常瑞能纵容张叶一次,甚至可以纵容两次,但我肯定,他不会纵容第三次。

"住手!张叶你疯了吗?"果然,苏常瑞厉声喝道,"给我松手,不松就给我滚出江海!"

他是气头上吼出的这句话,这是不是说明,其实在苏常瑞的潜意识里,也是知道张叶跟他是为了成为江海集团的董事夫人呢。

苏常瑞伸手拉开了僵在原地的张叶。他稍稍用力一推,也不知道张叶是真没站稳还是故意的,她狠狠地摔在了地上,正好带倒了一旁的椅子,哐当一声砸在地上,椅背压在了张叶的肚子上。这声巨响,将张叶和苏常瑞躁怒的情绪都稍稍拉回来了一些。

"你动手推我?"张叶用一种很不可思议地语气问道,"苏常瑞,你有没有良心?"

"那你自己呢!"苏常瑞用力将会客室的门重重甩上,他将朝外的窗户也拉上了窗帘。这下子会客室彻底和外界分离开来了。

张叶刚刚应该是听到消息跑来找苏常瑞的,只是正好从窗户里看到了我和苏常瑞之间极其暧昧的姿势,接连出现意外,张叶再强大的神经也绷不住了,加上何羽绯的自杀,到底对她还是有影响的,她嘴硬,她耀武扬威,但她其实是心虚的。

这种虚张声势,只需要稍微一刺激,千里长堤就会毁于一旦。

"苏常瑞你什么意思?"张叶坐在地上没有起来,她就这么看着苏常瑞,眼神中饱含的情愫那叫一个丰富。我不得不感叹,张叶能泡到苏常瑞,也的确有她的过人之处。

"我什么意思,你这样冲进来,说些乱七八糟的话又是什么意思!"苏常瑞越说越恼火,我看到他手背上的青筋都跳起来了,"这里是江海集团,不是你家,你高兴做什么就做什么,你愿意让人看笑话,我还要点脸!"

"苏常瑞,你要脸的话,就不会把这个狐狸精带到公司里了!我真是差点就信了你的鬼话!说你们之前不认识,谁信啊,苏常瑞你够可以的啊!"张叶用刀子似的眼神划过我的脸,我下意识地打了个哆嗦。这个女人是真的恨上我了。人就是这样,总会下意识地就有双重标准了,我在做着和她一样的事,她能恨我入骨,为什么就没有想过,她也曾像我伤害她一样,伤害了另一个善良的姑娘。

"苏总……"我用最柔弱最胆怯地声音喊了苏常瑞一声。苏常瑞回过头来,他递给我一个安抚的眼神,然后他微微侧过身,将我挡在了身后。

见到苏常瑞有这样的举动,张叶整个人都傻了。她此时应该被浓浓的危机意识占领了,一时间竟然也不撒泼发狂了,她就这么坐在地上,直到我眼尖地看到了她白色的裙子上,有一丝红色晕染开来了。

"啊。"那瞬间,有什么东西自脑海中溜过,我有了一个不太好的猜测。我之前还在困惑,苏常瑞这样的男人,怎么会这么仓促地就和另一个女人订婚,甚至匆匆忙忙地将婚礼安排在一个月之后。

我怎么没想到呢,张叶她有可能怀孕了啊!

"血……"我颤抖着低声提醒了一下。

张叶此时反应有些慢,她是真的被苏常瑞的态度弄得蒙圈了,她慢慢地低下头去,在看到双腿间的血时,猛地尖叫了一声,然后头一歪,直接晕在了地上。

"叶子!"苏常瑞此时也吓得不轻,他大步上前蹲在张叶身边,拍着她的脸喊她的名字,然而张叶这时刺激过度晕过去了,一时半会儿怕是叫不醒了。

"苏总,去医院!"苏常瑞还在磨磨蹭蹭,我只好适时提醒了他一下,虽然我不待见张叶,甚至可以说是厌恶这种人的,但我没有想过要伤及人命,哪怕何羽绯被她逼得去自杀,若不是我及时赶过去,可能何羽绯已经死了。

苏常瑞一把将张叶横抱了起来,我拿起电话开始拨打120急救。我记得这附近就有一家医院的,我打开会议室的门。当苏常瑞抱着晕迷过去的张叶冲出会议室时,外面一直在默默关注会议室状态的那些人,全都震惊了。如果不是苏常瑞在场,事情又涉及未来的董事夫人,怕是那些人早就围上来了。

我顾不得去看那些人的表情,反正这年头看热闹不嫌事大,他们不过只是一群

第四章 那个单纯的姑娘死在了过去

看客而已。

我帮苏常瑞按下总裁专用的电梯,因为苏常瑞双手抱着张叶,没有办法腾出手来按楼层按钮,我只好跟了进去。刚刚出电梯门,医院的急救车就到了外面,这让我不得不感叹,医院的效率还真是高。

因为动静太大,很多员工都跑出来围观。混乱之中我也被推上了急救车,苏常瑞的脸色很不好,也是,他会和张叶匆忙订婚,多半是因为张叶肚子里的孩子,这年头奉子成婚的不在少数。现在张叶的孩子有可能没了,苏常瑞一定很紧张吧。我用眼尾的余光看了苏常瑞一眼,他满头热汗,脸色纸一般苍白,看样子他不只是很紧张,他是非常非常紧张才对。

03

我心中就打起了鼓,这可不是个好现象,原本我和苏常瑞的进展很喜人,可是张叶这么一来,我前期所有的努力都打了水漂。如果说在张叶来之前,苏常瑞对我的好感度升到了30%,那么现在他对我的好感度一定清零了。

甚至清零还是最好的结果,不变成负数我就谢天谢地了。

果然不到最后,谁都不知道结局如何。怪不得张叶会如此紧张我和苏常瑞的关系,就算她和苏常瑞结婚了,她也一定会战战兢兢地担心会不会离婚,因为她把所有女人都当成了潜在敌人,只要有女的和苏常瑞在一起,她就不可能放心,她得防一辈子的小三小四。

我真想问她一句,你不累吗?为了这么个男人,何苦呢?

到了医院之后,苏常瑞看都没有看我一眼,他急匆匆地跟在医生后面。我在走廊的长椅上坐下。这种时候我就不去他面前刷存在感了,万一张叶肚子里的孩子真没了,他迁怒于我,我可就得不偿失了。

正在我思考着接下去怎么做时,许陌的电话打了过来。我接起来凑近耳边,电话那头,许陌的声音有些疲惫:"在哪儿呢?"

"医院,"我原本有些紧绷的后背一下子放松了,我后背靠着椅背,懒洋洋地对着电话说,"你呢,怎么听上去好像一整夜没睡的样子?"

"的确没睡,"许陌低笑了一声,"什么时候你还有了听声音就知道我睡没睡的本事,你是不是在我办公室装了摄像头偷窥我?"

"呸!"我笑骂道,"我偷窥母猪排队上树都不要偷窥你好吗?"

"敢情我在你心里的地位还不如猪?"许陌笑出了声音,"果然是一家亲,不过人类和猪是好朋友,你得对我好一点啊。"

"你信不信我现在就拿刀去找你?"等待的时间总是很难熬的,和许陌磨牙打发时间倒是极好的。

"你来了我也不开门,"许陌笑道,"你去医院是去看何羽霏吗?苏常瑞昨天不是说今天要当着全公司的人面,让张叶向你道歉的?"

"别提了,"提到这事儿,我顿时就如被扎了一针的气球一样,炸了,"出了点意外。"

"怎么了?"许陌也不开玩笑了,声音明显认真了一些,"发生什么事了?"

"现在不方便和你说,我晚点和你联系,你一整夜没睡觉,还是赶紧做完事去休息一会儿,等你睡起来我再说。"我挂了电话,有些纠结,是继续在这里等,还是先回江海集团取车。

好在这时手术室里的灯已经灭了。医生穿着白大褂走了出来,看他的眼神,手术似乎很顺利。果然他摘下口罩对苏常瑞说:"病人已经没事了。"

"孩子呢?"苏常瑞很在意张叶肚子里的那个孩子,难道他对张叶真的是真爱吗?我倒是有些无法理解了。像苏常瑞这种人,多的是女人愿意给他生孩子,他这么在意张叶的孩子,只能有一个可能,那就是他爱张叶;因为爱张叶,所以极度偏爱张叶肚子里的孩子。

"孩子保住了。"医生说完,一边走一边脱下染了污渍的白大褂。

我松了一口气,孩子保住就好。要是保不住,苏常瑞绝对会迁怒在我身上,哪怕

第四章 那个单纯的姑娘死在了过去

当时动手去推张叶的人是他自己。

没办法,这就是人的劣根性,只有很少一部分人愿意自省,一大部分人出了事从不考虑自己的原因,比起自责,他们更爱去责怪别人、抱怨社会。

我从长椅上站起来走了过去,苏常瑞此时已经跟着推车后面朝着病房走了,我不紧不慢地跟着,等到张叶被安置在病床上,我这才走了过去。

因为张叶和肚子里的孩子都没了危险,他终于舍得分出一点精力来应付我了。他看着我表情极为复杂,他反手关上了病房的门,领着我往外走。

"苏总,张小姐没事吧。"我关切地问。

苏常瑞一直紧皱的眉头,稍微舒展了一些,他有些疲惫地点了下头,看样子他刚刚精神一定高度紧张,"已经没事了,刚刚的事……"

"刚刚是我不对!"这种时候不把责任往自己身上揽,那我就彻底没戏了,我必须让苏常瑞对我保持一点好感度:"要不是因为我,苏总也不会……总之,张小姐没事就好,我先回去了。"

"晓晓,今天的事真是很抱歉。"他伸手揉了揉太阳穴,他此时的内心想必还是有些纠结的,毕竟事情闹到这个地步,严格来说和我没太大关系,完全是张叶自己作的。我是算计了苏常瑞,但是如果不是他自己有鬼,何至于被我轻轻一撩就把持不住。不得不说,这苏常瑞还真是禁不住诱惑,我昨天入职,今天来辞职,短短两天时间他就能意乱情迷,这样的男人,我还真的不愿意相信他是什么痴情种。

可不是痴情种,又怎么解释他对张叶的感情呢?我想不明白这个问题,看样子我对苏常瑞的了解还不够,不只是苏常瑞,甚至是张叶,我都没有了解透彻。情报非常重要,知己知彼,百战百胜,还没有了解敌人就贸然出手,结果必定会死得很惨。

"苏总你别这么说,这不是你的问题,张小姐真是太爱你了,"我笑着说,"可能女人在结婚之前都会不安,毕竟结婚是一辈子的事。不过为了不再让张小姐受到刺激,我还是离开江海比较好。苏总,你不要再挽留我了,这样对我、对张小姐都好。"

"这怎么行?"苏常瑞虽然这么说,但语气明显没有之前坚定了,他动摇了。看来不管怎么样,这一局是我败了。不过距离一个月的期限还有很多天,我不急在这一时，任何一条铺好的路，在危机面前都应该要第一时间舍弃，当断不断反受其乱，留在江海对我来说已经没有意义。就让张叶先笑几天吧，我们来日方长。

"苏总，就这样挺好的，"我故作轻松地说，"真的，你能这样挽留我，我真的很开心，这说明在苏总的心里是认可我的吧，只要苏总知道我不是坏女人、不是小三就好。"

"好吧，"苏常瑞终于点了头，"我同意你离职，不过这样走对你来说很不公平，我明天会向江海集团解释你离职的原因。"

"谢谢你，苏总。"我红了眼眶，用非常乖巧懂事的表情说。

苏常瑞眼底那抹怀念的眸光又出现了。我稍微想了一下也明白了，他大概是想到了何羽绯吧。当初的何羽绯一定也如同现在的我一样，善解人意，懂事乖巧，不任性不胡闹，永远是那么的为人着想。

只可惜啊，那个单纯善良的好姑娘，她死在了过去，死在了他的残忍背叛之后。

04

"晓晓，"他从随身携带的钱包里翻出一张黑色烫金的名片递给我，"至少让我做一点补偿，这是我朋友的公司，并不比江海集团差。"

"苏总……"我急忙就要拒绝他，然而没等我将拒绝的话说出口，苏常瑞就打断了我的话，"晓晓，你不去的话，我会一直觉得对不起你的。"

"好吧，"我从他手里接过名片，事实上刚刚我想要拒绝的态度是装出来的，毕竟要在他面前维持我单纯善良、乖巧懂事的形象啊，"谢谢苏总，真的太谢谢你了。"

"我会和他说好的，你去了一定不会亏待你的。"苏常瑞见我接下卡片，脸色好多了。

和苏常瑞又说了一些无关痛痒的话，我目送苏常瑞往病房走，而我则直接出了医院。伸手拦了辆车，直接打车去了江海集团。

我没有上楼，因为顶楼我并没有东西遗留在那里，我早上去那里，也不过是为了在苏常瑞面前刷刷存在感而已。

第四章 那个单纯的姑娘死在了过去

我现在上去,一定会被顶楼那些精英们逮住,到时候我不把在会议室里发生的事情告诉他们,估计就别想从顶楼下去了,毕竟人都是爱八卦爱热闹的,尤其是这种桃色新闻。

到了江海集团,我直接去了地下停车场,开着我的小车在市中心转了一圈。苏常瑞给我的名片上,那个公司的地址就在这一片。我将车停在路边,透过车窗看向那栋摩天大楼,那里就是苏常瑞给我介绍工作的地方了。

苏常瑞没有骗我,单从外观来看,这家公司就比江海要上档次得多,看来苏常瑞还是很有诚意的。我冷哼了一声,开车离开了这里,去了上次去的那家骨汤店打包了一份骨头汤,又胡乱买了些饭菜,我还是得再去找何羽绯一下。

到了医院,时间已经快11点半了。我推开病房的门,却发现何羽绯并不在屋里。我急忙放下手里的东西,跑出去抓住一个护士问了一下,然而护士也不太清楚何羽绯去哪儿了。

我拿起手机拨了何羽绯的电话,电话倒是很快就被接通了。这个号码是我替她办的新号码,她之前的旧号暂时不能用。她被诬陷为小三,才仅仅过去了一个星期,总有那些无聊的人不断地打骚扰电话来。

"你在哪儿呢?"我问了一声,电话那头似乎有水声,我心里一紧,她该不会是想不开,又一个人去哪里,想寻短见吧。

"我说何羽绯,你不要乱来啊。你还记得我和你说的话吗?我跟你讲,那些话依旧有效的。"我也是迫于无奈才用这种法子来阻止她乱来,她不怕死,但至少她怕我拿了钱不干事儿。她还心有所念,还不至于无法劝回来。

"我没想做蠢事,"何羽绯声音非常平静,听上去的确不像是要做傻事的样子,"我在小镜湖。"

"你跑那里去做什么?这大热天的,"我松了一口气,只要她不是去寻死的就好,"你吃过饭了吗?"

"还没有,"她低笑着说,"在医院待了这么多天,就是忽然想出来看看。"

"那你在那里不要走,我去找你,我买了午饭,一会儿就在那边找个地方一起吃。"我拎起打包好的午饭出了医院。

"好啊,"何羽绯说,"那我就在这里等你。"

挂掉了电话,我开着车去往小镜湖。

小镜湖距离这家医院倒是不远,十几分钟的车程之后,我将车停在了树阴底下,拎着吃的,朝着何羽绯说的地方走去,远远地就看到她穿了一身纯白色连衣裙静静地站在大树下。她非常安静,像是被时光遗留在记忆之河的那一抹倩影一般,静谧且美好,让人一望之下,就忘记这盛夏的酷热,只觉得一阵清凉的风扑面而来,将情绪里的烦躁和不安都洗净了。

我长长地叹了一口气,苏常瑞还真的瞎得厉害。不过各花入各眼,或许对于苏常瑞来说,张叶更有生活气息吧。何羽绯这个类型的,应该是很多少年的初恋,午夜梦回,明月清风之下,只能偷偷去怀念的少年时光里的女神。

我下意识地放缓了脚步,有些不忍心打破这份宁静,不过何羽绯似乎发现了我的到来,她回头朝我看来,然后她冲我微微笑了一下。那瞬间,我真的觉得,那天救下她真的太好了。如果她能一直保持这样的微笑,我就会觉得自己做的这一切并非全是罪恶,至少在罪恶之中,有这样一朵美丽而娇艳的花,自淤泥里长出,却出淤泥而不染。

"那边有个亭子。"她伸手指向不远处,在树木葱郁的树丛里,有一座美丽的小亭子露了出来。我跟着何羽绯走到亭子里,现在是大中午的,这里除了我和何羽绯之外,竟然看不到第三个人。

"这里挺凉爽啊。"树阴遮挡住了酷热的阳光,阴影里和阴影外,仿佛完全不是一个世界。耳边是蝉鸣叽叽,夏风拂过树梢,树叶摩挲着沙沙作响。我忍不住深吸一口气,再长长地呼了出去,这里太惬意,惬意到能让人暂时忘却烦恼,只想一直待在这里。

"是啊,很凉爽。"何羽绯的目光很温和,也不知道这些天她一个人都想了什么,

第四章　那个单纯的姑娘死在了过去

不过我能感觉得出来,眼前的何羽绯,和我第一次见到她时,已经有了很大的改变,虽然仍然很安静,却并不是那种怯懦和不自信的安静。

"先吃东西吧。"我将吃的放在了亭子中间的石台上。这里应该经常有人来下棋,因为石台上有画好的棋盘。

"谢谢你,总是给我送吃的,太麻烦你了。"何羽绯有些过意不去。

我冲她摆了摆手:"你现在是我的衣食父母,不把你伺候到位,我怎么好意思收尾款。"

何羽绯的眸光暗了一下,脸上的笑容里也透着一丝落寞和惆怅。

她其实还是没有走出来吧。也是,8年的感情,并不是说丢就丢的,从她爱上苏常瑞的那一刻起,她的心上就被种了一粒种子,8年的时间足以让种子长成参天大树,如今要把那棵树连根拔起,那该有多疼?

"我不会再做那种事了,"她苦笑了一下,"你放心,我不会再拿自己的命开玩笑的。"

"嗯,我信你,"我将筷子递给她,"快吃吧。"

我没有再说话,何羽绯也没有。一时之间,这里安静到只听得见风声和鸟鸣虫叫。吃完了饭,我将那些餐盒都收好了,拿去丢进了垃圾桶里。

返回那个小亭子,何羽绯已经站起来了,她靠着大红色的柱子,平静地眺望远方,好一会儿她轻声说:"这里,是我和常瑞第一次遇见的地方。"

"哦?"我有些意外,虽然我也有在想,为什么何羽绯会走到这里来,总不会真的是无缘无故来散心的吧,这里还是比较冷清的一个景点,尤其离市中心还有点距离。

"他曾衣襟带风跑来找我,那时候不是夏天,是春深,七里香都开了,他就带着满身花香走到我面前,那时候我以为,我和他会有一辈子,"她眼圈泛红了,声音也有些哽咽,"那时候我怎么会那么以为呢? 我不该那么以为的。"

我伸手拍了拍她的肩膀,什么都没有说。这种时候我要做的不是开口安慰她,我只需要静静地倾听就好了。

她的心里一定藏了好些话,如果一直憋着,那些情绪憋得太久,她会崩溃的,能说出来也好。当你开始对着一个人诉说自己心里不愿放下的人和事,那就意味着你已经开始试着放下了。

　　放下才能开始,不是吗?

　　背负太重的行囊,注定无法到远方。

第五章　所谓敌人的敌人就是盟友

01

何羽绯慢慢地告诉我,她和苏常瑞的过去,听来是个挺浪漫的爱情故事,只是谁也没有猜中现在这结局。她讲得很慢很慢,从她的语气里,我听得出来,那8年,她是将自己的全身心都献给了苏常瑞;否则,她不可能将那些琐碎的小事都记得那么清楚。

何羽绯第一次遇见苏常瑞,是在她18岁那年。那时候的何羽绯,美好得像一株开在静室里的幽兰,无声无息地吸引着所有人的目光。她是那样静好,叫人舍不得将她从心上赶走。

那天她架着画板在这里写生。她穿了一条纯白色的长裙,就如同她今天的造型一样,美得仿佛不食人间烟火的仙子。

苏常瑞比何羽绯要大5岁,刚刚大学毕业,进入了江海集团。那时候他还不是江海集团的执行董事,只是一个总裁助理。那天他是陪开发商来这一片的,无意间抬起头时,就看到了何羽绯。

就像那句诗里描述的一样,金风玉露一相逢,便胜却人间无数。他仿佛溺死在了她的气息里,也不管他是不是有别的重要的事,就这么着急地走到了何羽绯的身边。

感觉到有人走过来,何羽绯下意识地抬起头去看,当时他逆着光而来,乌黑的短发被阳光晕染出一层浅金色。何羽绯不是没有见过比苏常瑞更帅气更英俊的男人,但在看到苏常瑞的第一眼,她就同苏常瑞爱上她一样,爱上了苏常瑞。

是的,在最初,他们都在第一眼就对对方一见钟情了。

何羽绯到底还是个比较矜持的女生,而且那时候她才高二,正在准备艺考,她没有恋爱的打算,尤其对方还是社会人士。但苏常瑞并不是个会轻易放手的人,他尊重她的想法,在她还没有高考之前,决口不提交往的事,但他对她的占有欲,却足以让那些想要接近何羽绯的人望而生怯。

他对她真的很好,含在嘴里怕化了,知冷知热的,将她宠上了天。我不禁感叹,当他还爱你的时候,会想给你全世界;但是当他想离开你的时候,也会将曾经给予的全世界,一并带走的。

何羽绯高考结束的那天,苏常瑞开车等在考场外。所有人看向何羽绯的目光里都是羡慕,开名车、长得好、多金又颜好,这样的男人谁不爱呢!

何羽绯爱的却并非他的外在条件,她想她之所以会对苏常瑞一见钟情,一定是因为他朝她走来时,眼底的那一丝急切和惊喜——像是发现了生命的意义一般的惊喜。

"羽绯,做我女朋友吧,"在沙市最浪漫的花田里,苏常瑞对她说,"我一定会对你好的。"

"如果你觉得这样的我可以的话。"她微微笑着看着他,眼底有一抹属于少女的羞怯神色。

他满怀惊喜地拢她入怀,明明是个大人了,却还像个未经世事的毛头小子似的,高兴得不知怎么办才好。那时候何羽绯知道,苏常瑞是真心爱她的,至少在那一秒是爱的。

那之后的4年,何羽绯在读大学,认识张叶就是在大学期间。

张叶和何羽绯是一个寝室的。大学的寝室里,要么关系和睦宛如亲姐妹,要么成天攀比,将寝室生活演成一出宫心计。

很不凑巧,何羽绯所在的寝室就是把大学生活演成甄嬛传的类型。作为人生赢家的何羽绯,少不得被寝室里的女生冷嘲热讽,说她是绿茶,装白莲花,傍大款,总之怎么难听怎么说。

何羽绯一般也不和她们分辩,只是有一次她们说得太过火了,甚至将何羽绯最喜欢的一双鞋弄脏了,她委屈的泪珠子在眼眶里打转,最后硬是将眼泪憋了回去。

张叶就是在这个时候出现的。她看不惯那些人欺负何羽绯,张牙舞爪地替何羽绯出了气。那时候一直将这些压抑在心底的何羽绯,强忍着的眼泪夺眶而出,在那一刻,她以为自己和张叶会成为一辈子的好朋友。

张叶拉着何羽绯去申请换宿舍。当时张叶的寝室正好差一个人。张叶性格开朗,对谁都很热情,她和舍管阿姨关系很好,所以这么一申请,阿姨就同意何羽绯更换宿舍。

张叶忙里忙外地帮何羽绯搬东西。那时候的何羽绯并没有意识到,从头到尾,张叶会帮她,不过是想借着她去认识一些她一辈子可能都无法认识的人。

若非苏常瑞一定要和她分手,若非张叶没有明目张胆地抢走苏常瑞,那么何羽绯大概永远都不会知道,张叶帮她,不过只是想要利用她罢了。

因为苏常瑞几乎每天都会来找何羽绯,所以全校学生都知道何羽绯有个很厉害的男朋友,甚至还有人打听到了苏常瑞就是江海集团的太子爷,等到时机成熟,就会接管江海集团。这样的人物,谁不想去接近,就算不能泡到他,泡到他的朋友也是好的。

因为成功人士的朋友,往往都是成功人士。

张叶一开始并没有想要抢走苏常瑞,她本打算借着何羽绯去认识苏常瑞身边的人。可惜世事无常,一切的一切,最终走到了这般面目全非的境地。

因为苏常瑞真的是个非常合格的男友,不,用合格是不对的,应该说是一个完美的情人,这样的情人会遭人眼红,遭人觊觎。

何羽绯和苏常瑞约会的时候,说起张叶帮她的事,苏常瑞对这个帮了何羽绯的女生就生了几分好感,和何羽绯商量着请张叶吃个饭。

张叶要等的,就是这样一个机会。她和何羽绯成了最好的朋友。人在困境时,有人对你伸出援手,你就会无条件的、全身心的信任那个人。

何羽绯相信张叶,她将和苏常瑞之间的一点一滴,都与张叶分享。她不知道,张叶在何羽绯向她描述的和苏常瑞的爱情里,慢慢迷失了,她开始嫉妒何羽绯,开始想为什么自己不是何羽绯，为什么她就不能和苏常瑞在一起。苏常瑞身边的确有不少很优秀的男人，但那些都不是苏常瑞。

于是从3年前，也就是何羽绯和张叶都在大三的时候开始，张叶就致力于背着何羽绯去追苏常瑞。本来像何羽绯说的，苏常瑞真的是个完美的情人。所谓完美情人，其中最重要的一点就是，不会轻而易举被别的女人撩拨，他必须专一深情，他深情做到了，最终却输给了专一。

当一个女人无论如何都想得到一个男人，坏女人会想方设法爬上他的床，但也有一些女人会费尽心思得到他的心。很不凑巧，从一开始就把何羽绯当作梯子往上爬的张叶，用了第一种方法。

02

张叶第一次爬上苏常瑞的床，何羽绯并不知道，她只知道从两年前开始，他们就已经开始频繁来往了。在苏常瑞提出和何羽绯分手之后，何羽绯也曾调查过他们，大约是知道了这些之后，她无论如何都不能原谅，所以才会找到我，让我三了张叶吧。

一个是真心爱了8年的人，一个是真心交往了6年的朋友，她曾觉得人生有这样的两个人参与，真的太圆满太好了，却没有想到，会有一天，这两个人背叛自己，用这种最残酷最肮脏的方式。

倘若苏常瑞光明正大地与她分手之后再和张叶在一起，她不会觉得这么憋屈这么痛苦，她或许会难过一阵子，但她会祝福他们，可是他们都骗她，却在骗了她之后，一个无情地连个解释都没有，一个耀武扬威地将小三的名声栽在她的身上。

换作谁，都无法忍受吧。

我忽然想起了我的姐姐，那个还躺在疗养院里、有可能一辈子也醒不来的可怜又可悲的女人。之所以会在那么多人里面选择了何羽绯，就是因为她和我姐姐的遭遇实在太像了。当初没有人救我姐姐，所以她成了植物人，如果我不救何羽绯，那么她是否也会变成那样？

第五章　所谓敌人的敌人就是盟友

事实证明我的担心是对的。她这样的性格，只会用结束自己的生命来逃避，既可怜又可悲。

怒其不争，哀其不幸，大抵就是这样的心情吧。

将何羽绯送回医院，我驱车在市中心瞎转悠。何羽绯的故事说得挺详细的。女人说起这些的时候，说得最多的就是对方曾经有多好，又或者是对方有多么不好，因为是站在何羽绯的角度去说的那些往事。我并不能肯定过去到底是不是如同何羽绯所说的那样。

因为在何羽绯的描述里，苏常瑞是一个很深情的男人，在认识何羽绯之前甚至都没有恋爱过，他们是彼此的初恋。初恋对于男人来说，总是有一些特别的。苏常瑞为什么要背叛何羽绯，我始终想不透。

他好像很容易变心，面对我简单的算计就能上钩，却又好像对张叶一往情深，难道说何羽绯说谎了吗？

不，不像。何羽绯这样的女人，是说不了谎的。她就是一只温顺胆小的兔子，不被逼急了是不敢咬人的。

我有些迷茫了，苏常瑞和何羽绯、苏常瑞和张叶、张叶和何羽绯……

到底发生了什么呢？苏常瑞第一次和张叶发生关系的时候，他的心里是怎么想的？我有些弄不明白了。

我可能需要好好地理清一下这几个人之间的关系，以及站在一个旁观者的角度上，将他们之间的故事彻底地去了解一下。我踩了一下刹车，将车停在了路边。

拿起电话，我拨通了一个号码。电话响了很久，对方才接起来。伴随着嘈杂声，一个男人略带痞气的声音传进耳中："哟，方老板，怎么有空找我啊，最近哪儿发财呢？"

"你在哪儿？"我现在没心情和他废话，直截了当地问。

"老地方。"电话那头的人倒是答得也很果断。

挂了电话之后,我直接开车去往"老地方"。老地方在东环附近,如果说沙市的西部是最发达的地方,那么东部就属于贫民区了,出了城市高速路口,入眼能看到的景致比市中心要差了不少。我跟着记忆将车开进了一条砂石路,不知道谁家的小孩子,穿着脏兮兮的衣服在玩闹,太阳底下晒得脸上都发光了。

　　我将车停在路边,再往前车就开不进去了。拥挤的房舍之间,只有不到1米宽的小窄路,潮湿的地面生了不少青苔,狭窄的天空被晾晒的衣物床单之类的遮挡住了,这条小路出乎意料的凉爽。

　　40分钟前,我联系的那个男人,就住在这条巷子最深处的某个阴暗潮湿的小屋里面,虽然认识了好多年,我仍然不知道他姓什么叫什么,从哪里来,多大岁数,不过这些对我来说也并不重要,重要的是他能帮我整合一些从网上能找到的资料,这可以节省我不少时间。

　　我顺着长巷走了一段路,很快就看到了一个巷子口;从那里拐进去,就可以看到一个有些陈旧的木板门;在木板门的上方,有一个装得非常隐蔽的摄像头。我朝着那摄像头挥了挥手。不多时,一个满头白发的老太太开了门。

　　她略微有些佝偻。我见过她。在几年前,好像上一次见她,也是这样。她并没有看我,而是直接关了门。她是个聋哑人,关上门之后,又转身进了屋。

　　这是个陈旧的小院,时光像是忘记了这个地方,这里一成不变,但这里又比任何地方都更加先进,陈旧的是空气、是房梁屋舍,先进的是这屋子里放着的东西。

　　我推开门走了进去,那是一间不足20平方米的房间,四面八方都是显示屏,之前我听到的嘈杂的人声,就是这些屏幕一同播放的缘故。在这个被堆了一堆仪器的屋子中间,有一张床,被子胡乱绞在床上,一只非常漂亮的布偶猫蹲在那里。有别于混乱的房间,这只猫异常干净,它有一双异色瞳。据说这种品质的布偶猫,没有6位数是买不到的。

　　在床的里边,靠近铁窗的地方放了一个书桌,桌子上满满堆着一些杂物,中间是一台军用电脑,有个满脸胡楂的大叔,猫一样蹲在椅子上。

第五章 所谓敌人的敌人就是盟友

他穿了一件白色老人汗衫，花裤衩，一副已经是个老头的架势，然而他的年龄目测并不会超过40岁。没有人知道他的名字，但来找他的人会叫他大叔。

"老白。"我走过去抱起布偶猫，用脸蹭了蹭猫的脑袋。真不知道大叔是怎么想的，这么美貌的一只布偶猫，竟然起了老白这样一个名字。

"方老板，今天怎么有空的？"大叔回头看了我一眼，说良心话，除去他不修边幅、打扮邋遢之外，大叔算是一个很有魅力的成熟男人，他这样的造型硬生生毁了他那张还算不错的脸，不过这胡楂和太任性的衣着，倒是给人一种颓废的阴郁气息，像是一首蓝调，特别适合在雨天欣赏。

03

我从手包里翻出两张照片递给他："我想知道这两个人之间的事。"

大叔接过照片，他挑了挑眉，有些意外："这男的是谁？你男人？"

"不是我男人，"我找了个地方坐下来，布偶猫乖乖地窝在我的怀里，"我以为你已经知道了。"

"哦对，你开了个事务所，"他拍了下后脑勺，有些恍然，"给忘了，你想知道哪些东西？"

"网上能查到的都查到，"我说着从包里抽出一张信封递给他，"这是定金，三天后我来取资料，会给你剩下的。"

大叔也不客气，直接拿过信封。他点了一下信封里的钱，然后胡乱丢进了电脑桌的柜子里，"请好吧您。"

"老白，我走了。你主人这儿真不是人住的地方。"我放下老白，老白蹭着我的手背喵喵地叫唤了两声。

"啊！"大叔忽然回过头看了我一下，"说到这个，你能暂时帮我照顾一下老白吗？"

我有些震惊了，我所认识的大叔从来就没对什么上过心，但是自从养了老白，他就成了个标准的猫奴才,从这屋子里埋汰和干净的老白的对比,就能看出他有多宝贝老白了。

这么宝贝老白的大叔,竟然提出暂时让我照顾老白,怎么看都有点诡异。

他伸手指了指角落里摆着的空调,空调也很旧了,看上去有些日子没用了,我问:"坏了?"

"是的,"他点了点头,"这是其一,其二是忙完你这个 case 之后,我要出门一趟,天气太热,老白跟着我跑受罪。"

"我说你不是犯事儿了吧,你是偷偷查谁的资料了,还是溜进了瑞士银行的系统?我和你说啊大叔,犯法的事咱可不能做,网上收集一些公共性质的消息是网络高手,要是入侵人家私人防火墙,可就是黑客了!"我打趣他,"你竟然要出门,这简直比太阳爆炸还震撼啊。"

"笑吧笑吧,几年不见,你还是这么讨厌。我可是安分守己的好公民,犯法的事决不做。"他说着,从椅子上爬了下来。他走到门边,打开了一个小房间的门,那个房间收拾得非常干净,猫架猫砂盆还有猫窝,一应俱全,都是最奢侈的牌子。这家伙是把钱全砸在老白身上了。

我没有追问他出门去干什么,就像他不会追问我事务所的事一样,我们算是朋友,但又可以说是陌生人。这样的距离让我们彼此都觉得安全,挺好的。

一个小时之后,我大包小包地走出了这条巷子,这一个小时的时间,大叔把老白的日用品都打包好了,一股脑全都塞给了我。

"你就不怕我抱着你的猫跑了啊。"我忍不住笑着说。

"无论你去了哪里,我都能找得到的,"他说这句话的时候,真是自信满满,都有些自大了,"唔,除了你消失的那一年我不知道你干什么去了之外。"

"3 天后,我来取我要的东西。"我抱着猫走出了那个拥挤潮湿的小屋子。

上了车之后,我将老白的日常用品塞在了后排,老白则被我安置在副驾驶的座驾上。老白是一只 3 岁的成年布偶,被大叔养出一副慈禧太后的气质。

第五章 所谓敌人的敌人就是盟友

到家之后，我抱着老白先上楼，将空调开了，让老白待在沙发上，我这才下楼去拿那一堆东西。把东西都归类放好，我已经热出了一身的汗，抓了居家服进卫生间洗了个澡。出来的时候，外面已经是黄昏了。

我正捉摸着晚上要吃点什么时，门铃响了。这个时候会来找我的，应该只有许陌了。我打开门，然而出乎意料的，站在门口的并不是许陌，而是苏常瑞。

一时间我有些反应不过来，脑中不断回响一个问题，那就是苏常瑞为什么在这里，他来做什么？我们上午才见过，就算有什么事，他为什么不打电话给我，而是直接跑来找我。我和他没有熟到这种程度吧。

"苏总？"好在我反应也比较快，很快就反应过来，我侧身将他让了进来。这个时候我无比庆幸，为了老白住得舒坦，我特地把家里收拾打扫了一遍。

"嗯，上午太仓促了，我觉得我还是得亲自来一趟比较好。"他微微笑了一下，很是绅士。

我侧身将他让了进来。他不动声色地将我住的地方看了一下。

因为手头并不拮据，加上我不喜欢亏待自己，我住的这个地方算是沙市比较高档的小区，我家的家具用具也都是上档次的。当然，这些并非我置办的，这是房东家的。不得不说，房东真是个有品位的人，将这两室一厅的公寓布置得相当有气派。

我打开冰箱，拿出两罐可乐，递给苏常瑞一罐，"抱歉，家里只有这个了。"

"嗯，谢谢，"他接过可乐，在沙发上坐下来的时候，视线正好落在了老白身上。我看到他稍微愣了一下，"你养的猫？"

"是啊，"我弯腰将老白抱起来，老白倒是非常配合，没有挣扎，非常温顺地窝在我怀里，"我之前一直在韩国，学业结束之后，就带着它回来了。"

我一本正经地开始胡说八道。苏常瑞并不了解我的底细。我是许陌介绍去的。许陌身为一家公司的老板，他认识的人总归也是要有些分量的，而且我也要让苏常瑞知道，我这样能养得起极品布偶猫，住得起高档次公寓的女人，是不会因为钱去和男人暧昧的。

"嗯，许总说过，你是才从韩国回来的，"苏常瑞打开易拉罐喝了一口可乐，他说，

"打算什么时候去荣盛报到？"

"想在家休息几天，可能 4 天之后吧。"荣盛集团就是苏常瑞给我介绍的新公司的名字。

我要等 3 天，等到大叔把具体的情报给我之后，我才能决定具体要怎么做，这 3 天我有很重要的事情要做的。

"到时候我和你一起过去。"苏常瑞语不惊人死不休地忽然说出了这么一句话。

"会不会太麻烦苏总了，苏总帮我引荐我已经很感激了，怎么能麻烦苏总亲自陪我去，要是张小姐知道了，一定会误会的，苏总应该多陪陪张小姐。"我急忙说。

"晓晓你这么说，我更加无地自容了，"他很是歉疚地看着我，"三番两次地让你难堪，其实我都明白。叶子在医院，医生说没有什么大碍，休息好就没事了。上次当着许总的面，我承诺过一定会让叶子跟你道歉的。"

我顿时恍然大悟，一下子明白他为什么会跑来我家了。

"没事的，苏总，只要知道苏总没有看轻我，没有觉得我是那种会破坏别人幸福的人就好。而且怀孕的女人最大，张小姐身体养好了比什么都强，"我说得极为诚恳，这种时候，这种狂刷好感度的话，我是绝对不会吝啬的，"你放心吧苏总，我没事，真的，我哥那边我也会和他解释的。"

"你是我见过的、最善解人意的姑娘。"他放松了下来，得到了我肯定的回复，他应该就不会担心和许陌无法交代了。

"也只有许总这么觉得吧，我哥经常觉得我任性呢。"我笑着说。

他也跟着笑了两声，看着我手里的猫，赞道："猫真好看，叫什么名字？"

"叫艾米丽。"我自动给老白换了个有点档次的名字。老白甚是不满地拿爪子拍了一下我的脸，我顺势将老白递给苏常瑞，他接住了，非常温柔地抚摸着老白的绒毛，老白很是享受地眯起了眼睛。

"很好听的名字，"苏常瑞果然比较喜欢这种名字，他顺口问了一声，"你和许陌是兄妹吗？我记得许陌好像没有妹妹吧。"

第五章 所谓敌人的敌人就是盟友

"我是他姑姑家的表妹。"我再次不要脸地开始满嘴跑火车,他之所以会对我有这样的态度,很大程度上是因为许陌。

"原来是这样。"苏常瑞了然地点了点头,又说了一会儿话。外面已经开始亮霓虹灯了,苏常瑞才起身告辞。他离开之前回头看了我一阵,最后他坚持4天后接我去荣盛集团报到。我稍微拒绝了一下,装作无奈地接受了他的好意。

04

苏常瑞走后,我就收起了脸上伪装出来的笑容。这一天我累得快要站不住了,上午被张叶一顿折腾,下午去找大叔,带老白回来又是一阵折腾,像我这种平常不运动的人真可谓是要了老命了。

我折回茶几边上,拿起手机给许陌打了个电话。许陌正好这时候才起来,他昨天一夜没睡,上午和我打完电话之后才去休息的,睡到现在差不多六七个小时了。

"跟你说个事儿,"我瘫在沙发上,老白顺势趴在了我的肚子上,"要是苏常瑞问你我和你的关系,你就说我是你姑姑家的孩子,我们是表兄妹的关系。"

"你又扯什么谎了?"许陌忍不住笑了一下,"吃晚饭了没有?"

"没吃呢。"肚子饿得咕噜叫了一下,我说,"你吃了没有?"

"我才做好饭,"许陌说,"自己过来吧,有你爱吃的糖醋排骨和油焖茄子。"

"好的,长官!"听到有吃的,我顿时来了精神,我坐起来,将老白放在一旁,跑进房间去换衣服。因为是去许陌家,许陌在我心里,默认是家人,我在他眼里,也算是亲妹妹,所以我并没有化妆,换好衣服,我就打算直接出门了。

然而走到门口时,老白喵喵喵地一边叫一边跟了过来,那可怜兮兮的小眼神,与之前的女王范儿完全不像是一只猫。我一时心软,弯腰抱起老白,带着它一起出了家门。

许陌的家离我家并不远,开了不到10分钟,我就到了许陌家。

许陌身为公司的老板,怎么也不能和我一样,住筒子楼,我并不是第一次来这里,当然也不是第二次。下了车,我抱着布偶猫去按门铃,许陌开门的时候,身上还穿着一件花围裙。

你能想象吗? 一个一米八几的大老爷们儿,穿着白衬衫黑色西装裤,外面套一件花围裙,还是粉红色的,那是怎样的一种景象。也只有许陌这样的颜值才能撑得起这种花围裙了,我一边笑一边抱着老白进了许陌家。

"你什么时候养猫了,你从哪里抱回来的?"许陌跟了过来,他一边走一边解围裙,看着我抱在怀里的那只布偶猫,眼神都直了,"这不是布偶猫? 我说晓晓,你不会是看人家猫好看,直接给抱回来的吧,你小心人家报警抓你。"

"到时候我就说你是主谋,我是跑腿的,"我抱着老白在许陌面前晃了晃,"是不是超可爱的,怎么样,这可是猫界范冰冰啊。"

"是挺可爱,"许陌伸手摸了摸猫的下巴,"把它放下,洗洗手吃饭吧。"

"好咪!"我也真是饿了,将老白放在客厅的沙发上,我走到厨房,拧开水龙头洗了把手。许陌家的厨房和餐厅是连在一起的,厨房是开放式的那一种。

走到餐桌边上的时候,我不得不感叹,许陌诚不欺我也,果然有糖醋排骨和油焖茄子。

吃完了饭,我帮着许陌收拾碗筷,洗着洗着,我忽然觉得有件事儿还没干,回头一看,老白爬上了餐桌,一脸委屈的表情看着我。

"啊,我忘记喂猫了。"大叔千叮咛万嘱咐地跟我说,一定要准时准点喂老白,要喂他塞给我的进口猫粮,吃完猫粮还要吃个猫罐头。

正说着,许陌手里拿着一个小碟子走到老白面前。他放下碟子,那里装了一盘三文鱼,"早想到了,就你自己吃饭都不记得的主,也敢帮人照顾猫,猫的主人心也够大的。"

我哈哈傻笑了两下,老白吃得头都不抬,显然非常满意许陌给它的晚餐。

收拾完了之后,许陌泡了两杯茶放在茶几上。看着他娴熟的动作,我真是感叹,他还真是贤惠。

"说说吧,上午怎么回事。"他坐在沙发上,端起一杯茶慢悠悠地喝。

第五章 所谓敌人的敌人就是盟友

我坐过去,抓起瓜子,一边嗑一边将上午在江海发生的事情慢慢地说给了许陌听。老白吃完了鱼,踩着摩登猫步走过来,跳上沙发,窝在了许陌的怀里,幸福地打着呼噜,那家伙完全忘记我才是它的临时收养人。

"荣盛?"我讲完了之后,许陌才慢悠悠地开了口,"苏常瑞竟然让你去荣盛?"

"怎么?"我被许陌奇怪的语气弄晕了,荣盛怎么看都比江海要更有档次一些,难道苏常瑞让我去荣盛,不是因为觉得对我有亏欠吗?

"你不知道?"许陌一脸看傻子的眼神看着我,"何羽绯没告诉你吗?"

我心里咯噔一下,难道说这里面还有什么重要的信息,何羽绯故意隐瞒了吗?这个会是苏常瑞背叛何羽绯的理由吗?可是何羽绯为什么没有告诉我这件事,她连和苏常瑞的初相识都说了,她没有道理会瞒着我一切其他的信息啊。

"好吧,看你的样子也知道没有了,"许陌叹了口气,伸手摸了摸老白的脑袋,"荣盛集团有个太子爷,这位太子爷的名字叫程逸,他和苏常瑞曾经是朋友关系,不过因为两个人都喜欢何羽绯,程逸和苏常瑞已经很长时间没有往来了。"

"什么!"我惊得瓜子都掉了。现在是个什么情况,这么重要的事我竟然才知道。何羽绯到底是怎么想的,她为什么没有告诉我程逸的事,难道说她和程逸之间曾经发生过什么难以启齿的事?

"苏常瑞竟然介绍你去荣盛,有点意思。"许陌不知道是不是气急了,竟然露出了一个笑容来,只是这个笑怎么看都让人觉得头皮发麻。

"等等,"我满是为什么的大脑里,弹出了一个很关键性的信息,"如果是这样的话,那是不是就意味着,程逸和苏常瑞之间并不是好朋友关系,有可能到现在还是情敌?"

"可以这么说,毕竟这么多年来程逸都没有和哪个女人暧昧,看样子是对何羽绯念念不忘的。"许陌点了点头。

"GOOD!"所谓敌人的敌人就是盟友,我现在有些明白苏常瑞为何坚持要送我去荣盛,甚至为此不惜丢下在医院的张叶,亲自来我家找我。他大概是需要一个契机——与程逸恢复往来的契机,毕竟他现在已经离开何羽绯了。

只是为什么他会在这个节骨眼上去找程逸呢,他就不怕程逸为了何羽绯的事跟他翻脸吗?虽然说已经翻过脸一次,但是心爱的女人被别的男人伤害,这总归是不能忍的。

我敏感地觉察到,这背后一定有什么特别的因素。我心中隐隐有了一个猜测,只不过现在没有证据,不好下定论。不过用不了多久的,3天后,我就能从大叔那里得到答案了。大叔办事我还是非常放心的,用他的话来说,没有他查不到的信息。

无论是什么事,只要发生过就一定有痕迹,再隐蔽都不可能彻底隐藏掉。

"你打算去吗?"许陌问我。

我理所当然地说:"肯定要去啊,不能辜负了我们苏总的一番心意,对不对。"

我原本对荣盛并不太感兴趣,然而现在我是相当感兴趣,在我一条路断掉的情况下,柳暗花明忽然又一路,真是没有比这个更让人开心的了。

"要是需要帮忙,记得打我电话。"他像个唠叨的老头一样,絮絮叨叨地嘱咐我。

"知道啦。"我抱起老白,从许陌家告辞出来。

盛夏的夜晚,没有火辣辣的太阳炙烤,天气就没有那么闷热。我带着老白开车回家。到家之后,老白窝在沙发上浅眠。我打开电脑,用最快的速度搜索荣盛集团的程逸,很快,有关程逸能够被公布于众的消息就被我看到了。

程逸,33岁,现在已经是荣盛集团的实际掌权人,他年轻有为,不乱搞男女关系,很多人猜测他是不是gay,他非常低调,很少出现在这种八卦新闻上。我继续往下拉,然后就看到了程逸的照片。

我顿时就瞪大了眼睛,我脱口而出了一个字:"噢!"

第六章　姑娘，你是不是瞎了

01

我原本以为，许陌和苏常瑞，已经是少有的长相出挑、气质出尘的年轻有为的成功男士了，然而见到了程逸，我觉得许陌和苏常瑞都可以靠边站了。在那些狗血言情小说里，英俊如天神一般的总裁大人原来是有原型的，这个原型就是程逸啊！

明明可以靠脸吃饭，偏偏要靠才华，这样的人真是让人羡慕嫉妒恨。

这样的一个人，为了何羽绯这么多年一直单身？好像有点不现实吧。这种长相，这种气质，随便勾勾手指头，都有小姑娘愿意跟他跑了，他是有多爱何羽绯啊。我越发不能理解，何羽绯为什么没有和我说起程逸的事。

如同被小猫的爪子挠着心肝，我好奇得不行，抓起电话直接拨通了何羽绯的号码。

"问你个事啊，"接通电话之后，不等何羽绯说话，我先开了口，"你认识程逸吗？"

"程逸？"何羽绯的声音很平静，平静到没有一丝波澜，就好像只是在讨论一个陌生人一样。这不科学啊，明明程逸为了何羽绯都和苏常瑞断绝往来了啊。

"是的，程逸，"我肯定地说，"你认识他吗？"

"你说的是荣盛集团的那位程总吗？"何羽绯问。

她果然是认识程逸的吧，我说："是的，就是他。"

"认识，但是不熟，"何羽绯不明白我为什么要问程逸的事，语气有些困惑，"怎么了？"

"不熟？"这就叫我惊讶了，这是个什么情况，矛盾中心的当事人，竟然表示对程逸并不熟？她真的没有在逗我玩？

"是啊，就偶尔会遇到，点头之交而已。"何羽绯答道。

我暂时压下这个疑惑,打算找别的途径去查一查程逸的信息,"你是毕业之后就给苏常瑞当秘书的吗?"

"是啊,他说那样就可以一直在一起的。"她自嘲地苦笑了一下。

"那你知不知道,荣盛集团和江海集团,他们有没有什么业务往来?"我问。

"没有,两年前,我大学毕业进入的江海,荣盛和江海就一直没有过业务往来,好像是荣盛那边拒绝合作。"何羽绯倒是回答得很详细。她告诉我,江海集团需要的一种原料,荣盛的一个项目车间出产的是质量最好的,但奇怪的是江海集团却退而求其次地找了另一家公司,用高出 1/3 的价格购入质量明显不如荣盛的原料。何羽绯当时很好奇,后来她就从采购部那里得到了这个消息,并不是采购部的人故意这么做的,而是荣盛拒绝合作。

"那你知不知道荣盛为什么拒绝合作?"我继续追问道。

何羽绯却表示她也并不知道什么原因。挂掉了电话之后,我再一次陷入了迷茫之中。难道说何羽绯不知道程逸喜欢她,可是如果是这样,程逸到底是怎么和苏常瑞老死不相往来的呢?而且既然已经走到这一步,为什么苏常瑞又想以我为契机,重新修复和程逸之间的关系呢?

我翻出了苏常瑞给我的那张名片。之前没有仔细看,现在才发现这张名片并不是新的,看了一下制作日期,竟然是 3 年前的。

我放下名片关掉电脑,时间已经不早了。今天一整天,大脑都在高负荷的运转,我再继续思考下去,我怕我会年纪轻轻就脑残。

然而我躺下之后还没睡着,放在床头柜里的另一只手机就响了起来。我连忙翻出来接通了,电话那头是个怯怯的声音:"喂,是粉色事务所吗?"

我从床上坐了起来,拧开床头灯,抽出了本子和笔,准备随时记录:"是,这里是粉色事务所。请问有什么能为你效劳的?"

"我看到广告……对不起我打错了。"电话被挂断了,我将电话重新放了回去,然后关灯,睡觉。

第六章 姑娘，你是不是瞎了

这样的电话我接到过不少，他们觉得憎恨，却又没有勇气将受到的伤害报复回去，总想着息事宁人，逃避了就好了。不过能够打来电话，这就说明他们也意识到自己受到了残忍的对待了吧，这样总比浑浑噩噩不愿意多想的人要好得多。

我没有打回去。这种电话我都不会选择回拨。如果自己不能改变，如果自己没有勇气，别人是什么也做不了的。

那个号码是放在广告上的号码，并没有注册姓名，和我的私人号码并不是同一个，只有像何羽绯这样，我才会用私人号码联系。

第二天早上我是被闷醒的。老白大约是饿了，我还在睡，它一屁股坐在了我的脸上，我抱着它坐了起来，一看时间，才清晨 7 点 30 分。

老白的眼神里带着控诉和不满，显然猫星人饿了，饿了的猫星人非常生气。

我顶着一头乱糟糟的头发，顾不得洗脸刷牙，先给老白摆上了吃的。那一堆东西里面，大叔都清楚地标出了早上喂什么，中午和晚上喂什么，这倒是省事了，否则对着这一对英文字母，就算我英语还不错，也相当头疼。

喂好了老白，我正打算睡个回笼觉，大叔的电话就过来了。他叽里呱啦说了一大堆，都是说的有关老白的，最后他让我今天务必要带老白去宠物店洗澡，然后不等我说一句话，就挂掉了电话。

我盯着已经黑屏的手机，内心几乎是崩溃的。

就算再想睡觉，现在也睡不着了。我冲了个澡，吹干头发，从冰箱里找了一把挂面煮了吃。我把自己收拾得能见人了，带着老白出了门。

大叔说的那个宠物店位于市中心，那家伙很少出门，然而为了老白，也得 3 个月出门一趟给老白洗澡。我严重怀疑，他把老白托付给我，是因为夏天天气热，懒得出门。

到了宠物店，我几乎是一路被人投以羡慕嫉妒恨的眼神。也是啊，任谁带这样一只拥有盛世美颜的布偶猫来这里，都会叫人羡慕的。

给老白洗完了澡，我带着它出了宠物店，走到门口的时候，有个女人追了上来。

她上来就问:"这位小姐,你这只猫能转卖给我吗?我愿意出高价!"

我遗憾地耸了耸肩,然后抱着老白上了车。她就是出天价我也不能卖。老白是大叔交给我暂为保管的,我就是把我自己卖了也不能把老白卖了。

02

开车路过干洗店的时候,我下车取了一下我的衣服,就是上班第一天穿过去,被淋了一身饭菜的职业套装。不过去荣盛的时候,是不能穿这件的,看样子我还需要一身普通的职业套装。

把老白送回家之后,我约了何羽绯去逛街。她现在还是会胡思乱想的,还是得出去走走、散散心才能分散注意力。和昨天晚上给我打电话的那个女人不一样,何羽绯她的确朝我伸出了手在向我求救,只要她给了我这样的信号,无论如何,我就一定要把她拉上岸。

我不会眼睁睁看着她溺水而什么都不做。

何羽绯倒也很痛快,我们说好了半个小时后在医院楼下见面。之所以约她,其实也还是存着再从她身上得到一些关于程逸的信息。

我还是有点不相信,何羽绯会和程逸是"不太熟"的关系。

车子开到医院楼下,何羽绯已经等在那里了。我载着她直接去了市中心。

"我过几天要去荣盛集团上班,所以需要工作装,你知道哪里有性价比高的职业装吗?"走进一家商场的时候,我问了问走在我身边、一直沉默不语的何羽绯。

"你要去荣盛?"她如我所料地,露出了相当意外的表情。

"是啊,所以不是向你打听,和程逸熟不熟嘛。"我不着痕迹地看着何羽绯,仔细看着她的脸,试图从她脸上看出一丝特别的表情。然而没有,她就如同她说的那样,对程逸这两个字,完全没有反应。

这还真是怪事年年有,今年特别多。她不知道程逸,更不知道程逸爱她。

"你说你和程逸不太熟,我能问问,你是什么时候认识程逸的吗?"我记得她说过的,她是两年前,大学毕业之后才去江海的,那个时候江海已经和荣盛断绝往来了。

第六章 姑娘，你是不是瞎了

既然这样，她没有道理认识程逸才对；那么程逸到底是在什么时候爱上何羽绯的呢？这简直太匪夷所思了。

"第一次见程逸应该也是在8年前吧。"何羽绯有些不确定地说。

我彻底懵了，程逸在那么久之前就见过何羽绯了吗？我算了一下，8年前，程逸应该是25岁。

"我对你说过吧，我第一次遇见苏常瑞，是在8年前，那时候我在湖边写生，苏常瑞本来是和别人在那边谈事情的，"何羽绯仔细地回想了一下，慢慢地说，"也是在那个时候，我可能见过程逸。"

她说的并不确定，然而我已经肯定了，就是那一次了。

我怎么忘了呢，她说过的，苏常瑞去那里的目的。而且许陌说过的，苏常瑞和程逸曾经也是好友，后来为了何羽绯才老死不相往来的，那么我完全可以这么猜测。

8年前的那一天，七里香溢满整个小镜湖，树木葱茏之间有个不食人间烟火的少女在写生。那时候不经意看过去的苏常瑞对何羽绯一见钟情；而同时，和苏常瑞一起站在那边的程逸，也看到了何羽绯，在他愣神的时候，被苏常瑞捷足先登地去到了何羽绯身边，先他一步认识了何羽绯。

何羽绯有这样模糊的记忆，那是不是说明那天她其实还是有往那边看的，只是她没有特意去铭记，所以回答得很不确定。

这种时候我特别想问何羽绯，你是不是瞎，怎么看程逸都比苏常瑞更加俊美，如果要一见钟情，也是对程逸一见钟情啊，毕竟这是个看脸的世界。

那么一个漂亮的大帅哥，她竟然视而不见，爱谁不好竟然爱了个潜在渣男，我也是不知道要说什么好，真正有点哭笑不得了。

"再见他应该是过了两三年的时候，有一次我和常瑞在外面吃饭，偶然遇见过他，常瑞跟我介绍他叫程逸，"何羽绯想了想，接着往下说，"最后一次见他应该是在两年前，我去江海公司上班的时候，那次我是无意间偶遇到他的，只是稍微点了个头，也并没有说话。"

看着何羽绯,我终于明白为什么她跟我说的那些故事里会没有程逸的存在了,因为这完全是比路人还要路人的存在啊。这个程逸是不是有自虐倾向,他那么爱一个人,却连和对方说一句话的勇气都没有,他手里握着那么大一个公司,养活了那么多个员工,却偏偏连让心爱的姑娘知道他存在都做不到。

"这样啊,那我只有自己看着办了,"我叹了口气,"对了,刚刚说的,合适的店有吗?"

"有,"何羽绯说,"我之前的职业装,都是在同一家店买的,质量很好,价格也不会很贵。"

和苏常瑞交往的时候,何羽绯坚持不花他的钱,除去不想被人说她傍大款之外,她也不想成为一个一无是处的人。那5万元的分手费,她原本是无论如何也不会去拿的,实在是他们太过分,她决定找我去收拾苏常瑞和张叶这两个人渣,所以才会接受那一笔钱。她想用苏常瑞给的钱去收拾苏常瑞,这其实也算是一种报复吧。

对于这种做法,我不得不说,姑娘你真是干得漂亮!

何羽绯说的那家店不在这个商场,不过既然已经来了,那么就转了一圈。走到化妆品柜台的时候,我稍微停了一下,我回头打量了一下何羽绯,她这些天住在医院,出来自然也是没有化妆的,她美是极美的,只是有些憔悴,有一种颓败的气息。

"等这些事情告一段落,你有什么打算?"我一边看着口红,一边装作随口问道。

"会找个地方重新开始吧,"她苦笑着说,"不知不觉间,我竟然也26岁了。"

"我说,你要不要买点面膜?"我们现在正站在SK-2的专柜边上,我抓起一片面膜递给她,"前男友面膜,敷完让他后悔放弃你。"

何羽绯愣了一下,摇了摇头,她眼神黯然,她的心情一定非常复杂吧。但如果一直逃避下去显然是没有意义的,拖得越久,越难走出来。必要的时候,一定要快刀斩乱麻,当断则断,这是最好的做法。

"你坐下。"我将她按在了化妆镜前,招呼柜台的导购小姐过来。我对化妆品还是很了解的。没办法,这是业务需求,必要的时候我得让自己整个的气质改变,除了衣着，就只能靠妆容来修补了。

"麻烦你帮她化个妆。"何羽绯一定很久都没有好好打扮过自己了，她可能已经忘记自己到底有多美，我必须让她明白，无论她是16岁还是26岁，甚至是36岁，她都可以活得漂亮、活得自信。

"你用最好的、最适合她的肤质和气质的，效果好的话，我们买一套。"我当然知道这种地方化妆的规矩，一般试妆只会试一半，所以我才会特地这么说了一下。

03

导购小姐替何羽绯化妆的时候，我继续回到卖口红的柜台前面。口红对于女人来说非常重要，你可以不擦粉底，你可以不化眼妆，但你一定不能不擦口红。

挑选一支合适的口红，会让你整个气质都上去一个档次，整个人会看上去很有精神，就像是画龙点睛一样，会让你原本平凡的五官顿时显得生动起来。

最近大为流行的CPB细管235型号的口红，其实很多女人并不适合用。那种姨妈色大气场的口红，只有皮肤白、本身气质好的人擦了才有加分效果，肤色偏黑的擦了之后，非但无法加分，反而会让整张脸看上去更加暗淡，更加老气。

所以并不是最流行的就是最好的，最关键是要合适自己，真正适合自己的，哪怕是多年前的老款也不会过时。一味追潮流并不可取，你真正要做的不是追逐潮流，而是创造潮流。

等了大概有20几分钟，何羽绯那边已经完全化好妆了。我走过去看了一眼，如果说没有化妆的何羽绯是一朵纯白色的小茉莉，那么化过妆的何羽绯，完全是一把蓝色妖姬，惊艳到让人移不开视线。

连帮忙化妆的导购小姐都有些惊呆了。何羽绯站在镜子前，呆呆地看着镜子里的她自己。她就这么静静地看着，眼白有些泛红，她稍稍仰了一下头，转身的时候眨了眨眼睛。

她终于意识到了吗？为了一个不值得的人，她对自己有多不好。

"买了吧，"我将化妆用的化妆品推到她面前，"对自己好一点，如果连自己都不心疼自己,谁又来心疼你?"

她深吸了一口气,好一会儿说不出话来,导购也帮腔道:"是啊小姐,你本身就很美啦,但化完妆真的太惊艳了,比大明星都漂亮。女人嘛,是要对自己好一点的。"

何羽绯回头对她微微笑了一下,说:"晓晓,能借我点钱吗?"

"可以。"我掏出一张卡递给导购去结账,因为买得多,还给了个九五折。

拎着化妆品往前走,何羽绯慢慢地停下了脚步,她目光平静地凝视着前方,说:"你知道吗?其实我都没有买过这么贵的化妆品,也没有这样认认真真的化妆过,因为常瑞说他喜欢我素颜的样子,后来去公司上班,才开始化淡妆,我从不知道……原来我可以这么美。"

"你本来就很美啊,"多傻呢,为了男人一句爱素颜,就放弃了追逐美的权利,"而且女人化妆并非为了给男人看的,是为了让自己变成更好的自己,为了让自己看着赏心悦目,是美给自己看的。以后不要再这么傻了,明白吗?而且男人其实很虚伪的,嘴上都说喜欢素颜,以为化妆的都是坏女人,可是最后自己的视线还是不由自主地落在那些化着精致妆容的坏女人身上。"

"我知道,我不会再这样了,谢谢你,晓晓,你又救了我一次。"她说这句话的时候,眸光亮晶晶的,氤氲在眸子里的水汽,让她的眼睛蒙上了一层雾气。

"第一次,救了我的命;第二次,救了我的心。"她终于笑了,不是牵强的笑,从我见她第一眼到现在,她终于真真正正的,展颜微笑了。

"不客气,"我说,"不用谢我,谢谢你付给我的人民币吧。"

说到底我不是什么救世主,我做的事情并不光彩,无论以什么理由去破坏别人的幸福,这都是不对的,我知道,我深切地知道这一点。

然而就算是知道,我也仍然想要做这件事,我是怀着死后下地狱的觉悟开出粉色事务所的。

出了商场,何羽绯整个人明显轻松多了。这一路上,不分男女,都会将目光投注在何羽绯身上,他们在赞叹,在窃窃私语,然而不管怎么样,自己做好自己,别人羡慕也好,嫉妒也好,或者是恶意揣摩也罢,那根本就不重要。

如果在意外人的眼光,那么你所做的每一件事都是错误的,因为你无法让所有人都满意,为何要让自己活得那么累呢?做自己认为是对的事,做不伤害别人的事,这就足够了。

人生苦短,何必管他东西南北风,待百年后,红颜蓝水,尽归尘土。

一路上,何羽绯也慢慢地说起有关于她自己的事。何羽绯出生在一个艺术家的家庭,爸爸是个画家,名字说出来在国内画坛也颇有名气,现在是大学里的教授;而何羽绯的妈妈则是一名话剧演员,现在也是大学教授,专门教表演专业的学生。

也难怪何羽绯的气质如此出尘,良好的家教让她不善与人争辩。我其实特别喜欢何羽绯这样的女人,简单芬芳,如一株静默盛开的幽兰,不招蜂引蝶,自有清风徐来。

我们逛逛走走,寻了个地方吃了午饭,气氛相当融洽。我能明显感觉到何羽绯的变化,她是真正开始愿意接触这个世界,而不是将自己尘封在过去。

愿意看风景就好。看吧,好好看看吧,这多情又无情的世界。

然而这种极好的气氛,却因为一个小插曲而毁于一旦。

没错,我们遇见了苏常瑞和张叶。

那时候我和何羽绯正好逛到另外一家商场,打算去买一件超贵的衣服庆祝一下时,何羽绯终于走出来了,然而就在这家商场,我们遇见了他们。

当时何羽绯正好拎起一条长裙,回头打算招呼我的时候,就看到不远处,张叶挽着苏常瑞的胳膊朝这边走来了。她当时整个人都愣住了。我觉察到了她的异样,顺着她的视线看了过去,就看到了张叶与苏常瑞亲密无间的样子。

看样子张叶是真的没事了,明明昨天才出血,今天就敢来逛街,不得不说,张叶的确是很强悍。

我一把拉着发愣的何羽绯躲到了一排衣架的后面,好在他们并没有走进这家店;否则,要是看到我和何羽绯在一起,那就完蛋了。

危机解除,我拉着何羽绯走了出来。我催促着何羽绯去试衣服,然而她却看着他们消失的方向,脸色越来越难看。

那两个人乘了上楼的电梯,而顶楼是婴幼儿用品。

"怎么了?"我伸手在何羽绯面前挥了挥。

她如梦初醒,将衣服塞在我的手里飞快地追了出去;我急忙将衣服挂了回去,追着何羽绯后面跑,我怕她一个冲动做出什么傻事来。我心中不禁暗暗地想,这个张叶和苏常瑞还真是搅屎棍,我努力的成果,就这么轻而易举就被他们给毁了!

04

何羽绯已经快到顶楼了,我心中无比着急,我踩着电梯往上跑,当我看到站在电梯口,整个人因为震惊而六神无主的何羽绯时,我不由得松了一口气,至少她没有冲动地冲过去,这就好,这就好。

我连忙抓着她躲到隐蔽的角落里。何羽绯一副哭笑不得的表情,她似乎也很想知道为什么,非常非常不解。

"你怎么了?"我觉得何羽绯有些不对劲,她不会是被他们刺激得脑子出问题了吧。

"他们去了孕妇专柜,"她垂下眼睫的时候,大滴的泪珠子滚落下来,她声音带着颤音,非常非常轻,"他们去了孕妇专柜,晓晓。"

"我知道,"我脑中灵光一闪,"等等,你不会不知道张叶怀孕了吧?"

她飞快地提起头来看着我,她眼底是巨大的震愕和不可思议。我冲她轻轻点了点头:"张叶怀孕了,昨天在公司里,原本说好跟我道歉的张叶,在争执的时候,被苏常瑞推到了,她见了红,我也是那时候才知道她怀孕的。"

她嗤笑一声,忽然之间,整个人也不知道到底露出什么样的表情才合适。

"原来是这样吗?"她后背贴着冰冷的墙壁,眼神平静,然而眼底早就惊涛拍浪风起云涌,"没有给我分手理由,原来是这样吗?明明自己才是第三者,却敢跑来指

第六章 姑娘,你是不是瞎了

责我是第三者。他一句话都不说,不为我正名——原来是这样吗?"

她的声音听起来让我心碎,仿佛是灵魂深处有什么东西,发出了一声脆响,在这个幽暗的角落里,坏掉了。

"死心了吗?"我叹了一口气,苏常瑞还真是混蛋啊,8年的时间一起走过,最后分开却连一个理由都没有,"现在,死心了吗?"

"嗯,"何羽绯轻声说,"死心了,要是那年,我没有去那个湖边该有多好。"

"去湖边,也未必就是坏事啊,"我想到了也是同一天遇见何羽绯的程逸,"所有的遇见都必有理由,没有错误的遇见,也没有错误的选择。"

"或许我真的不是适合他的那个人吧,"何羽绯低低笑了一声,"早晚都是要分开的吧。"

"为什么这么说?"我听出何羽绯话中有话,忍不住追问道,"适合不适合,并不是你认为的,如果不适合,早就发现不适合了,何必拖了8年才觉得不适合?不过是个借口吧。"

"因为我没能怀上他的孩子,但是张叶做到了,"她看着我的眼睛,很认真地说,"你知道吗?我曾经多想怀一个属于我和他的宝宝,可是怎么试都不行。"

"嗯?"我心中隐隐觉得有些不对劲,"这是什么时候的事?"

"3年前吧,那时候我大四,常瑞经常开玩笑地问我,什么时候帮他生个属于我们的孩子,让我不要再吃避孕药,"她缓缓地说,"其实我没有在吃药,我爱他,爱到愿意为他生一个孩子,可是我就是无法怀孕。"

"你接着往下说。"我总觉得有什么关键的信息就要出现了,催促着何羽绯继续说下去。

"这里不方便吧,"何羽绯说,"我们回去再说吧。"

"好。"我也没有强求何羽绯一定要在这里说,她现在的情绪非常不稳定。我没有将何羽绯送回医院,那种地方越待越压抑,我直接开着车回了自己的家。

我先给老白喂了吃的,然后再倒了一杯水放在了何羽绯面前。何羽绯看着老白,神色也慢慢柔和了下来。不得不说猫真是治愈女神的存在,尤其是猫界最美貌的布偶猫。

我觉得大叔把老白托付给我真是太棒了,为了何羽绯这一瞬间表情的变化,我要天天早起喂猫也值了。

老白吃完了猫粮,很优雅地跳上了沙发,它抬起头与何羽绯对视,那双异色瞳里仿佛藏着两个不同的小宇宙。

"真可爱。"她摸了摸老白的脑袋,语气也比刚刚要轻松了不少。

"刚刚说到你无法怀孕那里,后来呢?"我还是很好奇,难道何羽绯不育不孕?

"后来我偷偷一个人去医院检查了,"她低低笑了一下,"现在想来真是傻,为了那样一个人,被冷冰冰的仪器检查。"

"检查的结果是什么?"我不太相信是何羽绯的原因,如果是这样,她应该会自责,觉得自己没有办法给苏常瑞生一个孩子,对他的抛弃一定会少一些愤怒的。

"我是正常的,"她说,"医生说我的身体很健康,不是我的问题,他们让我带常瑞去医院看一看,只是这种事我怎么可能说得出口。"

"所以这件事,你告诉过张叶吗?"她和张叶一直是好朋友,她说过的,她对张叶推心置腹,什么都对她说。

"说了的,我不知道要怎么办才好,我很苦恼,常瑞虽然是开玩笑,可是我知道他是真的想要一个属于他的孩子的,他比我大5岁,已经到了做父亲的年纪了,加上他家人一直催促着他结婚生孩子,"她低下头,眼神有些忧伤,"我告诉了张叶,我向她寻求意见。"

"她一定是让你不要带苏常瑞去检查对不对?"有一个很糟糕的想法在我脑中浮现了,我擅长怀着最大的恶意去揣摩别人,因为当你对一个人不抱希望,那么无论这个人糟糕到什么程度,你都不会失望。而这样一来,每一点好都是惊喜,每一份善良都会显得难能可贵。

"是的,她说那样的话,常瑞一定会生气的,毕竟没有哪个男人愿意被人怀疑无法生孩子,"何羽绯缓缓地说,"我就是因为害怕常瑞误解我,所以我才烦恼,张叶这

第六章 姑娘,你是不是瞎了

么一说,我就将这件事彻底放在了心底,想着我们都还年轻,总能有自己的孩子的。"

"然后一等就是 3 年,是这样吧。"我心中感慨万分,人就是这样,喜欢自欺欺人,明知道那是错误的,也会找出一个自以为最合理的理由去解释错误,然后就能心安理得地、掩耳盗铃地生活下去。

"是啊,常瑞会和我分手的理由,我想我已经知道了,"她摸了摸自己平坦的小腹,"他那么希望要一个孩子,张叶怀孕了,抛弃我也是理所当然的吧。"

"羽绯,"我觉得你这个想法很有问题,"没有什么是理所当然的,为了这种理由,放弃 8 年的感情,这 8 年来,你把你最好的年华都给了他,就因为你无法怀他的孩子?真可笑,他出轨在前,你无需原谅,并且——永远也不要原谅。"

我怕何羽绯会做出什么傻事来,硬是留她在我家住了下来。晚饭是我和她一起做的。这种时候我不能放任她一个人,也不能让她闲着,一旦闲着她就会胡思乱想的。

还有两天,只要再等两天,一切就会水落石出了。

05

许陌是第二天傍晚来找我的。他并不知道何羽绯在我家,这两天他有点忙,一直都没有空来打扰我,所以在我开门之后,他非常意外。

"有客人?"他看着何羽绯的脸,恍然大悟道,"哦,我知道了,你是……"

"她是何羽绯,"我打断他的话,拽着他走了进来,我向何羽绯介绍了一下,"这是我哥,许陌。"

"对,我是她哥。"许陌笑着附和我。

"晚饭吃了吗?"我回头问他。

"还没有,"许陌答道,"我就是来找你吃饭的。"

"那来一起做啊,"我翻了个围裙递给他,"我正好买了一条鳜鱼,你帮我做松鼠鳜鱼啊。"

许陌做得一手好菜,苏帮菜、川菜、淮扬菜,他都做得很好吃。

　　"羽绯,你就陪着老白。"我让何羽绯陪着老白待着,有时候动物比言语更能治愈人心。

　　晚饭的食材是我拉着何羽绯一起去买的,买得比较多,正好许陌来了,帮我都做出来了。这顿晚饭吃得很是和谐。吃完饭之后,我送许陌下楼,何羽绯留下来帮我洗碗。

　　到了楼下,许陌上车之前忽然对我说:"晓晓,你方便把何羽绯借我用一下吗?"
　　我顿时震惊了,我说:"许陌你想干什么?"
　　"你脑袋瓜子里成天在想什么?你至于用这么大的恶意来揣摩我?"他抬起手,毫不客气地赏了我一个暴栗,"我秘书生病请假了,但是后天我有个蛮重要的会谈,我需要一个能充门面的。"
　　"这样啊,不早说,"我笑着说,"没问题,何羽绯绝对够资格充门面。"
　　"那就说好了,后天一早我来接人,完了差不多下午四五点钟我给你送回来,或者你自己去我那里接。"说妥了之后,许陌就把车开走了。
　　我觉得许陌有阴谋,他那么大个公司,怎么就没有带得出去的秘书?打死我都不相信!不过我相信许陌的为人,他必定有他的理由。而且何羽绯成天这样也不是个事,去重新进入职场也是一件好事,既然许陌愿意接纳她,这当然是再好不过了。
　　回到家的时候,何羽绯正蹲在地上,有个盘子摔碎了,她正在一片一片的捡碎瓷片。
　　"你没事吧。"我连忙走过去,她手里拽着一块碎瓷片,无意识地紧紧握着,掌心被刺破了,鲜血直流。
　　"何羽绯,何羽绯!"我用力摇了她一下,她这才缓过神来。
　　"对不起,"她忙说,"我不小心的。"
　　"没关系,一个盘子而已。"我拉着她走到水池边上,用水将手心的脏东西冲走之后,我将她按在了沙发上。我从柜子里翻出家庭医药箱,开了碘酒给她消毒。"坏了

第六章 姑娘，你是不是瞎了

就坏了，坏东西还紧紧抓着，只会伤到自己。我们不是说好了吗？以后为了自己而活，怎么就又忘记了呢。"

"对不起，我也很讨厌这样的自己，"她声音有一丝哽咽，"你知道吗，晓晓，我真的好羡慕你，坚强又勇敢，聪明又漂亮，如果我是你这样的人，那该有多好，或许一切就全都不会是现在的样子。"

我深以为然，因为如果她是我这样的人，当初第一眼看上的一定是程逸而不是苏常瑞，那就肯定不会有这样的悲剧发生了。我这样的性格也不会允许自己走到这样的地步。

"那就变成这样的人啊！"我一边给她处理伤口一边说，"现在改变也不晚，其实你没有什么不好的，只要改掉自怨自艾这一点就好。你记住，何羽绯，你真的很好，你没有哪里不好，你无法怀上苏常瑞的孩子这不是你的错，你去检查过，你身体没有问题，而且就算有问题，这也不是苏常瑞出轨的理由。"

"嗯，我知道了，"她点了点头，有些愧疚地说，"对不起啊，我这样反反复复的，真的很烦，我知道的……"

知道，却无法左右自己的情绪，这才是人；这就是人，生而为人，为情所困；因为情，大笑大哭大喜大悲，多好，又多么不好。

"但是就在刚才，盘子碎了的那瞬间，我彻底想明白了，"她说，"你说得没错，坏掉的东西还紧紧握着不放，受伤的只能是自己。我没有错，没有必要去原谅，无论有什么冠冕堂皇的理由，错就是错，就像给一个已经腐烂的尸体穿华服，无论华服多美，也无法掩盖华服下散发着恶臭的腐尸。"

"明白了就好，因为很多人可能一辈子都想不明白。"

这个世界上，有多少因为凑合而走在一起的人、有多少结婚之后并不快乐的人；有的默默忍受了几十年的家暴，想着再忍几年就好了，再忍忍，最后忍到命都没有了，而那个人却转身寻找下一个目标，如此反复。

为什么要忍呢？已经坏掉了，坏掉的东西如同破掉的茶杯，那些支离破碎的碎片带不来幸福，搂得越紧扎得越深，最终瓷片刺入心脏，只能让亲者痛仇者快。

有多少人身在这样的迷局之中,自欺欺人,找出无数理由为坏人开脱。这个世界为什么会变成这样呢?将刽子手的错全都推给受害者,明明已经是受害者,却总是被指责,好像刽子手有多么万不得已,好像坏人有很多苦衷。可是那些万不得已,那些所谓的苦衷,都不是他们去伤害另一个人的理由。罪恶就是罪恶,那并不值得原谅。

　　就像"对不起"这3个字一样,凭什么呢?凭什么受害者反而要原谅刽子手,如果不原谅就是小气、就是不懂事、就是不大度,可是凭什么呢?凭什么伤口还在滴血,就要去原谅手握尖刀的歹徒。为什么要对伤害自己的人说"没关系",我活了20多年,去过很多地方,见过各种各样的人,看过很多书,听过很多大道理,遇过很多老人,却仍然无法理解这一点。

　　被伤害的人原谅是大度,不原谅是理所当然的,任何人都没有理由去指责。

　　为什么这么简单的道理却还是有很多人不明白,当他们伸着肮脏的手,用最恶心的言辞去侮辱受害者的时候,他们与刽子手同罪。

　　很多人一辈子想不明白这些最简单的道理,所以能明白就好。

　　明白了,就好。

第七章 本是同根生，相煎何太急

01

早上8点，许陌准时出现在了我家楼下。我亲自帮何羽绯化的妆，并且将我那套职业套装借给了她，目送着何羽绯和许陌远去，我这才上了楼。

今天不只是和许陌约好的日子，也是我和大叔说好的日子。

我换好衣服、化好妆之后，带着老白下了楼。一大早，大叔给我打电话，说是想老白了，让我今天带回去给他抱抱。一个猥琐大叔说出这种话，我的鸡皮疙瘩都起来了。

从我住的地方开到大叔那边，需要1个小时，这是在不堵车的情况下。很不凑巧，我今天遇到了堵车。我忘记了，这个点是上班早高峰。

不过好在堵车的时间并不长，堵了大概10几分钟路就通了。

我仍然将车停在上次停的地方，有光着屁股流着鼻涕的小屁孩儿成群结队地在玩耍。这些孩子像是感觉不到热一样，只要好玩，总能玩得不亦乐乎。

我抱着老白走入那个悠长的窄巷，到了大叔家门口，还没有等我挥手示意，门就开了。

开门的仍然是那个老奶奶。我抱着老白走了进去。大叔一直在等着我来，见到老白高兴得手舞足蹈，他小心翼翼地抱着老白，老白也不嫌弃他胡子邋遢的，用脑袋蹭着大叔的下巴，大叔狠狠亲了老白一口，一副此生死而无憾的表情。

"我要的东西呢？"一个抠脚大汉和美貌的布偶猫，这个组合实在诡异，我都有点看不下去了。这完全是一朵鲜花和牛粪的组合。

"在桌子上，查到了很好玩的东西，查的时候，还顺便帮你查了一下江海集团的事。"我走过去，拿起桌上放着的一个大牛皮袋，里面装着的是厚厚一叠资料，我随手翻了翻,然后将一个装着钱的信封丢在了他的桌子上。

"尾款在这里,自己查收,你这屋子太埋汰了,你这空调就不能修修吗?还好你这里没有市中心热,不然你肯定得烤熟了。"我忍不住吐槽了一句。

"好好好,等我办完事儿回来就换空调。"他又和老白腻歪了一会,这才将老白放在了他凌乱的床上。他走进老白的房间,又打包了一堆东西给我。

"我说你这是打算让老白在我那儿住多久啊?"他上次打包给我的那些东西,足够老白吃两个月的了。

"不知道,可能会有点久,"他还在往袋子里塞,"总之多准备一点,不能亏待了我家宝贝。"

"你不会真进去了吧。"两个多月的时间都不够,这怎么想都有点太久了。

"我要是进去了,那得是多大的损失。"他嘴里永远没有一句正经话,我懒得和他磨牙。接过他递给我的东西,那里很多罐头,死沉死沉的。我抱着老白、提着东西返回了车里。

我没有去别的地方溜达,资料已经到手了,我现在要做的就是回去研究一下这些东西。明天苏常瑞就要来带我去荣盛集团了,这一次我不会再莽撞出手,免得发生之前那种事,功亏一篑,所有的精心准备全打了水漂。

到家之后,我抱着老白坐在沙发上研究那些资料。

大叔不愧是大叔,真是没有他找不到的东西。

张叶和苏常瑞之间到底是怎么回事,他们是什么时候勾搭上的,这一切都在这里有了答案。

我不知道大叔到底是怎么做到的,他给我的资料十分完整。

苏常瑞与张叶第一次发生关系,应该是在3年前的6月29日。我记得清楚,这一天是何羽绯的生日。资料上显示,生日这一天,苏常瑞喝多了,何羽绯帮他开了个房间之后,就和张叶一起回了学校;然而回去没多久,张叶就找借口出去了。她去的不是别的地方,正是苏常瑞所在的那个酒店。

她以房卡丢了为由,补了一张房卡。

进了房间之后发生了什么,傻子都能想到。

那之后大概过了有一个多月,张叶去找过苏常瑞——以怀孕为由。苏常瑞当然是不可能接受这个孩子的出生的,他给了张叶一笔钱让她去打掉孩子。张叶依言照做了。如果你以为张叶失败了,那你就错了,因为有意思的是,张叶根本没有怀孕,她的病例是假的,包括后面的堕胎手术,也是假的。

因为苏常瑞心虚,加上并不关心张叶,所以并没有去调查真相。苏常瑞这样的人,什么样的女人没有见过,张叶为什么接近他,他比任何人都清楚的。

但她总归是为他打过胎,张叶多次背着何羽绯约苏常瑞。因为对她心有亏欠,所以他并没有彻底拒绝张叶,甚至好几次半推半就的,两个人待在酒店里过夜。

这种不健康的关系一共维持了3年。苏常瑞之所以没有选择和何羽绯分手,是因为他还在期待何羽绯能够怀孕,随着他30岁生日的度过,他越来越着急,他和张叶上床的时候,也开始不做保护措施了。于是就在两个月前,张叶告诉苏常瑞自己怀孕了。这一次怀孕不是假的,她是真的怀孕了。

迫于家人的压力,还有他自己对孩子的渴望,苏常瑞第一时间就决定让张叶生下这个孩子。但张叶是那么聪明的女人,她心机重得很,这样的机会怎么可能不好好利用。小三都是有梦想的,这个梦想就是干掉正室自己上位。我们的张叶小姐当然也不例外。

她要一个名分,她已经受够了不见天日的地下情人关系,苏常瑞也并不愿意自己的孩子出生就是私生子,于是在几种因素的推动之下,苏常瑞对何羽绯说了分手。

02

"对不起,但她没有我不行。"这是苏常瑞分手的时候对何羽绯说的话。我真恨不得去抽他两个巴掌,什么叫她没有我不行,什么叫对不起,说一句对不起就行了吗? 什么人啊,真是。

而关于那5万元分手费,那个倒并不是苏常瑞给的,这个是张叶自己给的,她的目的当然是羞辱何羽绯。她在告诉何羽绯,你不过就是个不值钱的,陪男人睡了这么多年,也就值5万元。

这种人一旦得势,那自然是嚣张至极的,她算计了这么多年,终于算计成功了,她觊觎的东西全部都抢到手了,当然很得意。但是谁都不会喜欢小三这个身份,那些小三说得好听,真爱无价,但其实她们自己也并不会喜欢小三这个称呼。她颠倒黑白,自己是小三,却要把这个屎盆子扣在何羽绯的头上。

这真的诠释了一个道理,那就是有些人永远比你想象的更加不要脸。

你拿她当好朋友、当闺蜜,她却能转身就睡你老公,抢你男朋友,回过头来还能装作没事一样继续和你当好姐妹,怎么想,怎么恶心。

当然更恶心的是那个毫无立场的男人,以别的女人的诱惑为名,觉得做什么都无所谓。在苏常瑞睡了张叶第一次之后,非但没有远离她,还直接与她保持了这种畸形的关系就能看出来,他真不是个东西。

大叔给我的资料里当然还不止这些。从他睡了张叶之后,不知道是不是破罐子破摔,他开始频繁和别的女人乱搞。

道貌岸然的禽兽,比那些光明正大的作恶还要可恶,至少光明正大的没有欺骗,苏常瑞这种就完全是背地里乱来,还要装作深情款款。他们公司的漂亮小秘们,没几个没被他睡过,我也真是佩服他。何羽绯也是他的秘书之一,他到底是怎么想的,兔子还不吃窝边草,他把秘书睡了个遍。

这么些年来,何羽绯对苏常瑞深信不疑,其实错的并不是何羽绯,而是辜负了她信任的苏常瑞,他根本不配得到何羽绯的信任。

大叔给的信息非常到位,除了苏常瑞和张叶的私情之外,他还把苏常瑞和程逸为何会交恶的理由查了出来。

8年前,苏常瑞和程逸同时对何羽绯一见钟情,可惜何羽绯喜欢的是苏常瑞,程逸知道了这一点之后,就没有去认识何羽绯。他不希望何羽绯为难,爱一个人就是想让她快乐幸福,她的任何负面情绪他都不希望是自己造成的。

第七章 本是同根生，相煎何太急

所以直到后来，苏常瑞带着何羽绯吃饭偶遇程逸，他才知道了她的名字。那之后他就经常注意她的事，何羽绯生日那一天，程逸其实也在附近。那天他喝多了，也在酒店住下了，后来他偶然碰见了张叶，看到张叶进了苏常瑞的房间。

程逸并不知道那天那间房里只有苏常瑞，他以为何羽绯也在，就没有多管闲事。直到他有一次去找苏常瑞，却撞见张叶带着B超纸去找苏常瑞。是的，他全都知道了，他知道苏常瑞背叛了何羽绯，张叶甚至怀孕了。

程逸非常生气，他当初的退让，为的是让何羽绯幸福，可是现在，这个他以为是好朋友的人，竟然背叛了他的女神，这简直不能忍。

程逸和苏常瑞吵了一架，他要苏常瑞果断地和张叶划清界限，不许对不起何羽绯，否则要他好看。

然而苏常瑞自己作死，他没有收心，反而从那次之后，上瘾了似的，频繁地睡不同的女人。程逸自然是气急败坏，他一怒之下断了和江海的合作，并且丢下狠话，如果苏常瑞继续这么错下去，他不会让苏常瑞好看的。

但程逸到底还是顾及到何羽绯的存在，尽管他那么说了，事实上也并没有对苏常瑞做什么，除了断了业务合作。不过断了业务合作，就已经让江海损失了10%的利润了。

本来，自己作死给江海带来这么大的损失，苏常瑞怎么也该学乖一点的，哪知道苏常瑞作了一个更大的死。

他和何羽绯分手了，并且分得那么不尊重人，好歹也是曾经捧在手心里呵护过的女人，就这么如同抛弃一个不爱的玩具一样丢了，连回头看一眼都没有，甚至对于别人糟蹋玩具，也什么都不说，冷眼旁观。

在苏常瑞公布了和张叶的婚讯之后，程逸就没有理由对苏常瑞手下留情了。这段时间以来，在荣盛的打压之下，江海的日子开始变得很不好过。

荣盛集团本就比江海历史悠久，荣盛的规模不是江海所能够比拟的，苏常瑞这是为了要自己的下半身，不惜赔上自己的下半生和整个江海集团啊！

看了这些我也就明白，他为什么要利用我为契机去荣盛集团了。他不得不去找程逸,为了自救,他必须去。我知道他打的什么算盘,他是打算把我交易给程逸吧,他自己变成了个人渣,以为全天下的男人都和他一样,用下半身思考。江海集团迟早得败在他的手里。

我倒是想看看,明天他是准备怎么和程逸交涉呢。

我将那一叠资料翻到了最后一页,然后我瞪大了眼睛,我以为刚刚看到的那些就是全部了,然而看到这一张纸我终于明白,为什么大叔要说,事情很有趣。

可不是很有趣吗?简直太有趣了啊。

不知道如果让何羽绯看到这些,她会是怎样的感觉呢。

不过我并没有蠢到现在就告诉何羽绯的地步,距离苏常瑞和张叶的婚礼还剩下20天,再往后过几天,等到她的情绪沉淀稳定下来再和她说这些事。那时候她就会用另外一种心态来看待苏常瑞了,毕竟没有人会为了一个讨人厌的蚊子而落泪。

03

在何羽绯回来之前,我将资料和U盘放在一起,锁进了柜子。我原本还在想要怎么对付江海集团,如今看来倒是简单多了,我唯一要做的就是给程逸的屁股底下再烧一把火,保证程逸三板斧就能灭了江海集团。

下午5点,许陌将何羽绯送了回来。何羽绯的心情似乎不错,脸色也比昨天好多了,当然有化过妆的因素,不过还是能看得出来她现在的状态是相当好的。

"你不是说明天苏常瑞要来接你去荣盛集团的吗?"许陌用手指指上面。我知道他是在问我何羽绯怎么办,他显然也明白,苏常瑞是不能在我这里见到何羽绯的。

"没事的,我会把她藏起来的,"我笑着打趣他,"倒是你,你没事吧。"

"怎么说?"许陌问。

"我梦见有人偷了你家的规划设计表,那是一个非常棒的设计。"我一本正经地开始胡说八道了。

许陌笑着揉乱我的额发,他说:"别担心我的事了,一个梦而已,你想好明天要怎么办,不要到时候出状况。要是有危险,记得先打给我,再打给110。"

"为什么不是先打给110,再打给你呢?"这个顺序不对吧!

"因为我想比警察更早一步救下你啊。"他说得特别理所当然。

"你这到底哪里来的自信?"我忍不住吐槽了一句。

"没办法,从小就是自信。"他笑着说完,转身就走了。他的确有这么说的资本,这家伙从小到大都是众人的焦点,走哪儿都带风。

回到家里之后,何羽绯已经在做饭了。她的手机放在客厅里,一直在响。我抓着手机去找何羽绯,何羽绯腾出手来接了过去。

"张叶?事到如今你还打来给我做什么?"何羽绯语气有些冷,"没必要吧。"

我倚着门框看着何羽绯,看样子她的确是真的明白了。

我不知道张叶又说了什么,不过何羽绯的脸色一直很冷漠,并没有像之前那样,碰到张叶和苏常瑞的事就变了脸色。

"如果你只是来说这种事的,那么我挂了,"何羽绯挂了电话,她舒出一口气,"我没想到,原来我也能这样和她说话了。"

"等等,"我想起了一个问题,"你用的是哪个手机号?"

她之前的手机号几乎被打爆了,后来我给她新办了一个号码,知道那个号码的人似乎只有我一个,那么张叶是怎么给何羽绯打电话的?当然,换个新号还有个目的就是不再和张叶还有苏常瑞有什么瓜葛。

"我手机是双卡的。"她将手机递给我,我没有接。那并不是已经烂大街的爱疯,也不是什么高档的商务机,就只是一个国产牌子的手机。"其实卡一直装在里面,只是之前我关掉了而已。开下来是因为我觉得,已经没有关系了。"

"嗯,你觉得好就好。"我说完,继续和何羽绯一起做晚饭。

因为明天要和苏常瑞去荣盛集团,为了保持最好的精神面貌,我吃过晚饭早早就睡了。睡之前我叮嘱何羽绯,明天早上9点钟之前,不要出现在客厅里。

她知道这是为什么,所以没有多问,抱着老白去睡觉了。这几天何羽绯住在这里，几乎每天都是和老白睡。

第二天我才化好妆，衣服扣子还没有扣上，门铃就响了起来。我瞥了一眼边上的时钟，现在是 8 点钟，苏常瑞来得挺早也挺准时。

准时，这大概是他身上仅存的除了外貌之外的优点了。

我慢慢扣上扣子，最后确认了一遍没有问题，这才拎起黑色的信封包走过去开了门。

门外果然是苏常瑞，他穿了一身笔挺的黑西装，整个人收拾得倒也算干净利落。

"抱歉，刚刚在换衣服。"我用略低歉意的声音说。

"没关系。"他很绅士地说。

"走吧。"我换好鞋走了出去，反手将门锁上，我没有请苏常瑞进屋。

虽然我知道何羽绯答应过我，她不会忽然出现在客厅里，但凡事都有万一，我显然并不喜欢这种万一。

而且我的做法倒也无可厚非，因为毕竟是要出门的，而且女孩子总有不方便请男生进来的时候，不确定对方是无害、是没有攻击倾向的，或单独在家的时候，最好不要请陌生人或者只有一面之缘的人进门。哪怕那人看上去很安全，这也不行。

苏常瑞的车就停在楼下。他今天开的是一辆玛莎拉蒂。江海到底也是个大企业，就算危机四伏，作为执行董事的苏常瑞，也没有理由寒酸了。

"紧张吗？"路上我一直在静静地想事情。苏常瑞见我不说话，低笑着问我，大概是想要让我放松一点。

"嗯，有点紧张，"我顺着梯子往下爬，"怕表现不好给苏总丢脸。"

男人无论是谁，好听的话总不会拒绝，这和伸手不打笑脸人是同一个道理。

"没事的，晓晓，一定没问题的。"他笑着说。

"那就先谢谢苏总了。"我很诚恳地说。

一路上有一搭没一搭地聊着天，可以看得出来，苏常瑞有些心不在焉，他大概是在担心，见了程逸之后会有杀得他措手不及的状况发生吧。

第七章 本是同根生，相煎何太急

"张小姐还好吗？"我有点好奇，张叶又给何羽绯打电话到底是想干什么，这种胜利者去失败者的地盘耀武扬威的姿态，真是太让人反胃，张叶的嘴脸太难看。

"嗯，她很好。"说到张叶，苏常瑞的脸色有那么一瞬间的不自在，也就是我这样灵敏的人才没有错过他这一刹那的表情。难道是他们之间发生了什么，所以张叶才会给何羽绯电话吗？

"这就好。"我随口说完这句话，便将视线投向窗外。这里已经到了市中心，距离荣盛集团很近了。

我有点好奇，程逸那种爱憎分明的人，他到底会不会出来见苏常瑞？苏常瑞说是送我来入职，不过只是一种太过于乐观的想法，大概他觉得，无论怎么样，程逸会给他这样的面子吧。

苏常瑞的脑回路也是很奇怪的存在，为什么他会这么觉得呢？他把对方喜欢的女人肆意丢弃，该不会他真的以为，他已经离开何羽绯，程逸就会原谅他，甚至对他大门大开吧。

下了车之后，我一直在期待见到程逸，因为照片上那个照片真的俊美到令人遐想。

04

大概是苏常瑞提前和程逸有过联系，所以进入荣盛集团大门之后，就有秘书小姐来带着我们上了楼。

上了楼，将我们引入了接待室，秘书小姐说了句她去请程总，就走开了。

连个来送茶的人都没有，在接待室被晾了快一个小时。我看到苏常瑞脸色阴晴不定，手背上好几次都涨起了青筋。

看样子苏常瑞很生气，然而他生气却又没有甩袖离去，身为堂堂一个执行董事却被对方晾了这么久，怎么看都是一件特别掉面子的事；然而苏常瑞忍了下来，就是我也不得不佩服他这惊人的忍耐力了。

看样子江海集团的情势很不好,所以他才会等下去吧。

又等了一会儿,接待室的门终于开了,有个高高的身影出现在了门外。我第一时间抬起头去看,见到本人之后我才知道,这个世界上真的存在这种高颜值的总裁。照片是真的,不是 PS 出来的,他本人甚至比照片上来的更加有气质。

我忍不住再次在心里吐槽,何羽绯你到底是不是瞎!

"抱歉,刚刚一直在忙。"他语气相当敷衍,话语里根本没有一点歉意。我忍住了笑,这个程逸有点意思。

"没关系,"苏常瑞说出这 3 个字,必定是压碎了牙齿和血吞,是忍辱负重的,"跟你介绍一下,这位就是方晓晓。晓晓,这是程总。"

"程总好。"苏常瑞还真是个老狐狸,知道他和程逸之间有不可协调的矛盾,将我推到前面,分散这种矛盾。

程逸冷冷地打量了我一下,我忍住膜拜他的冲动,装作紧张又有一点害怕的样子。

"嗯,去人事部报到吧。"程逸很快就移开了视线,并没有继续打量我。

我被人事部的人带走了,苏常瑞却留在了那里,看样子他还有重要的事要找程逸说吧。果然,我是被他当枪使了,我甚至都不知道他是怎么和程逸说起我的,不过这个不重要,重要的是我知道,程逸的确很不待见苏常瑞就是了。

去人事部办完了入职手续,人事部的经理跟我说今天就可以上班。我当即应了下来。打铁要趁热,我可是有不少事要找程逸确认呢。

荣盛这里给我的职务,是首席秘书的助理。我有些看不透程逸这个人了,如果他和苏常瑞有仇,大可不必给我这样重要的职务,完全可以把我打发到后勤去当个小员工。他明明将苏常瑞晾了那么久,却又没有为难我——不对,难道他是想用这种虚高的职务来羞辱我,以达到羞辱苏常瑞的目的?

怎么猜都猜不透。有人送我去顶楼工作,我身为秘书的助理,工作的地方自然也是在顶楼的,只不过和首席秘书的待遇不一样,并没有独立的办公室,但是能在这里上班，对于一个才入职的新人来说，简直就是撞大运的事。

我才将格子间收拾妥当，苏常瑞就来找我告辞了。我算了一下时间，他和程逸大概单独谈了有一个多小时，看他此时明显轻松多了的表情，我猜测他和程逸聊得应该还算愉快。

怎么回事，程逸真的打算原谅苏常瑞，就是因为他们之间的矛盾已经不存在了？

不能这样吧，如果真的是这样，那么我对程逸可就要失望了。

过了一会儿，程逸慢悠悠地从我面前走过，走过几步之后，他又折了回来，面无表情地看着我，说了一句："方小姐，你跟我来一下。"

"好的，程总。"我站起跟着程逸身后往前走。他推开办公室的门大步走了进去，回头示意我把门关上，我依言照做。我觉得程逸这样的人，应该不至于来侵犯我，因为他对除了何羽绯之外的女人，根本不感兴趣。再说了，像程逸这种长相的男人，根本用不着侵犯，他这长相气质太犯规了。

程逸走到办公桌前面，有条不紊地翻开一个活页夹，然后相当漫不经心地问了我一句话："她还好吗？"

"还不错。"答完之后我才意识到他刚刚问了什么，我愣了一下。程逸忽然笑了一下。那刹那，我都觉得日光太晃眼，眼前这个男人长得太妖孽。

我所认识的所有人里，我觉得能够站在他身边，不被他的光芒掩盖的，只有何羽绯那样等级的美女了。我脑中灵光一闪，我为何不试着让何羽绯来接触程逸呢？

有这样一句至理名言：忘记一段感情最好的办法，就是投入下一段感情。

不对——

看着程逸的笑脸我忽然反应了过来。

"程总问的她是指谁？"他怎么会一上来就问我这样的问题，这个不科学，他不可能知道何羽绯和我之间的事才对。难道她偷偷调查过我？我看着他的目光里，下意识地就多了一丝警惕。

"方小姐不要紧张，"程逸笑了笑说，"是许陌告诉我的。"

"许陌?"我怔住了。脑子飞快地运转起来,许陌为什么要告诉程逸,他是在什么时候告诉他的,许陌告诉程逸何羽绯的事,为什么没有事先和我提及。

许陌并非是不知道分寸的人,他知道我在做什么,不可能无缘无故告诉我这件事,一定有理由的才对。

"是昨天,我和许总有个重要的商务洽谈,很巧,我见到了羽绯,"程逸见我仍然不明白,便解释了几句,"我觉得奇怪,为什么羽绯会是许总的秘书。许总告诉我,你和羽绯是朋友,他找你帮忙,你推荐了羽绯。"

"那许陌也告诉你,我今天会来这里参加面试?"我心中已然明白了,为什么许陌要这么做的理由。大概是他怕我被程逸刁难吧,在知道苏常瑞要把我当枪使之后,他并没有和我多说什么,而是用这种不经意的方式,化解我的难堪。

说不感动是骗人的,许陌他有好好地为我着想,他说的,无法改变我,那就陪我去稍微地改变一下这个世界。他不是在敷衍,也不是在说什么漂亮话,他真的在默默地帮我。

我不止一次地觉得,我姐姐为什么眼瞎,爱上个人渣,她和何羽绯一样,都没能选择对了那个人。

我之前还有些不明白,为什么许陌要让何羽绯给他当一次秘书,他一定是在见到何羽绯之后,就决定要这么做了。他是故意的,故意让程逸见到何羽绯。

"是的,他提了一下。"程逸稍微点了点头,给了我一个肯定的答案。

我恍然道:"原来是这样。"

"我能问你一个问题吗?"他收敛了笑容。这人严肃的时候,自有一股冰山美人的气质。

"程总,你问。"我心里隐约猜得到他想知道什么。

"你和羽绯是好朋友的话,不可能不知道她和苏总之间的事吧。"果然,他这么问了,不过换作任何人都会有这样的疑惑的,尤其是程逸其实一直在默默关心何羽绯,有张叶的例子在前,他一定觉得我和何羽绯成为朋友是另有目的。毕竟这个社会上,和张叶一样有心机,所认识的每个人都是为了让自己踩着上位的,实在是太多太多了。

"我知道程总想说什么。"我松了一口气,他既然会问我这种问题,就说明他和苏常瑞刚刚的聊天并没有那么愉快,甚至他还是看不起苏常瑞的。我还就怕他和苏常瑞和好,那样我该看不起程逸了。

男人之间,竟然说什么兄弟如手足、女人如衣服这种混账话,却还说得沾沾自喜,简直不能忍。

好在,万幸的是程逸并非那样的人,果然颜值高的,情商和智商也高吗?这样的人是要逆天了,我都怀疑他下一秒要遭雷劈,老天爷怎么会允许这种近乎完美的男人存在。

我从口袋里翻出一张名片递给他。我这人别的优点没有,唯有一点,那就是看人精准。简单地接触之后,我觉得程逸是个可靠的人,同时他也是个聪明人。

和聪明人说聪明话做聪明的事,我找理由来解释,根本无法骗过他,而且我也不打算骗他,毕竟要做成这单生意,将苏常瑞搞得倾家荡产,没有程逸的帮助,显然是不行的。

程逸接过我递过去的名片,他眉毛挑了挑,有些意外,"粉色事务所?"

"是,本事务所专门接受当事人委托,以不伤害他人生命为前提,在法律允许的范围内,最大程度地惩罚(报复)渣男和小三,尽量维护受害者的合法权益,"我微微笑着朝他递过去一只手,"重新认识一下,我是粉色事务所的老板,很高兴认识你,程先生。"

程逸没有握住我的手,而是仔细地看着我,显然是在确定我说的是真话还是假话。

"程先生不必防备我,敌人的敌人就是盟友,这个古今中外通用的法则,我想我们之间也会适用,"我笑着收回手,并不介意他的态度,"如果你不信,可以找许陌和羽绯确认。"

"你的意思,是羽绯委托你去报复张叶和苏常瑞?"程逸打量了我一会儿,过了大概5分钟的样子,终于再次开了口。大概这5分钟内,他已经自己脑补出了事情的经过,"你怎么确定我一定会帮你,敌人的敌人,有时候并非盟友,三国演义看过没有,那三方可是互为敌人的。"

"我没指望你帮我,但我知道你一定会帮何羽绯的。"他既然会对我的立场这么在意,就说明他还是很关心何羽绯,所以连带的关心任何一个靠近何羽绯的人,他大概也是不想张叶那张的人,再次出现在何羽绯面前吧。

他忽地笑了一下,主动朝我递过手来:"你好,方老板。"

"你好,程先生。"我伸手虚握了一下他的手,然后松开。我知道,他已经给了我答案。

不知道苏常瑞如果知道他把我带到荣盛集团,反而让江海死得更快了,会是怎么样的心情,会露出什么样的表情,我还真是很期待看到呢。

第八章　这就是我存在的意义

01

从程逸的办公室出来之后,我握着手机走到走廊里,寻了一个没有人的角落,我拨通了许陌的电话。

许陌接得很快,他的声音很轻快,显然心情很好:"还顺利吗?"

"有许总帮忙打点,怎么能不顺利?"我低笑着说,"你这是想给我惊喜吗?你就不怕惊喜变成惊吓?"

"偶尔吓一下,促进血液流动,有助于身体健康。"大概做生意的人,都自带一本正经胡说八道的本事,许陌身为比较成功的那一个,这种本事自然也是有的。

"你是不是对何羽绯说,商谈很机密,不能告诉任何人,连我也不能告诉?"毕竟我才和何羽绯提起过程逸,她恰好见到了他,没有理由不告诉我。

"方老板英明。"许陌打趣我。

"你还和程逸说了什么?"我觉得他一定还有什么别的目的。许陌这样的人,做什么都会想要利益最大化,这是商人的通病。

"我当然是告诉他,何小姐身体已经没问题了,不过最近爱上了布偶猫,可惜一直找不到漂亮的猫。"许陌果然是老狐狸,这家伙是想要撮合程逸和何羽绯啊,我之前也只是灵光一闪想到了这个可能性,许陌这家伙已经直接进入撮合阶段了。

"你确定,程逸和何羽绯合适?"我问,"你有多了解程逸?"

因为程逸真的太完美了,完美到近乎非人类,这让我不禁也有些怀疑,他是不是那种双面人,有一种人面对别人时,就是这样一种近乎完美的状态,但是在没有人,或者是没有认识的人的情况下,本性就会暴露出来。这种人如果存在另一面,那么另一面一定黑得可怕。

毕竟光与影是同时存在的,有光就有影,光有多强,影就有多深,这是自然界的法则,也是这个世界的法则,没有人能例外。

"至少要比你了解,"许陌说,"放心吧,他是真爱何羽绯的。"

"苏常瑞也曾是真爱何羽绯的。"在最初的时候,苏常瑞也曾把她捧在手心里,但最后不还是出轨了吗?

"晓晓,"许陌轻笑了一声,"没有人知道明天会发生什么,灾难和明天哪一个会先来,你和我都不知道。感情是两个人的事,只有一个人努力是不行的。我不确定程逸和何羽绯真的在一起,能够走多远,但至少这是一个开始,他们会走成什么样的结果,拥有什么样的未来,我们都不知道,因为选择的权利,并不在我们,而是他们自己啊。"

"我知道。"我知道许陌的意思,但一朝被蛇咬十年怕井绳,我怕何羽绯再一次受伤,就会真的彻底失去爱人的勇气了。

"喜欢和爱,是不会死的。"许陌说。

我怔住了,仿佛一滴水珠滴入清澈的小河中,涟漪泛起,我原本有些纠结的心境豁然开朗。

"我知道了。"我说。

"嗯,那先这样,我去忙了。"许陌说。

挂掉了电话,我长舒一口气,看着窗外的车水马龙,会生出一种光怪陆离的错觉。

是啊,喜欢和爱,是不会死的,就算暂时消失了,也并不是死掉了,而是安静地蛰伏,等到哪一天,春回大地,千里飘香,当南风遇见樱花,便是一场灿烂热闹的花春之景。

花会凋谢,但花也仍在盛开,就像是爱情会沉睡,爱情也还是在一次又一次的醒来。

我握着手机,转身折回程逸的办公室;他看着我去而复返,有些不解地看着我。

第八章 这就是我存在的意义

我走到他面前,很认真地问他:"程逸,你还爱何羽绯吗?"

他握笔的手僵了一下,不过他到底是个沉稳的男人,并没有失态:"我爱她。"

没有迟疑,他回答的果断又坚定。

"去追她吧,"我说,"不要只是看着她,去追她吧,追到她,然后让她永远都不要再难过了。"

"笃,笃——"敲门声响了起来,门开了,是秘书抱着一束蓝色妖姬走了进来。她目不斜视地将花放在桌子上,很干脆利落地说,"程总,花买好了。"

"嗯,谢谢。"程逸微微点了下头。秘书出去了,顺手也带上了门。

他似笑非笑地看着我,我忍不住也笑了起来:"原来程先生已经作好了决定。"

他太成熟也太理智,何羽绯和苏常瑞在一起的那些年,他理智并且克制地保持了距离,不去造成别人的困扰,现在何羽绯恢复了单身,他没有迟疑,无论是报复苏常瑞还是去追何羽绯,他都已经开始了。

干得漂亮!我发现我真是越来越欣赏程逸了,怪不得许陌会撮合这两个人。

"还要麻烦方老板。"他很真诚地说。

"做好售后服务也是我的工作之一。"并不是报复了就能得到救赎,甚至并非报复就是救赎,我或许只是想要拯救和姐姐一样命运的人也说不定。

让何羽绯走出来,让她重新恢复笑脸,让她不再迷茫,这也是我的任务啊。

我走出办公室,回到了自己的格子间。接近中午的时候,我给何羽绯打了个电话,要她帮我给老白喂饭,并且告诉她我今天就留在公司上班,中午不回去吃饭。

何羽绯答应了,我也正是知道何羽绯在我家,才会答应留下来上班的。不过让我今天就留下来工作,这个应该是程逸的主意吧。

我的工作并不多,上班第一天主要是以适应为主。下班的时候,程逸邀请我晚上一起吃饭,他已经约了许陌;我问他要不要约何羽绯一起,他很果断地说不用。

我就知道今天晚上的这顿饭,是要商量怎么去对付苏常瑞了。我在心里为苏常瑞默哀了3秒钟。程逸这个人还真是雷厉风行,作出决定就一定会去行动。我喜欢这样的行动派。

就如说一百句我爱你的情话,都抵不上实实在在为你做一件事。

只会说甜言蜜语的人,并不是值得依靠的;而那些沉默着却给你做好每一件事的,才是真正爱你的人。

02

开车到家的时候,我看到了桌子上的花瓶里放了一把蓝色妖姬。我惊讶地问何羽绯,"你出去买花了?"

何羽绯穿了一件白色睡裙,坐在窗户边上发愣。我当然知道这花是谁送的,那秘书可是当着我的面,把蓝色妖姬送到程逸办公桌上的。

"唔,"何羽绯似乎有些纠结,好一会儿她才说,"是有人送的。"

她并没有说得很详细,因为张叶的事,她学乖了,再也不会毫无保留地将自己的事告诉别人了,哪怕那个人是帮她的人,但就算是这样,也有不能对对方说的事,每个人都有秘密,这是好事。这说明何羽绯终于开始变得成熟了,她虽然已经26岁,但其实心里一直保持着十六七岁的纯真,觉得相信一个人就要相信他的一切。

有秘密,是成年人的标志。谁都有秘密,我也并不例外。

"好漂亮的蓝色妖姬。"我凑近闻了一下,是很好闻的香气。

老白"喵喵"叫着走过来蹭着我的腿,我弯腰把这家伙抱起来。这家伙这么叫唤,简直要把人的心都萌化了。

"嗯。"何羽绯明显有心事,看来程逸送花给她这件事,对她已然冷了的心,还是有些触动的。

我不得不佩服程逸,选择这种时机来送花。他完全有理由送花的,那就是昨天见了何羽绯,觉得甚是欢喜,所以送花表示好感。这个举动显得非常自然,而且巧的是,这几天在我的劝导和老白的陪伴之下,何羽绯的心态已经有所转变了。

这种时候是最容易乘虚而入的。

我换下了那中规中矩的职业套装,换了一身长裙,并且稍微补了一下妆。如果只是见许陌,我不会这么麻烦地收拾自己,但关键是还有程逸。

有第三人在场,我就不能随便了,我最后抹上上次买的那支复古丝绒口红。今天晚上穿的是黑色裙子,适合这个颜色的口红搭配。

"你要出门吗"何羽绯见我在化妆,便问了一声。

"是的,我去见个客户。"我没有说实话,因为我无法对何羽绯说实话。

"又是一个被伤害的女人啊?"何羽绯声音有些落寞。

"是啊,这就是粉色事务所存在的意义,"我对她笑了笑,"冰箱里还有吃的,或者你想出去吃也行,不过你得记着喂老白。"

"我会的。"提到老白,她的表情就柔和了一些。看来这几天,这小家伙没少给她安慰。布偶猫性格很好,非常黏人,这样的存在对于何羽绯这种受了情伤的女人来讲,简直就是治愈系小天使。

许陌提示过程逸,我有点期待,看程逸能不能抓住许陌提示的点了。

我知道这种讨巧的方式很狡猾,有抄近路的嫌疑,但只要最后去的地方都是一样的,那么算计又如何?如果一个男人连为了你费尽心思都做不到,那么他的喜欢也就不过如此了。

我这个人不太喜欢女生去表白,不管你多喜欢对方,不管对方对你的态度有多么暧昧,都不要主动去捅破那层窗户纸,因为这么做了之后,你非但得不到他,反而会让他警惕地躲开。用时下最流行的说法就是,不娶何撩?

如果一个男生真的爱你,哪怕千山万水阻隔在你们中间,他也会穿洋过海去见你,之所以会有那么多无奈,会给自己找那么多不得已的理由,归根结底就是不够爱。

你没有那么重要,重要到他为你放弃那些可笑的理由,放弃所谓的尊严。

所以女孩子无论什么时候都要矜持一些,而男生,如果你真的爱她就不要怂,想什么做不成爱人做朋友——她朋友那么多,并不少你这一个。

做不成爱人做什么朋友,不要废话,就是去追去表白。年轻人精力那么旺盛,何必畏畏缩缩,爱从来不是胆怯的。如果连去拼搏一把的勇气都没有,那么你的爱也不过如此,趁早放弃,好过将来心心念念去后悔。

如果一个男人真的爱你,不会等到一切都来不及了才来找你,不会让你为难,不会让你陷入婚外情,变成第三者,或者他成为你的第三者,他不会,如果真的爱。

我到了约好的餐厅,许陌和程逸已经都到了。我看了一下时间,我是提前 5 分钟到的。

男人和女人约会的时候,比女人早到是修养,准时到达是素质,迟到是垃圾。

女人准时到是涵养,迟到 5 分钟是正确的时间,而超过 5 分钟是傲慢无礼。或许会有人觉得这样不平等,觉得凭什么男人和女人要有着 5 分钟的差异。

因为这是身为男人必须有的气度和涵养。

服务生领着我在位置上坐下,这是一家规格颇高的餐厅。我们所在的位置是一个包间,很多年轻的女人,尤其是刚刚进社会的那种,来这种场合常会穿牛仔裤运动鞋,但其实这是不对的。去什么地方,就要穿与之相匹配的衣服,每个女孩的衣柜里都应该有一件昂贵的衣服,那件衣服的款式不需要有多潮有多时尚,但一定要能穿出你的气质和涵养。

来这种场合却穿着随意的,那不是年轻帅气,那是对约你来的人的不尊重。

"看一下菜单,看看吃点什么。"许陌将菜单递到我的手上,我接过来,认真选了两道菜之后,将菜单还给了许陌。

晚饭用完之后,程逸带我们去了一家很隐秘的私人会所,那里适合谈事情。

一道茶上来,满室的茶香。程逸慢慢地开口说:"方老板,你是怎么打算的?"

"我记得苏总和张叶的婚礼,还有 10 多天吧。"我笑着喝了一口茶。

聪明人和聪明人说话就是简单,不用我多做解释,程逸和许陌都已经明白了我的意思。

"这段时间,我会好好的和苏总维系好感情的。"程逸露出一个灿烂的笑容,只是那个笑容怎么看都让人觉得毛骨悚然,看样子他是真的恨透了苏常瑞。也对,他连一点点有可能的为难都舍不得让她去经历,他却肆意践踏她的感情,程逸能对苏常瑞有好脸色也就怪了。

将具体的细节再次沟通了一遍之后,时间已经到了晚上9点30分了。离开的时候,程逸问我:"方老板,能帮我个小忙吗?"

03

"你说。"我开车门的手顿了顿。

"方便让我看一看你家猫的照片吗?"啧啧,程逸果然是厉害。许陌那么一说,他就记住了。

"好的。"我手机里还真有老白的照片,而且那张照片还不只是老白,是何羽绯抱着老白的时候,我抓拍的一张。

我翻出照片递给程逸。那张照片拍在一个黄昏,窗外是红了半边天的晚霞,窗内是白色睡裙的何羽绯,她光着脚坐在窗边,老白安静地窝在她的怀里。这张照片非常美。我这人拍照水平其实挺差,但就是我这种水平的,都能拍出这样的效果,如果让专业的来,我不敢想象这张照片能够漂亮到何种程度。

程逸看得入了迷,他那双英气逼人的双眸里,是失了神的眸光,是谁说程逸是gay的,他不是!他冷漠,不过是因为那些靠近他的人他都不喜欢,他的心早在很多年前,就完完全全给了另一个女人,从此其他人只是过客匆匆,只有8年前的那个身影在他心上安了家,怎么赶也赶不走——他也不想赶走。

我曾经不相信这个世界上有这么深情的人存在,如今认识了程逸,我不得不相信。

"送给你吧,这张。"我话音刚落,他就将他的手机递了过来,我将照片发给了他。

"多谢,"他很诚恳地说,"以后如果有帮得上忙的地方,尽管开口。"

"我不会客气的。"程逸是个重诺的人,他既然说出这样的话,自然就不是客套话,而且我这样的职业,说不准会要找他帮忙。

回到家的时候,何羽绯已经睡了。我悄悄打开门往里看了一眼,一人一猫睡得很安详。

一切就照着我的计划，有条不紊地进行着。程逸那边果然开始和苏常瑞走近；苏常瑞不知道是不是昏了头了，竟然就这么轻而易举地相信程逸是真心实意要帮他。

这世上哪有这样的好事，不知道该说苏常瑞天真还是要说他愚蠢。

那天晚上，程逸当然告诉了我，他和苏常瑞都说了些什么。我想的没有错，苏常瑞就是将我当成了筹码交给程逸的。

程逸安排我做了秘书助理，苏常瑞以为程逸接受了他的好意。这3年的迷失，苏常瑞大概已经忘记了真正有担当的男人到底应该做什么，什么是绝对不能跨越的雷区，他已经忘记了，他以为世事无常，那份纯真已经没有了，他堕落、他不堪，就以为全世界都和他一样。

殊不知总有人克制底线，总有人宁缺毋滥；世界不是你想象的那样，你代表不了全世界。

何羽绯提出要从我这里搬出去，是5天之后的事。她原本住的地方不打算住了，毕竟在那里有很多不好的回忆。而且那里也无法住下去了，张叶曝光了她的所有私人信息，她住在那里总归会有点危险。

她搬家那天，程逸非常善解人意地主动给我放了一天大假。我知道他的打算。他是打算让我去帮何羽绯搬家，对于他的好意我自然全盘接受，毕竟怎么说我也是在帮他追何羽绯。

何羽绯搬去了离我住的小区不远的一个小区，那个小区的规格没有我住的这个这么高，房租自然也便宜一些。何羽绯虽然看上去很柔很软，但她的性格其实很坚韧，她有她的原则，从她毕业之后，就没有跟家里要过一分钱。苏常瑞提出要养她，她也拒绝了。现在这个社会，有所谓啃老族、心甘情愿被包养的、好吃懒做希望天上掉馅饼的，或者为了赚钱快去做一些不正当行业的，但绝大部分女生还是像何羽绯这样，是个独立自主的好姑娘，她们不依赖任何人，她们不娇气，不做作，活得很真实。

搬走的时候,何羽绯抱着老白亲了很久。我知道她其实特别喜欢老白,但她知道分寸,没有提出让我为难的请求。就算那么舍不得,也仍然搬走了。她搬走其实是一件好事,这是个很好的信号,这表示她已经开始试着去重新开始了。

"我要开始找工作了,"收拾完东西之后,何羽绯坐在沙发上对我说,"我不能一直这么颓废下去,生活还要继续,不管怎么样,晓晓,谢谢你。"

"不用谢我,真的,"我笑着说,"你要谢的是愿意走出来的你自己,是就算经历这种事也能从容面对、努力过、勇敢过的你自己,就算哭过、陷入绝望过,但你走出来了,这就是最棒的。"

她将我送出门外,我最后对她说:"我会时常来跟你汇报进度的,我们保持联系。"

"好。"何羽绯点了点头。

回家之后,老白蹲在窗户边上,不知道是不是在思念着从这里搬出去的何羽绯。

算起来,从老白来我家之后,和老白相处时间最长的人不是我,是何羽绯。我其实是个不太靠谱的主人,早上起不来,中午有时候忘了喂它,但何羽绯不一样,她很细心,她在的这些天,把老白照顾得特别好,老白一身长毛都是她打理的。

"哎,"我走过去抱起老白,使劲儿蹭了蹭它屁股上的毛,"老白,你就别惦记着美人姐姐了,还是乖乖和我相依为命吧。"

"喵。"老白软软糯糯地叫了一声。难怪何羽绯这么喜欢它,这家伙真是能让人的心变得非常温暖,非常柔软。

接下来的日子里,一切都有条不紊地进行着,苏常瑞和张叶的婚期越来越近,沙市的报纸上也开始频频有他们的小道消息刊登出来。程逸真是只老狐狸,他比许旸还更有演戏的天分。苏常瑞这段时间经常来荣盛集团,他每次来都会来找我说话,我知道他打的是什么如意算盘。

他话里话外地,是在打听我和程逸之间的关系是什么样的,他当初是怀着什么样龌龊的心态把我送进来,我可是知道得一清二楚。他期待的是我爬上程逸的床。

在他心里，大概这世上所有的女人都可以和张叶画上等号。

苏常瑞啊苏常瑞，我真不知道该说他天真，还是该说他太世故。

04

下班的点到了，我准时拎包下班。那些秘书们纷纷朝我投来异样的眼光，因为这段时间以来，我经常去程逸的办公室，互相沟通苏常瑞的信息，这些人不知情，以为我和程逸有什么特殊关系。

不过我和程逸谁都没有去解释，因为让他们误会，这样传入苏常瑞的耳中才更能迷惑他。他现在没时间里仔细调查我和程逸，因为江海集团最近刚有点起色，而且他和张叶的婚期没几天了，他要忙着准备婚礼，哪有空管其他事。

回家之后，我喂老白吃了猫粮，因为最近的一切都进展顺利，加上又没有新的生意上门，一时之间我竟然觉得有些无聊了。

我从沙发上坐起来，决定去看一看何羽绯。她也好几天没见到老白了，应该甚是想念，正好带着老白去看看何羽绯。

作好了决定，我直接就抱着老白拎起我的小包出了门。

最近何羽绯在找工作，也不知道找得怎么样了。到何羽绯家楼下的时候，我给她打了个电话。她接得很快，好像只要是我的电话，她都会第一时间接起来。

"羽绯你在家吗？"我边打电话边按了电梯按钮。

"在家呢。"何羽绯答道。

"很好，3分钟后给我开门，我到你家楼下了。"

到了何羽绯公寓所在的楼层，我正好走到何羽绯家门口，门就开了，我刚进门内，就一脸错愕地看着不远处的沙发上窝着一只猫。

如果不是老白被我抱在怀里，我都要以为那只猫就是老白了。

我是眼花了吗？我揉了揉眼睛，然而再看，那只猫还在。何羽绯见我一副很奇怪的样子，当她回头看到那只猫时，顿时反应了过来。

"喵。"老白显然也发现了那只几乎和它一模一样的猫，它从我怀里跳了下去，径

第八章 这就是我存在的意义

直走向那只猫。

"是个朋友临时寄养在我这里的。"何羽绯将我让了进来,她边关门边对我解释道。

"朋友啊。"我心中觉得好笑,这个寄养猫的朋友是谁,几乎不用去思考我也知道是谁。这个世界上,估计也只有程逸有这个耐心和这个财力,去购买一只和老白几乎一模一样的布偶猫了。

先是蓝色妖姬,再是和老白一模一样的布偶猫,何羽绯不可能没有觉察到程逸的别有用心吧,只是奇怪的是,无论是花还是猫,她都没有拒绝。何羽绯这样的女人,并不是一个来者不拒的人,她很有骨气,鄙视拿来主义,那么她会收下花和猫,这是不是说明,她对程逸的印象不坏,甚至有在好好考虑程逸的事?

"太巧了吧,简直和老白是双胞胎。"花色一模一样,甚至连异色瞳都完全一样,老白和那只猫蹲在一起时,就跟复制粘贴的似的。要不是老白脖子上有根丝带,我都要分不清哪个是老白了。

程逸必定是花了心思去找的。有句话说得很对,当你迫切地想要完成一个目标,那么全世界都会为你让路,为你助攻。

"我看到的时候也吓了一跳呢,"何羽绯微微笑了笑,她抱起老白蹭了蹭,"好几天没见老白了,老白是不是瘦了?"

"它明明胖了。"我顺手关上门,何羽绯搬来还不到半个月,这个小公寓里就充满了生活的气息,一室一厅被收拾得整洁干净。

"怎么样,最近找工作还顺利吗?"我问。

何羽绯给我倒了杯水,她说:"有几家通知我去面试。"

"你是打算找什么样的工作?"何羽绯毕业之后就被苏常瑞带去了江海集团,她也做了几年的总裁秘书,照理说,这样的资历找工作应该不难。何羽绯找工作也好几天了,看她的表情,似乎找工作并不顺利。

难道她是想换工作,所以不太好找吗?

"还是助理类的工作,"何羽绯笑得有些勉强,"放心吧,没问题的。"

她的表情怎么看都不像是没问题吧,不过稍微一想我也知道是怎么回事了。

按照张叶的个性,她必定会把何羽绯是小三的事情广而告之,不管真假,听说的人总会觉得,离是非远一点总没错。

在沙市的上流社会,名媛贵妇们闲暇时候,最爱讨论这种桃色新闻了。何羽绯是被张叶逼出江海集团的,江海集团在沙市不大不小,也算是个有头有脸的集团。

被江海集团赶出来的人,除非是比江海更大的财团敢收留何羽绯,否则其余小公司,大概是怕得罪江海集团未来的董事夫人,不会愿意接纳何羽绯的。

不过我倒是有点意外,程逸竟然没有帮她解决这个难题。他是真心想追何羽绯的,为什么这么好的机会,却放过了呢,还是说程逸在下一盘很大的棋?

不过不管怎样,程逸和何羽绯之间的事情我都不想去干涉,一切顺其自然比较好,我把老白的照片给了程逸,这已经是严重犯规的行为了。

在何羽绯那里坐了一会儿,顺便吃过了晚饭,我这才带着老白回了家。

许陌忙完了手里的事情,到我家的时候,已经是晚上 8 点多了。他给我带了一份宵夜,我抱着老白坐在沙发上吃得不亦乐乎。

"我说,最近你很忙?"许陌最近几乎每天都是这个点下班,不只是许陌,程逸似乎也会留下来加班。不过我每天都是按时下班的,我在荣盛集团上班不过是做做样子,让苏常瑞不起疑心而已。

"嗯,有点。"许陌喝了一口我泡的柠檬茶,他眉心微微皱了一下,很显然是在嫌弃我泡的茶,不过他最后还是咽了下去。

"我说,你家糖不要钱吗?"虽然咽下去了,许陌该吐槽的还是要吐槽的,"你这柠檬茶比蜂蜜茶都甜了。"

"不甜不好喝啊,"我笑呵呵地说,"难得给你泡次茶,你就不要嫌东嫌西的了。"

"嗯。"许陌默默地又喝了一口。

我看着许陌,灯光下,他的侧脸有点冷峻,和我寻常所见,总是笑着的许陌,仿佛不是一个人。

第八章 这就是我存在的意义

"看什么?"他扭头看我,脸上就挂着我熟悉的那抹笑。

"看你帅啊,许大帅哥,"我不动声色地收回视线,若无其事地说,"苏常瑞和张叶的婚礼就快到了吧,你会去吗?"

"当然要去的,"许陌说,"苏小总的婚礼,我怎么能不去呢。"

"唔,到时候,你负责带何羽绯去吧。"我原本就计划,在婚礼上,让何羽绯来验收一下我的成果。想到几天之后的婚礼现场,我的心情就格外地好。

"没问题,"许陌喝掉了那杯柠檬茶,像是完成了一件不可能完成的大事一样,"对了,你那边确定没问题吗?还有四五天就是张叶和苏常瑞的婚礼了吧。"

"是,没错。"我点了点头。

"我记得何羽绯的要求,是让苏常瑞倾家荡产一无所有,你打算怎么做?虽然程逸很强势,荣盛集团也的确有能力让江海破产,不过这个不能算是让苏常瑞一无所有吧,他还有张叶呢,而且张叶还怀孕了,万一张叶是真爱怎么办,就算苏常瑞变成穷光蛋,她也不愿意离开呢?"

"放心吧!"我朝许陌抛了个媚眼,"婚礼那天,你就等着看一场好戏吧。"

"还保密?"许陌慢条斯理地擦了擦嘴,时间已经不早了,"那我就等着那天的到来了,我还真的有点期待呢。"

"你可以敬请期待的。"我将许陌送到楼下,目送着他开车走了,这才转身上了楼。

婚礼倒计时:5天。

5天之后,好戏就好开场了。

第九章　谁都要为自己的错误埋单

01

一个月,30 天,720 小时。

这么短的时间,能改变一个人吗?

能改变一个人 20 多年养成的性格与习惯吗?

我告诉你,可以。

如果你能持续一个月,在某个时间做同样的事,那么这个行为就会成为你的习惯。人的性格并非一成不变的,怯懦的人可以变勇敢,果敢的人也会变得怯懦。这个世界上没有什么是一成不变的,没有什么是永垂不朽的。

我认识何羽绯的时候,她不自信,甚至因为被人伤害,想要一死了之。她并不想面对那些背叛,不想看到昔日的好朋友和自己最爱的人在一起。

一个月的时间,此时站在我面前的何羽绯,她齐耳短发,漆黑的眼眸,眸色温柔却带着一抹坚定;她略施薄妆,一身得体的黑色小礼服,只要往那儿一站,就是众人的焦点。

我站在程逸身边,看着站在许陌身边的何羽绯,心中也是觉得欣慰的。

她不是无药可救,一个月的时间,她变成了现在这个样子,我很满意。

今天是张叶和苏常瑞结婚的日子。

江海集团的苏董要结婚,档次当然不能低了。丽晶大酒店今天被包场了,宴席放在晚上,不过下午会有一场户外鸡尾酒会,接到邀请的人,大多下午一点多就开始入场了,这种婚礼,也是拉关系,认识平常高攀不上或者没有机会见到的人的极好机会。

现场有乐队在演奏着很有情调的西洋乐曲。张叶还没有来,苏常瑞穿着礼服在

第九章 谁都要为自己的错误埋单

人群中周旋着。

我是作为程逸的秘书,陪着程逸一同来参加这场婚礼的;而何羽绯,她是以许陌的女伴身份前来。

我和程逸先到,何羽绯和许陌在我们后面来的,全程我并没有和何羽绯交流什么。已经是最后关头了,谨慎一点总是好的。

一切准备活动都已经搞定了,就等着一会儿婚礼开始,好戏就要上场了。

我真的不得不感谢大叔,不是他,想要惩罚那两个人,绝对不会像现在这个简单。看样子,信息真的很重要,以后接了单子,无论如何,都要先找大叔调查一下,有备无患总是好的,更何况这些信息里,总有一些是能够起到推波助澜作用的。

"你那边没问题吧。"我从侍者端着的托盘上拿了一杯鸡尾酒,抬起头似笑非笑的看着程逸。

程逸表情有些疏冷,带着一抹睥睨众生般的不屑一顾,他轻轻点了下头,表示已经全部妥当。

我问他只是为了确认。像程逸这样的人,能操控整个荣盛财团,自然不是什么心慈手软的货,江海集团和荣盛集团在有些项目上,也算得上是有竞争关系的。苏常瑞自己作死,自己送上门去给别人收拾,那真的是怨不得任何人。

生意人讲的是利益,在苏常瑞背叛何羽绯的时候,苏常瑞和程逸之间的关系,就从老朋友变成了彻彻底底的生意对手的关系。他以为把我送到程逸身边,以为不要何羽绯了,他们就会重新变成老朋友关系。不得不说,这位苏董有时候也真是天真得挺可爱。

江海集团在他手里,会面临破产的危机,也情有可原了。

有人来和程逸搭话,我像个合格的秘书一样,站在一边陪着笑容。才只是这一会儿,我就觉得我的表情有僵化的趋势,这要是笑一天,脸该抽筋了吧。

我找了个机会,不动神色地退到角落里,拿了一只小蛋糕慢慢地吃。

"身为人家的秘书,这么偷懒真的好吗?"一个熟悉的,略带调侃的声音响在我耳边。不用回头看，会用这种语调和我说话的人，目前只有一个许陌。

许陌今天穿了一件白色礼服，整个人看上去分外干净，这让他不像一个商人，倒像是儒雅的大学教授。

"吃不吃？"我拿了一小块草莓慕斯递给许陌，他还真伸手接了过去。

"你不是不喜欢吃甜食吗？"看着将慕斯蛋糕吃得十分斯文的许陌，我有些意外。许陌不太喜欢吃太甜的东西，那天我给他泡的柠檬茶，因为放了糖，他就非常嫌弃。

"晓晓亲手拿给我的，我怎么也得赏脸不是？"他笑着说，"我说，你真的准备好了？我没见你做什么啊，你确定今天能让何羽绯验收你忙活一个月的成果？"

"当然，"我冲许陌神秘地眨了下眼睛，"一个月可以做很多事的，而且什么事情都提前让你知道了，那还有什么神秘感？"

"你不要玩脱了就好，"他慢慢地擦了擦手，又说，"不过玩脱了也好。"

"喂！"我瞪了他一眼，眼尾却正好扫到了何羽绯和程逸。

虽然是作为许陌的女伴而来，但何羽绯却没穿上和许陌配套的白色礼服。她穿了一身黑，站在同样一身黑色礼服的程逸身边，只让人觉得那画面美得像是偶像剧中的男女主角，单纯这么站着，就分外赏心悦目。

"别说，那两人站在一起，还真的挺合适，"我伸手扯了扯许陌的手臂，示意他看过去，"你说他们有戏吗？"

"有戏啊，怎么没戏。"许陌不怀好意地坏笑了一下。

"你是不是知道了什么？"我瞥了许陌一眼，"怎么，这两天那两个人有什么进展没有？"

这几天我都忙得没有时间去管何羽绯的事。除了今天，我上次见到何羽绯已经是5天之前，我带着老白去何羽绯家见她的时候的事情了。

那时候她也只是帮着程逸照顾猫而已，5天的时间，能发生什么事啊。不过一个人要爱上一个人，本就不需要太长时间，所谓的日久生情，不过是在漫长的时间长河中，某个偶然的瞬间动了心罢了。

一个人要爱上一个人，有时候一个眼神，一个表情，一句话就足矣。

何羽绯虽然才和苏常瑞分手,他们之间 8 年的感情不是假的,但是万幸的是何羽绯已经走出来了。她已经明白了,苏常瑞并不值得她去爱,开始走出来的时候,就意味着她已经做好了迎接崭新人生的准备。

这种情况下,很容易爱上另一个人,也很难爱上一个人,但是感觉对了,一切就都是有可能的。

她的心房空出来了,程逸只要情商够高,他就绝对能够趁机搬进去。或者说,这是程逸唯一的机会,如果他不能让何羽绯尽快爱上他,那么他或许就要做好长期作战的准备。一旦何羽绯的想法变成一个人也可以,不会再爱上任何人,那么她就不会那么轻而易举地被谁感动了。

"最近程总经常来我公司,"许陌缓缓地说,"前些天何羽绯不是找不到工作吗,我就以秘书身体还没好为由,让她暂时来我公司帮忙了。"

我顿时了然了,我就说:"程逸虽然爱着何羽绯,但他不能直接去和何羽绯这么说,这么说多半会吓到她。但是这种不期而遇的偶然相遇,就显得极其自然了。"

一见钟情什么的,何羽绯一朝被蛇咬 10 年怕井绳,她大概不会再相信一见钟情了,所以程逸这个老狐狸就想到宿命的相遇这种办法了。

"啧啧。"我不由得感叹,这人和人的差距怎么就这么大?

02

程逸并没有一直缠着何羽绯说话,他很明白适可而止的道理,他的时机也掐得很好,相谈甚欢之后就颔首离开。我用小盘子装了一小块蛋糕朝何羽绯走去,何羽绯脸上还挂着一丝笑意,显然刚刚她和程逸的交谈很愉快,连一开始的一点紧张和局促都消失不见了。

"吃点东西吧,好戏还得过一会儿才开场。"我将盘子递给何羽绯。她冲我微微笑了笑,接过盘子之后,小口小口地吃着。我说:"有人朝这里看了,我们去那边吧。"

注意到有人朝我和何羽绯看过来,我端着鸡尾酒转过身往前走去。

穿过玫瑰花做成的拱门,我和何羽绯到了一个比较安静的一个角落。何羽绯见我如此谨慎，表情也不由得跟着紧张了一些。

"不要紧张，"我低笑着说了一声，"只是这个时候，我不想让人发现我们的关系。"

"我明白了。"何羽绯并不傻，她很快知道我的意思了。

我不想让人联想到一会儿会发生的那场闹剧，可能是和我有关系。

是的，我开出粉色事务所，的确是作为职业小三勾引别人的男朋友、别人的老公，但我并不希望别人知道这一点。倒不是在乎别人的看法，而是在意我下一单生意能否安然进行。在这种规格的婚礼上，如果我的身份被爆出来，这是相当糟糕的一件事。以后我接下新的生意，扮演小三别人都不会上钩的。

我不想这种事发生，当然，我也不会让这种事情发生。

到目前为止，我的存在对于苏常瑞来说，只是一个长得合心、刚刚出社会什么也不懂的社会新新人类；对于张叶来说，我是有可能会危及她地位的潜在情敌。

我没有暴露我的身份和职业。

"你还记不记得，合约上有一则保密条款。"我看着何羽绯，很认真地问她。

何羽绯并没有仔细看过合约，不过似乎是记得这一条的，她虽然有些困惑，不过还是点了点头，表示自己是记得的。

"你不得和任何人说起我和你之间的雇主关系。"我说。

"我明白的。"何羽绯表示理解。

"一会儿无论场面有多混乱，你都不要承认是你做的，你只是来参加前任的婚礼，就是这么简单。"我怕何羽绯招架不住，什么都招了，那就麻烦了。

毕竟无论我是因为什么而介入张叶和苏常瑞，总归不是一件能见光的事。

"晓晓，你不用担心的，"她笑容很轻松，那是卸下负累之后的笑容，"我明白的，我不是那个傻到只会哭，只会寻死的何羽绯了。"

"嗯，最近工作，有眉目了吗？"我看她是真心放下了，不是装出来骗我的，也就换了个话题，"这几天忙得够呛，一直也没时间过问你的近况。"

"去面试过了，有一家说要考虑一下，其他的都说我不太合适，"何羽绯并没有隐瞒我,"许总说,我可以在他公司上班,但我总不想这样。这一次,我想通过自己的努力去找一份自己喜欢的工作。"

"嗯,"何羽绯的这个想法还是很好的,"不过,也不要硬撑,不要拒绝朋友善意的帮忙。"

"我知道,刚刚程总说是有一家公司缺人,让我去面试看看,"何羽绯说,"刚刚他就是在和我说这件事。"

"哦,蛮好的,程总人不错。"程逸非常聪明,他没有直接让何羽绯去他公司上班,只是告诉她哪里缺人,让她自己去试试。我不得不感慨,情商高智商高的人,在做一件事的时候,真的是非常犯规的。

不过我并不讨厌程逸这个做法,如果喜欢,那个人又恰好单身,那么就果断去追。不动声色地对她好,不着痕迹地对她好,而不是做了一点事就邀功请赏。

我欣赏程逸。

"那天你在我家看到的那只猫,其实就是程总拜托我照顾的。"何羽绯终究还是那个单纯的何羽绯,她还是将这件事告诉了我。

我原以为,经过了张叶,她会变得稍微成熟,会不再轻而易举地相信别人。

现在看来,她仍然有一颗干净不设防的心,说不上是好还是不好,但是如果是交朋友,我愿意和何羽绯这样的人成为朋友,而不是心机深沉的人。

"原来是这样,"我装作是才知道的样子,"你其实可以不用告诉我的,再好的朋友,也不是什么话都必须告诉对方的。"

"我知道的,"她有些不好意思地笑了笑,"但……我还是做自己比较好,我曾经羡慕过晓晓你,觉得你很聪明,似乎无所不能,心里也总是有很多的事情藏着不说。我也想变成你那样,但我觉得,如果变成那样的自己,我一定不会快乐的。"

"我知道,轻易相信别人,轻易被人感动不是什么好事。可是去相信对自己好的人有什么不对?被别人做的暖心的事感动有什么不对?"她笑了,干净如静室幽兰,"我不想变成铁石心肠的人,我也变不成那个类型。"

没有什么城府,很简单地被人感动,很简单地相信别人。

这本是生而为人最初的单纯,可是什么时候呢？不知不觉之间,我们失去了这份单纯,变成了面目冷峻、喜形不外露的人。看到感人的事件,总是去怀疑真假,而不是简单的去感动,看到待人真诚的朋友,总是怀疑对方是别有目的接近自己。

何羽绯经历了这些,却还能坚守自己的本心,不得不说,我对她肃然起敬。

如果这个世界上,每个人都像她一样简单纯粹,那么姐姐的悲剧一定不会发生,不会存在这么多的背叛和猜忌。

"你这样很好,真的。"何羽绯说她羡慕我,可是这一刻,是我在羡慕着她。

是我在羡慕着,经历背叛、伤害、冷漠、诬陷、谩骂之后,还能保持一颗水晶心的何羽绯。

我有些明白,为什么程逸 8 年了,还是只爱一个何羽绯,这世上美人千千万,可是拥有一颗水晶心肝的人,却不多见。

遇见了,就要当作宝一样,因为错过了,想要再遇见就很难了。

何羽绯听我这么说,有些局促、有些羞赧,她低下头去,脸上有一抹红晕。

而这时,草坪入口处,出现了一抹纯白色的身影。

是今天婚礼的另一位女主角,我们的张叶,张小姐,江海集团未来的董事夫人,她终于到场了。

03

我拉着何羽绯往边上让了一让,张叶并未朝这个角落看过来,所以没有看到我和何羽绯就站在这里。

我看了一下时间,现在的时间是下午 13 点 14 分,张叶掐着这个时间来,自然是想讨个好彩头,1314,一生一世。

我冷笑了一声,不知道一会儿司仪举行婚礼,看到投影仪上的东西时,她还有没有机会和苏常瑞一生一世——或者说,苏常瑞还愿不愿意和张叶一生一世。

婚礼开始的时间也相当有寓意,16 点 16 分,寓意着一生顺利。

第九章 谁都要为自己的错误埋单

距离婚礼开始当然还早,不过那边司仪已经来了,正和张叶还有苏常瑞做着简单的互动。我先走回了宴会场地。张叶抬起头时看到了我,她的眉头皱了一下,嘴角边有一抹嘲讽似的笑意,还带了几分得意。

这真是人比人气死人,有人能单纯成何羽绯,也就有人能心计成张叶。

要说她有多坏,那倒也不至于,就是抢走好朋友男朋友,用见不得人的手段爬上人家的床,得手之后还要诬陷好朋友才是小三,这种行为恶劣的让人不能原谅。

好在何羽绯还没有傻到让我收手的地步,爱憎分明,善恶心中有一道衡量标准,这就很好了。

那边互动暂时告了一个段落。苏常瑞领着张叶自人群中游走,走到我身边时,张叶应该是心情还不错,并没有和我多说什么,她一手捂着小腹,看着我的目光中,虽然很克制,却还是露出了一丝得意洋洋的意思。

我端着酒杯走到她面前,用十二分的和煦态度对她说:"张小姐,恭喜你啊,这身婚纱真漂亮。"

张叶听到我的恭维,稍微愣了一下:"谢谢,何小姐今天的礼服也很漂亮。"

她说完并不和我废话,转身就朝前走,她走着走着,脚步停住了。我看着她的背影。张叶现在的情绪似乎有些紧张,她的后背挺直得有些僵硬。

不用顺着她的视线看,我也知道她看到了什么。

她一定是看到了何羽绯了。

果然,何羽绯站在那里,静静地看着张叶。因为张叶是背对着我的,所以我无法看清张叶此时此刻的表情,不过怎么样都好不到哪里去。

今天的何羽绯很漂亮,放下了那些糟心事的何羽绯,自有一股出尘的气质。她本就长得好看,这些天心情舒爽,又化了妆,穿着特地定做的礼服,看上去要比张叶这个新娘子要漂亮多了。

从何羽绯到场之后,很多男士忠诚地将目光投注在何羽绯身上,就能够看出何羽绯的魅力了。

前任来参加婚礼，偏偏还比现任要漂亮出一大截，这种滋味怎么都不好受。

"不去看热闹吗？"许陌又凑到了我身边。

"热闹吗……"有热闹不看，这不是我的风格。

我一把揪住许陌的手臂，拉着他假装闲逛似的绕到了水果台边上，从这里可以同时看到何羽绯和张叶的表情。

张叶眼神有一抹惊惶，不过很快她就镇定了，她面对何羽绯时，从来都是很强势的，之所以会出现这一刹那的惶恐，大概是因为她害怕何羽绯在婚礼上引起什么骚乱，到时候不管张叶怎么说，都无法改变她才是小三的事实。

就算她把黑的硬说成白的，可是黑的终究无法变成白的。

"你来干什么，事到如今，你还来干什么？"张叶压低声音，她语气很不好，甚至隐隐带着一丝威胁，"嫌弃你的笑话还不够别人看的吗？怕认识你的人不够多吗？"

"来喝曾经的好朋友和前男友的喜酒，不欢迎吗？"何羽绯淡淡地说着，"张叶，今天你是新娘，你害怕什么？"

"我有什么好怕的！"张叶语气蓦地抬高了一些，不过她到底还顾及着场合，那一句虚张声势的话说过之后，声音又压了下来，"何羽绯，我不怕你的。"

"她在说谎。"许陌看得津津有味，顺带还说了句点评。

"她在虚张声势。"越是心虚，外表看上去越是强势，张叶现在只是纸糊的巨人，一戳就破。

"我要是何羽绯，我现在就能让他下不来台。"许陌说着，甚至有些跃跃欲试。

"我说，何羽绯今天是你的女伴吧，"我抬头看了许陌一眼说，"这种时候，不是应该你这个男伴去给她解围吗？"

"这种时候我去解围，你是想要你和她之间的关系曝光吗？"许陌似笑非笑地说，"你想想，如果我认识你，又认识何羽绯，今天你们都来了，如果我出去给她解围，张叶但凡不是个傻子，都能想得出你出现在江海集团的目的。"

"所以说啊，商人最聪明，最狡猾了。"我回头继续看着张叶和何羽绯，刚才和许陌说话的时候，张叶已经又朝何羽绯逼近了一步，她表情异常愤怒，不知道刚刚何羽

第九章 谁都要为自己的错误埋单

绯说了什么。

我虽然很想继续看下去,但何羽绯这种性格,很不擅长和人吵架,尤其是这种场合之下,再继续下去,何羽绯多半要吃亏。

正这么想着,有个人走到了何羽绯身边,他伸手扣住了何羽绯的腰,他没有看向张叶,而是温温柔柔地看着何羽绯:"怎么跑这里来了,找了你一圈没找到。"

我和许陌对视一眼,都从对方眼中看到了惊讶。

"我……"何羽绯显然也很意外,不明白程逸为何出现得如此突然。

程逸此时低着头,替她拢了拢耳畔的发丝,他正好挡住了何羽绯的脸,没有让张叶发现何羽绯的表情。他飞快地在何羽绯耳边说了一句什么,然后才站直了腰。

"苏太太你好啊。"程逸笑了,只是这人笑起来,也没能散去一声的清冷,他还真的只有在面对何羽绯的时候,才是个温柔的大暖男。

"这位是我的女朋友,我的女伴。"程逸慢慢地说了这样一句话,张叶的眼睛蓦地瞪大,像是觉得不可思议。

不过她很快就找回了理智,没让自己在程逸面前太过失态,她微笑寒暄了两句,然后转过身飞快地朝着苏常瑞走去。

她脸上耀武扬威的笑容早就不见了,取而代之的是一抹惊慌恐惧。张叶是个聪明人,聪明人偶尔会干糊涂事,但聪明人在危险面前,总是能先嗅到一丝蛛丝马迹的。

我冷冷地看着张叶消失的方向,心想她终于知道怕了吗?只是人都要为自己的错误付出一些代价的,这种感情里的刽子手,一般没有人有办法去惩罚,顶多谴责几句,说些婊子配狗天长地久的话,然而这些话却无法造成什么实质性的伤害。

都说小三缺德,渣男不得好死,然而小三和渣男在一起之后,基本都还是过得好好的,没有人接受惩罚,被伤害的那一个,永远也得不到所谓的公平、公正。

"吃这个,这个好吃。"许陌微笑着将一块曲奇塞进我的嘴里。

"谢谢。"我冲他笑了一下,一下一下将曲奇咬碎咽了下去。

04

"我说,你到底准备了什么后招?"时间一点一滴地溜走,许陌又问了一遍,他虽然看上去一派闲适,但我知道,他现在一定有些担心。

我抬起手看了一下手表,距离婚礼开始只有不到10分钟了,青翠碧绿的草坪上站了很多人。今天天气很不错,异常适合举行室外婚礼。

当然,如果结果的两个人不是渣男和小三,那么这个婚礼想必会非常非常成功。

"很快,很快你就会知道了。"我下意识地看了何羽绯一眼,我想了想,还是朝她走了过去,此时婚礼快开始,众人都已经在侍者准备的凳子上坐了下来,没有什么人注意到这里。

"就要开始了,我跟你做最后一次的确认,"我低声说,"确定要他们倾家荡产,一无所有吗?"

何羽绯看着玫瑰花做成的拱门,脸上表情渐渐地变了,她有一丝不忍。

"伤害别人就要受到惩罚,这没有什么不对的,"我缓缓地说,"你没有做错什么,我只是想再跟你确认一遍。"

"我不知道,"何羽绯低下头去,"晓晓,不知道为什么,我仍然讨厌那两个人,也还是恨他们的。可是我却又觉得,只这样就好了……"

"所以呢?"我无声地叹了一口气,"你打算放弃吗?"

何羽绯没有说话,似乎在考虑这个的可行性。

"你不要忘了,是谁害得你手腕上多了一道疤的,也不要忘记,是谁让你找不到工作处处碰壁,是谁用5万元分手费羞辱你的。"有些人总是容易忘记,有时候不只是刽子手会忘,太过善良的人也会轻易原谅伤害他们的刽子手。

"我没有忘。"何羽绯说完这句,又沉默了。

程逸走过来,他搭着何羽绯的肩膀,将她带到座位上坐好。我顺着他们走的方向望过去,许陌正坐在那里,一脸笑意地冲我招手。

不管何羽绯此时究竟有没有打退堂鼓,一切都已经开始转动,已经来不及了。我走过去在许陌身边坐下,紧接着一阵优美的旋律响起,那是结婚进行曲。

第九章 谁都要为自己的错误埋单

婚礼终于快要开始了,我的嘴角上扬,忙活了这好几天的成果,终于要派上用场了。

我回头看了一眼,只见花墙那边,张叶和苏常瑞并肩而立,正亲密地说着话。

苏常瑞走动的时候,视线撇到了何羽绯,他似乎愣了一下。我有些意外,难道苏常瑞一直没发现何羽绯来了现场?

不可能吧,那么长时间,怎么可能发现不了何羽绯,现场可是有不少男士都在看何羽绯的,不只是男士,那些千金小姐、名媛贵妇也都在看何羽绯,彼此交头接耳间,难保不会被苏常瑞听到。

不过他似乎一直在忙着和人说话,忽略一个何羽绯倒也是有一些可能的。

他发现了何羽绯,自然也发现了坐在何羽绯身边的程逸,这下子苏常瑞的脸色就变得有些不好看了。不过今天这么多人在场,他也不好站出来做什么多余的事情。

他们的身后,是一块白色的幕布,此时上面的投影显示的是婚纱照。

他发现了何羽绯,自然也发现了坐在何羽绯身边的程逸,这下子苏常瑞的脸色就变得有些不好看了,不过今天这么多人在场,他也不好站出来做什么多余的事情。

就在这时,司仪招呼张叶和苏常瑞进了酒店的贵宾休息室,我忍不住扬起了嘴角,好戏终于要开始了。

我不动声色地走到何羽绯的身边,轻轻拍了拍她的手臂,带着她从角落里往休息室的方向走去。

"这是去哪儿?"何羽绯问道。

"当然是带你去看一出好戏。"我的心情十分愉悦,忙活了这么多天,也不能白忙活。

何羽绯愣了一下,随即意识到了我想要做什么。她的表情就有些不安,说到底,她还是个很心软的人。

我带着何羽绯绕到贵宾室的窗外,从这里看进去,只要小心一点,就可以看清楚贵宾室里面发生的事，还能不被里面的人发现。

贵宾室里，司仪正在和张叶和苏常瑞说话，说的当然是一会儿婚礼的流程，虽说彩排过，但是正式开始之前，还是要再说一下注意点的。

听完了这段废话，司仪终于说到了重点。

"一会儿要在大屏幕上播放的婚礼视频已经做好了，先给你们二位看一下，要是有哪里不合适，现在改还是来得及的。"司仪一边说，一边按下了播放器的开始按钮。

从我和何羽绯站立的位置，恰好可以看到半个显示屏，显示屏上，新娘和新郎的婚纱照以一种非常唯美的方式在播放着，再配上煽情的音乐和文字，气氛烘托的相当好。

张叶和苏常瑞的表情，也是很满意的，然而就在这时，显示屏上的画面忽然变了。

画面上应该出现的，新郎新娘学生时代的照片没出现。高清显示屏上，显示着一张 A4 纸，白纸黑字还有红色的章，那是一张证明——

我回头看了何羽绯一眼，她错愕地呆愣在原地。

不可思议的，茫然的，怀疑自己是否产生幻觉看错了的。

也不怪她这么惊讶，因为显示屏上出现的，是一张医院开具的证明。

苏常瑞患有死精症，简单粗暴的来解释就是，苏常瑞他不孕不育！

那天，大叔给了我一叠厚厚的资料，我翻到最后一页看到的，就是这张证明，当时我的震惊程度不亚于在座的每一个人。怎么想这都太不可思议了，苏常瑞无法生育，可是张叶却怀孕了，要说这不是个笑话，怕是老天爷都不答应。

"啊！"张叶惊叫一声，转身就想去关掉显示器，然而苏常瑞比她更快一步，他面色铁青地抓住了张叶。

因为显示屏上的画面又变了，证明不见了，出现在那里的，是一张照片。

那是一个男人的照片，以及另一张资料纸。

"这是……怎么回事？"何羽绯很艰难地找回了自己的声音，她扭过头看着我，用一种不可置信的眼神。

第九章 谁都要为自己的错误埋单

我耸了耸肩,冲她笑了一下。

不用怀疑,这是我做的。我花了这么多天的时间,并不是在游手好闲,我发现了一件比苏常瑞不孕不育更加有意思的事。

我之前看到这封病情说明书,就有些好奇,张叶的孩子哪里来的,这孩子肯定不是苏常瑞的,那么除了苏常瑞之外,张叶难道还有情人不成?

怀着这样的态度,我仔细调查了一下张叶的怀孕。

她有个姑姑在第一人民医院妇产科,张叶是个聪明人,如果背着苏常瑞乱来,总有一天会被发现。就算有孩子了,也总有被识破的一天。

于是张叶想了个办法:试管婴儿。

我们国家也有一个庞大的精子库,张叶花了很多很多时间才找到一个非常适合的人选。

那个人长得很像苏常瑞,如果用他的精子,以后孩子长大了,也一定会和苏常瑞长得像,没有人会怀疑那个孩子不是苏常瑞的。她的办法的确是好,很取巧,如果没有我来捣乱,张叶应该能瞒一辈子的。

"不……不是的,这个是假的!"张叶慌了,她吞吞吐吐地试图解释。

然而显示屏上,画面很快就变了,变成了另一张纸张。

那还是医院出具的病例,那是一张假的流产手术证明。

苏常瑞脸色铁青,整个人不知道是不是怒到了极点,竟然一时间没有说话。

"不,不是这样的……"张叶脸上几乎惨无人色了,她比谁都更清楚,她到底是靠着什么纠缠苏常瑞,又是靠着什么挤开何羽绯,成为苏常瑞的未婚妻的。

那天在江海集团顶楼会客厅中,我知道了苏常瑞非常非常在意张叶肚子里的那个孩子,我静静地看着那两个人,当一切真相以这种血淋淋的方式剥开呈现在苏常瑞面前时,不知道苏常瑞和张叶,还能不能继续和谐恩爱呢。

说实话,我真是相当期待呢。

贵宾室里温度降到了冰点,司仪擦着一头的冷汗站在一边不出声。画面已经恢复了正常,新郎新娘十分幸福地依偎在一起。

"我们走吧。"何羽绯声音很落寞,她转身就走,没有去欣赏张叶和苏常瑞的表情。

"走吧。"我跟上去,和何羽绯一起,重新回到了婚礼现场。

没有人知道贵宾室里发生了什么,所有人都在等待一场烂漫的婚礼。

只有我和何羽绯明白,他们期待的婚礼,大概不会有了。

我的目光一直追逐着何羽绯的身影,她站在一株开的十分茂盛的藤本月季边上,表情非常非常奇怪,那是一种像是很生气,又好像觉得很悲伤,带着一些惆怅,震怒,可悲,无奈的复杂情感。

05

时间一分一秒地过去,眼见着距离婚礼开场的时间越来越近。就在这时,苏常瑞从酒店大门走了出来,有人端着香槟想和他套近乎,然而苏常瑞却一脸冷然地无视了。

苏常瑞出来了,这就意味张叶和苏常瑞之间,已经有了结果了吧。

我真的想知道,苏常瑞在知道了这些真相之后,还会不会和张叶结婚。

这时候,有人急匆匆地握着电话来找苏常瑞,那人是江海集团的一个董事,我见过他。他脸色相当不好,整个人表现得相当焦虑紧张,他和苏常瑞说了一些什么,苏常瑞如蒙雷击一般惊呆原地。

好久好久,他机械般地扭了头,他看向了站在人群中表情异常冷静的程逸,他仿佛是想去问问他为什么,却又没能走过去。

他脚下似乎生了根,就这么长在了那里。

董事焦急得低声喊了他一声。

苏常瑞终于惊醒了,他眼底有一抹愤怒闪过,按照苏常瑞的性格,他应该马上冲过去和程逸理论才对。

没有人比我更清楚,刚刚董事和苏常瑞到底说了什么。

那是江海集团的股份被人恶意收购的消息,是恶意的,偏偏抓不住证据,无法付

第九章 谁都要为自己的错误埋单

诸公堂。

我特别期待苏常瑞接下来的表情,然而让我失望的是,他什么都没有做,他丢下话筒,扭头就走,一边走一边扯掉衣服上的新郎喜花。

"常瑞,常瑞你听我说!"张叶急匆匆地追了出来,她哭花了妆容,形态有些狼狈。可惜的是,苏常瑞一次都没有回头看过她。

参加婚礼的宾客们都被这忽然发生的一幕震惊了,纷纷侧目,交头接耳地询问着对方,刚刚发生什么事了,怎么新娘这么一副表情,新郎又怒气冲冲地走了。

张叶追了一半,猛地回过头朝何羽绯望去。这种变故之下,张叶已经没有理智了,她冲到何羽绯面前,扬起手就想打何羽绯,然而有一个人比她更快。

程逸扣住了张叶的手腕,表情冷肃,他冷冷地说:"张小姐请自重。"

"你放开我!"张叶眼睛布满红血丝,整个人都在颤抖着,她的声音尖锐且高亢,她是彻底失去理智了。

"何羽绯!是你对不对,我知道,是你搞的鬼!"张叶也不顾现场那么多人,她指着何羽绯大声骂道,"你这个狐狸精,你为什么不肯放过我们,我就知道你来这里是不怀好意的!你毁了我,你有什么好处,你为什么要捏造这些证明!"

"张叶!"何羽绯叹息般的说,"我不知道你在说什么,事到如今,你又有什么资格来指责我呢?"

"闭嘴!我是常瑞的未婚妻,我才是他的未婚妻!"她的面孔扭曲,精致的妆容也显得丑陋不堪,她站在安静的何羽绯面前,她疯疯癫癫的,反而衬托出何羽绯的宁静美好。

"张叶,你也会难过,也会觉得痛苦吗?"何羽绯淡淡地说,"那时候你把所有的脏水往我身上泼,让我面临所有人的谴责的时候,你可曾明白过我的痛苦?"

"你闭嘴!"她扑上来想要抓住何羽绯,然而程逸始终一言不发地守在何羽绯面前,不让张叶靠近她。

"何羽绯,何羽绯我恨你!都是你的错,都是你的错!今天是我的婚礼啊,是我的婚礼啊!"她声音一声比一声还高,然后就在众人的注视之下,情绪极度愤怒惊慌的张叶,不负众望地晕了过去。

救护车很快被叫了过来,很多人在这出闹剧开场的时候就走了,此时留下来的,都是一群看八卦的人,然而此时事件的主角都退场了,他们的目光就投向了何羽绯。

事实上何羽绯到现场之后,就有不少人在看着何羽绯,除了她长得漂亮之外,还有个原因就是她的身份和立场。

"我们走吧。"程逸冷冷地将那些目光都瞪了回去,众人这才意识到,荣盛集团的程总竟然一直守在何羽绯身边。

一时间种种猜测扑面而来,要是他们没什么,是个人都不会相信。

"各位。"程逸开了口,"你们无需猜测,我喜欢何小姐,何小姐现在单身,我正在追求她。何小姐之前所遇非人,不管发生过什么,我不希望你们用恶意去揣摩她。"

他说完,也不管已经炸了锅的名媛千金,直接揽着何羽绯的肩膀就退了场。

"我们也走吧,晓晓。"许陌朝我递过一只手臂,我抓住了他,像个淑女一样,挽着他的手臂,在何羽绯之后离了场。

回去之后我没有找何羽绯,许陌什么都没有问我,他将我送回家之后就回了公司,这段时间他一直很忙。

我也没有找程逸,我好好地洗了个澡,给老白喂了吃的之后,打开空调爬上床,我决定先好好睡一觉再说。

这一觉睡得无比舒爽,这些天不只是许陌在加班,我也忙得不可开交,甚至昨天一晚上我都没有怎么睡觉。

再次醒来是半夜,我洗了脸刷了牙给自己泡一碗方便面,然后我抱着老白打开了电脑,距离婚礼现场已经过去了七八个小时,苏常瑞婚礼事件已经炸开了锅。

打开微博,很多人都在刷着婚礼上的闹剧。

张叶和苏常瑞的关系被八卦党们深度挖掘。

我真的特别想知道,张叶此时此刻是什么样的心情。

第九章 谁都要为自己的错误埋单

当初她将何羽绯的私人信息曝光,可曾想过有一天,这一切会全部加倍返还在她自己的身上。

所谓害人终害己,如果不是她自己太过分、太嚣张,这一切就不会发生。

不会有人管她怀的是谁的孩子,不会有人去深挖她到底是怎么爬上苏常瑞的床,也不会有人去关心苏常瑞是不是不孕不育。

可惜她一念之差,对何羽绯死死相逼。

泥人尚且有三分土性,何羽绯只是脾气好,只是不愿意去较真计较,可是兔子急眼了还会咬人,人被逼到极限,也会奋起反抗的。

我继续刷了一会儿微博,搜索了一下关键字,发现何羽绯的事情再次被人提起,不过这一次她不是作为小三,而是作为一个受害者。

有人曝光了张叶才是小三,颠倒黑白,把何羽绯逼到自杀的事。

网络上一片谴责,全都是指向张叶和苏常瑞的。也有人在好奇那些事情到底是谁做的,更有人在起哄,要何羽绯和程逸在一起。

当然,曾经痛骂过何羽绯的人,有的闭嘴了,有的在狡辩,有的在道歉。

网络就是这样,轻而易举就被点燃,隔着网络,人们总是会肆无忌惮一些,无论是善意还是恶意,都表现得坦荡无比。

没有人在意事情的真相到底是什么,也没有人愿意去深究。这个时代,似乎每个人都很焦躁,都很不安,都迫切地想要借着一些事情去表达自己的愤怒,去挥霍自己过剩的精力。

我搜索了一下有关江海集团的新闻,这一看我也被吓了一大跳,就在刚刚,有一条最新出来的新闻。

新闻的标题是:《许氏控股对江海集团提出收购计划》。

我吓得脸都歪了,我忙抓过手机开了机,一时间短信电话涌进来好几条。

我顾不得去看那些,我直接给许陌打了个电话。电话倒是很快被接起来了,许陌的声音非常清醒,大概还没有睡。

"我说,什么情况?"为什么许陌要出手去收购江海集团,江海就算是再落魄,但是瘦死的骆驼比马大,而且江海集团被苏常瑞影响,此时公信力降到了冰点,现在谁接管都不讨好。

"我是个商人,晓晓。"商人天性逐利,许陌也并不例外,他说得相当坦然,一点都不觉得趁火打劫有什么不对。

"可是你收购江海集团没问题吗?"一般这种新闻并不是空穴来潮,多半是收购已经在进行中了。

"我一个人收购当然有问题,但这不是还有我们程总吗?"许陌的笑声隔着电话传过来,那股爽朗清冽分毫不减,"晓晓你放心吧,我就是浑水摸鱼而已,江海那么大个盘子,我无意全部吃下,我就算收购,也只是收购和许氏相关的产业,或者是许氏未来想要踏足的产业。"

"这样啊。"我松了一口气,许陌没有胡来。也是,许陌这样的人,不可能做没把握的事。

程逸要吃掉江海集团并非没有能力,但他没有这么做,他瓜分了一部分给许陌,这倒不是说他有多好的心。商人都爱分担风险,程逸这个聪明人当然也不例外。

我相信明天会看到更多的收购消息,程逸不会只联手许陌,他应该还有其他的合作伙伴才对。江海集团虽然比不上荣盛,可是也算是个很大的企业,要一次整垮并不是容易的事,但好就好在,江海集团本就危机重重,面临资金断层的问题,程逸只需要联系江海集团的合作商,很轻易就能让资金问题被无限放大。一个企业一旦资金链出了问题,又没有强力的注资,等着那个企业的无非是破产。

06

我慢慢地将短信翻了一下,是何羽绯发来的。她有电话打给我,只是我关机了。短信的内容只有一句话:"晓晓,我们可以谈谈吗?"

我不知道何羽绯现在有没有休息,我完全可以明天再打给她,或者明天再去找她,但我想了想,还是拨通了何羽绯的电话。

今夜注定是个失眠之夜,是张叶的、是苏常瑞的,同时也是何羽绯的。

她果然没有睡,电话才拨通就被接起来了,何羽绯的声音却异常地冷静,当然也还带着一丝疲惫。

"我现在去你家,你等我一会儿。"我说完,也不等她回答我,直接挂掉了电话。

我换了一身衣服,本想带老白去见何羽绯的,但老白在呼呼大睡,我没有吵醒它,直接抓了车钥匙下了楼。

开到何羽绯家小区楼下,我停好车上了楼。

何羽绯给我开的门,她脸上倒是看不到一丝一毫、仇人遭殃之后应该有的快乐或者是幸灾乐祸,甚至有些沉重。

她穿着一件白色的睡裙,屋里只开着夜灯,她安静地像徘徊在午夜的幽魂。

我走进去之后,她给我倒了一杯水,我坐在沙发上,何羽绯似乎有很多话想对我说,但一时间又不知道该说什么。

"谢谢。"好一会儿,她对我说了这两个字。

她拿出一张银行卡放在我面前:"这是尾款。"

我将那张卡收起来:"的确收到了。"

"你是不是有负罪感?"将银行卡放好之后,我问何羽绯,"是不是觉得这样做,很过分?"

何羽绯有些动容,她没有说话,但表情已经泄露了她的想法。

"很奇怪,我最恨他们的时候,恨不得他们死掉,可是现在他们落得这样的下场,我却不觉得有多高兴,"她轻声说,"我知道这样不对,甚至可以说是虚伪的。可是我真的是这么想的。他们的确是对我做了很过分的事,我请你来帮我做这种事,本不该和你说这些的。可是……我不知道要和谁说这些话。"

"嗯,我知道,"这种心理落差,换了谁都会有的,"那么你现在,能够原谅他们了吗? 让他们经历你曾经历过的那些之后,你已经可以真正地原谅他们了吗?"

"其实原谅不原谅,本就没有意义,"何羽绯说,"我曾以为自己很重要,后来发现没有我,别人也能活得很好,地球不会停止转动,太阳还是会升起,我根本什么都不是。"

"但总有人是把你放在心上的,对一些人来说,你很重要,"我说,"何羽绯,我无意去评判这件事的对与错,说白了我是个生意人,你是我的雇主,我替你做事而已。你以为你什么都不做就能相安无事,安心一世吗?"

"不会的,你在沙市举步维艰,可是人家照样风风光光地嫁入豪门,你以为做错事的总会遭到报应,可是那不过是弱者自我逃避的想法罢了。他们不会遭报应,婚礼上发生的那一切,也不是什么报应,那是人为,如果没有人去拆穿这些事,我敢保证,张叶一辈子都会活得很好,当然她会一直要防备别的女人来抢走苏常瑞,可是与这个相比,可以一辈子生活无忧,活成贵妇人,这一点风险几乎可以忽略不计。"有些话,我必须要让何羽绯知道,有时候对小人一味地仁慈就是对自己的残忍。

倘若何羽绯当初没有找我,那么她现在坟头草估计都绿了。那时候的她不自信,说话都不敢大声,善良的人,有勇气去死,却没有勇气去憎恨。

多么悲哀,又多么伟大。

"我知道的,晓晓,我明白你的意思,"何羽绯叹了一口气,"我不会钻牛角尖的,我只是一时间有些想不过来。"

"嗯,"我点了点头,"以后有需要,可以继续找我。"

我拎着包站了起来,何羽绯将我送到门口,我挥挥手让她进去了。

下了楼,开车回了家,我给自己倒了一杯红酒,就着夜里的霓虹灯,慢慢饮下。

何羽绯会想明白的,她只是需要时间;而我,只不过完成了雇主的委托而已,让他们分手,让他们倾家荡产。

虽然这两件事到目前为止都还没有尘埃落定,但我知道,一切已经结束了。

之后的事情会发展成什么样子,那并不是我要去关心的。江海集团会不会真的破产,程逸会不会放过苏常瑞和张叶,这些都已经和我没有关系了。

他们之间的恩恩怨怨,就在这个深夜里,从我的视野中淡出。

第九章　谁都要为自己的错误埋单

工作用的手机号响了起来。我打开抽屉拿起来,接起电话凑近耳边,是一个女人哭泣的声音。

"是粉色事务所吗?"声音带着一丝决绝和绝望。

我挂上一抹笑,用职业化的声音说:"这里是粉色事务所,请问有什么能为你效劳的?"

夜还很长,在这寂寞的夜晚中,有多少人在哭泣,有多少罪恶在蔓延,又有多少丑陋和不堪在上演。

粉色事务所,多么漂亮的名字,充满粉色的幻想,却是最毒的毒药。

我知道做这种事是会遭人谴责的,但我不在乎。

我在地狱里,并且早就在地狱里了。

……

后来——

后来,江海集团并没有从沙市消失;程逸在最后收了手,但就算是这样,江海集团也元气大伤。为了有流动资金,江海集团出售了一些子公司给许氏。

何羽绯和我并没有断了联系,不过她和我的关系不再是雇主与雇员。

张叶和苏常瑞不负众望地分了手。张叶的孩子流产了,这是她自己的决定。当这个孩子不能为她换来她想要的一切,那么她会像抛弃何羽绯一样,很快会将妨碍她的人和事全都舍弃。

她就是这样的人,哪怕吃了这样大的亏,也还是没有改变。她觉得自己最大的错误,是没有让这些证据消失。张叶没能继续待在沙市,过了一个月,她终于决定回老家。张叶的家在山区,那里消息闭塞,她做的这些缺德事,应该还没有传到那里。

苏常瑞倒是有去找过何羽绯,似乎是想向她解释什么,可惜何羽绯拒绝见他。

何羽绯和程逸之间的进展很不错,虽然程逸有乘虚而入的嫌疑,但爱情里,只要没有伤害别人,那么就算用点小计谋又有什么关系。

就像董永和七仙女,像牛郎和织女、梁山伯和祝英台,爱情中总有一个人先主动。

我按掉了吵个不停的手机,擦好了口红,换上了一件得体的裙子。
老白团在沙发上睡觉。我下了楼,许陌握着手机等在车边。
"走吧。"他将手机放回去,微笑着招呼我。
"走吧。"我拉开车门坐了进去。

已经是秋天了,枯黄的叶落下来,属于秋天的气息已经越来越浓。
我和许陌要去一个地方。在那里,我的姐姐还在沉睡。她有可能再也醒不来,一辈子都是植物人。
"许陌,"我看着许陌好看的侧脸,下意识地说,"你可千万别爱上我啊。"
他微微怔住了,回过头看了我一眼:"你才是吧,你可千万别爱上我,虽然我人见人爱,魅力无穷大。"
"不过——"他似乎想说什么。
"什么?"我回头看他。
"没什么。"他轻轻摇了摇头,带着微微笑意。
我笑着将视线落向窗外,天空很晴朗,这是一个多么美丽而又遗憾的世界。
美丽而又遗憾。

第二卷 蚊子血

pink
office!

第一章　午夜无人接听的电话

01

我有些意外，也有些感慨，人生真是何处不相逢。

坐在我面前的这个女人我见过，只是上一次见她，还是在5个月之前，那时候我在忙何羽绯的case，这个女人是我在医院里遇见的。

那时候何羽绯被张叶逼得自杀，我去医院探望何羽绯的时候，曾在医院的长椅上遇见过一个怀孕两三个月的女人。

那时候我还和她说过，以后做孕检一定要让丈夫陪同，一个人出来很危险。

我给过她一只橘子，她很不好意思地收下了。

我没想到，我的新客户，竟然会是这个女人。

她看到我也很意外，显然她还记得我。

我翻出两份合同放在她面前，慢慢地吃着蛋糕，并不催她。

就在一个小时前，我知道她叫舒雅欣，公司小文员。之前她也有打过电话给我，只是每次都是说了个开头就打了退堂鼓，这么断断续续，一直到昨天，她才终于下定了决心请我帮忙。

约好来这家蛋糕店见面。到了之后，她作了个简单的自我介绍之后，就开始了漫长的沉默。

是的，1个小时，她已经沉默了有1个小时。

我还记得，5个月之前，酷热的炎夏，她坐在医院的长椅上，说起肚子里的孩子，说起孩子的父亲，满脸都是幸福和喜悦。那时候的她，带着能够感染人的幸福气息，我以为像她这样的女人，一定会平安顺遂过一生的。

却想不到，5个月后，她会坐在我的对面，成为我的客人。

现在已经是深冬,窗外寒风凛冽,这两天天气不太好,天空乌云密布,气象预报说这两天有大到暴雪。

"真的可以……惩罚那两个人吗?"终于,舒雅欣抬起头来,目光似小鹿一般,有些惴惴不安。

"可以哦,只要是你希望的,"我端起奶茶喝了一口,"看看吧,那份合约,上面有收费标准。做到什么程度,相应的要收多少费用。以及,保密条款。"

我将曾经和何羽绯说过的话,再一次说给另一个女人听。

舒雅欣翻开合约看了起来。她是个非常有耐心的女人,花了接近半个小时,将合约完整地看完了。

看完之后,舒雅欣坐在那里,又一次陷入了沉默。

我并不着急,反正一个多小时都等了,几个月都等了,不在乎接下来的这一会儿时间。舒雅欣这样的女人,她比何羽绯更加简单,但往往越是简单,她越难下决定。

"先说说,到底是怎么回事吧。"既然很难下决定,我不介意推波助澜一下。一般她们会找我,一定是发生了很过分的、自己无论如何都无法原谅的事情。

只要想起当时的心情,那么决定就会很容易就下定了。

果然,说到这里,舒雅欣脸上就浮现出了愤怒的神色,她呼吸都有些急促了。

她的手轻轻按在了自己的小腹上,那里很平坦。

"我的孩子……死掉了,"她一开口,眼泪就落了下来,"他还没来得及到这个世界,就死掉了。"

"他是被他的父亲和那个坏女人害死的。"有了个开头,舒雅欣的话匣子就打开了。

舒雅欣今年22岁,很年轻,没有念过大学,中考结束之后只身一人来到沙市,念了5年大专。

她念的是卫校,本来应该可以进医院,成为一名护士的。

但她为了男友,放弃了护士职业,而是进入了一个小公司当了文员。

舒雅欣的男朋友和舒雅欣,来自同一个地方。

舒雅欣17岁来到沙市,也是在这一年,学期末回家的时候,认识了同样也才十七八岁的沈辰东。

那也是个冬天,和今天一样,天空乌云密布,看着就像是要下雪了。17岁的舒雅欣个子小小的,拖着大大的行李箱上火车,她非常吃力地提着箱子,那箱子重得她都快哭了。

就在这时,高高大大的沈辰东帮舒雅欣拎起了箱子。在人潮涌动的月台上,舒雅欣仰着头看着沈辰东的脸。她脑海中回想起来的,是大话西游里,紫霞仙子的那句话。

总有一天我的意中人会踏着五彩祥云来娶我。

人来人去,喧闹无比,可是在舒雅欣的眼里,却好像只剩下了沈辰东一个人。

她一直在走神,直到沈辰东在她对面的位置上坐下,她这才缓了神。

火车上,年轻的少男少女,很难开口说话,却又很容易说上话。

因为刚刚沈辰东帮了忙,所以两个人很快聊了起来。这一聊,舒雅欣知道了沈辰东和她来自同一座城市,沈辰东比舒雅欣要大2岁,也在沙市念大专。

一路上相谈甚欢。沈辰东是个风趣的男生,十七八岁的少年,眉目俊秀,本就让人移不开视线。

那天的确是下雪了,从火车站出来,天空洋洋洒洒飘起了纯白色的雪花。

17岁的少女,正是对爱情充满幻想的年纪。这样的相遇,这样的开始,怎么想都是一段唯美爱情的开始。

回学校之后,两个人慢慢就有了联系,再后来,似乎是自然而然的,舒雅欣就变成了沈辰东的女朋友。

舒雅欣个子只有1.58米,瘦瘦的,五官非常清丽,往那儿一站,很像橱窗里陈列的布偶娃娃。可爱与美丽,这两种气质在她身上融合得异常好。

沈辰东比舒雅欣先毕业,他也算是个能够吃苦耐劳的男生。毕业之后,无法进入大企业上班,就去了保险公司,从最底层的小业务员做起,一步一步地,做到了部门经理的职位。

舒雅欣原本毕业之后是要去医院工作的,但是实习期间,有个年轻有为的医生追求她,沈辰东很是吃醋。为了让沈辰东安心,舒雅欣放弃了护士工作,进入了一家小公司,成了一名普通的文员。

虽然不能赚太多的钱,可是日子过得倒也是很幸福安宁。就在去年年底,沈辰东向舒雅欣求婚了,彼此互相见过了家长,喝了订婚酒,两个人正式搬到一起,开始了婚前同居的生活。

继续这么走下去,他们一定是像这个世界上最为平凡的夫妻一样,可能有小吵小闹,但一定会很幸福地过到白发苍苍。

然而变故,发生在今年的6月份。

那时候正好是我第一次遇见舒雅欣,她一个人去医院产检。她不知道,她一个人来医院,她的未婚夫和另一个女人去酒店开了房。

这件事也是后来——这个女人登堂入室,指着舒雅欣的鼻子让她滚的时候,舒雅欣才知道的。原来她以为的幸福、以为的未来早就支离破碎了。

那个时候,舒雅欣的肚子已经显出来了,6个月的身孕,因为怀的是双胞胎,看上去肚子非常大。

本来,就在那几天,舒雅欣和沈辰东要去领结婚证。可是就在领证的前一天,有个女人把电话打到了舒雅欣的手机上。

"你就是辰东的女朋友吧,我告诉你,辰东已经和我在一起了。"这通电话来得毫无预兆,甚至杀得舒雅欣措手不及,还不等舒雅欣说话,电话挂掉了。

或许是谁打错了电话吧,舒雅欣并没有将这通电话放在心上,可是第二天,应该去领结婚证的那一天,沈辰东却不知去向。

她打了一天电话,却始终打不通。到了晚上的时候,沈辰东终于打过来了。舒雅欣接起来,刚想问你去了哪里,就听到电话那头传来一阵喘息声,以及让人面红耳赤的呻吟声。

电话那头在做什么,不需要说,也足够让人明白了。

舒雅欣不知道自己到底是怎么听完那通电话的,她就这么静静地坐在黑暗中,抓着手机,等到电话被挂断的时候,她才发现自己手脚冰冷,一摸脸,满脸都是泪水。

沈辰东背叛了她,在应该去领结婚证的日子里,他和另一个女人上床了。

她挺着大肚子,一个人从天黑坐到天亮。

02

沈辰东是上午 10 点才回来的,他翻了翻家里没有准备早餐,推开房门发现舒雅欣坐在黑漆漆的房间里发愣,顿时就有些不开心。

"怎么不拉开窗帘,现在已经快 10 点了啊,你今天不上班吗?"沈辰东走过去拉开窗帘,回头的时候发现舒雅欣的脸色很不好,原本有血色的脸上,苍白一片,"怎么了? 不舒服吗?"

"你去哪儿了?"舒雅欣的声音出奇地冷静。人气怒到了极点,反而会冷静下来,只是这种冷静带着一抹让人害怕的冰冷气息。

"去陈跃那儿了,我们喝了点酒,喝多了就住下了。"他漫不经心地解释了一下,"喝太多,忘记给你打电话了。"

"是吗?"舒雅欣看着沈辰东。她就这么看着他,忽然之间觉得他好陌生,陌生到她觉得自己从未认识过他。

"你请过假了吗? 不舒服就在家休息吧。"沈辰东说完,转身又要出门。

"你去哪儿?"舒雅欣问,"结婚证……还没领。"

"哦,那个啊……再说吧,我去面试。"他说完,头也不回地就走了。

从头到尾,他只是匆匆看过她一眼。舒雅欣坐着坐着,心里忽然难受得厉害。她仔细想了一下,他们已经好久没有好好地说说话了。

她抓起手机,翻出了陈跃的电话,手指在上面划过很多次,最终没有能够拨通那通电话。

或许是因为不想失去沈辰东,又或者是因为没有勇气去求证沈辰东有没有在说谎,总之她将手机丢在一旁,没有拨通那个电话。

陈跃是沈辰东和舒雅欣共同的好朋友,可能在那时候舒雅欣心里就明白,电话若是打通了,一切就会分崩离析,眼前的幸福就会崩溃。

她不要变成那样。

她决定将那通电话当作一个秘密,不去求证,什么也不去做,就这么淡忘了就好。

她稍微收拾了一下,弄了点吃的,之后就去上班了。

她装作什么都没有发生一样,每天给沈辰东做好饭。绝大部分时间,沈辰东都窝在家里上网,偶尔也会出去面试。

沈辰东辞职前,原本是做到了部门经理的职位,后来因为一次理赔事故被公司解雇了,那之后一直待在家里,靠着以前的存款暂时维持着生活。

舒雅欣一直也没有说过什么,想着沈辰东并不是不懂事的人,他只是没有遇到合适的工作。而且,孩子就要出生了,他总会为了他们这个小家去奋斗的。

从他丢了工作到现在,已经过去3个多月了,原本面试还挺多,后来慢慢地他变得极少出门。舒雅欣一直忙着工作,因为沈辰东暂时没有工作,她想多赚点钱,就算怀孕了,也常常加班。

同事的闲言碎语她并不是没有听过,说她大着个肚子还加班,也不知道老公是怎么想的。每天一个人挤地铁上班,再挤地铁下班,日子就这么一天天地过着。

倘若一直只是这样,或许有一天,舒雅欣自己会厌倦,会放弃沈辰东。但未曾发生过的,全都是不作数的。按照舒雅欣的性格,或许她也会选择一辈子都不会说出那件事,就当作一个小秘密,永远放在心底。不是都说吗?婚姻,不就是两个人互相欺骗才能走下去吗?

然而那个女人明目张胆地找上她的时候,她才发现自己一直以来的隐忍,只不过是一场笑话。

第一章　午夜无人接听的电话

12月25日,圣诞节,舒雅欣发誓,她一辈子都不会忘记这一天。

这一天外面淅淅沥沥下着小雨,舒雅欣挺着个大肚子下了楼,准备去乘地铁回家,那个叫作苏小爱的女人,就是这个时候跑到舒雅欣面前的。

这个时候的舒雅欣已经8个月的身孕了,再有2个月就要生了,她是怀的双胞胎,肚子大得有些夸张。

"你就是舒雅欣吧。"说话的是个非常年轻的女人,她看上去也才20岁出头,还是大学生的模样,她以一种轻蔑的眼神看着舒雅欣,将她上上下下打量了一遍,最后眼光停在了舒雅欣的肚子上,她讽刺地笑了一下,满脸都是嘲弄:"长得也不怎么样嘛。"

"你是谁,我不认识你。"舒雅欣听过这个声音,她心中已然翻江倒海,脸上却装作非常平静,只有她微微颤抖着的手泄露了她的情绪。

"我是谁?你不是知道吗,明知故问,"苏小爱冷哼了一声,"我以为你会识相地离开辰东,你怎么还死皮赖脸地缠着他。"

"他是我的未婚夫,"舒雅欣看着苏小爱,她不想让自己在这个人面前丢脸,"是我肚子里孩子的父亲,可以让开吗?我要回家了。"

"你就不好奇我和辰东的关系?"苏小爱被舒雅欣的态度给迷惑住了,一时间摸不准舒雅欣的脾气,"不可能吧,男朋友和别的女人上床,你就一点就不在意?看样子你根本不爱辰东,要是爱,根本不可能无动于衷的。"

"那是我和他之间的事,还有他不是我的男朋友,他是我的未婚夫。"舒雅欣纠正她,明知道这毫无意义,也想要让自己和沈辰东之间的关系,更加的、更加的名正言顺一些。

"有区别吗?你们又没有结婚,"苏小爱理直气壮地说,"只要你们还没有结婚,他就不算是你的。"

"我们就要结婚了。"舒雅欣不知道,苏小爱到底是不是故意这么说的,她不相信这个世界上有这么巧的事,她和沈辰东说好那天去领结婚证,他就整日不回来,电话打不通,后来打回来的时候,还让她听到那种声音。

"我不会让这种事发生的,我说过辰东是我的!"苏小爱对被她看上的人有着很霸道的占有欲,她希望舒雅欣知难而退。在公司大门口,在众目睽睽之下,苏小爱指着舒雅欣的鼻子,让她离开沈辰东。

看着扬长而去的苏小爱,忍受着周围人投注过来的目光,舒雅欣一直保持着镇定,她走到公司门外,撑开伞走了出去。

雨很大很大,她的视线湿漉漉的,她不明白,为何明明打了伞,脸上还是湿漉漉一片。在空荡荡的地铁站一角,她再也忍不住背靠着墙壁,号啕大哭起来。

好像是要把这几个月来委屈和不甘、不安和彷徨都一并哭掉。

看着人来人往的地铁通道,舒雅欣不知道怎么办,她的手按在自己的肚子上,这里有两个小生命就要来到这个世界上,她以为他们会幸福一辈子,却要叫她面对这些残酷可悲的事情。

她以为自己了解沈辰东,以为沈辰东爱她如同她爱他一样,可是在这种时候她不得不去面对,沈辰东并没有她想象的那么爱她。

她要怎么办才好,她不知道。原谅沈辰东吗?现在的问题应该不是她原不原谅,而是沈辰东还要不要她。

她忽然不想回去,不愿意回到那个她以为会是一辈子家的地方。那个家是他们买下来的,一套小小的两室一厅,她和沈辰东一起凑够了首付,那时候他们真的特别快乐。

从她怀孕之后,她和沈辰东之间就似乎越来越远了;多久了呢,她都没有再正视过沈辰东的眼睛了,是从那个不堪的电话之后吧。尽管她让自己不在意,装作不知道,可还是在她的心里留下了一道深深的印痕。

她就浑浑噩噩地站在那里,也不知道是怎么回的家,她浑身湿漉漉的。沈辰东在家里对着电脑上网,看到舒雅欣回来,只瞥了她一眼,看着她失魂落魄的样子,也没有一句安慰的话。

"辰东。"舒雅欣站在他身边,沈辰东正在打着游戏,视线黏在显示屏上,无暇顾及舒雅欣。

"辰东。"舒雅欣的语气仍然很克制,为了肚子里的孩子出生之后还有父亲,她硬生生将那些捅进心里的刀子都碾碎了,她从不知道自己能够坚强到这个地步,也不知道自己的容忍度可以这样的高。

她想,只要他愿意解释,愿意说没有下次了,她就不会在意的。

到了这种时候,她的心里,居然还是这么想的。

03

"那之后呢?"舒雅欣说到这里,似乎是因为带入了那种情绪,又忽然沉默了。

过了一会儿,看着她的表情慢慢恢复过来,我便问了一声。

"那天,是我们第一次吵架,吵得很厉害,其实我怀孕之后,我和辰东之间的气氛就总是不对。像是要把所有压抑着的情绪都爆发出来,我们吵得特别特别凶,凶到我以为我们会就这样散了,"她露出一个惨淡的笑容,"其实我真的很后悔,要是在第一次,那个女人给我打电话的时候,就果断地选择离开,而不是继续留下来,我的孩子就不会死,一切就不会走到现在这样。"

"可是那时候的我,真的舍不得,我爱他,你知道吗?我爱他。"她眼圈泛红,那双眼睛里,悲凉里隐着一抹柔情。事到如今,就算是走到这个地步,她心里也仍然有他的影子吧。

爱一个人就是这么无可奈何,明明被伤透了心,却仍然不肯放弃,说着再也不要见了,却还是在看到他的消息时走神,那个名字从此成为心中的一根刺,轻易不能撩拨,一碰就疼。

"那时候……发生了什么事情吗?"我询问道。

"辰东的爸妈来了,"舒雅欣说,"他们来的时候,我正在收拾东西,打算搬出去。"

"记得没错的话,你说过,那套房子,你也有出钱吧,为什么是你搬出去?"我不太能理解舒雅欣的做法,就算再怎么心灰意冷,都不会有人和自己的钱过不去,而且她挺着个大肚子,一个人搬走,怎么看都不太合适吧。"

人说虎毒不食子,这沈辰东面对自己的未婚妻和即将出生的孩子,竟然能这么残忍和无动于衷,也真是叫人不知道说些什么好。

"他爸妈劝下了我,知道了前因后果之后,他爸爸打了辰东一顿,让他和那个女人断绝往来,一心一意地对我和孩子。在他爸妈的说服之下,他向我认了错,然后隔天,我们就去领了结婚证,"她嗤笑了一下,"想想,我还真是傻得厉害。"

"意识到自己是傻瓜,这说明你还有救。"最怕从头傻到尾,却不明白自己是个笨蛋的那些人。

舒雅欣继续说:"他爸妈来住了一个星期,说好了等我生了再来照顾我,就回老家去了,因为我们住的房子不大,他们是想腾出地方,让我和辰东好好过的。"

"后来是沈辰东,还是苏小爱?"我问。

舒雅欣轻轻摇了下头,脸上神色有些痛苦:"后来,辰东他搬出去了,搬去和那个女人同居去了。"

沈辰东是在父母离开后的第三天,毫无预兆地失踪的。舒雅欣下班回来之后,遍寻不到沈辰东的踪影。那瞬间,面对空荡荡的家,舒雅欣的心是灰的,她觉得浑身没有力气,连呼吸都忘记了,还是最后她差点昏厥,这才慢慢地回过了神来。

她很镇定地自己吃了饭,梳洗之后,一个人上床睡觉。

暴风雨来临之前总是很平静。舒雅欣根本不明白,那时候的自己到底为何会隐忍成那样,因为不想孩子一出生就没有父亲,她的忍耐超乎常人的想象。

她开始给沈辰东打电话,沈辰东当然是不接的。她之所以知道他去和苏小爱同居,是因为在沈辰东走后的第5天,苏小爱忍不住打来电话,让她不要再纠缠沈辰东,不要再打电话来了。

"我们已经结婚了,现在的我,有资格让你离开辰东了吗?"舒雅欣的语气很平静,但仔细听,便会听见她声音里有着一丝颤音。她把手机握得极紧,挂掉电话的时候,她才发现自己的手心,早就被手汗湿透了。

她不记得当时苏小爱说了什么,也不记得自己说了什么,只知道自己缓过神来

第一章 午夜无人接听的电话

的时候，电话已经挂断了。

她想，或许她可以生下孩子，然后离开沈辰东。

是的，那时候的舒雅欣，已经被辜负到了这样的地步，却仍然没有恨过他，只是想着离开他，离开他就好了。

可惜这个世界上，忍气吞声，从来不是解决问题的最终办法。有些人不会领情的，比方说苏小爱和沈辰东。

舒雅欣和沈辰东的那张结婚证，变成了苏小爱心里的一根刺，她和沈辰东软磨硬泡，总之，在一个下雨天，沈辰东回来了。

不只是沈辰东，连苏小爱也一起来了。

长得美艳动人，又带着骄纵气质的天之骄女苏小爱站在英俊帅气的沈辰东身边，舒雅欣有那么一瞬间，觉得自己是配不上沈辰东。

沈辰东看了她一眼，眼神里也不是没有纠结的，然而苏小爱轻轻推了推沈辰东，他就一言不发地走进房间里去了。

剩下了舒雅欣独面苏小爱。

舒雅欣并不是第一次见她，事实上苏小爱经常来她面前刷存在感，每一次的态度都是盛气凌人。她完全就是个宠坏的任性姑娘，从不肯将想法藏在心里，她想要的东西，不管那样东西是不是别人的，是不是对别人来说很重要的东西，她都一定要弄到手不可。

或许对于苏小爱来讲，沈辰东就是她非要不可的人。

"你知道辰东是回来做什么的吗？"苏小爱笑得有些幸灾乐祸，"他是回来和你谈离婚的事的。"

"不可能。我们不会离婚的。"至少现在不会，舒雅欣没有把这句话说出口，因为她不愿意被人知道自己这种懦弱的想法。

"不可能？"苏小爱嗤笑一声，"你以为你是谁啊，我告诉你，辰东和你在一起，过的有多辛苦啊，他和我在一起就不会那样的，我可以给他一切，你能吗？"

"我不能。"舒雅欣淡淡地说,"不管怎样,我现在是不会答应离婚的。而且,法律有规定,妻子怀孕期间,丈夫是不能提出离婚的。"

"那就别怀孕不就行了!"苏小爱理所当然地说。

"小爱,你先出去等一下。"这时候沈辰东已经走出来了,他手里提着一只行李箱,他把这个家里,有关于他的东西,全都收进这个箱子里了。

苏小爱本不想出去,看着沈辰东的表情,最终还是走出去了。

客厅里忽然安静了下来,舒雅欣和沈辰东,就这么静静地站着,似乎都害怕第一个开口,打破这种诡异的沉默。

"你看到了。"最终,是沈辰东先败下阵来,"我和她还在一起。"

"所以呢?你公然出轨,光明正大的将第三者带到家里来,还想我怎样?"她一时之间,有种啼笑皆非的感觉。

"我们离婚吧。"沈辰东脸上闪过一丝烦躁,"我们已经完了。"

"要我再说一遍吗?中华人民共和国婚姻法规定,妻子怀孕和哺乳期间,丈夫是不能提出离婚的。"

"但是妻子可以。"沈辰东躲开了视线,他到底还是有些心虚的。

"沈辰东?"舒雅欣有些不可思议地看着沈辰东,他的心到底是什么做的呢,能对自己身怀六甲的妻子说出这种话!

"你到底还有没有心?"她怒极反笑,笑着笑着,眼泪落了下来。

沈辰东神色里已经多了一丝不耐烦,"不说这些了,我们之间已经不可能了,你难道就不明白吗?"

"不明白的,难道不是你吗?"舒雅欣心中难受得厉害,这就是她曾经爱过的人啊!

"反正……反正我们不可能再在一起了。"沈辰东一副豁出去了的表情,"我们好聚好散吧。"

"至少,等孩子生下来吧。"舒雅欣的手轻轻落在了自己的肚子上,"你要让孩子的户口上,父亲一栏空缺吗?沈辰东我告诉你,在孩子出生之前,我是不会答应和你离婚的！只要我不答应,你就绝对没有办法和我离婚!"

"孩子孩子！你烦不烦!"孩子这两个字,却一下子引燃了沈辰东心头的怒火,"我说过不想要孩子,你为什么就是一定要生,生下来对你有什么好处?"

"你什么意思?"沈辰东的话,炸得舒雅欣的脑海中一片空白,"你……"

"是！我不想要孩子!"沈辰东看了一眼舒雅欣的肚子,"总之,随便怎么都好,你去打掉也好,都和我无关!"

"你要我打掉?"舒雅欣脸色顿时变得煞白,她看着沈辰东的眼神,仿佛是在看一个疯子。

"如果你不想要,为什么不早点说,为什么不在我刚怀孕的时候就和我直说！你说过你暂时不想要孩子,可那是很久之前的事了!"舒雅欣不可思议地看着沈辰东,她第一次开始怀疑,自己到底是怎么会爱上这个人的。

为什么会爱上这样一个冷血、这样可怕的人。他曾经表现出来的温柔,难道都是假的吗？为什么人可以温柔成那样,也可以残酷成这样呢！

04

"烦死了,我说过的就是了！擅自怀孕,擅自让我去承担这些,我根本不想的!"他说完,像是耐心终于用尽,他转身就去开门,抬脚就往外走。

舒雅欣身体里涌上一股力气,她当时只有一个信念,那就是不能让沈辰东就这么走了！然而就在这时,忽然有人从后面推了舒雅欣一下。

当时她就站在楼梯口,她的手才抓到沈辰东的衣服,整个人就失去了平衡,面对着楼梯摔了下去。

沈辰东和苏小爱顿时慌了神,他们看着倒在血泊中的舒雅欣,露出了大祸临头的表情,逃也似的跑掉了。

舒雅欣还没有昏过去,她的肚子疼得厉害,她近乎昏厥,又因为惊人的毅力保持着清醒,她满脸都是血,额头磕破了,血流了出来。

"救救我……求你们,叫救护车,救救我的孩子。"她的手捂着肚子,近乎恳求地喊着那两个人,可是没有人回头看她哪怕一眼。

她的目光里,那两个人狼狈地跑掉了,仿佛她是什么洪水猛兽一样,看一眼都觉得多余和害怕。

视线模糊了,额头上的血迷糊了眼睛,分不清是眼泪还是血,或者两者都有,它们混合在一起滴在地上。

她挣扎着喊人来救自己,可是这个点,在家的人很少。她知道她必须去医院,她试了好几次,可是她无法站起来。她望着楼梯尽头,那里是洞开着的家门,她咬牙,用后背和后脚跟,蹭着往上爬。后背火辣辣的痛,血水混合着汗水,让她仿佛整个人泡在海水中一样。

没有人知道,她到底是怎么做到的,血拖了长长一道印子,从楼下一路拖到楼上,她挣扎着爬到了电话旁边,自己拨通了120急救。她已经快要神志不清了,只感觉血不停地往外流,不知是不是疼到了极点,她甚至觉得自己的灵魂都已经出窍了。

她没能等到救护车来就晕了过去,再次醒来是在手术台上。她隐隐约约听到很多人的脚步声,看得到医生凝重的脸色和额头上滚动的汗珠,然后她禁不住疼又晕了过去。

再次恢复清醒,她躺在重症病房里。她的手下意识地摸向自己的肚子,在摸到自己平坦的小腹时,整个人都僵在了那里。

没有,那里什么都没有,已经8个月,再有两个月就能出生的孩子,最终没能保住。一男一女龙凤胎,他们没能活着来到这个世界上——医生将两个孩子抱出来的时候,都已经救不活了。

两个孩子,小小的脸,小小的手,小小的身体,小小的眼睛无法睁开。她瘫在地上,因为愤怒和绝望,硬生生将指甲抓进了掌心里,恨一个人恨到想让他去死,大概也就是那种心情吧。

她想,老天爷不让她死,一定是为了让她向那两个禽兽寻仇的。

她说完了这些之后,坐在那里久久都无法平静,她从随身带的包里拿出一样东西放在我面前。

那是一张结婚证书。她表情灰败,嘴唇轻轻颤抖着说:"你知道吗?我特别后悔,如果我答应提出离婚,我的孩子就不会死!"

我看着结婚证上贴着的那张照片,男的帅气女的可爱,两个人都笑得天真烂漫,看上去幸福极了。

"所以,你要我做到什么程度?让他们分手,还是让他们倾家荡产?"我想了想,又问,"还是说,你有别的打算?"

"我要和他离婚,"舒雅欣说得很坚决,"我真要谢谢沈辰东,让我明白这个世界上没有好男人。"

"你这么说,偏激了,这个世界上有好男人,只是你还没有遇到。"脑海中不禁浮现出许陌和程逸的脸,那两个人是我认识的,最不乱搞男女关系的。

"怎么样都好吧,"她仍然一副心灰意冷的模样,"可能有,可是我却没有遇见过。"

"是啊。"我将合约收好,将那本染着血的结婚证书推到她面前,"以后无论需要做什么,请你配合我。"

"好。"她点了下头,"无论你要我做什么,我都会做的。"

"刚刚你看过合约了,有一条保密条款,请你遵守。"我并不希望,我做到一半,她把我的身份抖出来,到时候一切都白费了。

"我看到了,我会遵守的。"她说得很认真,从包里翻出一只信封递给我。她没有再说什么,只是冲我微微弯了下腰,便告辞走了。

我缓缓地拿过那只信封,打开来,里面是一叠现金,还有一张写好的信纸,以及两张照片。

摊开照片,我终于看清楚了那个不想要孩子、不陪妻子做产检的男人是什么样的。

就如同舒雅欣所说,他的确长得人模人样,然而很多人都是空有人的皮囊,却始终做的不是人事。

我将目光投向苏小爱,然后我愣了一下,笑了。

这个世界还真是小,小到人生处处有相逢啊。这个苏小爱我曾经见过一面,只不过是在一场婚礼上,远远地,匆匆见过一次。

那还是 5 个月前,张叶和苏常瑞的婚礼,苏常瑞的妹妹作为伴娘,穿着纯白色的小礼服,一直跟在张叶身边走来走去。

很不巧,这个伴娘就是苏小爱,并且,非常耐人寻味的是,这个苏小爱她是苏常瑞的妹妹。

当时我接了何羽绯的案子之后,调查过苏常瑞,他的确是有个妹妹,年龄不大,应该才 20 来岁。

我将照片塞了回去,将信封放进包里,埋了单走出蛋糕店。

才出去,许陌的电话就打过来了,他问我:"在哪儿呢?"

我说:"在蛋糕店门口,怎么了?"

许陌笑着说:"我在你家楼下。"

"我知道了,等我 15 分钟,马上回来。"挂了电话,我直接赶了回去。一般来讲,许陌直接来我家,要么是给我带吃的,要么是有什么事情找我。

我将车开进小区,停在了公寓楼下,打开车门,就看到许陌正站在不远处,手里提着一只精美的盒子,静静地等着我。

天空不知道何时下起了雪,白色的雪花,轻灵地落下,要把这个世界打扮成银装素裹的模样。

"上楼吧。"我缩了缩脖子,虽然都说下雪不冷化雪冷,但不管是下雪还是化雪,我都觉得冷。我这人怕冷又怕热,大概只有四季如春的昆明适合我生存了。

"你这大冷天的出去,是有约会?"许陌简直太了解我了,他拎着盒子跟着我上了楼。

打开家门,老白就蹭到了许陌的腿边,喵喵叫了两声,是在和许陌撒娇。

大叔也不知道跑哪里去了,至今没有回来抱走他的猫。这些日子以来,他没有主动联系我,而我因为最近没有需要用到他的活儿,所以也没有主动联系他。

"喝水。"我倒了两杯热水端过来,一杯递给许陌,一杯自己捧着捂手。

"最近怎么样?"许陌已经好几天没来找我了,大概是这些天,公司比较忙,自从他吃掉了江海几家子公司之后,就一直处于繁忙状态。

"最近非常忙,"他笑了笑,将盒子放在桌子上,"不过已经基本忙完了,工作暂时告一段落,所以想来看看你。"

"这是什么?"我看着那个精美盒子,"吃的?"

"自己打开看。"老白跳到许陌身上,找了个非常舒服的位置,闭上眼睛呼呼大睡去了。

和许陌我是完全不用客气的,我将盒子打开,一股清新的奶香气就溢了出来。我往盒子里看了一眼,是一些手工曲奇。

"你做的?"我拿了一块尝了尝,味道非常不错。

"不是我,是何羽绯。"许陌微微笑了一下。

原来今天上午,许陌和程逸有工作上的事情要详谈,所以去了荣盛集团。何羽绯和程逸已经开始了交往,因为知道许陌要过去,特地做了一盒曲奇,让程逸带过去交给许陌,再让许陌转交给我。

而何羽绯之所以没有亲自拿来给我,是因为她最近也非常忙碌,她找了一份墙绘的工作,每天穿着大大的背带裤,拿着油漆桶在墙上涂涂画画,每一天,都过得很开心。

果然还是要做自己喜欢的工作,爱真正爱自己的人,才会真的快乐。

何羽绯是在那件事结束之后的第二个月开始和程逸交往的,我也断断续续地关注着后续。他们交往得非常顺利,预计明年春暖花开就结婚。

前些天,何羽绯抽空带程逸回去见了爸妈。二老都非常喜欢程逸。他们其实一直都知道何羽绯和苏常瑞的事情,只是因为不想再次给何羽绯造成伤害,才一直假装什么都不知道。

05

"问你个事啊,"我一边吃曲奇一边问许陌,"苏小爱这个人,你了解吗?"

"苏小爱?"许陌稍微想了一下,"是苏家那位宝贝疙瘩吗?"

"对,就是她。"看样子,苏小爱真的是非常得宠啊,连许陌都知道。

"我不了解她,只知道沙市的千金贵妇们,都好像不太喜欢她。"许陌对于苏小爱的所有认知,就浓缩成了这一句话。

不过浓缩的就是精华,这句话相当有道理,看样子苏小爱的性格并不讨人喜欢。

"你问她做什么?"许陌答完,立刻警惕地望着我,"你不会……"

"有新生意上门了。"我从信封里抽出那两张照片和那封写好的信递给许陌。

"是她,"许陌看了一眼照片,很肯定地说,"的确是苏家那位千金没错。怎么回事?"

"她做了一件缺德事儿。"我叹了口气,将舒雅欣的事情,挑重点说给了许陌听。

许陌听完,脸色很不好:"这种人渣去死就好了。"

我一口水差点喷出去,不可思议地看着许陌用非常淡定的表情说出了这么不淡定的话。

看样子,许陌也觉得那两人太不像话了,抛弃妻子也就算了,还把身怀六甲的女人从楼梯上推下去,这就简直不是人干的事了。

"这次我支持你,"许陌十分认真地说,"需要什么帮助,尽管说。"

"放心吧,我不会和你客气的。"对我来说,许陌就是自己人,和自己人不需要客气,也不需要矫情。

许陌告辞走了。我拍了拍手上的曲奇碎屑,翻出手机拨通了何羽绯的电话。

何羽绯曾经和苏常瑞在一起那么久,肯定知道苏小爱的事情。不过之前,在何羽绯的故事里,苏小爱完全没有出现过,也只是最后出现在结婚现场,这不禁让我觉得有点奇怪。

第一章 午夜无人接听的电话

算起来,何羽绯和苏常瑞在一起的时候,苏小爱还小,应该也的确闹不出什么事。

电话很快被接通了,何羽绯的声音带着一抹笑意:"晓晓啊,下午好。"

"下午好啊,你是在工作吗?"她那边有嘈杂的人声传来。

"是啊,在地下通道里换墙绘呢。"她答道。

"谢谢你的曲奇,很好吃。"我看着那精美的盒子,何羽绯其实就是这么精致的一个人,谁娶了她,真是三生有幸,大概午夜梦回,她也会谢谢苏常瑞的不娶之恩吧。

"你喜欢,我下次再给你做。"她心情非常好的样子,只听声音就听得出来。

"别下次了,就今晚吧。"我抱着手机站在窗户边上,室内室外温差有点大,背阳面的窗户上都结了一层窗花。

"好啊,"何羽绯很爽快地应了,"我再有一会儿就下班了,下班了我打电话给你啊。"

"好的,我带老白去见你家乐乐。"挂了电话,我抱着老白,使劲儿蹭了蹭它的脑袋。

乐乐就是程逸送给何羽绯的那只布偶猫。那只几乎和老白一模一样的猫,何羽绯给它起名叫乐乐,希望每一天都是充满欢乐的。

我趁机补了个觉,睡得迷迷糊糊,半梦半醒之间,何羽绯的电话打了过来。

我稍作收拾,带着老白下了楼。何羽绯还住在之前的公寓里。程逸尊重她的一切决定,并不强求她搬去和他同居。

才到她家门口,何羽绯就打开了门。

我已经好几个月没有见到何羽绯了,平常顶多电话联系,因为大家都很忙,如非必要,是不会见面的。

我上下打量了她一下,5个月不见,她的齐耳短发已经长到了肩膀,脸上血色很好,整个人都像会发光一样。都说幸福的女人最漂亮,这句话真的不假。

她本就是个精致漂亮的女人,如今容光焕发,美得叫人舍不得移开视线。

同为女人,我都忍不住想亲她。

"进来吧,"她招呼我,"我在炖着汤,帮我一起做晚饭啊。"

"好啊,你负责做,我负责吃。"我抱着老白走进去。她关上了门,乐乐踩着优雅的猫步走了出来。老白见了乐乐分外激动,从我怀里跳了下去,扑过去和乐乐滚作一团。

"最近怎么样?"虽然这么说,我还是走过去帮她洗菜切菜了。她知道我要来,特地买了很多好吃的。

"很不错啊,我现在很好。"她抿唇笑了,虽然只是一个微笑,却让人的心情变得非常好,"好到我觉得现在的生活才是对的,人嘛,总是要经历一下,才知道什么是适合自己的路。"

"就像是听很多大道理,都不如亲自去走一走来得实际嘛!"老人家总是爱和年轻人说起自己的经历,想要让年轻人少走一些弯路。他们不明白,他们说的再多都没有用,因为该走的路总要自己去走一遍,错的也好,对的也好,不亲自走一走,怎么知道痛。

不痛,又怎么会成长。人总是在痛过之后,奇迹般的蜕变。何羽绯是这样,千千万万的人是这样,你和我都不能免俗。

和何羽绯一起做了晚饭,吃了晚饭,收拾完桌子之后,她给我端来一份饭后甜点。

"说吧,找我有什么事?"她在我对面的沙发上坐下,微微笑着看着我。

"你以前和苏常瑞交往的时候,"说到这里我微微顿了顿,看到她脸色如常,并不在意我提起这个人,我才继续往下说,"有没有接触过苏小爱。"

"小爱?"何羽绯有些意外。大概是怎么也没想到,我会问起这个人的事。

我点了点头说:"对,苏小爱。"

何羽绯沉默了一会儿,她回想了一下说:"我和她接触不多,我和苏常瑞交往的时候,她一直在国外。她每年在国内的时间并不长,因为她好像不太喜欢我,所以一般也不来招惹我,所以我对她的了解,还真的不深。"

"这样啊,我明白了。"一个在国外生活了这么多年的女孩儿,回到国内,因为性格问题并不受人待见,可是她这样一个富家千金,为什么偏偏要和一个普通女人抢男人呢,他们是怎么认识的、怎么交往的? 我真的很好奇。

"怎么了?"何羽绯问道。

我摇了一下头:"新接的活儿,需要调查点东西。"

我没有和何羽绯说舒雅欣的事情。她和许陌不一样,她对我来说,曾经是个客户,现在是个可以维持的普通朋友,很多话是不能对她说的。

稍作休息之后,我带着老白从何羽绯家告辞出来。开着车漫无目的地在街上浪了一会儿,回家的时候,已经快 10 点 30 分了。

洗了个热水澡,我舒舒服服地上了床,打算好好睡一觉,然后再去作调查。

第二章　章台柳昔日依依今在否

01

我坐在车里啃着面包。我已经守在苏小爱住的别墅外面，守了好几天了。

除去第一天，苏小爱和沈辰东，大包小包往家拎了不少吃的东西，这一连好几天他们都没有出来。

我心中狐疑，他们躲在别墅里是在干什么？难不成除了吃饭都在做某种消耗精力和体力的运动？

我不擅长搞这种偷窥行动，也觉得这种不太道德，所以这几天我都在车里没有下来过。雪上加霜的是，这几天天气都不好，雪断断续续地，都下了好些天了。

窗户上都上了冻，看里面的东西根本看不清。

一连守了一个星期，我自己先受不了了。

我翻出电话，直接打给了大叔。

意料之外的，大叔竟然很快就接了电话。我以为电话会打不通，因为这家伙消失的时候，电话都是打不通的。

"我家老白还好吗？"好久不见，大叔和我说的第一句话竟然是这个。

"良心呢！帮你喂了五六个月的猫，你竟然不问我好不好！"我笑骂着抗议。

"因为老白才是我亲儿子，你不是。"大叔十分不要脸地说。

"老白那么高的颜值，怎么可能是你生出来的，你不要闹，"打趣了一会儿，我将话题拐回了正题上，"我说大叔，你在哪儿呢，怎么失踪了5个多月，我都差点去报警了，以为你的内脏已经被人摘去卖了呢。"

"嗯，我去拯救世界去了，"大叔开始一本正经的胡说八道，"我才搬完家，正打算联系你呢。"

第二章 章台柳昔日依依今在否

"你终于舍得搬家了?"我忍不住提高了声线,这简直是世界末日要来了,"我说你不会真的招惹了什么不该招惹的人吧。"

"想哪儿去了,老地方要拆迁,不得不搬,"大叔的心情应该不错,竟然还耐心解释了一下,"我一会儿把地址发你手机上,你过来吧,记得把我家宝贝儿带回来。"

"知道了知道了。"我挂了电话,不多时,果然有条短信进来了。

我开车回了家,带上了老白,将大叔给我的地址输进了导航,然后经过一个多小时的车程之后,我将车停在了一个比老地方还要闭塞的地方。

望着空旷的如同荒野一般的风景,我心里的弹幕都快刷破天际了!

原来老地方虽然身处贫民窟,好在四周还有人气儿,这里完全就是个荒野,导航能导到这里,我觉得这就是个奇迹。

沙市的地理位置位于中部地区。沙市北部有一座山,因为位置偏远,这里人迹罕至,鲜有人往这里来,因为这里什么都没有,来了也毫无意义。

前方已经没有路了,我将车停了下来,下车的时候,凛冽的寒风扑面而来,这大冬天的跑到这山沟沟里,那滋味真是不太好受。

沙市的北部地形很复杂,眼看着前面是一座高山,然而山脚下却有一道笔直的悬崖,刀削似的,陡峭而崎岖。

就在这悬崖的前面,大概20多米远的地方,伫立着一座相当豪华的2层别墅。因为四周围太过空旷,就显得这座小楼分外醒目。

我忍不住笑了出来,大叔之前住的贫民窟,现在住的豪宅,可惜这个豪宅的位置太偏僻了一些。

我将老白裹在大衣里面,缩着脖子跑到别墅前面,敲了敲门,很快就有人来开门了。

开门的还是那个满头白发的老太太。我不知道这个老太太到底是什么人,也不知道她和大叔是什么关系,我只知道我认识老白的时候,这个老太太就已经存在了。

说是妈又不像,说是姥姥,更加不像。

不过我并不是八卦的人，大叔不说，我也懒得问。

抱着老白一进屋，扑面而来的就是一股热浪，屋子里暖气开得特别足，穿过豪华的客厅，里面就是大叔待着的书房。

我四处看了一眼，这个地方和大叔之前住的，真的是天上地下的区别。

"喵。"老白见到大叔，蹭地从我怀里跳了下去，扑到大叔怀里去了。

大叔正穿着短裤背心，蹲在电脑椅上吃着冰淇淋，见到老白，跟见了亲人似的，那叫一个热情似火，一人一猫腻味得我都没眼看。

"你不会失踪这么久，就跑来建别墅了吧！"我忍不住吐槽了一句，"你还能建得更偏一点吗？你怎么不直接建到悬崖下去。"

"我倒是想啊，可是没人肯帮我建啊，"大叔的胡碴还是那么的颓废，眼睛下面的黑眼圈，总会让人怀疑他是不是没睡过觉，"我家老白是不是瘦了啊。"

"你是瞎吗？它明明胖了好多！"我懒得和他继续磨牙，"有活儿了。"

我将两张照片递给大叔，顺便将苏小爱和沈辰东的情况大致说了一下。他随手将照片丢在一旁，继续逗弄着老白。很难想象，这么个大叔竟然会是个猫奴。

"大概什么时候能搞定？"自从我接下舒雅欣的case，一直到现在都没有什么实质性的进展，心中未免有些着急。

"我最近换了一批器材，应该会很快，两天吧，保证连他们的黑历史都翻出来。"大叔说得相当有自信。

我将一只装着现金的信封放在了他右手边："这是定金。"

这是老规矩了，无论拜托他查什么资料，定金都是必不可少的。

"你这个地方不是一般的远，你是都爱往这些奇奇怪怪的地方跑，"我摸了摸老白的脑袋，"我回去了，一会儿天黑了，我都不敢开车了。"

从这里开回市区，没有一个小时绝对到不了。

我一边吐槽大叔住得远，一边开着车，天色渐晚，路面上结了冰，开车速度不能快。我一共用了两个小时才到家。

好好地泡了个热水澡,正打算睡一觉,门铃响了。这个时间谁来扰人清梦?我穿着拖鞋,抱着手臂跑到门口,从猫眼里往外看,可以看到许陌一脸淡定地站在门口,他手里还拎着什么东西。

我连忙打开了门,许陌将手里的东西冲我扬了扬:"猜猜是什么?"

"是好吃的!"我的瞌睡顿时就没有了。许陌提来的是个保温瓶。

"什么好吃的?"他将保温瓶放在了茶几上,一脸笑意地看着我。

"反正就是好吃的。"我伸手打开了盖子,一股热气涌了出来,清甜的香气扑入鼻息,我看了一眼,那竟然是熬得好好的腊八粥。

"今天是腊八啊。"我这才想起来今夕何夕。

"就知道你会忘记,快吃吧!"他从我家厨房拿了碗筷过来,帮我装了一小碗,将勺子和粥一起递给了我,"腊八节,该吃腊八粥的。"

"哎,许陌啊,你怎么能这么贤惠。"贤惠的让身为女人的我都自惭形秽,"哎……"

"你叹什么气?"他伸手擦掉了我嘴角粘上去的米粒。

"叹气你这么好的男人,名草已有主。"我打趣他。

"你来松松土?"许陌在我面前,也鲜有认真严肃的时候。

"我才不要。"脑海中浮上来一张苍白清瘦的脸,宁静美丽,被时光遗弃。如果姐姐在这里,给她一些时间让她了解许陌有多好,她会爱上许陌的吧。

一定会的。

02

两天后,我从大叔那里拿到了调查结果,我抽出资料,认认真真地看完了。

看完之后,我觉得舒雅欣败给苏小爱,也不是不能理解。任何男人在舒雅欣和苏小爱之间,都会选择苏小爱,毕竟没有人会和钱过意不去。

之前调查苏常瑞的时候,只是核实了他的私人状况,还有江海集团的情况。

之所以调查资料里没有提及苏小爱,那是因为苏小爱和苏常瑞,并不是在一个户口簿上。

苏小爱和苏常瑞的确是亲兄妹,但苏小爱一出生就被过继给了苏常瑞的小叔叔,于是他们从亲兄妹变成了堂兄妹关系。

说到这里,就不得不说说苏家的事情了。

苏小爱的爷爷名叫苏国良,他可是个传奇式的人物,他把一间3人小作坊,一手打造成了后来的江氏企业。苏国良后来生了3个儿子。大儿子苏信诺一直在瑞典发展;二儿子苏信言,他是苏小爱和苏常瑞的父亲;而三儿子苏信誓,则在美国发展。

因为苏信誓无法生育,所以苏信言就将自己的女儿过继给了苏信誓。也因此,苏小爱几乎都是在美国长大的。因为亲生父母不在身边,养父养母又怕说教了惹她反感,最后就养成了苏小爱骄蛮跋扈的个性,无论是什么东西,只要是她看上的,都会被送到她的手里。

在苏小爱的世界里,是没有什么东西属于别人的,所有东西都只分为两类,一类是她要的,一类是她不要的。

偏偏苏信誓是个非常成功的商人,他甚至比自己的父亲苏国良更加适合做生意,在美国的产业大到让人无法想象,苏小爱什么都不做,每天丢钱玩,都赶不上他赚钱的速度。

从小到大,没有什么是用钱买不到的,苏小爱的"三观"(世界观、人生观、爱情观)就是这么养成的。

她家人从不管她,她是要风得风要雨得雨,亲爸妈觉得对不起她,恨不能把她含进嘴里,养父母怕她惦记着亲生父母,恨不得给她摘星星摘月亮。

就是这么一个天之骄女,却看上了沈辰东。

和苏小爱豪门千金的身份不一样,沈辰东的身世就简单多了。

他父母是一般的公司职员,家里算不上多好,但也算不上多坏,就如同千万个家庭一样,平凡且普通地活着。

沈辰东和苏小爱的认识,还真是叫人意想不到,但知道了之后,又会觉得,让星星和野狗相遇,也只能是那种方式了。

第二章 章台柳昔日依依今在否

大叔不愧是情报高手，他一出手，还真的没有查不到的东西。

我不知道他这是怎么拿到的资料，我也不需要知道这些细节，我只需要知道，资料上显示的事实就可以了。

沈辰东和苏小爱认识大概有一年的时间了。算起来，那个时候应该是沈辰东和舒雅欣订婚的时候，后来舒雅欣怀孕，沈辰东的态度就开始变了。

态度变化的一个原因是沈辰东害怕承担责任。要养育一个孩子的负担是很重的，他不想背负这些，所以一直不太想要孩子。但更重要的一个原因，是因为苏小爱。

沈辰东和苏小爱是在游戏里认识的，那款游戏是时下很流行的3D武侠游戏《剑网三》。这个游戏有一个非常吸引人的师徒系统，会让人产生很强烈的代入感，好像你就是江湖中的一个人，有师父、有同门、有同阵营的，还有敌对的势力。

苏小爱是个土豪。土豪玩游戏永远不是正常人的玩法，想要什么，只需要砸钱就好了，砸到最后，是众人羡慕嫉妒恨的存在，心里的满足感也就油然而生。

我翻到资料的最后一页，这一次并没有什么转折的资料出现。也是，这次不管多么转折，也无法起到什么作用，因为能对沈辰东造成伤害的，恐怕就只有他自己。

沈辰东是那种自私的人，从来最爱自己。他曾经的确爱过舒雅欣，毕竟没有哪个男人愿意屈就自己去和另一个女人在一起，尤其是他的外在条件还是不错的。

大叔查到的资料就是这些了，很客观，事无巨细地都写上了，然而却并没有什么实质性的帮助。

因为在这之前，我也想过，沈辰东是因为苏小爱的钱，所以选择离开舒雅欣的。

他是个很现实的人，他爱钱，除非我变成一个比苏小爱更加有钱的女人，否则我还真的不容易把沈辰东抢过来。

这是个看上去非常好处理却是很难下手的案子，和何羽绯的那个完全不一样，那个看上去难度非常大，可是大叔的一张资料却让所有问题迎刃而解了。

我将资料塞回牛皮纸袋里，想了想，我打开了电脑，搜索了《剑网三》的游戏。

既然一切是从游戏里开始的,那么我就从游戏下手,说不定会有不错的收获。

不过因为文件包有点大,我就开着下载放在那里。

想了想,我给许陌打了个电话。如果是从游戏里侵入,我需要一个搭档才行,这样才能事半功倍。

"许陌,你玩游戏吗?"电话接通之后,我直截了当地问。

"什么游戏?"许陌声音里带着笑,不知道是不是刚刚谈成了生意,心情似乎非常的好。

"一个3D武侠游戏,名字是《剑网三》。"我拨动着鼠标,看着屏幕对许陌说。

"公司有人在玩,怎么了,你要玩?晓晓,玩物丧志啊。"许陌打趣道。

"三言两语和你说不清楚,快午饭时间了,你吃饭了没有啊?"我决定和许陌面谈一下,要请人帮忙,电话里说,其实是一件很不礼貌的事。

"还没有,"许陌说,"一会儿一边吃饭一边说吧。"

"好,可以。"我就是这么打算的。

和许陌约好了吃饭地点和时间,我挂掉了电话,想了想,我又把电话打给了舒雅欣,算起来,我和她最后一次联系,还是七八天之前。

和何羽绯的遭遇不同,当时张叶是上赶着去欺负她,她又想不开,所以我就时不时去见她。但舒雅欣,她的内心已经冷了,大概现在她的心中,只剩下了憎恨的情绪吧。她恨那两个人,他们毁了她的爱情,害死了她的孩子。

曾经幸福洋溢在脸上的那个女人,她已经死了,活着的,不过是被愤怒和悔恨控制的躯体罢了。

心冷了,人也就冷了。

"舒小姐,我们下午见个面吧,有些信息,我必须反馈给你。"我说。

舒雅欣的声音很冷静,她大概预计到我约她是要做什么,就约好下午3点在魔岛咖啡厅见面。

和许陌在约好的餐厅门口碰了头。这大冷天的,许陌只穿了一件深黑色的立领大衣,他身材修长,往餐厅门口一站,路过的行人都要多看两眼。

诚实地说,许陌真的太适合这种风格的衣服了,穿上身有一种儒商的气质。

他站在那里,不言不语,脸上也不见笑。我不由得感叹,这人还有两副面孔呢。

他看到了我,漆黑的眸子里就多了一些笑意,就像是春回大地,万树繁花一朝开,他整个人的气质都变得温暖起来。

"来了啊?"他笑着对我说。

"走吧,我饿死啦。"我没有看他的脸,不知道为什么,那瞬间,我有点心虚。

我们约好的地方是一家川菜馆,这家的菜烧得很不错。我们找了个安静的角落坐下来,因为一会儿我们要谈事情的。

算起来,我和许陌见面的地方,似乎总是选在餐馆,或者是他带着吃的来找我,要么是我去他家吃好吃的。

想到这里,我不由得笑了出来。许陌不解地看着我:"你笑什么,我今天的造型很搞笑?"

"不是的,"我将心中所想的告诉了他,"餐馆都快成我们的大本营了。"

"由此可见,方晓晓你就是个超级大吃货。"许陌趁机吐槽我。

我小小地抗议了一下:"不要说得你没吃一样,好不好。"

这时候服务生将我们点的菜,陆陆续续地端上来了,话题暂时打住,我抓起筷子,开始吃饭。早饭没吃,饿到现在,我觉得自己能吃下一头牛。

03

吃过了午饭,我就将沈辰东和苏小爱的事情,挑重点讲给了许陌听。

许陌听完,细细想了片刻说:"你的思路是正确的,像这种,他们根本不出来,只宅在豪宅里打游戏,的确是没有办法去接触。"

"接触他们的唯一的方式,只有在游戏里,"我说,"所以我打算注册个号,想办法接近他们。"

"我这些天不是很忙,你把区服告诉我,我回头也下载一个,和你配合。"许陌很爽快地说。聪明人就是好,悟性就是高,我还没有开口要他帮忙,他就主动开口了。

脑海中忽然想起,很久之前在西餐厅里,许陌和我说的那些话。

那时候我还刚接手何羽绯的案子,一开始许陌是很反感我做这种事的,但后来,他跟我说,既然无法改变我,那么就陪我去改变这个世界吧。

当时听到他这么说,说不感动那是骗人的。不过我这人不太喜欢把喜怒哀乐摆在脸上,所以没有表现出感动罢了。

说一百句谢谢,不如做一件实实在在的事情去表达谢意,这就是我的想法。一直以来,我也是这么做的。

和许陌说好了,晚点在游戏里碰头。我们在餐厅门口各奔东西,他要回公司,而我要去魔岛咖啡厅见舒雅欣。

我看了一下时间,现在是1点30分,距离约好的3点钟,还有一个半小时。想起家里空空的冰箱,我将车开到了大润发的停车场,我需要屯些吃的。

上了楼,大肆采购了一番,时间就转到了2点37分。

从大润发这里开到魔岛咖啡厅大概需要10分钟,不过市中心容易堵车,好在今天不是周末,路况不是很糟糕。

我抵达咖啡厅时,时间才到2点50分。

时间掐得刚刚好,我下了车,将那叠资料带进了咖啡厅。

之前何羽绯的那个案子,我并没有将调查资料给她看,只是挑关键的口述了一下,那当然是因为何羽绯那时候经不起刺激,万一——刺激又想不开,寻了短见,那可就得不偿失了。

不过舒雅欣已经经历过最坏的事情了,已经不会比那更坏了,所以给她看看这些调查资料,让她明白自己到底是为什么会失去一切,明白孩子的死不是她的错,她无需自责,因为错的是沈辰东。

在咖啡厅里坐下,还没有来得及喘一口气,舒雅欣就到了。

她看上去和上次并没有什么两样,因为气血亏虚,脸上仍然没有什么血色。她明明还很年轻,可是头顶却有了几根白发。这些时间,她一定是在痛苦之中度过的吧。

她一再退让,却没有挽回丈夫的心,她已经决定什么都不要了,却还是失去了所有。

"喝点什么?"我问。

"摩卡吧。"她冲我笑了一下。这个笑容似乎将她周身苍白色的气息抹去了一些。

我将那叠资料推到她面前:"看看吧,你熟悉的爱人,到底是不是真正熟悉。"

她愣了一下,似乎有些困惑。

"你知道他在玩游戏吗?"她说过,从她怀孕之后,她和沈辰东之间的关系就变得很微妙。沈辰东被公司辞退之后,就一直待在家里,他在家里的大多数时间都是待在电脑前面,怎么看都有问题吧。

可是她却不在意他如此不上进的行为,什么都不说,只是自己在努力,将沈辰东越推越远。所以他们之间会变成这样,舒雅欣其实也有一点点的问题的。

她不该纵容他在家,更不该什么都不过问,既然已经决定共度一生,那就要紧紧抓住枕边人。

"只是游戏的话……"她似乎想说,只是游戏没什么大不了的,然而她这句话没能说出口,因为她的视线已经落到了那叠资料上。

她沉默着看完了那一叠资料,好久好久,一句话都说不出来,脸色看上去更加苍白了。

"因为游戏,所以连妻子孩子都可以抛弃?"她有些想哭,却又似乎很想笑,"一堆数据,就那么重要吗?"

"没有亲自去体会过,大概是永远也无法理解的吧,"我将她看完的资料重新装回袋子里,"目前的进度就是这样,因为他们都很宅,根本不出门,所以我打算从游戏里接触他们。有进展的话,我会告诉你的。"

"好。"舒雅欣点了点头,她很快恢复了平静。她现在是心如死灰的状态,可能刺激一下还能让她有点喜怒哀乐的情绪,那总好过没有情绪。

将大概情况和舒雅欣说了,我喝掉了最后一口咖啡,结账出了咖啡厅。

回家之后,我放下资料袋子,跑到电脑边上看了一眼,游戏已经下载完了,我就照着网站的新手指导,开始了安装游戏这个环节。

　　安装游戏的时候,我给自己煮了一碗面,当作今天的晚饭了。因为我觉得,一会儿真正开始玩起来,我可能会没时间吃晚饭。

　　老白送回给大叔了,陪伴了我好几个月,这不在了,我还有点冷清,总感觉家大了一圈,空空的,有些寂寞。

　　半个小时之后,我吃完了晚饭,游戏终于安装好了,点开运行,很快就出现登录界面,我没账号,本来想去卖号网站买个账号的,但想了想,我觉得那样做无法去认识苏小爱和沈辰东。

　　像苏小爱这样的人民币战士,她和沈辰东的账号必定非常强,除非我能买到比他们的账号更加值钱的,否则很难吸引他们的注意力。

　　我点开了注册界面,决定注册一个小号。因为我记得,这个游戏有个师徒系统,我在网上也大概了解了一下这个游戏。

　　都说师徒系统是滋养奸情的帮凶。很多师徒,师父、师父叫着叫着就变成了相公了。没办法,现在特别流行师徒恋,像热播的《花千骨》就是师徒啊。

　　在游戏里,看不到对方的脸,对着唯美的人物模型,总能够产生种种旖旎的幻想。尤其是一个新人什么都不懂,高高在上的师父手把手地教,这一天一天的,怎么也会产生一些些特别的感情。

　　我利索地注册好了一个账号。因为是月卡模式,我提前冲了点钱,买了月卡时间。

　　沈辰东和苏小爱他们所在的区服,大叔给我的资料里就有,甚至连他们的角色号、角色造型都复印了一份给我。

　　大叔不愧是大叔,做事就是牢靠啊。我在心里把大叔感激了一下,然后按下鼠标,进入了游戏。

　　首先看到的是一段CG动画,动画过了之后才是登录界面,我输入了注册好的账号密码,很快就弹出来一个角色创建的界面。

《剑网三》的门派很多,我数了一下,一共有10个门派。我本来想建一个成女号,然而想了想,我选择了正太的体型。

　　因为苏小爱一定不会让沈辰东收一个成女造型的徒弟的,万一产生奸情怎么办。可爱的正太总是能获得加倍的好感。这个游戏还有捏脸系统,我花了一些时间,捏了一张人见人爱的正太脸,然后选择了一个天策的门派。

　　没别的原因,单纯是因为造型我喜欢。

　　我给这个小正太起了个名字,叫"春眠不觉晓",好在这个名字没有被占用。我最后按下确定键,这次正式进入了游戏。

　　游戏的开始仍然是一段CG动画。我仔细看了一下,讲的是故事背景。不得不说,这个游戏做得还真的不错,能够得到很多人的喜爱也不是没有道理的。

　　要接近沈辰东和苏小爱,就要去他们所在的世界;要去那个世界,就要沉下心来,好好去了解这款游戏,因为他们是在这里认识、相爱,最终祸害了游戏之外的一个无辜女人。

　　这个游戏,就这么好玩吗?好玩到抛弃妻子也在所不惜。

04

　　我花了半个小时才跌跌撞撞地出了新手村,去往都城长安。

　　这时候我的等级才10级,这个游戏最高等级是95级,而且百度上都说,满级之后,才是真正的游戏开始。

　　我心中寻思着,要怎么才能接近沈辰东。我找到了师徒系统,翻了很久都没有翻出沈辰东的游戏ID,看样子他没有发布收徒。

　　不过我翻到了一个游戏ID。大叔当时给了我一张详细的列表,沈辰东所在的帮会,和沈辰东玩得好的一些玩家的ID,那个ID赫然在列。

　　我连忙点了申请拜师。

　　不过那个人没有立刻接受,而是问我:纯新人?还是有大号的老玩家。

我回道:我是才玩这个游戏,朋友推荐的,纯新手。

收徒的提示框很快发来了。我点了接受。系统顿时提醒我拜师成功。这个玩家的ID叫作彼得潘,职业是丐帮,据说被所有奶妈职业嫌弃的职业。

添加了好友之后,我就被他邀请组队了。队伍里还有两个人在。一个是和我一样,未满级的新人号;还有一个是和彼得潘一样的满级号。

【队伍】彼得潘:来来来,徒弟,叫人【霓裳月月】这个是你师娘,【无念】这个是你师兄。

【队伍】春眠不觉晓:师娘好,师兄好!

我心中忍不住嘀咕,说好的丐帮被奶妈嫌弃的呢,为何这个丐帮还有老婆。

我看了一下,这个师娘的职业是七秀,师兄是个78级的藏剑。

【队伍】霓裳月月:徒弟好,徒弟是正太啊,好可爱,捏捏脸。

我一边和队伍里的人说着话,一边继续做任务升级。

我发现这个游戏的剧情设置很有意思,不过好多人都急匆匆地在赶任务,好像都不喜欢看剧情,而我一直在看剧情,所以升级速度很慢。

我正玩着,手机响了起来。抓起来看了一眼,是许陌打来的。

他问我要了我的游戏ID,不多时,一个好友添加的对话框就弹出来了。

许陌的ID也很简单粗暴,叫"陌路人"。

他建了个成女,不知道他是怎么做到的,等级竟然比我还高了两级。

他和我在同一个地图,蹦蹦跳跳地跑到我面前,绕着我还转了两圈。他的人物造型很漂亮,衣服也很美。问了之后我才知道,原来是有时装系统。他嫌弃一上来的新手衣服太丑了,直接花了几百元买了发型和衣服。

有钱人就是任性啊,虽然只是几百元的事情,但是一般人玩游戏,还是不太舍得这么花钱的。

"你要不要也换个外观?"他看着我一身新手装,询问我。

"不不不,我就是个纯新人,纯新人不会一上来就买外观的。"角色扮演嘛,当然要扮演什么就像什么,要符合人物设定的。

像之前,接下何羽绯的案子之后,我就是以一个社会新人的设定进入了江海集团。因为我从头到尾都没有出纰漏,所以一切结束之后,苏常瑞也不知道,他会那么狼狈,全是我搞的鬼。

由此可见,扮演好人设是多么重要。我现在的设定就是一个新入《剑网三》的游戏小白,什么也不懂,单纯懵懂的小新人。

小新人,怎么可能一上来就舍得砸钱呢?要砸,也是要在适合的时机砸的。

因为许陌来这里的目的,是背地里配合我,所以我没有和他组队。我们各自分开,各自升级去了。因为许陌不像我,现在对我来说,玩游戏就是我的工作,许陌还有一个公司要去打理,所以他没有自己练级,把游戏大概熟悉了一下,就花了点钱买了个直升道具,一次性升到了95级。

我仍然是自己在练级,过了一会儿,队伍里多出来一个人。

我一看,顿时乐了。

进来的人的ID叫作"白流霜",这个就是苏小爱的游戏ID。

我虽然是有目的性地在接近她,但这么快就见到她,还是让我相当意外。

【队伍】白流霜:你们在做什么呀,咦,队伍里多了一个小正太!

【队伍】彼得潘:【春眠不觉晓】是我新收的徒弟,徒弟,快叫师叔。

【队伍】春眠不觉晓:师叔好!

【队伍】白流霜:师侄好,师侄是妹子还是汉子啊?

【队伍】春眠不觉晓:我是男的。

我一本正经地开始胡说八道了。她一上来就问性别,这说明她对于我是男是女还是有点在意的,像她这样的小公主,对同性会本能地带着一丝敌意。

果然,苏小爱听我说我是男的,态度也并不怎么好。因为我之前查这个游戏资料的时候,知道这个游戏里面有很多人妖号。

所谓人妖号,就是我和许陌这样的,都不玩本性别的账号。一般正太的玩家,都是女的在玩,苏小爱在意也很正常。

【队伍】白流霜:小师侄有YY吗,来YY一起玩啊。

【队伍】彼得潘:是啊,YY很好玩的,以后要是需要帮忙,我如果不在线,你就可以进YY找我的。

【队伍】春眠不觉晓:YY是什么?我去百度一下。

我拉出网页,下载了一个YY语音。我当然不可能白痴到不知道YY是什么的地步,但是现在我是小新人啊,小新人都要装得小白一些的。以前我也玩过其他游戏,也需要YY语音,不过换了电脑之后,一直没有装过这个软件。

我下载好了,顺便重新注册了一个新的账号。做戏要做全套,我可是很爱岗敬业的。

注册好了之后,我拉开游戏界面,聊天对话框里,他们给了我一个YY号,我又磨蹭了一下,这才进入了频道。

YY语音是一款多人语聊的软件,现在很多女主播在上面做各种各样的直播。

要让声音变成一个男神音,这简直太简单了,因为这个世界上有一样东西叫作变声器。

我电脑里就有,这还是大叔给我的。用这个糊弄小女生,百试百灵,不管多么难听的本音,经过变声器的转换,都妥妥地变成男神音。

我清了清嗓子,然后开了麦克风:"大家好,我是春眠不觉晓。"

"哇!"有个女声很激动,"徒弟,男神音啊!"

这个应该是那个叫作霓裳月月的七秀,也就是我师娘。

"师侄的声音很好听啊。"苏小爱的声音就比霓裳月月要嗲多了,她声音软软柔柔的,听得人浑身骨头都要酥了。在游戏这种看不到脸的世界,声音好的,总会吸引一些人的追捧。

"徒弟,你多大了啊,学生党还是工作党?"等到霓裳月月和苏小爱都激动完了,彼得潘才趁机询问。

"我是学生党,我现在大一。"只有大学生才有非常多的时间玩游戏,而且学生的身份,也会让很多人放松警惕,如果对方同样是学生,会有亲切感,如果是工作了的,也不会觉得我是什么坏人。

"是小学弟啊,"苏小爱接过话头说,"你在哪儿念书?"

"我在北京。"说自己在北京,是因为我知道苏小爱就在沙市,如果说一个离沙市太近的,谎言会比较容易被拆穿。

"还是个学霸。"霓裳月月笑着说。

彼得潘这时候问我:"徒弟,你是想慢慢升级,还是直接满级?"

"直接满级是什么?还能直接满级吗?"我继续装作什么也不懂地问。

"嗯,现在有道具,可以用完就满级。"彼得潘也很有耐心地跟我解释。

我沉默了一下,说:"我想慢慢升级,因为我怕直接满级,我还是不了解这个游戏啊。"

"嗯,徒弟有前途,现在很多人都直接满级了,"霓裳月月插了一句,"这样,我们带徒弟去刷小副本吧,一起玩啊。"

声音好果然有优势,无形中就拉高了女玩家的好感度。

"这样会不会太麻烦师父和师娘了?"我还是知道分寸的,有时候拉到了女玩家的好感度,就容易拉到男玩家的仇恨值了。

"不会,走,徒弟,带你去刷个小副本。"彼得潘倒是个很豪爽的汉子,并不在意霓裳月月对我如此亲切,直接拉着我就朝副本走。

我故意拖拖拉拉花了几分钟才到,这样才能显示出我的的确确就是个新手小白。

05

在副本门口,我看到了头顶彼得潘、霓裳月月,白流霜 ID 的 3 个玩家。

彼得潘是个非常英俊的丐帮,他脸部数据捏得很好,看上去颇有那么点意思。霓裳月月穿了一套时装,是个白衣七秀。而白流霜的外观就比较夺人眼球了,有钱人就是有钱人,她身上的时装披风和发型,全都是限量版。

据说这些外观,其中一样都已经炒到好几千元了。她这一身穿下来,没个5位数估计买不下来。

这还只是一个外观,就不谈装备之类的了。

白流霜是一个成女万花,就往那儿一站,彼得潘和霓裳月月顿时就变成了陪衬。怪不得有些人舍得在游戏里砸钱,这种高高在上的优越感,的确很美味。

"好可爱啊小正太,我要捏捏脸,"白流霜走过来,甩了我一个交易对话框,她要给我8.8万金,"来,师侄,见面礼。"

我有条不紊地点了拒绝,我说:"太多啦,师叔,我不能要的。"

"和师叔不要客气的,快收下。"她继续点了我交易。我当然又一次点了拒绝。我来这个游戏不是冲着这么点游戏币来的,我的目标比这个高远多了。想到这里,我的唇边忍不住露出了一个微笑。

"真的不能收的,师叔。"我继续拒绝。

"唔。"苏小爱站着过了一会儿,又点了我交易,不过这次金额变小了,从8.8万金改成了880金,这一次我点了交易。

"谢谢师叔。"我忙说。

接着是彼得潘,他交易给我2 000金,留着我修装备,买扩充背包的道具。

霓裳月月交易给我一堆小药和双倍经验丸子。我很恳切地说了谢谢。然后3个人就一起进了副本。

他们负责杀怪,我就负责跟在后面跑,霓裳月月一直绕着我转圈圈,一直在对着我捏的那张脸犯花痴。因为人多,所以分摊到我头上的经验就少了,不过就算是这样,刷完一次副本出来,我的等级也涨了一级。

这时候已经很晚了,互相加了一下好友,我就和他们说了晚安,直接下线了。

许陌在我们刷副本的中途就下线了。他和我说了,需要帮忙的时候,直接喊他就可以。

我洗了把脸,爬床睡觉。

无论做什么,都要适可而止,适度最好。

第一天有这样的收获还是不错的,认识了彼得潘、霓裳月月,当然,最重要的是,认识了苏小爱,也就是白流霜。

舒舒服服睡了一觉,醒来时已经日上三竿,连续阴了好几天,今天可是好不容易见着了太阳。我洗漱完了,给自己做了一份简单的早餐。吃完之后,我稍作打扮,裹上厚厚的大衣出了门。

我开着车直接开出了市区,我要去一个地方,今天阳光很好,忽然就想去见见她。

将车停在停车场,我徒步进了疗养院。有护工见到我,笑着和我打招呼,他们都认识我,因为我经常会到这里来。

疗养院里很安静,每个人的脚步声都刻意地放轻了,像是害怕打扰了某个沉睡的幽灵。

我推开那扇门,悄悄地走了进去。

窗帘已经被人拉开了,阳光透过窗户落进来,那股冷意已经被过滤了,落在地上,将整个房间都烘烤得暖洋洋的。

那光有一束落在姐姐的脸上,她静静地躺在那里,一动也不动。她已经睡了太久了,边上的仪器发出微弱的光芒,那是姐姐还活着的证明。

我在看护椅上坐下,她的手微微有些凉。

脑海中,不知怎么地就浮现一个画面,那是我们小的时候,姐姐握着我的手给我取暖。那时候也是这么冷的一个寒冬,鹅毛大雪被风吹地洋洋洒洒,低矮的屋檐下,姐姐和我并排坐在门槛上,我们在等着姥姥回家。

那天我们等了很久很久,我又冷又饿,姐姐只不过比我大了1岁而已,却像个小大人似的,不停地和我说话。

"没关系的晓晓,马上就回家了,马上就回家了。爸爸妈妈一定很快就会把我们接走,姥姥一定也马上就回来了。"她的声音里已经带了哭腔,她明明自己也很害怕,可是为了让我安心,故作坚强乐观,只是为了让我稍微安心。

我握住了她的手。这双手很纤细小巧,手指修长,从小到大。很多人都以为我和姐姐是双胞胎,但其实不是的,我们只是长得太像了。

"你知道吗？我救了一个和你很像的人,"心里有点点的沉重,我深吸一口气,试图将压在心上的那颗石头推开,"就是我之前和你说的那个人,她现在过得特别好,有真正的爱人,有喜欢做的工作。你看,离开不值得的人,世界依然美丽。"

"姐,你什么时候才能醒来呢？"

"你已经睡得够久了,可以起来了,"我轻轻摇了摇她的手臂,明知道她不会醒来的,却还是怀揣着一点可悲的希望,"起来告诉我,是谁欺负你,我一定狠狠地帮你欺负回去。"

从姐姐出事到现在,我都没有去调查过她的事,因为姐姐不是客户,她是我的亲人。我不会,也不想用调查别人的方式去偷窥姐姐的过去,或者说,如果对方没有请求我,我都不会去这么做的。

我希望姐姐能够醒来,然后由她来告诉我,是谁伤害她,是谁抢走她的爱人,是谁害她变这样。

"你说说你啊,看男人的眼光为什么那么差,"我眨了眨眼睛,眨掉了忽然涌上眼底的泪意,"你爱上谁不好,要爱一个人渣,不过这也没什么大不了的啊,谁年轻时没爱过几个人渣。为什么要这么傻呢,你已经睡了很久了,再不醒来就要老了。"

她依然不动不笑,像个木偶人一样,毫无生机地躺在这里。

"许陌人挺好的,这么多年一直一个人,因为我是你的妹妹,一直对我照顾有加。如果当初你爱的人是许陌,那该有多好。说起来,爱到底是个什么东西,要叫人痛不欲生,"我将脸埋进自己的臂弯里,心中有一种说不清的难过,"很多人都说,爱情没有先来后到,仗着爱的名义,伤害、背叛,甚至连自己的孩子都能舍弃。"

"姐,你会不会也觉得我是在胡闹呢？这个世界从来不是非黑即白的,我知道,我也明白。可我就是不甘心。"

"我不希望好人被伤害,不希望坏人过得风生水起,我明白我没有资格去代表谁惩罚谁，也没有资格去判断谁是好人谁是坏人，我不过是按照自己的标准去定义好和坏。"

"但就算是这样……我也想一直这么走下去。"

"我无法改变这个世界，可在我目光所企及的地方，我希望可以去改变！"脑海中浮现出许陌的脸，他总是笑着面对我，总是那么可靠。

让我觉得，自己这种近乎可笑的梦想，一定会有实现的那一天。

第三章　成都的天空天很蓝

01

从疗养院出来,我驱车回了家。上午出门,现在已经中午了,随便弄了点吃的,我打开了电脑,准备投入工作中去。

是的,现在玩游戏变成了我的工作。没办法,因为这是目前我能接触到苏小爱和沈辰东的唯一方式。

他们完全活在了游戏里,我要想让他们分手,只有到他们的世界去。

开始于游戏,终结于游戏,对于沈辰东和苏小爱来说,这应该是最佳的报复手段吧。我打开音乐播放器,点开《rose and god》,一边听歌一边开了游戏。

在几年前,我还念大学的时候,也玩过这类的游戏,那时候流行的《魔兽》我就很喜欢玩。昨天晚上玩了一会儿,我发现《剑网三》的操作系统和《魔兽》有点类似,这倒是省事了,我适应了一个晚上,已经差不多找到手感了。

那时候玩游戏的心情,现在其实已经有些回忆不起来了,也曾有过三五好友,也曾并肩十步杀一人百里不留行,但像沈辰东,玩出小三、玩出人命的,却很少见。

就只是一堆数据罢了,可以相约一起玩,可以做朋友,但仅止于此就最好。游戏毕竟只是游戏,现实生活就是现实生活,得分清这两者,要明白,是你在玩游戏,而不能让游戏玩了你。

我一边听着歌,一边操控着我的小正太接任务,做任务,交任务。

下午的时间,就这么一点一点被消磨,过了一会儿,有好友上线提示。我看了一下,是苏小爱上线了。

聊天频道里,好友频道的粉字聊天信息就刷了起来。

第三章 成都的天空天很蓝

【好友】白流霜:有人做日常吗,求带日常!

满级之后,每天就可以做做日常任务了,像白流霜所说的做日常,基本是指代5人高级副本的任务。

我没有理会,继续自己做自己的任务,我现在的等级只有30级,距离满级还有好长一大截。

过了大概10多分钟的样子,忽然有人点我组队。我仔细看了一眼,组我的人竟然是苏小爱。我点了接受组队,队伍里除了我和她之外,并没有其他人。

【队伍】春眠不觉晓:师叔下午好啊。

我主动打了声招呼。

【队伍】白流霜:小师侄好,你下午也没课啊,都30级了,升级蛮快的。走,师叔带你去刷副本。

【队伍】春眠不觉晓:这样会不会太麻烦你了?

【队伍】白流霜:不会啊,我正好现在一个人,日常也做完了,你师父也不在线,我就带你练级吧。

【队伍】春眠不觉晓:谢谢师叔!

我的手比画出了一个胜利的手势。我是没想到,苏小爱竟然会主动来找我,虽然昨天我就觉得她似乎并不是那种拒人千里之外的人,甚至可以说,对我这个忽然冒出来的师侄蛮有好感。

不知道沈辰东现在在做什么,我没有加他好友,所以并不知道他在不在线。我也不着急去认识沈辰东,因为我建个正太号,并不是为了勾引沈辰东的。

没错,这个号完全是冲着苏小爱而来,沈辰东和苏小爱之间的感情,决定权并不在沈辰东的手里,而是在苏小爱那里。

想要他们分手,与其去撬沈辰东,不如直接对苏小爱下手。

好在这就是个游戏,你玩游戏的时候,永远不知道对手是人还是狗。这句话并不是说笑,隔着网络,谁知道网络另一端是什么人在操控人物。

要伪装成男神真的太容易了。在网络上,因为声音好听而被追捧为男神的,那真是一抓一大把,这年头,男神和女神是超级不值钱的。

而且更加重要的是,在游戏里,我们总是很轻而易举地就对着陌生人展示友好,哪怕现实生活中,见到人都不好意思开口的人,在游戏中,都会稍微放下戒备,不会那么难以接近。

如果是在现实世界,想要接近苏小爱这样的人,那是相当不容易的。因为她这样的人,什么都不缺,她什么都有,这个世界上,她想要的,永远有人双手捧上。这种一无所求的人,最难接近,而且就算接近了,她也未必会记得你。

游戏就不一样了,我是彼得潘的徒弟,是她的师侄,她就自然而然地有一种亲近感,彼此之间的距离,就这么拉近了。

【队伍】白流霜:师侄,你师父位置还有空的吗?我神行千里技能在冷却,你拜师了拉我去副本啊。

【队伍】春眠不觉晓:好的师叔,我来看下怎么拜师。

我才敲完这行字发出去,她就丢给我一个收徒的申请;我一边哼着歌,一边点了接受。

【队伍】白流霜:忘记你是新人了,师侄,来YY啊,打字好麻烦。

【队伍】春眠不觉晓:好,我来开YY。

我开了YY,进入了昨天的YY频道。只听一声水滴声,我被拉到了下面的子房间里去了。

"师侄,你到副本门口了吗?"YY里,苏小爱的声音异常清晰。

"到了,我来拉你。"我调整了一下语气,保持自己的男神气质。

这个游戏的师徒系统做得的确是很不错,每天每个人可以招请3次。我将苏小爱拉了过来。她电脑真是好,几乎是我招请完了,她就到了,连读条都是这么的快。

白流霜穿着一身和昨天完全不一样的时装,披风也换了一个。我不得不感叹,人民币战士就是任性,在游戏里也和现实生活中一样,每天换一套衣服,要是游戏的时装足够多,估计每天都不带重样的。

第三章 成都的天空天很蓝

"先接任务,然后进副本。"苏小爱无微不至地教我怎么接任务。我接完任务就跟着她进了副本。

这个副本我没有来过。她站在我面前,切换了一下心法。

我后来又仔细研究了一下剑三的这些门派,万花职业可加血可输出。她切换成了输出心法,带着我一路上前。她话并不多,只时不时地告诉我不要走得太快,或者告诉我跟紧她,以及,不要忘记吃双倍丸子。

因为今天只有我和她两个人,所以杀怪获得的经验是蹭蹭地往上涨。

一趟刷下来,我直接升了两级,交完任务之后,经验条又涨了一小半。

"师侄,会重置副本吗?"苏小爱极有耐心地问我。

"怎么重置,我不会。"我如实说道。

苏小爱就很有耐心地教我怎么重置副本,之前交的那个任务是可以循环做的,于是我接完任务,再次跟着苏小爱进了副本。

说真的,如果不是之前舒雅欣告诉了我那些事,我真看不出来,现实中的苏小爱,竟然是那样一个刁蛮任性的人。

不过只是游戏里接触,也没人能想到,顶着一张正太脸,声音高冷男神音的小新人,会是个心机深沉,进入游戏就是别有用心的女人。

人总是善于伪装自己,反正没有人认识,无论扮演什么角色,都不会有人来拆穿的。

于是整个过程,苏小爱都极有耐心地带着我,而我则从头到尾,都保持着我身为男神的矜持冷贵。

终于,刷了几趟之后,我的等级在这个副本已经吃不到经验了,苏小爱就飞到了另一个副本门口,用师徒召唤,将我招请了过去。

"师侄,你要不要先加入我们帮会啊。"刷着刷着,苏小爱注意到我还没有加入帮会。

"加入帮会好玩吗?我才玩第二天,不是很懂这个。"我用略带笑意的声音,低低地问了一声。

"加入帮会就可以交到更多的朋友,大家一起玩才有意思。"苏小爱直接将我邀请加入帮会,我点了确定。我其实就是在等她拉我入帮,之前升级的时候,也总有人拉我入帮,我全都点了拒绝。

我才点了确认,聊天对话框里就有很多人在刷欢迎新人,鼓掌的鼓掌,献花的献花。

【帮会】白流霜:【春眠不觉晓】是彼得潘的徒弟,现在也是我的徒弟啦,你们不许欺负他。

【帮会】春眠不觉晓:大家好呀。

我用纯新小白的口吻和大家问了好,接着帮会就开始起哄,问我性别,让我上YY聊天。一时间,聊天频道都被帮会聊天刷屏了。

这时候,我注意到这样一条聊天信息。

【帮会】秋莲城:媳妇儿,你在哪儿呢?

我立马来了精神,因为这个秋莲城,就是沈辰东的游戏 ID!

02

我第一反应就是,有情况!

这两个人绝对有情况!

像苏小爱那么有占有欲的一个人,怎么可能不和沈辰东在一起。从昨天我就发现了,她似乎一直没有去找沈辰东,而是一直跟着彼得潘他们带我刷副本。今天上线之后,更是做完了任务,就一直在带我升级。

我原本以为,沈辰东可能没有上线,有什么事情出去了,但现在,沈辰东明明是在线的。在线,却没有待在一起,要说没有什么问题,谁都不信吧。

除非,在游戏里,这两个人并非一直腻味在一起。

【帮会】白流霜:我在带徒弟,做什么?

【帮会】秋莲城:我也来,我们一起带。

【帮会】白流霜:你来做什么,分我徒弟的经验吗?

我默默围观他们在群里说话。虽然看上去说的都是很平常的话,可是我却嗅到了一丝别扭,苏小爱好像在生气。

一般小三要上位,都会抓住时机,而情人之间闹别扭,那就是最好的时机了。

"师叔,你忙的话,可以不用管我的。"虽然是最好的时机,但我还是必须这么说。一个人的心哪里那么容易就攻陷,如果那么简单,苏小爱也就不会非沈辰东不可了。

"没事的,我们继续。"苏小爱的声音听着就带了一点点的赌气成分。看样子我想的没错,她的确是在和沈辰东闹别扭。

"我说媳妇儿,你怎么了?"就在这时,沈辰东的声音忽然响起来了,他应该是看到苏小爱在小房间里,于是跳下来了,"还在生气呢。徒弟,我是你师爹,来,师爹给你送个大红包见面礼。"

我打了个哆嗦,浑身鸡皮疙瘩都要起来了。这媳妇儿师爹的叫着,真叫人觉得毛骨悚然。

"你少来,你别来找我啊,你那个新认识的妹子还等着你带她打竞技场呢。"苏小爱的语气不太好,有一丝埋怨,还有赌气。

听她这么一说,我就明白,为什么昨天和今天,她没和沈辰东待在一起了。

一定是沈辰东和哪个女玩家一起玩,被苏小爱看到了,所以一言不合就赌气了。我就说,像苏小爱这种占有欲极强的人,怎么可能不和沈辰东腻味在一起呢。

"那就是一起打个竞技场的,我下次不了,真的,媳妇儿你别生气啊。"沈辰东态度非常好。换作是谁态度都会好吧,毕竟在他面前摆着的,可是一座金山啊。

我现在都觉得万分庆幸,当初许陌和程逸联手对付江海集团的时候,苏家其他的财团没有出手。不过苏常瑞的父亲和苏小爱的养父,关系似乎有点微妙,所以一般也不太来往。要不是还有一个苏小爱,怕是都不会来往。

这好像是苏国良的偏心导致的,当初因为苏老三无法生孩子,所以分的家产很少,后来的家产都是他自己赚到的。这种情况下,两家还有往来,那也奇怪了吧。

我走了一会儿神，缓过神来的时候，副本里已经多了一个人，一个天策成男就站在我面前看着我。

"徒弟是奶汪啊，真可爱。"他骑在马上，绕着我走了几圈。他身上的衣服倒不是时装，是天策府的门派装，不过他拿着一个发光的武器，应该是橙武。这种武器算是剑三里最贵的武器了，需要砸人民币若干才能拿到。

【队伍】春眠不觉晓：师叔我去做任务啦，我之前认识一个一起做任务的，在喊我去。

"去吧，去吧，需要帮忙就喊我。"因为沈辰东追来道歉了，应该说道歉的态度还算是让人满意，所以苏小爱也就雨过天晴了。

不和沈辰东赌气，自然是要和他一起玩的。我的存在就显得多余了，作为一个知趣的人，在这时候当然要让得远远的。

而且我的目标是苏小爱，不是沈辰东，我不能什么都没做，就先让沈辰东把我给三振出局了。

我离开了副本，自己去做任务了，顺便也很直觉地退了YY。一个人去做了一会儿任务，许陌终于上线了。

他无所事事，跑来找我，他已经是满级号了。我还有一个师父位置空着，就直接让他收我为徒了。他带着我去做了一会儿任务，顺便自己熟悉技能之类的。

一个下午，很快就结束了，因为对电脑时间长，脖子有些发酸。

我决定下线，出去走走，不然会特别累。

和许陌说了一声，再给苏小爱发了个密聊，我就关机下线了。

我伸了个懒腰，穿上衣服准备出门，就在这时，手机响了起来。

不是我的私人手机，而是那只用来接业务的手机。我将手机翻出来，是个从未见过的号码。

"你好，粉色事务所，请问有什么能帮得上你的吗？"我接起来，做了个自我介绍。

"你们的事务所地址在哪里?"电话那头是个略微有些清冷的声音。

"抱歉,事务所地址是保密的,因为业务需求,请您理解。"要是公布地址,我就等着被那些被我报复过的渣男小三,找上门来砸场子了。

"那,方便见面吗?"电话那头的人倒也没有坚持,而是退而求其次地问。

我心中有些警惕,这人的声音听上去太过冷静,冷静到让我觉得,她不是那种会被人抛弃的女人。我开出粉色事务所至今,接过许多电话,听过各种各样的声音,但没有哪个委托人,一上来就这么冷静的。

无论是谁,会打这个电话的,都是出于一种极端愤怒的情绪之下,因为太过生气,所以想要报复伤害自己的那些人,这种情况下,谁都无法保持淡定吧,加上打这种电话,心里也是有些不安的。

"你为什么要见我?"我放下钥匙,重新在电脑椅上坐下。

所谓君子不立危墙,有危险的地方我不喜欢去。谁知道这个电话是什么人打来的,打来的目的又会是什么。

"因为,我想应聘,"她一字一顿地说,"不知道你们事务所,招人吗?"

我愣了一下,完全没有料到她会这么说。

开业这么久以来,我还从未接过这样的电话,她是来应聘的?

"你知道,我们事务所是做什么业务的吗?"她是不是误会了什么。

"我当然知道,不然我也不会给你打电话了,"她说得极其认真,"不考虑一下我吗?自认为长得还不错,谈过几场无疾而终的恋爱,心理学博士,知道怎么用最快的速度让人爱上你。"

"可是,你为什么会想要来这里工作?"听到她说心理学博士的时候,我心中微微一动,"而且,我们网站上,并没有写出招聘启事吧。"

"我知道,但我有自信让你录用我。"她说完就不再说话,而是静静等待我的决定。

我想了想,最后说:"那么,我们在 SecondCup 碰面,如果你能认出我,我会考虑让你接受个面试的。"

我挂了电话,走回房间,坐在梳妆台前,开始给自己化妆。

这倒不是心血来潮,我一直有这样的计划,只不过一直以来找不到合适的人,并且目前的活儿我自己就可以搞定,不过要是再多点任务,我一个人就搞不定了。而且,如果一直都是我自己在行动,一定很快就会被戳穿的,那样就麻烦了。

所以我没有拒绝她的见面请求。

我化完了妆,又换掉了身上的衣服,因为身上原来的怕冷,只考虑温度没考虑风度,但出去见人就不能这样不修边幅了。有时候你将自己收拾得干净整洁,会无形中给自己的气质加分,也会让看到你的人,身心舒爽,自然也就会多看你几眼。

我特别喜欢外国的老太太,无论多大年纪了,都不会放弃打扮自己,让自己一直保持整洁美丽,这也是对别人的一种尊重。

我将自己收拾利索了,抓起车钥匙出了门。

在咖啡馆的停车场将车停好了,我拿着我的小手包进了店。我在中间的位置坐下,点了一杯咖啡、一份小蛋糕,从阅读架上取了一本书,慢慢地一边看书一边喝咖啡。

我对那个人说,如果能认出我来,就让她面试的。我并不是在说笑,如果她连这点本事都没有,那么对我来说,也就用处不大了。

我没有往入口看,咖啡喝了一半,蛋糕吃了一些,书也翻了几页。

有个人停在了我的身边。先入眼的,是一双10厘米高的高跟鞋,修长白皙的小腿,再往上看,是笔直的大腿,在膝盖往上15公分的地方,是酒红色的裙摆。

03

米白色的大衣裹住了她曼妙的身材,我在抬头的时候,嘴角就先扬了起来。

映入我眼帘的,是一张漂亮到有些嚣张的脸。她化着得体的妆容,长长的卷发披在脑后,她眼神相当理智,在我打量她的时候,她也在打量着我。那种仿佛X光一样的眼神,仿佛要将我每一个细胞都看穿,像是所有的小心思,在她面前都是不管用的。

"幸会。"她忽然笑了起来,同时朝我递来一只白皙干净的手。她的手同她的人一样漂亮。

我伸手过去握了握:"幸会。"

她在我对面的椅子上坐下,目光仍然停留在我的脸上。

"怎么称呼?"我坦然地回看过去,并没有因为她咄咄逼人的目光而退缩。我是方晓晓,不知道退缩为何物的方晓晓。这个世界上,能让我心生畏惧的人,不存在。

虽然很不要脸,但我就是这么的有自信。

"陈璐。"她说话声音并不高,却很有力度,有种让人无法忽视的存在感。

"方晓晓,"我也用很简略的方式介绍了一下自己,"如你所见,粉色事务所的老板。你说你想加入粉色事务所,我能问一问为什么吗?"

"因为觉得有趣,"陈璐唇边完成一个微笑的弧度。她的年龄大概在二十七八岁,有一种成熟女人让人炫目的魅力,"方老板觉得这个理由怎么样?"

我略微点了下头:"可以的,毕竟如果是工作的话,不感兴趣,那一定会非常痛苦。"

"对,人生 1/3 的时间,用来做自己不喜欢的事,没有什么比这更残忍的了。"陈璐喊来服务生要了一杯卡布奇诺。

看不出来,她竟然会喝卡布奇诺。

按照我最直观的想法,她应该喝的是一杯加冰的威士忌。

"告诉我,我一定要雇用你的理由。"不可否认,我的确对她产生了兴趣,不管置身何处,她都会是那种让人想要驻足观望的女人,罂粟一样,明知有毒,却还是会被它的魅力蛊惑。她这样的人,比我更适合事务所。

"当你问我这个问题的时候,你就非雇用我不可了。"她眼中满是自信。我顿时乐了,自信的女人我喜欢,很对我的胃口。

她说得没有错。我既然问了她这个问题,就代表我对她非常感兴趣了。

"你需要一个靠谱的、不生事端的助手,"她举手投足之间,有种霸道的美感,"雇用我,你只需要给我提供一个住的地方,我会负责一天三餐,另外,我完成的单子,我给你三成的提成,剩下的七成作为我的工资。当然,这仅限于我接到,并且独立完成的。在我手里没有单子的时候,我会帮你做事,你不需要付给我费用。"

"我有个要求,"我很欣赏她的提议,但唯有一点我需要坚持,"你的每一单自己接的单子,都必须经过我的同意。"

"如果没有被伤害,想要利用事务所去伤害别人,这种生意,不管报酬有多高,我都不会去接。如果你想加入粉色事务所,我会要求你遵守这一点。"是要求,而不是请求。应该坚持的原则和底线,我不想用那种和和气气粉饰太平的语调说出来。

"我会按照你的要求行事,不去触碰你的底线,还有别的要求吗?"陈璐是个聪明人,和聪明人说话,永远无需拐弯抹角,也无需担心对方听不懂。

"陪我喝完这杯咖啡,"我笑着看着她,"欢迎加入粉色事务所,合作愉快。"

她冲我略微颔首,陪着我慢慢喝完了一杯咖啡。

走到收银台,我结账的时候,陈璐从柜台里面拖出了一只精致的紫色行李箱。

"你行李都带来了啊,你是有多肯定,我一定会雇用你。"

"百分百地肯定。"她相当淡定地说。

我忍不住笑了。我有预感,因为陈璐的加入,事务所一定会有所改变的。虽然事务所的成员,加上才加入的陈璐,也不过两个人而已。

陈璐并没有说起她自己的事,我也没有多问,凭着直觉,我感觉得到陈璐一定是个有故事的女人。没有谁会随身带着行李箱,更不要说是加入粉色事务所。

做我这一行的,我从不指望我会善终。这种事很缺德,或许别人会觉得我的做法很解气,但是看热闹是一回事,真正去做,就未必会有人去做了。

从咖啡馆出来,我带着陈璐走到了我的小车旁。她没有评论我的车,将行李塞进后备厢,她坐进了副驾座。

"需要去买点日用品吗?"我问。

"不用,我有。"她说。

第三章　成都的天空天很蓝

我略微点了下头，没有再问，直接开着车回家了。回去的路上，陈璐一直看着窗外。我看不到她的眼神和表情，只是偶尔回头看她一眼。明明是那么强势的人，可不知道是不是错觉，她望着车窗外的侧影，泄露了她的一丝软弱。

将车停在小区楼下，我带着陈璐上了楼。她一路拖着行李箱，也不问我要带她去哪儿，就这么跟着我走，都不怕我是坏人把她给卖了。

她不怕；我倒是有点心虚了，因为她来历不明，连个像样的自我介绍都没有。万一她有同伙儿，我岂不是就危险了吗？

这么想着，我已经走到了家门口了。我心中乱七八糟想了一堆，脸上却仍然一副淡定模样，我不经意瞥了陈璐一眼，见她从头到尾都特别淡定。

我开了门，将陈璐让了进来。

"打扰了。"陈璐拖着箱子进了家门，她大略看了一下我住的这套公寓。

我租的这套公寓是两室一厅，装修算得上是高档，上次带何羽绯回家，就是让她住的客房。现在我让陈璐进了家门，客房自然就要给她睡了。

"你直接带我回家了，就不怕我是坏人吗？"她忽然笑了起来。这个笑容和之前的那种笑全然不同，若说之前的笑容非常自信，自信到让人觉得她的笑容异常璀璨，那么此时的这个笑容，就是无害的邻家大姐姐式的笑容了。

"你直接就跟我回家了，就不怕我是坏人吗？"我调侃道。

我倒了杯热水放在她面前。我想，聪明人和聪明人的谈话，应该从现在开始。

"谁也不要防着谁了，既然以后要同住一个屋檐下，最基本的一些信息，还是要互相交换一下的。"我在她对面的沙发上坐下，现在是晚上8点多钟，正是谈话的好时间。

陈璐倒也干脆，她直接翻出钱包，将自己的身份证丢在我面前。我没有拿，直接看了一眼。

身份证上的照片是陈璐，她的年龄我算了一下，今年刚好28岁。户籍所在地让我有些意外，她老家是容州的，那里离沙市还是挺远的。

"我是在网上看到你的网页的,"陈璐缓缓道,"正好我刚刚结束一份工作,看到你的网页觉得挺有意思,所以我来了。"

"你是直接从容州来的?"我顿时有种受宠若惊的感觉。

"是的,"她点了点头,"我下了飞机给你打的电话。"

"我能冒昧地问一下,你上一份工作是什么吗?"

陈璐用非常淡然地语气说:"环亚集团市场部总监。"

我觉得我真是罪过,竟然把这么高端的人才给坑过来了。关键还是她自己主动跳坑的……

"我记得你说过,你是学心理学的?"我随口问道。

"对,那是我的爱好。"她从随身的手包里翻出了一堆证书丢在茶几上。

我拿起那些证书,一张一张地翻看。

我终于知道她为什么会那么自信,我一定会录用她了。没有人会拒绝一个高水平高情商高智商的合作伙伴。看到了陈璐的这些证书我才知道,原来一个女人优秀起来,是会让人产生膜拜的情绪的。

陈璐,毕业于某名牌大学,后留学欧洲,拿到了很多相当有分量的证书。

她到底经历过什么,才会飞到沙市,要加入我这个名不见经传的小小事务所。

"做假证的也能做这些证书,如果你信我,这些就是真的,如果你不信,就当这些只是废纸也没关系。"陈璐低笑着说。

"我相信你。"一个人的经历,是会说话的,或许学历证书可以弄虚作假,但是拥有这些证书的人却不能。俗话说得好,腹有诗书气自华。一个人的修养会体现在那个人的气质上,举手投足,甚至是每一根头发丝儿都能看出这个人的涵养。

她这样的气质,如果是装的,那说明她伪装的功夫也挺成功的。有这样的伪装功夫,也是个人才,毕竟我们这一行,说白了,不就是在不停地伪装成另一个人吗?

"我是方晓晓,如你所见,住在这套公寓里,没有特别的工作室,这里就是工作室,也是我的家。一般我不会告诉委托人我的住处,约见也是放在咖啡馆或者是其他什么地方。"我说。

"我明白,的确不适合说出去。"她显然是知道原因的。

"吃过晚饭了吗?"我抓起围裙,回头看向陈璐。

她很诚实地摇了摇头:"之前说好的,一日三餐我负责。晚饭,我来做吧。"

"我不会和你客气的。"我把她带到厨房,将围裙递给她。

冰箱里有我上次才采购的满满的食材,她看了一眼,似乎很满意。

15分钟后,她做出了一顿西式晚餐,无论是菜色还是摆盘都无可挑剔。我一边吃一边感慨,我绝对是捡到宝了,就算她什么都不做,天天给我做三顿饭我都好开心了。

吃货的世界就是这么简单。

04

吃过了晚饭,我回到了电脑前面,这几个小时没上线,也不知道苏小爱还在不在线上。

我开了游戏。上线之后我点开好友列表,列表里的好友基本都在线,就连许陌这个大忙人竟然也在线。

我直接给他发了个密聊过去。

【密聊】你悄悄对陌路人说:怎么有空在的?

【密聊】陌路人悄悄对你说:最近都不会很忙,我进了个团刷点装备,不然到时候里应外合,我装备太菜拖后腿怎么办。

我嘴角情不自禁地上扬,我觉得自己还真是误人子弟,把好好的小老板抓过来打游戏。

【密聊】你悄悄对陌路人说:你继续刷着,我升级去。

【密聊】陌路人悄悄对你说:需要我带你吗?

【密聊】你悄悄对陌路人说:不用不用,你来了我就无法行动了啊。

开玩笑,许陌来了,我还怎么泡妹子,当然他是肯定要出现在苏小爱面前的,但不是现在,现在的时机不适合。

我操纵着角色去接任务，才跑了一圈，陈璐就收拾完了厨房，缓缓走了过来。

"游戏？"她视线落在我的电脑界面上，微微有些惊讶。

"我在工作，"我没有回头，直接和她解释了一下，"我现在手上的这个活儿，渣男和三儿是在游戏里认识的。"

"我知道了。"和聪明人说话就是好，稍微一提，对方就心领神会了。

"有什么是我可以帮得上忙的吗？"陈璐真是个中国好员工，大晚上的，第一天过来就要参加工作了。

"现在不用，你去收拾收拾东西，早点休息吧，家里的东西你都可以用，你熟悉一下环境，赶路一天，应该也很辛苦。"我回头冲她微微笑了一下。

陈璐轻轻点了点头："好的，谢谢。"

说完，她就拖着行李箱进了客房。应该是去收拾东西去了。

我继续将视线落回屏幕上，就看到一个组队的对话框出现在眼前。

我连忙点了确认组队，组我的是彼得潘，队伍里还有我的师兄无念。

【队伍】春眠不觉晓：师父好，师兄好。

【队伍】彼得潘：徒弟，你快40级了啊，现在还在任务吗？来YY吧，我和你师娘还有师兄都在呢。打字好慢，语音比较方便。

【队伍】春眠不觉晓：好，我现在就来。

我将屏幕最小化，然后点开YY登录，加载完了变声器，我开了麦，打了声招呼："师父师娘师兄晚上好。"

霓裳月月的声音紧接着就响起来了："啊徒弟！无论什么时候听，你的声音都是这么的男神。"

"那必须的，他可是我徒弟，男神的徒弟必然也是男神。"彼得潘随口开了个玩笑，气氛似乎一下子就显得随意轻松起来。

随便聊着天，我继续做着任务。我没有着急去找苏小爱。最开始的时候，千万不能是我主动,尤其是苏小爱那样的性格,主动贴上去的,她绝对不会看进眼睛里去的,她只会认为我是在抱大腿。

"徒弟,走,师娘带你去刷副本。"霓裳月月做完了日常,彼得潘陪朋友打战场去了,她就一个人闲了下来。

"谢谢师娘。"我没有拒绝她。霓裳月月和苏小爱的关系看上去挺不错的。我很好奇,霓裳月月是怎么成为苏小爱游戏好友的。

苏小爱这样的女人,轻易是不会让自己的领域进来同性生物的,霓裳月月却能和她谈笑风生,不得不说,这需要极高的情商。

无念师兄已经快满级了,他自己在做任务,霓裳月月就带着我去了副本,吃了双倍丸子,我就跟在了她身后。七秀这个职业,必须要不停地转圈圈才能聚集剑气,有剑气才能用出技能,虽然转圈圈挺好看,但是架不住一直转,怎么都会审美疲劳的啊。

"徒弟,你师父位置还有吗?"霓裳月月问。

"3个师父都有了,师父一个,师叔也占了一个,还有一个是带我来玩游戏的朋友收的。不过他工作忙,一般很少上线。他说想要一个出师时,系统送的雨伞。"我很有耐心地解释了一下。

霓裳月月有些遗憾:"流霜那家伙速度还真快,我还说我要收你的!"

"师叔昨天带我刷副本,因为神行千里技能冷却时间没有到,所以收我的。"我试着将话题带到白流霜也就是苏小爱的身上。

"这家伙,我来喊她!"霓裳月月话音刚落,队伍里就多了一个人来,不是别人,正是白流霜。

【队伍】春眠不觉晓:师叔好。

【队伍】白流霜:要叫二师父!

"你们在哪里啊,月月你带我们徒弟在刷副本?"白流霜也进了YY频道,她没有在队伍里打字,而是直接开了语音。

"是啊,他明明是我和彼得潘的徒弟,什么时候变成你徒弟了,"霓裳月月笑骂了一声,"你赶紧把我徒弟还回来。"

　　"哈哈,晚了,他已经被我拐走了,不对啊,不是还有个师父位置嘛,"白流霜心情似乎非常好,语气很轻快,"再说了,你家彼得潘是师父,不就等于你是师父嘛。"

　　说话间,白流霜直接飞到了副本门口,霓裳月月才带我刷了一轮,出副本就看到了白流霜。

　　是的,她不负众望地又换了一身时装,她就是个行走的有钱任性的典范。

　　"你是来接驾的吗?"霓裳月月笑道,"你怎么一个人,你家秋莲城哪里去了。"

　　"别提了,刚刚被你家彼得潘拉去救场,说是他们队有个人打不了了。"我也正觉得奇怪,白流霜这个时候怎么会有时间来找我的。敢情是秋莲城忙去了,她无聊,所以来找我们了。

　　有白流霜在,我吃到的经验就少了1/3,好在速度快了,倒也能弥补上那部分缺失的经验。

　　刷着刷着,忽然有个人加了我好友。我点开看了一下,是个满级的长歌门派的成男。

　　【密聊】慕溪水悄悄对你说:方老板,是你吧。

　　我愣了一下,脑子很快反应过来,在游戏里会叫我方老板——不,在现实中会叫我这个的,似乎也就只有一个人,那就是今天才加入粉色事务所的陈璐!

　　【密聊】你悄悄对慕溪水说:陈璐?

　　【密聊】慕溪水悄悄对你说:是我。

　　客房的门开了,陈璐穿着睡衣走了出来,她应该洗过了澡,头发湿漉漉的,卸了妆的陈璐看上去就是个无害的美女,那种很嚣张的侵略性美感,荡然无存,只是从她转动的眼眸间,还能看出几分凛冽的冷意。

　　"不用付我加班费的。"她说着,将一副细框眼镜戴在了脸上。

　　我冲她略微点了下头,指了指屏幕,示意她直接游戏里沟通。陈璐回了房间,并未多说什么。

本来游戏里只有许陌是自己人,现在又多了个人,这样要是还无法把苏小爱泡到手,那我这粉色事务所老板的头衔,也可以换人了。

05

然而事实证明,想要泡白富美,真不是那么容易的事。三五天拿不下,这需要持久战。这些天我混在游戏里,收获倒是有的,那就是我的等级快满级了,并且成功地靠着男神音,近一步拉近了我和白流霜以及霓裳月月的距离。彼得潘和秋莲城还没有意识到,他们的妹子有可能会被我抢走。

陈璐完全适应了我的生活节奏。许陌在得知我的事务所多了个员工之后,惊得半天没说话,反应过来之后,捶胸顿足一副痛心疾首的模样:"你自己误入歧途也就罢了,怎么还拉个人一起作死呢!"

"这叫要死也要拉个垫背的,你不懂。"我笑着说。

"你不是已经拉上我了吗?竟然还不知足。"许陌故意装出一副凶神恶煞的表情。

"不能拉着你,我拉着谁都不能拉着你。"要是拉着你一起作死,万一哪一天姐姐醒过来,我到哪儿去找一个这么好的人爱姐姐。

许陌暗地里帮我查了一下陈璐的资料,和陈璐自己说的倒也没有多少出入,她的确是环亚集团的市场部总监,拿着7位数的年薪,只是不知道为什么忽然辞职了。环亚集团为了留住她,都提出要给她股份,然而她坚持要走,谁都留不住。

我知道陈璐绝对是很厉害的女人,看样子我还是低估了她。

这些天她也和我一起泡在游戏里,她是个生活特别有规律的人,一天三餐都会按时做好。许陌对此很满意,用他的话来说,自从陈璐来了我家,我身上的肉见长,再胖下去,我那些漂亮的衣服就该都穿不上去了。

好在陈璐及时发现了我的体重有超标的趋势,我也不知道她到底是怎么做到的,每顿饭我没少吃,但是体重却慢慢降了下来。

这真让我不得不感叹，智商高还厨艺好，能力超群还长得漂亮，这样的女人真是太让人嫉妒了。她的存在已经不只是上帝的宠儿，她完全是上帝亲闺女吧！

她游戏的账号是买的。我也没有过问她的打算，只专心经营着我这里的师徒关系。一转眼，一个星期就这么过去了。

周末的时候我接到了舒雅欣的电话，她询问我进展如何，我大致向她说了一下眼下的局面，最后安抚她："放心，不出两个月，你想要的，我都能帮你做到。"

"拜托你了。"好在舒雅欣也没有催我，她应该也能理解，要对付苏小爱这样的小三儿，的确是需要一些时间的。

挂掉了电话，我坐在沙发上发了一会儿呆，随手想去捞老白，然而我的手却只抓到一把空气。我这才猛地想起来，老白早就被我送回大叔身边去了。

哎，习惯可真可怕。

"吃午饭。"陈璐招呼了我一声，我懒懒的回头看她。穿着围裙的陈璐，简直就是"贤惠"的代名词。

"你那边进展如何？"陈璐问我。

"没有什么太大的变化，熟悉度倒是越来越高，"我说，"你呢，你那个号怎么样了。"

"我加入了你们帮会的敌对帮会，"陈璐笑着说，"你要不要当我的卧底。"

"卧底？"我一时间没有反应过来。

"没错，你应该快满级了吧，满级了加了阵营就可以做周末的阵营任务。这种时候，最适合把风平浪静的局面搅浑。"陈璐说。

"你是想从帮会下手？"我很快反应了过来，"你这个速度有点厉害啊。"

一个星期的时间，陈璐竟然能混到对立帮会的高层里面去，这可不是一般人能办到的。

"这年头，有钱能使鬼推磨，"陈璐说，"这个游戏撑死了花个几万元就能呼风唤雨了。"

"你多少钱买的号啊。"如果要砸钱砸装备,这一个星期也砸不出个什么来,除非陈璐的运气超级好,一次副本就能把职业套凑齐。这个游戏的装备是分为 PVP 和 PVE 的,一个是阵营玩家,一个是副本玩家。阵营玩家的装备就更麻烦了,得刷威望值和战阶值。想很快就能成为高端玩家,似乎只有一个办法,那就是直接买一个高端的账号。

这种账号,往往是不便宜的。

"放心吧,不会找你报销的,"陈璐忍俊不禁地说,"多少钱你就不要在意了。"

我的确不需要在意,眼前这位,可是曾经拿着 7 位数年薪的上市公司市场部总监啊。

吃过了午饭,我开了电脑,加载了游戏。

我现在的等级是 92 级,距离 95 级满级还有三级。

上线之后,我看了一眼好友列表,彼得潘和霓裳月月都不在线,许陌也不在,沈辰东和苏小爱倒是在线。我随手给苏小爱发了条密聊过去:二师父,下午好。

苏小爱的密聊回得挺快,当然,内容只是简短的问候。我查看了一下苏小爱所在的地图,发现她和沈辰东并不在同一个地图。

我关掉了好友界面,操纵人物去接任务。果然还是需要先满级,满级了才能和苏小爱的游戏内容有交集。

就在这时,陈璐给我发了个组队邀请,我组了进去,队伍里只有陈璐一个人。

她看了一下我的位置,找了过来。陈璐的游戏角色我还是第一次看到,因为前些天她都泡在帮会里,而我在忙着练级。

长歌这个门派还真是犯规,人物美型,衣着漂亮,武器是一把琴,据说战斗力也是极高的。

"你接任务,我帮你杀怪。这样速度会快一点。"陈璐今天把电脑搬了出来,她的笔记本是新买的,外星人笔记本。这才是高端玩家啊,我内心再次感叹,有钱人真好,有钱就是任性。

有了陈璐的帮忙，我任务的速度果然跟开了加速器似的，不到一会儿就升了一级。
　　眼见着快满级了，陈璐却解散了队伍，她说："剩下的，你找苏小爱。"
　　"明白。"我正好卡在了一个任务点，陈璐飞走之后，我就密聊了苏小爱。
　　【密聊】你悄悄对白流霜说：二师父，我卡在这个任务，死了好几回，始终过不去，师父你有空帮我一下吗？
　　【密聊】白流霜悄悄对你说：呀，徒弟你都快满级了，等着我！我马上来！
　　她很迅速地丢给我一个组队申请，我入了队，发现队伍里秋莲城也在。
　　【队伍】春眠不觉晓：师父好，师爹好。
　　【队伍】秋莲城：徒弟你好。
　　白流霜让我招请她，我打开师徒界面，将白流霜招请到了身边。
　　【队伍】秋莲城：咦，媳妇儿你人呢？
　　【队伍】白流霜：我来帮徒弟过个任务。
　　【队伍】春眠不觉晓：真的麻烦师父了。
　　【队伍】白流霜：不麻烦，反正我和你师爹也只是在逛地图看风景。徒弟你还有多少满级？
　　【队伍】春眠不觉晓：经验条还有1/5就满了。
　　【队伍】秋莲城：哟，快满级了，我也来，我们一起见证一下小徒弟满级！
　　秋莲城并没有我的师父位置，他需要飞地图，然后看着我们所在的地点骑马过来。白流霜一路跟着我做任务，秋莲城跑到我们身边的时候，我正好才接了一个副本任务。
　　白流霜和秋莲城就带着我进了副本。白流霜一直在跟我说话，她告诉我，这个副本就是以后的日常本，一周可能都要来打一次，让我注意看看是怎么打的。
　　我当然说好。秋莲城在前面带路，我走中间，白流霜跟在我身后。凭良心说，从我接触白流霜和秋莲城到现在，这两个人给我的印象还不错，至少没有做出什么过分的事。当然,在游戏里一个人的本性,是很难看出来的。

就算是个人渣,也会伪装成道貌岸然的侠士。

我调查过沈辰东和苏小爱,舒雅欣说的那些并没有弄虚作假。每一个生意,我都会查一下事情的大概起因和结果,然后才决定要不要接受委托。

我和陈璐说过,粉色事务所的确是替原配惩罚(报复)渣男和小三的地方,但这不等于事务所会甘心被利用,去伤害没有罪过的人。

苏小爱和沈辰东,他们可以对游戏里的陌生人展露好感,却对现实中的枕边人视而不见,用许陌的话来讲就是,这种人渣去死就好了。

他们没有因为舒雅欣而感到一丝一毫的罪恶,相反他们活得很好,游戏里混得风生水起,生活快乐无忧,惨的只有舒雅欣一个。

所以说,祸害遗千年,早死的都是忠良。

我走了一下神,游戏里的我没有注意前面是悬崖,一不小心摔了下去,摔死了。

【队伍】白流霜:徒弟你怎么挂了啊,我眼睁睁看着你往前走,哎呀。

【队伍】春眠不觉晓:我刚才网忽然卡了一下,我延迟忽然好高。

【队伍】白流霜:那你选择复活,走过来吧,算了,我和你一起死,我带你过来。

她直接跟着我跳了下来,吧唧一下摔死在我面前。

我和白流霜一起点了复活,她带着我一路往前走,走到一半的时候,她忽然站着不动了;再然后,我看到秋莲城离开了队伍,紧跟着白流霜下线了。

有情况!

我的心情顿时雀跃了,我点开了YY,进了白流霜的频道,只见她和秋莲城的小房间里,赫然多出了一个人。

我给白流霜发了个YY消息,我关切地问:二师父,你掉线了吗?

白流霜的消息回得挺快:没有,徒弟,你等我一下,我马上来。

她上线得很快,她还站在副本里,没有了秋莲城,单靠白流霜一个人,杀BOSS

就吃力多了。她什么都不说，像是泄愤似的，一遍又一遍地死，我当然也就陪着她一次一次死回营地，再跑过来。

【队伍】春满不觉晓:师父，你是不是心情不好？师爹惹你生气了吗？

【队伍】白流霜:没有。

才怪！

怎么看都不像是没有，刚刚一定发生了什么。我有点后悔，没有早点跳进白流霜的小房间，这样我就一定会知道，白流霜之所以会忽然变脸，是因为刚刚有个女人跑到了白流霜的房间里，用特别温柔，在女生看来特别做作，但就是异常惹男生追捧的声音，喊了秋莲城"莲哥哥"。

苏小爱是什么人!？ 她占有欲可是非常强的，这样的人出现在她面前，那还了得，她一怒之下把秋莲城踢出队伍，那也是可以理解的。

第四章　所谓 XX 配 X，天长地久

01

所谓小三上位，绝大部分都是乘虚而入，这句话不假，甚至可以作为小三的爱情宝典。

趁他们闹矛盾，让他们直接分，爬上床直接得手，在情侣之间造成无法挽回的矛盾。不过这种走肾的关系，并不持久，要持久还是得走心。

当然，等待时机永远没有自己去制造时机来得有效率，毕竟谁也不知道那个机会什么时候会来，但是主动制造时机，那就方便得多了。

苏小爱不就是这么干的吗？在舒雅欣要和沈辰东去领结婚证的那天，把沈辰东拉去开房，还给舒雅欣来了个语音直播。

这恶心人的手段，不得不说，某种意义上，苏小爱也真是个歪才。

那个出现在白流霜小房间里的陌生人，绝对很有问题。

白流霜的自杀行为持续了将近半个小时。我也不催她，只跟着她默默地死。我估摸着她的气快撒完了，这才小心翼翼地说："师父，我三师父上线了，要不要让他来帮忙？"

"让他来吧，"白流霜说，"徒弟，来YY。"

我一听就乐了，我进了白流霜给我的YY号，那个频道应该是白流霜自己的YY频道，她将我拉进了子频道，然后直接上了锁，不让第三个人进来。

"师父，我师父是慕溪水，你组一下。"我开了语音，用温柔的男神音说。

"好。"白流霜的声音听上去有些心不在焉，她话音刚落，队伍里就多出一个人来。

我刚刚直接密聊了陈璐，让她来救场。我仔细想了一下，我觉得与其让我来泡

苏小爱,倒不如让陈璐上,因为就游戏里的角色来看,陈璐的造型和等级装备什么的,都比我更合适一些。

而且,徒弟的另一个师父,这种身份认识,不同于师徒,应该会更有戏剧性。

尤其是我再扮演一个爱上师父的忠犬徒弟,这样的三角恋,我就不怕苏小爱还能对沈辰东念念不忘。

陈璐很快进了副本,一路高冷地走到了我和白流霜面前。

长歌这个职业,特别适合高冷范儿,虽然只是一组数据,可是在我第一次看到陈璐的游戏角色时,还是忍不住发了一下花痴,毕竟爱美之心人皆有之。

长歌背着一把琴,衣襟带风地来了。白流霜围着陈璐转了几圈,忍不住在队伍里说了一句。

【队伍】白流霜:长歌就是帅!

【队伍】慕溪水:万花也很有气质。

【队伍】白流霜:你这个名字很好听唉,字也很好看,有什么典故吗?

【队伍】慕溪水:我心切慕你,如鹿慕溪水。

我忍不住回头冲陈璐比了个大拇指,这一招干得漂亮。苏小爱才20出头的年纪,正是对这种风花雪月很感兴趣的时候,遇到这种戳心的句子,绝对是深有感触的。

果然,白流霜的话变得多了起来;不过陈璐的设定是个高冷男,所以除非必要,或者正好是撩妹的好时机,她是不太开口说话的。

这种时候,附和白流霜的人,当然就只有我了。

一边聊天,一边刷到了最后一个BOSS。陈璐明明是和我差不多时间玩的,然而她的操作却极其犀利,看着就是个高端老玩家。

操作好,人高冷,造型帅,装备好,这样的玩家,特别容易吸引女孩子,尤其是游戏中,隔着屏幕看不到具体的人,这种时候,女孩子们就会幻想,操作游戏的会是一个什么样的人。

这些特点会在无形之中被过度地美化。女生永远是感性的动物,无论多么理性的人,总有那么一瞬间,是会被感性所左右的。

陈璐帮我打完了这个 BOSS,系统马上提醒我升级了。就在这个我和白流霜死活很多次的副本里,我终于满级了!

陈璐在队伍里刷了一句:我有事,先退了。

说完,直接退队下线了。

保持高冷的范儿,不崩人设,真是好样的。

"徒弟终于满级了,"她说,"啊,忘记给你装备了,来,拜我亲传师父。"

"不用的,装备我自己慢慢攒就好了。"作为一个谦逊有礼的小新人,我也要时时刻刻记住自己的设定。

"是帮贡装,每个徒弟满级,师父都会准备这些的。"白流霜向我解释了一下。我没有过分推脱,意思意思说了几句,就半推半就地拜了白流霜为亲传师父。

我心里已经比画出了一个胜利的手势。在这个游戏里,亲传师徒绝对是滋养奸情的最佳配对。多少情缘都是从师徒发展的,多少八卦都是因为亲传而起的,亲传是最好的情缘路线,当然也是最好的小三上位的捷径。

我原本还在想,要用什么方法让白流霜收我当亲传徒弟,没想到她会主动提出来。

不得不说,今天白流霜和秋莲城的这个矛盾闹得非常及时,我在心中把那个子频道里出现的陌生人感激了 100 遍。

无论多么坚硬的岩石,一旦出现了细小的裂缝,那么它就离崩解不远了,总有那么些微生物和植物,能够一点一点,水滴石穿地将整个岩石都凿穿。

出了副本,白流霜带着我直接飞去了主城。她让我在原地等她一会儿,我就乖乖站着不动等着她。途中,沈辰东终于找到了白流霜,他们也不知道说了些什么,白流霜就跟着秋莲城走了。

我还是待在那里没有走,一句话也没有说,就这么老老实实站在原地等。

白流霜的YY退出去了,应该是去了另一个YY。我点开帮会频道,果然看到一个上锁的小房间里,白流霜、秋莲城,还有之前那个陌生的名字,三个人都在那里。

我下意识地多看了一眼陌生人的名字:夏雪迟。

一看就是个充满诗情画意的女生起的名字。

那三个人应该是当面对质去了,不管怎样,秋莲城都绝对不会放开苏小爱这么一尊有钱的大佛。只要和苏小爱在一起,那少奋斗的岂止是30年,那完全是他自己的一生以及后世的子孙十八代。

因为苏小爱的钱,实在是太多了,多到这辈子怎么挥霍都花不掉。

"你能看到苏小爱在哪个地图吗?"陈璐问我。

我点开好友列表,查看了一下苏小爱的位置:"她在融天岭。"

陈璐冲我比画了一个OK的手势。我放下鼠标,关掉了麦克风和耳机,转身走到陈璐身边,围观她的游戏界面。

陈璐飞到了融天岭,她召唤出马具,骑着马在地图上寻找白流霜和秋莲城的踪影。

这个游戏的地图做得挺大,要把整个地图都跑一遍,还是需要花点时间的。尤其是融天岭这个地图,很多高山和深沟,走着走着就没路了,好在这个游戏还有轻功,遇到不好走的路,下马飞过去就是了。

陈璐的操作异常灵活,我随口问了句:"你之前玩过游戏?"

"玩过一段时间,"陈璐答道,"看到他们了。"

"在哪里!"刚刚她在轻功飞,我顾着和陈璐说话,没有注意看屏幕。

陈璐已经小心翼翼地停了下来,她卡了个最佳的位置,想了想,她又切了出去,换上了一个不满级的小号,她用师徒之间的招请功能将小号拉了过来,然后她把大号下线了。

因为这个游戏有插件,可以显示周围的玩家,陈璐这样做是对的,比较谨慎,不让白流霜觉察到陈璐在这里。

她走得近了一些,白流霜他们3个人现在的位置是在一座悬崖的边上。陈璐想了想,直接一个轻功,将小号飞到了悬崖下面。

这个距离,能够看到那3个人在近聊的聊天内容。

他们应该没有组队,既然会在这么隐蔽的地方,应该是特地选个没人来的地方,3个人来对质的。

【近聊】白流霜:所以你现在跟我说,你们只是师徒关系?我怎么不知道,你什么时候还背着我收了个徒弟?

【近聊】夏雪迟:师娘,你就不要怪城哥哥了,我不应该跑到你们的房间去的,是我的错。

我要是在喝水,我这一口水绝对喷出来了。

也不知道这个叫夏雪迟的,到底是傻呢,还是真有心机,这种时候她还能叫得出城哥哥这3个字,不是傻成二百五,就是有心机到一定程度了。

果然,夏雪迟的话惹怒了白流霜。

【近聊】白流霜:秋莲城,你什么意思?你不是说你们没什么吗,没什么干吗拉我来这里对质啊,你心虚了吧。不用解释了,什么都不用解释,因为我根本不想听。

【近聊】秋莲城:小爱你别这样,我们之间好不容易走到今天,我怎么可能背着你乱来,你来语音好吗?我们好好谈谈。

【近聊】白流霜:我不想听到你和你宝贝徒弟的声音!

我顿时恍然大悟,我刚刚还在困惑,为什么他们YY都在线,却要在近屏聊天了。白流霜应该非常生气,以至于不肯开麦和组队。他们没办法才只好在近聊对话的。

02

不过白流霜虽然很生气,但到底还是不想做绝,否则她也不会到这里来吧。如果是真的生气了,肯定连解释都不会听,不会再直接给沈辰东靠近她的机会的。

【近聊】秋莲城:夏雪迟是我前几天收的徒弟,都没有什么时间带她,她来找我是让我给她过个任务的。小爱,你不要多想。她和你徒弟春眠不觉晓是一样的啊,只是徒弟,你徒弟喊你帮忙,你不也去了吗?

我忍不住用手捂住了眼睛。沈辰东能让苏小爱看上,是因为他们智商相近吗?这种时候他竟然还在东拉西扯!也怨不得有人要乘虚而入,这脑子里装的都是稻草吗?

【近聊】白流霜:你不要拿我的徒弟和她比,我徒弟才不会是这种心机婊!

啧啧,苏小爱一旦不喜欢一个人,或者对一个人抱有敌意了,这个口下是绝对不会留情的。我算是真正见识到了。

"什么感受,她觉得你是白莲花。"陈璐回过头来,似笑非笑地看着我。

"说明我伪装得很成功,不是吗?"心里有些小得意。白流霜这么护着我,这说明我这些天的行动还是很成功的,至少在她心里,我是个不会耍心机的人。

"这个夏雪迟你认识吗?"陈璐眼底有玩味的光一闪而过,"怎么看,她的出现都很不怀好意啊。这种套路,应该是想抢人的前兆。"

"不认识。"我很肯定地说。

陈璐沉吟片刻,有些若有所思,她没有继续说话,而是将视线拉回屏幕上。

屏幕上,苏小爱和沈辰东已经开始吵起来了,那白字刷刷刷地往上飞。

【近聊】白流霜:算了吧,秋莲城,就这么着吧,我不想和你继续说下去了,我们都冷静冷静吧。

【近聊】秋莲城:那你到底要我怎么样你才肯相信我,我和她真的没有什么,她自己也说了,你为什么还是不肯相信?

【近聊】夏雪迟:师娘你不要这样,都是我的错,你们不要吵架了,嘤嘤,师父,我们断绝师徒关系吧,我再也不出现在你面前了。

【近聊】白流霜:我可什么都没让你做,搞得我好像罪大恶极似的。

白流霜说完,直接神行飞走了。

"你继续看看他们要做什么。"我和陈璐说了一声,急忙回到了电脑旁。

我拉出游戏界面,白流霜并没有密聊我,我还是站在原地没有动。又过了大概10多分钟的样子,她的游戏角色从我身边路过,然后又折了回来。

【近聊】白流霜:徒弟,你怎么在这里?

【近聊】春眠不觉晓:我在这里等你啊。

白流霜顿住了,她似乎没有意识到我会在这里等她。

【近聊】春眠不觉晓:师父让我在这里不要走开,你很快就会回来,我要是走开了,你找不到我怎么办?

【近聊】白流霜:对不起,我刚刚有别的事走开了一下。

【近聊】春眠不觉晓:没关系,就一会儿。

白流霜向我发起了组队,我很快点了接受。要说什么时机乘虚而入最好,不用犹豫了,就是现在!

她召唤出了一匹马,然后邀请我同骑。我点了同意。她就带着我一起走到了传送去帮会领地的接引人那里。

【队伍】白流霜:徒弟,去帮会领地。

【队伍】春眠不觉晓:好。

进了帮会领地,周围一下子安静了下来,帮会领地里非常安静,她再一次召唤出了坐骑向我发起了同骑。

她载着我一路走到了帮会里面,在帮会商人门口停了下来。过了一会儿,她点了我交易,交易界面上放着一排装备,我打开背包,放了一只小风车和一朵大红花。

【队伍】春眠不觉晓:谢谢师父,没有什么可以给你的,我自己做的风车和红花,师父不要嫌弃。

【队伍】白流霜:徒弟亲手做的,师父一点都不嫌弃!

她说着,直接将我送的那两样放进了挂件栏里,她绕着我转了几圈,我将她给我的装备都穿在了身上。

【队伍】春眠不觉晓:师父,谢谢。这是我玩的第一个游戏,认识师父真的很开心,你对我真的太好了,我都不知道要说什么才能让你明白我现在的心情。师父,我唱歌给你听吧。

【队伍】白流霜:好啊。

她给我发了一个YY号。这是一个陌生的YY,我之前并没有进去过。

进去之后发现,这个YY频道号是新的,应该是才注册不久。白流霜的状态也变成了隐身,这样秋莲城就算想要找她也很难。

"师父,你的心情是不是不太好啊。"我放缓声音,经过变声器的转换,我的声音听上去越发富有魅力,要是声控听到了我的声音,简直是分分钟要爱上我的节奏。可惜的是,白流霜声控等级不高,白瞎了我特地准备的男神音。

不过好听的声音,总是容易让人放下戒备、心生好感的。

一开始,霓裳月月轻易接纳我的存在,不就是因为这男神音吗?

等到白流霜将注意力从秋莲城身上转移开时,一定会注意到我的。

"嗯,有点。"白流霜的声音听上去有些疲惫,我心中有些狐疑,苏小爱和沈辰东是住在一起的,就算游戏里苏小爱不理会沈辰东,游戏外现实生活中,离得那么近,沈辰东没道理不找苏小爱解释啊。

难道说,苏小爱和沈辰东之间发生了什么吗?

"怎么了?是师爹惹你生气了吗?"我用最纯良无害、没有攻击性和刺激性的语气问。

白流霜的心情应该真的蛮低落,面对我的问题,没有故意避开,而是缓缓说:"徒弟,我对他那么好,恨不得把所有的一切都给他,为什么他还是会被别的女人迷惑。"

"可能有误会吧,师爹看上去很爱你。"我其实非常想趁机询问她和沈辰东之间的事,但理智告诉我,现在不是最好的时机。

我必须要等,等她主动和我说起她和沈辰东的过去,而不是由我开口去问。

这里面的学问可是很大的。若是我问,她答,无形中会在我和她之间构建一道防线,她会下意识地防备我,毕竟没有人愿意一个在网络上认识的人,去过问自己的私事。如若她主动和我说起就不一样了。她主动说,就会产生一种依赖和倾诉的心理。只要她主动和我说起她的私事,这就意味着她已经将我视为可信任的人了。

我必须等到她主动和我说。

"不说他了,不是说要唱歌给我听吗?"白流霜深吸了一口气,压下了心中的烦闷情绪。

果然,我的做法是对的。如果我刚刚问了她,那么现在我肯定就被扫地出局了。

"嗯,师父有想听的歌吗?"我温声问道。

白流霜想了想,问我:"你会唱迷宫吗?王若琳的迷宫。"

我嘴角上扬,心情相当地好。大叔给我的资料里,涵盖了苏小爱的兴趣爱好,当然也有沈辰东的,不过我要攻略的是苏小爱,沈辰东爱什么,我暂时不去考虑。

那些资料里,就有提到,白流霜最爱的歌就是王若琳的《迷宫》,就算她不点名要这首歌,我也会唱这首给她听的。

我打开伴奏,用低沉且富有魅力的嗓音,唱这首歌给白流霜听。

在这之前,我每天都会放这首歌,当然也会练习,为的就是这种不时之需。

唱完一首歌,白流霜好一会儿都没有说话。我说:"师父,真的特别谢谢你对我这么好,对不起,其实我骗了你。"

"什么?"白流霜问。

"其实我之前玩过几天游戏,只是一直都是我自己玩,谁都不理我,我做一个任务的时候,无论怎么做都过不去,死了一回又一回,可是没有人来帮我,"我开始一本正经地胡说八道,"我就删了号,隔了很久都没有碰这个游戏,前些天我偶尔心血来潮想来看看,我本来没有打算继续玩下去的。但是认识了大师父,认识了师父你,我觉得我那天心血来潮的想法,真的太好了。"

"师父,你和大师父,让我知道,游戏里的大家也都很有爱,真的很谢谢你。师父,你能原谅我骗你们,我没有玩过吗?"我用小心翼翼地语气问。

我之所以自曝,当然是为了夺取苏小爱的同情,并且,我主动倾诉这些,也会在无形中拉近我和苏小爱的距离。

"我当然不会怪你啊,"白流霜的声音也放柔了些,"没关系的,徒弟,以后你就跟我们一起玩,你可是我的亲传徒弟,不管怎么样,师父都不会不管你的。"

"嗯,谢谢师父。"我乖巧地说。

白流霜的心情似乎稍微好了一些,她说:"徒弟,我带你去看看剑三的风景吧。"

"好啊,我做任务的时候就觉得游戏里的风景好美,一直都还没有来得及去仔细看看。"看风景聊天,没有什么比这更能培养感情了。

沈辰东啊沈辰东,你自己作的死自己受着,你这种绝世渣男,还没出门被车撞死,喝水被水呛死,那么一定是为了让我好好地教训教训你,告诉你什么是底线和节操。

03

那天,白流霜骑着马,带着我从白龙口的地图,一直走到了黑龙沼,游戏里那些不容易去的地方,她都一一带我去了。

看得出来她的心情相当不好,我什么都没有问,只是安静地陪着她。

我翻了一下好友列表,发现沈辰东一直跟着我们的地图在跑,大概是想在游戏里截住苏小爱,和她好好谈谈的。不过要在那么大个地图里找一个人,还真是有些难度。

"徒弟,时间不早了,我们都下线休息去吧,"终于,白流霜停止了扫地图的行为,"你要找我,直接敲我 YY 就好,需要帮忙什么的,都直接说,明天我带你做日常,带你去刷刷装备,放心吧,有师父在。"

"好,那师父晚安。"我说。

白流霜回了我一句晚安,直接下线了。我在她后面下线。

时间的确是不早了,现在是夜里 1 点多钟,我是个夜猫子,这个点还没睡是很正常的。

倒是陈璐这个点还没睡,我就觉得有点不正常了。

"你那边,后来沈辰东和那个徒弟说了什么?"我走到陈璐身边,看看她一言不发的在干什么?

屏幕上,陈璐换了个唐门账号,正在追杀一个萝莉七秀。看清楚那个七秀名字时我震惊了,那个七秀就是夏雪迟。

"你为什么要追杀她?"我一时间有些不明白陈璐的做法了。

陈璐没有抬头,手指灵活地操控着键盘:"因为她靠近沈辰东了啊,这个理由不够?"

我顿时恍然大悟,我一定是被苏小爱的智商影响到了,否则怎么会看不透陈璐的套路。

她绝对是以苏小爱的名义去追杀夏雪迟的,她非但要杀,还要一直杀,杀到夏雪迟心生愤怒,杀到沈辰东于心不忍。苏小爱和沈辰东之间已经有了一丝裂痕,我们要做的,就是将这道裂痕无限放大。

按照苏小爱的性格,她绝对做得出来悬赏追杀夏雪迟这种事的;而沈辰东对夏雪迟,要说没点怜惜,那也不可能,否则他不会默认夏雪迟叫他城哥哥。

他一定也知道苏小爱容不得人,否则不会瞒着她收徒弟。

"你杀了她多少次啊。"我问她。

陈璐唇边有一抹冷笑:"从你和苏小爱去看风景开始,我算算,有一两个小时了。"

"我去,她为什么不下线?"我有些惊讶,这个妹子迟迟不下线,让人追着杀了一两个小时,到底是为什么?

"不下线就对了,"陈璐淡淡道,"她果然是心怀不轨的,她想泡沈辰东,这种被沈辰东的女朋友追杀的遭遇,是很能增添她的可怜分的。"

"沈辰东有这么吃香吗?"竟然还有妹子为了他,不惜做到这种地步。

"游戏里要对一个人产生好感,简直不要太简单,"陈璐漫不经心地说,"你那边怎么样?"

"进展还不错,聊聊天谈谈心,培养了一下亲密的师徒情,"我说,"你呢?"

"苏小爱走后,沈辰东和那个妹子单独停留了一会儿,他们应该是组队状态,或者是在语音,所以说了什么我不知道,"陈璐说,"时间不长,五六分钟的样子,之后沈辰东就一路跟在苏小爱后面扫地图。"

"所以,他走之后,你就开始杀夏雪迟了啊。"时间线一下子就连起来了。这么算,夏雪迟被杀的时间还真的挺长的。

"不下狠心,怎么能挖得动别人墙脚。"陈璐说。

"她是在等沈辰东来救她吧。"她迟迟不肯下线,除了这个理由之外,没有别的可能。沈辰东应该为了苏小爱已经和她断绝了师徒关系,如果她不做点什么,很可能真的就没戏了。

这是个聪明人,我已经可以肯定了,她不是傻得天真,而是心机深沉得可怕。

"玩个游戏玩出宫心计,"我忍不住吐槽了一句,"累不累啊。"

"不然呢?玩游戏嘛,总要有点消遣,因为是游戏,所以可以随便玩,也因为是游戏,才可以放心大胆的玩。"陈璐似乎对夏雪迟非常感兴趣,因为这个人出现的时机真的太微妙了。

对于沈辰东和苏小爱,夏雪迟可谓是一剂砒霜,但是对我来说,她是及时雨。

"来了。"陈璐语气变得认真了一些。

我视线扫了一圈,就看到屏幕右上角,有个骑着马的天策狂奔而来,凭良心说,沈辰东的这套行头的确很惹眼。

【近聊】秋莲城:一个大号欺负一个新手号,有意思吗?

【近聊】夏雪迟:师父你来做什么? 你快走,师娘知道了,又要误会了,我没事的。

啧啧,明白了夏雪迟的意图之后,我看她所说的每一句话,都带着很强的目的性。她看似很贴心,其实是在暗地里下绊子挑拨离间呢。

还真是应了苏小爱的那个评价,这是个心机婊。

【近聊】惹是生非:抱歉了,拿人钱财替人消灾,要怪就怪下单让我杀她的人吧。

惹是生非就是陈璐。她这个号的装备也不赖,虽然比不上长歌号,可是用来杀人是足够了。

陈璐并没有直接说是苏小爱让她来杀人的,但这种时候,可能干这种事的,只有苏小爱,所以就算她没有明说,沈辰东也知道这肯定是苏小爱干的。

果然,陈璐那句话说完,沈辰东就愣在了那里,过了一会儿他才又开口。

【近聊】秋莲城:她给你多少钱?

【近聊】惹是生非:抱歉,雇主说了,保密。

【近聊】夏雪迟:师父没关系的,师娘出完气就好了,我没关系的,只要师父和师娘能和好[大哭]。

这讨巧卖乖的水平,真是让人惊叹。

看样子,夏雪迟是真看上秋莲城了,她的目的性直截了当。也不知道秋莲城是真没看出来,还是假装没看出来,但白流霜是肯定看出来了。

因为看出来了,所以才会流露出那么强烈的敌意。女人的直觉是很准的,大概在夏雪迟跑去YY房间找秋莲城的时候,白流霜就知道她动机不纯了。

夏雪迟心机真是了得。我直接可以肯定,她就是故意去YY频道的小房间的,为的当然是制造点小裂痕小矛盾。没有矛盾,她哪来的机会和秋莲城走心啊。

现在矛盾一来,机会不就来了吗?

"有点意思。"我搬了个凳子在陈璐身边坐下,游戏里,沈辰东终于无法旁观,他动手了。

陈璐打开了录像功能,将沈辰东护着夏雪迟的画面,一点都不漏地都录了下来。

"给苏小爱的礼物吗?"我忍不住笑了出来。陈璐这家伙也是蔫坏。苏小爱本就生气了,她再火上浇油烧一把火,不怕她和沈辰东之间无法产生矛盾。

说起来,苏小爱和沈辰东在一起也真是个奇迹,我始终不能理解苏小爱到底喜欢沈辰东哪一点。除了一张脸,他还有什么能拿得出手?而且就算是那张脸,这个世上比沈辰东帅的多了去了,而这也不能成为吸引苏小爱这种顶级土豪的理由。

"你说,苏小爱到底为什么这么执着一个沈辰东啊。"我一边想着,一边无意识地将这个问题提了出来。

"或许因为某个瞬间打动了她吧,"陈璐微微挑了挑眉,"这个不是你应该弄清楚的吗?"

"我会的。"我点了下头。

"快2点了,下线睡觉。"陈璐将录好的录像保存好了,也不继续和沈辰东缠斗。一句话没说,直接强制关机下线了。

外面不知道什么时候又飘起雪花来,今年冬天格外的冷,往年下一场雪都很奢侈,今年已经下了两次了。

"晚安。"我冲陈璐挥了下手,穿上拖鞋进了房间,冲了个热水澡,吹干头发,直接上床睡觉了。

这一夜睡得特别踏实,甚至连梦都没有做。

第二天早上,叫醒我的是皮蛋瘦肉粥的香气。我舒服地叹了一口气,阳光照在脸上,暖洋洋,又是一天好时光。

我下了床,推开窗,一股冷风扑面而来,昨天下了一场雪,今天就放晴了,地上没有积雪,只在瓦砾间能看到一点白,那是还没有来得及化掉的雪。

吃过了早饭,我没有直接进游戏,我有需要去的地方。

昨天有一件事让我很在意,那就是沈辰东为什么没有在现实里去找苏小爱,而是在游戏里一个地图一个地图的去找。

我想知道他们是不是在现实中也闹了矛盾,要求证这一点,只能亲自走一趟。

算起来,自从陈璐来我家之后,我已经连续好几天都没有出门了。这些天,都是她出门买菜的,我都泡在游戏里,完全诠释了一个对游戏上瘾的青少年形象。

电话适时响了起来,我偏头朝副驾座上看了一眼,打来电话的是何羽绯。

我找到了适合的位置靠边停车,将电话接起来,耳边就响起了何羽绯好听的声音:"晓晓,你在哪里,你上次不是问我苏小爱的事情的吗?我倒是想起了一件事,你要是不忙的话,我们一起吃个午饭吧。"

第四章 所谓XX配X,天长地久

我看了下时间,现在已经快 10 点 30 分了,我说:"那等下我们直接餐厅见。"

04

和何羽绯约在一家西餐厅,倒不是因为我爱吃西餐,而是这里环境相对安静,地理位置对于我和何羽绯来讲,是折中的好去处。

何羽绯到得很准时,随便吃了点东西,她就开始和我说起苏小爱的事。

"我也是无意间想起来的,"何羽绯喝了一口咖啡,缓缓地说,"我以前听苏常瑞提起过苏小爱,好像是说,苏小爱有夜盲症,因为不是什么重要的事,我就没有放在心上。那天你问我对苏小爱了不了解,我一时间没有想起来。"

"夜盲症?"我有些意外,"还有没有什么其他的事情?"

何羽绯想了想,说:"苏小爱 17 岁,也就是 3 年前,曾经回到国内待过一段时间,不过她为什么回来,回来做什么,我就不知道了,她和我走得并不近。"

"这样啊。"我将这条信息好好地记住了。

"其余的我就不知道了,苏小爱不太喜欢待在国内,那次回来也是为了参加她奶奶的葬礼,"何羽绯迟疑了一下,还是问我,"是不是你的新任务,和她有关?有帮得上忙的地方你尽管开口,毕竟我们现在也算是好朋友吧。"

"嗯,她抢了别人的老公。"我简明扼要地说了一下苏小爱的事,太过细节的东西我没有说。

"原来是这样,怪不得你要找我打听她的事,"何羽绯恍然道,"我明白了,如果我这里有苏小爱的线索,我一定会告诉你的。"

"我先谢谢你了。"我说。

吃完了午饭,和何羽绯说了会儿话,何羽绯要去工作,而我还有要去的地方。

我原本的目的地是苏小爱的别墅。出了餐厅,我的目标也还是没有改变。

不过何羽绯的话里有一条我很在意,那就是苏小爱 3 年前曾回过国。照何羽绯的说法,她应该不太喜欢国内的生活,那么为什么她会回到国内,还一定要抢走舒雅欣的丈夫沈辰东呢？

　　我发现我可能想错了什么，因为大叔的资料，我先入为主地把苏小爱和沈辰东的相识定在了游戏中。

　　因为一个是富家女，一个是普通的工薪男，这要怎么样的交集才能把这两个人拉到一起去啊？

　　我一边开车，一边在脑中寻思着各种可能性，然而不管哪一种，都显得非常天方夜谭。

　　我将车停在苏小爱的别墅前面，就是之前我在这里蹲了一个星期的地方。

　　外面很冷，我缩了缩脖子，裹紧了大衣。

　　别墅不远处有一家花店。这个是高档小区里面的高端花店，面对的顾客群都是这些别墅里住着的贵妇人。

　　我又回到了车里，翻出化妆镜补了个妆，收拾了一下发型，我推开车门重新走了出去。

　　花店的老板是个30多岁的男人，一般都是女人开花店比较多，开花店的男人倒是很少。这个男人很瘦，戴着一副细框眼镜，看上去特别斯文，他穿着男士围裙，往百花中间一站，只让人想到时下流行的一种属性——暖男。

　　我推门走了进去，门口挂着的风铃发出清脆悦耳的声响。店家抬起头朝我看来，脸上带着微微笑意："欢迎光临。"

　　我冲他略微点了下头。他手里拿着一把剪刀，正在给一朵花修枝："有什么是我可以为你做的吗？"

　　"我需要一把蓝色妖姬，"我笑着说，"包装要好点，再加个卡片。"

　　"好的。请稍等片刻。"就有帮忙打下手的小女生端了一杯温热的咖啡给我，我端过来暖了暖手。

　　我要的花很快就包好了，我付了钱，抱着花走了出去。

　　我直接走到了苏小爱的别墅外面，按响了门铃之后，有个男声通过门铃问："请问是哪位?"

"是苏小姐家吗?"出现在苏小爱的别墅里的男人,只有可能是沈辰东。这就奇怪了,沈辰东在这里,为什么还要游戏里去找苏小爱,他直接去苏小爱的房间找苏小爱不行吗?

沈辰东很快过来开了门。他应该不太擅长应付女士,所以见到我稍微有一点拘谨。

"你好,请问苏小姐在家吗?"我面带微笑地询问。

"她最近不在国内,这位小姐找她有什么事吗?"沈辰东斯文起来,模样倒也很能唬人。直观地看,并不能看出他是个人渣。

"那么苏小姐大概什么时候回国呢?"我将蓝色妖姬递给沈辰东。沈辰东茫然地将花抱过去,可能是因为苏小爱住在这里,没有人来找过的原因,沈辰东并不知道怎么圆滑地处理我这种忽然到访的行为。

"还需要些时间,可能还要两个星期。"沈辰东的语气很不确定,我心中不免狐疑,苏小爱为什么要出国,她费尽手段将沈辰东弄到了手,怎么才过了这几天就离开了。

"原来是这样,"我了然地点了点头,"那你知道她去哪个国家了吗? 我过些天正好也要飞国外,顺路的话,我正好去拜访她。"

"她去美国了。"沈辰东老老实实地回答了,应该也是怕误了事。

"好的,谢谢。"略微寒暄了一下,我就走开了。我故意转了一会儿才回到了车里,这样才能让沈辰东忽视我的小车。我今天这一身行头和妆容,可是照着上流社会的名媛来的。

名媛是不需要自己开车,或者要自己开,也不会开我这种车的。

得到了一些有用的消息,我心情格外的愉悦,我哼着歌,一路好心情地直接把车开回了家。

家里,陈璐抱着笔记本在玩游戏。这个活儿还真是,硬生生把人整成了沉迷游戏的废柴宅女。

"心情不错,有进展?"她抬起头看了我一眼,手上的操作却没有停。

"苏小爱不在国内,她去了美国,大概还需要一两个星期才回来,这也就是说,沈辰东和苏小爱现在是两地分居的状态。"虽然我不知道苏小爱这个时候回美国干什么去了,但在闹矛盾的时候,不能第一时间面对面解决,那么这个矛盾就会变成一根刺,一直梗在那里。

对于这种事情,我绝对是喜闻乐见的。

"天赐良机啊,"陈璐简直太通透了,一下子就明白了问题的关键,"得制造点更加微妙的局面才行。"

"不是说从帮会入手的吗?你那边有什么计划没有?"我一边问一边换好了家居服。我打开了电脑,运行游戏,然后输入密码账号,回车键登录!

"暂时没有。"陈璐答道。

现在时间还早,我上线一看,乐了,苏小爱不在线,但是秋莲城在线。

我连忙组了秋莲城,他通过了我的组队申请,进组之后我发现队伍里有个小正太,才十几级,应该是个小号。

我打开地图,发现秋莲城和这个小正太是在一个地图,并且两个人的位置是挨在一起的。

【队伍】春眠不觉晓:师爹,你见过我师父吗?我不知道日常要怎么做?

【队伍】秋莲城:你师父估计还要一会儿才上线吧。

【队伍】秋莲城:你要是做日常的话,稍等我一下,我带你师弟出副本先。

我再次点开地图,这才发现他们进的是很低级的副本。

【队伍】春眠不觉晓:没事,师爹带小师弟吧,我自己先去研究一下。

【队伍】秋莲城:也好,你先熟悉一下你的满级号,才满级,需要慢慢来的。

【队伍】春眠不觉晓:嗯,那我先走啦,不打扰师爹了。

说完,我直接退了组。

我心中有点怀疑那个小号是夏雪迟,因为怎么看这个小号出现的时机都太过诡异了。

05

我将账号飞回主城,然后我开着号在那里打木桩。这个游戏里,测试自己DPS最简单而粗暴的方式,就是来主城的木桩区打木桩。

打木桩是一件十分无聊的事情。我打开了世界聊天频道,看看有没有什么好玩的信息。

世界聊天频道,无非是组团信息,复制党无聊地刷些奇怪的内容,我盯着看了半天,觉得有点无聊。

好在这个无聊没有持续太久,因为我看到一行粉字:你的好友〈彼得潘〉上线了。

作为我的大师父,彼得潘昨天并没有陪我练满级,事实上他昨天都没有在线。

我连忙发了条消息过去。

【密聊】你悄悄对彼得潘说:师父好。

【密聊】彼得潘悄悄对你说:徒弟!你都满级了啊,我还以为你满级还要几天的。

他直接给我丢了个组队申请过来,我当然是点了同意。

我站在原地等了没多久,彼得潘就出现在了我身边。

【队伍】彼得潘:咦,徒弟帮贡装已经齐了啊,我还说给你换一套,让你拜我亲传的。

【队伍】春眠不觉晓:是二师父给的。

【队伍】彼得潘:徒弟你日常做了吗?

【队伍】春眠不觉晓:还没有,昨天二师父说今天教我做日常的。

【队伍】彼得潘:我又忘记你是纯新手小白了,徒弟来YY,为师带你去打日常。

我打开了YY,进了彼得潘的YY。YY里已经挂了不少人,这个YY是帮会的YY,我往下拉了一下,就在一个小房间里看到了秋莲城的名字。不过有些意外的是,秋莲城的小房间里只有他一个人,那个小正太的小号并不在那里。

难道是我猜错了?那个小正太不是夏雪迟?

不,不对,就算是夏雪迟,在这个档口上,应该也不会蠢到跑来和秋莲城挂在一个YY频道。

"徒弟,来了吗?"耳机里传来彼得潘的声音。

"来了,师父。"我加载好了变声器,确保声音没有选错,这才开口说话。

"来,我先教你做茶馆。"彼得潘说着,带我飞去了主城扬州。在扬州城门口,有一个茅屋做的茶馆,彼得潘非常耐心地教我任务要怎么做,以及为什么要做这个任务。

我漫不经心地听着,眼睛一直注意看着好友列表。

苏小爱还是没有上线,她之前几乎是泡在游戏里的,可能是因为昨天的事情对她的影响还是挺大的。

"我说,你昨天录的那个视频,有给苏小爱发过去吗?"我忽然想起了这一茬。

陈璐冲我比画了一个胜利的手势,我就明白了。也不知道苏小爱有没有看那段视频,看了之后会是怎样的心情,我很好奇。

茶馆任务做起来略嫌枯燥,因为都是一些跑腿的任务,有一个任务要走好远的路才能抵达目的地。

好不容易做完了茶馆,彼得潘忽然想起了一件事:"啊呀,徒弟,我错了。"

"怎么了?"我忙问他。

"满级之后的茶馆任务不在这里做,"彼得潘答道,"得去战乱地图才可以。"

我顿时就无语了。某种程度上说,彼得潘还真是个不错的师父,只是有时候会犯二。

"徒弟,我带你去入阵营吧,"好在彼得潘没有继续让我去做茶馆的日常,他说,"徒弟,你亲传师父拜过了吗?"

"昨天二师父给我装备的时候,让我拜了。"我有些遗憾地说。

"哦,没关系,我直接拉你过去。你在这里等着我,一会儿我用聚义令拉你。"他说完,嗖地一下就不见了人影。所谓聚义令,就是同帮会的可以召唤同帮会的。

彼得潘将我拉到离阵营地图最近的地图,然后召唤出了坐骑,邀请我同骑。就这么一匹马两个人地奔向了浩气阵营的地图。

《剑网三》这个游戏，玩家可以加入两个不同的阵营，一个是浩气盟，一个是恶人谷。苏小爱他们都是浩气盟的，而陈璐加入的则是恶人谷的阵营。

作为一个新手小白，在彼得潘的耐心指导下，我总算顺利地加入了阵营。

一边跑地图，我心中一边在感慨，这次接的 case 真是麻烦，现实里办不了的事，得游戏里去办。

正在我感慨的时候，许陌上线了。

【密聊】陌路人悄悄对你说：一会儿我去包团刷装备去，你来不来？

【密聊】你悄悄对陌路人说：不去，现在彼得潘在带我做阵营任务。

【密聊】陌路人悄悄对你说：行的，那我直接包个团去挂机了。

【密聊】你悄悄对陌路人说：你们这些包团挂机的豪，没有人性！

【密聊】陌路人悄悄对你说：来抱大腿啊，给你抱。

我忍不住扑哧一声笑了出来，和许陌聊天，永远能让人心情愉悦。

和他乱七八糟的先聊着，这边彼得潘带着我去做阵营任务。我发现阵营任务挺有意思的。彼得潘带我做了一会儿任务，就被叫走了，今天是周末，晚上会有大攻防。

所谓的攻防，其实就是类似于 PVP 的一种攻城游戏。恶人谷和浩气盟在地图上厮杀，谁抢到点，谁赢了，这个地图的归属就是谁的。这个直接影响到平常的 PVP 任务，比如说跑商任务。

接触了这些天，我觉得这个游戏做得还是可以的，至少任务系统可以连贯起来，玩家与玩家的互动算是个特色。

【密聊】彼得潘悄悄对你说：徒弟，一会儿我拉你，你接受，现在地图估计满了，要排队，你慢慢排，然后可以去做别的阵营任务。

【密聊】你悄悄对彼得潘说：好的，师父。

看样子，我今天晚上就要来参与一下，这个游戏里，最大的攻防任务了。

我打开百度，搜索了一下周末的攻防任务，大略了解了一下之后，我去将所有阵营任务都接了一通。

在非攻防地图能做的任务,我都先做掉了,而我的地图排队还没有到。

我不得不感叹,这个游戏的玩家还真是多。这种把地图挤爆的状况,要么是游戏的引擎太脆弱,承受不住那么多人同图;要么就是人太多,游戏方得用这种方式来防止服务器崩溃。

但不管是哪一种,都从一定程度上说明了这个游戏的火爆程度。

我在查这个游戏的时候,发现了一件好玩的事,因为这个游戏促成的情侣非常多,所以玩家戏称游戏是《世纪佳缘三》,当然,也因为这样这个游戏的八卦非常多,打开帖吧,满目可见的818帖和树洞帖。

我真是服气了,一个游戏玩出了宫心计,玩出了世纪佳缘,玩出了各种各样叫人啼笑皆非的故事。

就在我翻开一个818帖子开始看的时候,地图排队终于好了,我读条进入了地图。

我所在的地图叫战乱风华谷。我记得我没有满级的时候,在这个地图做过任务,当时就觉得这里非常好看,虽然天空总是灰蒙蒙的,却有一种很壮丽苍凉的感觉,而且这个地图的背景音乐非常好听。

战乱风华谷是满级之后可以进入的地图,和之前的地图不一样的是,这里遍布硝烟,呈现饱受战乱系里的悲惨模样。

距离攻防时间还有一会儿,陈璐作为一个PVP高端玩家,当然也是一早去攻防地图占位置去了。

现在她并不在电脑前,她系上了围裙,正在做晚饭。

我觉得我应该找点事情做。正当我起了这个念头的时候,忽然有个好友申请弹出来了。

我看了一眼,顿时来劲儿了。

加我好友的是之前秋莲城带的那个小正太。我通过了好友申请,再接着又是一条拜师申请,我有些好奇,这人是想做什么?

我通过了他的申请,然后一条密聊就弹了出来。

【密聊】墨桧悄悄对你说:师兄,你能当我的师父吗?

师兄?这个称呼有点意思啊。

【密聊】你悄悄对墨桧说:你是?

【密聊】墨桧悄悄对你说:我师父是秋莲城,师兄之前组队进来的,你忘记了吗?

【密聊】你悄悄对墨桧说:原来是师弟啊,我也是新手啦,你有过不去的任务打不死的怪喊我就成,我会帮你的。

【密聊】墨桧悄悄对你说:师兄人真好,先谢谢了。

【密聊】你悄悄对墨桧说:同门师兄弟,不客气。

我几乎可以打包票,这个叫墨桧的,绝对是夏雪迟的小号,我是白流霜的徒弟,和我套近乎,绝对是最快地打进白流霜圈子的方法。

然而她失算了,因为我和白流霜目前的关系,还比不上我和彼得潘的。

得有个特别的事件发生,最好是让白流霜孤立无援,然后我去英雄救美。

不过考虑到我的水平,总觉得与其让我去英雄救美,还不如让美来救英雄……

第五章　趁你病,要你命

01

结果周末两天,苏小爱都没有上线。我被彼得潘带着打了两天的攻防,死啊死的,也算是弄明白了攻防应该怎么打。

直到又过了两天,苏小爱终于上线了。

我连忙发了个密聊过去,苏小爱却迟迟没有回复我。我翻开好友列表看了一下,发现她在融天岭地图。我直觉有什么事情发生了,连忙喊了陈璐,让她开她的小号去看看。

因为之前,就是在融天岭,她和沈辰东还有夏雪迟当面对质的。

陈璐录下的小视屏发给苏小爱,她看完必定会找沈辰东。

"有了。"陈璐招呼了我一声。

我连忙走到陈璐身边,和她一起围观这第二次的对峙。

还是在那天待的地方,苏小爱站在那里,沈辰东的天策也安静地站着。不知道他们是不是在队伍里聊天,这次没有在近聊对话。

我想了想,折回去开了YY,我找了一下,苏小爱的YY不在线,不知道是真的不在线,还是隐身状态。

我直接给她的YY发了个消息:"师父,你在吗?"

很快,苏小爱的YY亮了起来,她果然是隐身状态,一旦说话,她的状态就会变成在线状态,我就看到了她所在的频道号。

白流霜:"我在的,徒弟,这些天有点事情,所以一直没有上线。"

春眠不觉晓:"没关系,就是看你好几天不上来,怕你出事。"

白流霜那边显示了很久的正在输入,最后却只给我发了个笑脸。

春眠不觉晓:"没事就好,师父你在哪儿,你教我打日常副本吧。"

白流霜:"好的,你稍微等我一下。"

春眠不觉晓:"[可爱]好的师父,我就在成都等你,等你忙完了。"

聊完这些,我再次回到陈璐那边,不过是几分钟的事情,那边的形势已经风起云涌了起来。

"咦,这个人是谁,是要干吗？现在是个什么情况?"我手指着屏幕上的一个黑衣明教。这个明教正在杀白流霜,白流霜的血只剩下了30%,再来个暴击就要一波带走了。

"不知道,也是一两分钟前忽然出现的,看样子是要偷杀白流霜。"陈璐答道。

"不是同阵营的,是顺手收人头,还是故意来杀的?"我顺口问了一句,"军爷带奶,先杀奶,这也是正确的思路。"

"问题是这里很偏,"陈璐一针见血地说,"这个明教的装备并不是非常好,但是明教擅长偷袭,所以打白流霜没有什么压力。可是奇怪的是,沈辰东一直没有动手打这个明教。"

陈璐这么一说,我也注意到了,沈辰东的秋莲城一直在袖手旁观。这就奇怪了,秋莲城虽然有时候情商是很让人着急,但是这种时候,哪怕是个路过的陌生人,看到妹子在挨打,怎么也该出手啊。

作为苏小爱现实中的男友,游戏中的情缘,他就这么看着苏小爱被人偷袭,一点也不帮忙!

"你去救她。"陈璐很快就作出了判断。

我回到了我的电脑前,YY里,苏小爱没有给我发消息,我等了一会儿,帮会频道里一片击杀喊话里,出现了这样一条消息——

【帮会】白流霜在融天岭被午夜阳光成功击杀。

这条消息很快就被刷没了。我连忙给苏小爱发了个密聊,虽然我要去融天岭救她,但是我不能出现得莫名其妙,我得先有个铺垫啊。

【密聊】你悄悄对白流霜说:师父,怎么回事,为什么你会被击杀,你在哪里?

【密聊】白流霜悄悄对你说:我没事,徒弟,我等会儿再来找你。

【密聊】你悄悄对白流霜说:师父,你到底在哪里啊?

我点了她组队,意料之内地被拒绝了。

我吹了一声口哨,神行千里去了融天岭,过了10多分钟的样子,我才慢悠悠地"找到了"白流霜。

那个叫作正午阳光的明教还在杀白流霜,我连忙操作自己的小天策冲上去。

【近聊】春眠不觉晓:师父,我来救你了!

【近聊】白流霜:徒弟你怎么找到这里来的,你不要管。

【近聊】春眠不觉晓:我找过来的啊![微笑]

我装备很差,加上是个小新人,没几下就被打死了,等到复活时间到了,我就原地复活,也不打坐回血回蓝,继续冲上去攻击明教。

那个明教也是非常上道,只要我起来就逮着我揍,我的复活时间已经死到5分钟了。

【近聊】白流霜:徒弟,你离开这里,我没事的。

【近聊】春眠不觉晓:做徒弟的,眼睁睁看着师父被人欺负,虽然什么都不能做,但是至少可以陪你一起死啊![微笑]

【近聊】白流霜:正午阳光,你直接击杀我就好了,不管你是为了谁来报仇的,你不要和一个小新手过不去。

【近聊】春眠不觉晓:师爹是卡了吗?师爹快救救师娘啊。

"你可真够坏的,"陈璐低笑着说,"这种时候还不忘给沈辰东上眼药呢。"

"那必须的,没机会还得制造机会,这有机会,不利用,我们的工作也就别干了。"干我们这一行,必须智商和情商双高,否则要糟。

我之所以录用陈璐就是这个原因,之前我也动过找人一起开事务所的心思,可惜我想了一圈,也没找到合适的人选。

毕竟我不能要求每个人都像我一样啊,嗯,我就是这么自信。

第五章 趁你病，要你命

"你觉得这个明教是谁找来的？"陈璐问我。

"你应该问我，为什么沈辰东不动手。"比起这个明教的来头，我对沈辰东的木桩行为感到很无解。

他是不是脑袋坏掉了，怎么会一动也不动呢。

就在我抱有这种好奇心的时候，有个没满级的小号跑了过来。

【近聊】叶西臣:媳妇儿我被盗号了！现在在[秋莲城]账号上的人不是我！

"什么情况？"我瞪大眼睛，有些不解地看着这个小号。这个小号的等级只有十几级，十几级的小号要到这个地图，还是要费一番功夫的。

【近聊】叶西臣:媳妇儿你说句话啊，你不要不理我啊，那个人不是我，我真的被盗号了。

【近聊】白流霜:秋莲城，你圆不回去，就上演这么一出吗？你何不干干脆脆地和我坦白？游戏账号可以被盗，可是 YY 账号呢，也一起被盗了吗？

"盗号？"我脑中忽然闪过一道光，啊，是了，有个很重要的信息被我忽略了！

"我大概知道这是怎么回事了，"我有些无奈，我扭头看向陈璐，"现在在秋莲城账号上的人，我认识。"

我点了秋莲城密聊:夏雪迟？

那边给我发了一个微笑的表情，我长叹一口气，伸手捂住了自己的眼睛。

02

"我应该早想到的。"应该从夏雪迟接近秋莲城就想到事情的始末的。

"怎么回事？"陈璐问我，"难不成这个人你认识？"

"认识，必须认识。毕竟是雇主啊。"在我开始游戏之前，曾经和舒雅欣见过面，那次我把资料给她看过。资料上，除了角色的数据，大叔把他扒出来的账号密码也都写上去了。

"有点意思啊，"陈璐顿时就乐了，"自己来给自己报仇，挺好的。"

"可是也容易坏事。"我并不太愿意雇主掺和进来,就像何羽绯的那个事情,也只是最后去验收成果的时候,去了一下现场,其余的事情都是我去做的。

雇主的情绪和举动是很难掌控的,像舒雅欣这样的,本来多好的一个姑娘,现在心里被仇恨掌控,做出来的这些事哪一件没有耍心机,我怕到最后,她把自己给毁掉,毁在报复里。

我觉得我有必要和舒雅欣好好谈谈了。

"这个明教,大概是舒雅欣干的吧,"我叹了一口气,"还是太天真啊。"

以为这样就能够制造裂痕,然而她忘记了,这样做很容易穿帮的。比砸钱,我们这里的任何一个人都比不过苏小爱,只要钱砸下去,这个明教肯定会招出是谁雇他的。

舒雅欣要做的很简单,她只是想当着秋莲城的面杀了苏小爱,并且还让秋莲城袖手旁观。如果只是单纯地在游戏里玩这些,说不定是有用的,然而舒雅欣,她完全忘记了,苏小爱和秋莲城在现实里也是在一起的。

如果真的这么简单,我早就这么干了,何必苦哈哈地一点一点按部就班地接近苏小爱和沈辰东。

我翻出电话给大叔去了个电话,我得让他把舒雅欣从秋莲城的账号上下线,并且相关的数据也要删除。要不是我认识大叔,我这次真的要在舒雅欣身上翻船了。

打完了电话没多久,秋莲城果然下线了,而游戏里,近聊频道,沈辰东和苏小爱正在近聊频道说话。

我想了想,还是给舒雅欣打了个电话。舒雅欣过了好一会儿才接起来,她说:"对不起,我就是太想……"

"舒小姐,"我打断了她的话,"我们改天好好谈谈吧,现在不要轻举妄动,否则你这个活儿我拒绝继续,并且前期给的定金是不会退的。我以为你好好看了保密协议。"

"很抱歉,"舒雅欣说,"我没有什么要为自己辩解的。"

第五章 趁你病,要你命

"明天下午两点,魔岛咖啡店。"我说完就挂掉了电话。她真的是太胡来了,早知道她会这么做,我就不应该把资料给她看。

没有了舒雅欣捣乱,游戏里很快恢复了平静。

那个明教下线了,我的复活时间到了,便点了原地复活,然后坐在地上回血回蓝。

不多时,秋莲城再一次上线了,这一次上线的是秋莲城本人。

【近聊】秋莲城:密码改回来了,刚刚我也不知道是怎么回事,忽然被人顶下来了,再上线就变成密码错误。

【近聊】白流霜:那你要说什么呢?秋莲城为什么盗号的要骗我来这里,你忘了吗?这个地方只有我和你会来,你这个理由,会不会太搞笑了?

【近聊】春眠不觉晓:师爹,师娘,会不会是你们的仇人干的?

所以我才说,舒雅欣真的是傻,只要有点脑子的人,仔细想想,怎么也能回过味来。

【近聊】秋莲城:是啊流霜,我们仇人也不少,说不定有人故意这么做的。

【近聊】白流霜:呵呵,如果盗号可以解释,那么那个视频怎么解释?沈辰东,你是不是当我是傻子?

【近聊】秋莲城:什么视频?

我顿时乐了,他们说的视频,应该是陈璐录下来的那段,秋莲城救夏雪迟的那一段视频。在同样的地点,发生同样的事情,秋莲城的做法可是截然不同的,换作是谁,都会很生气吧。

【近聊】白流霜:你保护你的宝贝徒弟的视频啊,说一套做一套,说好的断绝师徒关系呢?一口一个徒弟,一口一个莲哥哥叫得多亲热啊,你保护她的英姿可真是帅气啊。

我想,秋莲城估计冷汗都要下来了。

他又不是傻瓜,当然也知道白流霜说的是哪一次,然而那次是秋莲城理亏,加上他以为当时杀夏雪迟的人是苏小爱,所以一时间他也没有解释什么。

【近聊】秋莲城:好吧,我承认是我错了,我不该心软,我已经把她删除好友了。

【近聊】春眠不觉晓:那个……师父师爹,我要不要先走啊。

虽然我很想继续近距离听八卦,可是怎么看他们的对话都不适合我听,因为我现在的设定是小新人,是师父的贴心小棉袄啊。

【近聊】白流霜:不用的,徒弟,我们已经说完了,走吧,我带你去做日常。

她给我丢了个组队申请,我连忙点了确认。

队伍里只有我和苏小爱两个人,因为是她组的我,我确认的,所以队长在我这里。队伍才组好,秋莲城就申请加入队伍。

【密聊】你悄悄对白流霜说:师父,师爹要进队,组吗?

【密聊】白流霜悄悄对你说:你不要组他,你把队长给我。

【密聊】你悄悄对白流霜说:怎么转移队长?

【密聊】白流霜悄悄对你说:徒弟,来YY。

她顺便密聊了我YY号,我进去之后发现,这个YY是她上次拉我进来的,最新申请的那个频道。

她语音教了我怎么移交队长,我照着她说的将队长转移给了她。

"徒弟,你日常接了吗?"白流霜问我。

她的声音听上去还算平静,但这种平静给人一种很诡异的感觉,颇有种暴风雨就藏在平静背后的感觉。

"接了。"我答道。

"好,我们飞去副本地图。"苏小爱说完,人已经从我面前消失了。我踩着蓝点跟着她神行到了任务地图。

因为我是纯新手,带纯新手打日常副本,最好是找亲友来,因为要慢慢教,我要慢慢学。纠结的是,苏小爱的那些亲友,也是秋莲城的亲友。

"我喊大师父和师娘来吧。"我说着,打开了好友列表,喊了彼得潘和霓裳月月。

第五章　趁你病，要你命

他们虽然也是秋莲城的亲友，但同时也是我的师父，所以喊他们来，也是合情合理的。所以苏小爱并没有阻止我。

还差一个人，我说："我三师父也在，刚刚和我 YY 说了话的，我让他来。"

我闭了麦，扭头喊陈璐，"上你的男神号，开工了。"

"好的，马上到。"陈璐说着，利索地将小号下线了，她开着她高富帅的长歌慕溪水上线了。

上线，加入队伍，飞副本，一气呵成。

【队伍】霓裳月月：你们在哪里啊，来 YY 聊天啊，一会儿开打，得语音指导啊，快，徒弟，我好几天没听到你的男神音了。

【队伍】彼得潘：是啊，来 YY，都来 YY。

【密聊】白流霜悄悄对你说：徒弟，去帮会大 YY 吧，然后把你三师父也喊上，不然一会儿要慢点的时候，不好沟通。

【密聊】你悄悄对白流霜说：好的，我来叫他。

我闭了麦，回头对陈璐说："上 YY，你去书房，我在这里，不然一会儿要穿帮。"

"明白。"我就是喜欢和聪明人说话，一点就通。

陈璐抱着电脑回了书房，将书房的门关好了，等到她准备得差不多了，我把 YY 号给她发了过去。

变声器是个好东西，这么好的东西，我当然也得和陈璐分享的。因为我的这号声音我已经占用了，陈璐只能挑选了另一个声音数据。

那个声音比我选的这个，要略微成熟一点。陈璐本身咬字很清晰，这一转换，顿时是个内敛腹黑的精英男士形象，比我更具有吸引力。

"哇噻，长歌的声音好听的不行啊！"霓裳月月作为一个声控，首先就缴械投降了，"你们这对师徒简直了，你们这都能去做专业 CV 了。"

"CV 是什么？"陈璐淡淡地问。

"就是配音。"我解释了一下。

"哦,不太有兴趣。"陈璐继续保持淡定高冷的形象。

"人到齐了,我们开始吧。"苏小爱这时候开了口。

于是4个高端玩家,带着我一个纯新人开始了日常之旅。

03

我跟着苏小爱的身后往前走,因为副本很大,所以在副本里面也是可以骑马的。

"徒弟,来同骑。"苏小爱招呼了我一声。

"我已经邀请他同骑了。"就在我要应声的时候,陈璐先开了口,我上了陈璐的马,苏小爱也没说什么,这不过是一件很细微的小事。

因为带我打日常副本,所以全程也没有多纠结,霓裳月月是个奶妈,她奶的水平很不错,从我一直没有躺尸就看得出来了。

打这个日常副本,连教学带打完,一共也只花了不到半个小时。有些纠结的队伍,这个时间还不够打第一个BOSS。

"不如我们把剩下的几个日常副本都教一遍吧。"因为过程非常顺利,彼得潘就这么提议了一下。

"也可以啊,反正接下去没什么事做,"霓裳月月应道,"今天又不是攻防日,任务基本都清完了。"

"那就走起来吧。"苏小爱的心情不太好,所以全程话并不多。

陈璐不说话,从头到尾都保持她的高冷形象。虽然霓裳月月一直在逗她说话,可惜陈璐是谁,她可是智商情商双高的人,霓裳月月这点段数在她面前,那完全不够看的。

我真的想仰天长叹,有一个神队友是多么可靠。

日常副本一共有5个,有的比较容易,有的就有难度了,一边教一遍学。5个副本全部打完,花了差不多两个小时多一点,而我身上的装备也换了个七七八八。

"徒弟你这个手气真的太红了,"最后一个BOSS倒下,爆出了天策的武器,霓裳月月围着我转圈圈,"你要是去打25人副本,说不定直接打一次就能凑齐装备。"

第五章 趁你病，要你命

"我们带徒弟去包团吧，"才说到 25 人副本，苏小爱随口就说道，"5 小本的装备太差了，根本扛不住事，万一我们不在，没人带徒弟副本，他打不过怎么办。"

"那就去吧。"一直表演沉默是金的陈璐，这时候开了口。

"我看看，现在才 8 点钟，蛮早的时间，那就去吧。"彼得潘就打开了世界频道，还是寻找适合的包团副本。

"师父，包团就是去当老板吗？"我问了一声，"大概需要多少钱啊。"

"有师父在，不用担心包团费。"陈璐淡淡地说。

"是啊，3 个师父 1 个师娘，怎么可能让徒弟出钱。"霓裳月月今天的话特别多。估计她也看出来苏小爱情绪不高。

"等等，我们现在就 5 个人了，不然我们自己组个团吧，"彼得潘提议说，"只要再喊 20 个人，自己组团还能筛选一下职业，和徒弟需求冲突的就不组。"

"也行啊，这个可以有。"霓裳月月是看热闹不嫌事大，怎么好玩怎么来。

"正好，这样我们也能教教徒弟，25 人要怎么打。"苏小爱也觉得这个提议不错，于是 3 个人就你一言我一语地开始讨论要去哪个副本。

我和陈璐都没有说话。陈璐是高冷设定，而我是小新人，什么也不懂，不插话也是应该的。

【密聊】你悄悄对慕溪水说：你说一会儿秋莲城会不会来？

【密聊】慕溪水悄悄对你说：我猜是不会的，因为苏小爱肯定不乐意他来，一会儿你记得把握时机，多刷刷苏小爱的好感度。

【密聊】你悄悄对慕溪水说：这我知道，不过我有个想法，苏小爱的好感度不只是我要刷，你也刷一波。

【密聊】慕溪水悄悄对你说：明白了。

我一边和陈璐密聊对话，一边注意在 YY 里面和他们聊天。他们 3 个已经商议出了结果，考虑了现在是 8 点钟，开个难度大的副本，万一纠结的话，得很晚才能收工,于是他们打算开一个难度不高的副本,这样组个20人也可以打起来。

当然这个不是主要理由,主要理由是,彼得潘在帮会频道刷招募副本广告的时候,一群PVP的玩家都要来打副本。

PVP和PVE还是有很本质区别的,一个是专注和人打架,一个是专注和NPC打架,而且两种装备的侧重点也不同,PVP主要侧重于防御,而PVE就是输出。

所以一堆穿着PVP装备的人去打副本,要是熟手还好,要是没有打过副本,没有副本意识,那么简直就是一场灾难。

鉴于帮会里起哄的一大堆,最后他们3个选了一个1980年代的副本——25人荻花宫。

这个副本里的装备虽然已经淘汰了,但是里面出的几样特效,可谓是经久不衰,比如说七秀坊能跳舞的大扇子、万花谷吹起来会下雪的笛子、藏剑的用起来有小蛇的重剑,总之,这个副本还有打的价值。

正好苏小爱是万花,她以前也打过几次,却始终打不到下雪的笛子。霓裳月月提议打这个副本,会不会有这个因素在里面,这就很暧昧了。

毕竟作为一个能和土豪愉快玩耍的妹子,我觉得霓裳月月的情商一定也是不低的。

不管是因为什么原因,最后的结果是,今天晚上去打英雄荻花。

人很快就组满了,组的当然都是帮会里的人。

作为一个PVP大帮派,要组20个人,那简直就是小菜一碟。

队伍被换成了团队模式,加入队伍的一个接一个,跟下饺子似的,很快20人就组满了。

【密聊】你悄悄对白流霜说:师父,师爹不来吗?

【密聊】白流霜悄悄对你说:我今天不太想见到他。

【密聊】你悄悄对白流霜说:可能真的只是误会了,有误会说开就好啦,师爹还是很在乎你的。我希望师父你快乐一点![微笑]

【密聊】白流霜悄悄对你说：徒弟，你不懂的，哎……

我一看这话，心里顿时乐开了花，白流霜这是想要对我倾诉愁肠了吗？

【密聊】你悄悄对白流霜说：师父要是觉得有烦恼，可以对我说说，我自认为我还是很能保守秘密的，我是你的徒弟，永远都是。

【密聊】白流霜摸了摸你的头。

她没有直接回答我，只是给我发了一个动作表情来。

我们已经进了副本。在副本里，白流霜安静地站着，我与她之间隔着一段距离，不知道为什么，我竟然从她安静伫立的身影里，看出了几丝惆怅。

【密聊】白流霜悄悄对你说：我和你师爹是现实的男女朋友，我也相信他没有做什么对不起我的事，我就是心里有点介意。我没事的徒弟，你不用担心，让我一个人待一会儿就好。

【密聊】你悄悄对白流霜说：好的师父，我就在这里，如果觉得心情不好，一定要记得我就在这里。

【密聊】白流霜悄悄对你说：嗯呐，谢谢你，师父觉得能收你为徒，太幸运了。

我的嘴角忍不住往上翘。好现象，白流霜开始信任我了。我为了她打掉装备的心意，总算是没有白费。

04

虽然说我早就对PVP来打PVE有了一定的心理准备，但是在打老一的时候，打得乱七八糟的情景还是让我惊呆了。

第一个BOSS是一个叫牡丹的NPC。其实，现在来打这个副本，PVE们是闭着眼睛都能打过去的，PVP们穿着碾压一般的装备，还是被打得鸡飞狗跳，开的第一波就全死光了。

"我说你们真的是人才啊，"指挥是霓裳月月的一个朋友，是PVE的高端玩家，看到这么低级的副本都能打成这样，被气得笑了起来，"我说让你们往外跑，你们就给我跑成天女散花。"

"淡定淡定啦,大家都没有打过副本,大姑娘上花轿,头一回,"霓裳月月连忙出来打圆场,"大家记得听指挥的,不要乱打,不然指挥跑了,就没人带你们打副本了。"

底下一片窸窸窣窣的应和声,等到全部人都满血满蓝了,指挥又耐着性子讲了一下注意点,这一次虽然还是打得乱七八糟,但好歹是过掉了。

虽然打得很奇葩,但整个队伍的精神面貌还是积极向上的,全团都沉浸在一股过年的气氛里。这么鸡飞狗跳的一路打过去,苏小爱的心情似乎也变得好了一些。

到了一个叫做卫栖梧的 BOSS 时,苏小爱开了麦:"等下,这个 BOSS 打掉你们都不许去摸 BOSS。徒弟你去摸,争取给师父摸个大笛子啊!"

"好。"我应了一声。

对于苏小爱的要求,其他人当然没有什么意见,因为在帮会里,苏小爱也算是帮花一样的角色,有钱就任性,帮会建立的时候,几乎是苏小爱一手砸的钱建起来的。

说笑之间,BOSS 就倒地了。这时候所有人在指挥的带领下自觉往后退了几步,BOSS 身边就空出了一圈。

"徒弟,去摸。"苏小爱的声音里带了一点笑意。

我就在人群的围观中走到了 BOSS 尸体边上。我想过了,今天帮会里的人才会真正意义上地将我当作是苏小爱的徒弟。

我右键拾取,那一堆装备我也不认识,不过我的确是蛮红,从第一个 BOSS 到现在,出了不少天策的装备。可惜的是,这些装备都没啥用,唯一的用处就是当外观。

这个游戏有个拓印系统,这些外观都是可以付费成为游戏角色的外观的。

"哎哟我去,徒弟你真红!"霓裳月月先叫了一声,"不行,下次我也要你帮我摸装备!"

【团队】九月九的九:我看到了大笛子!

【团队】隔壁大叔:有这么玄乎吗?说要大笛子就来大笛子,小兄弟,下次跟我去打副本,帮我摸装备!

【团队】霓裳月月:一边待着去,不许打我宝贝徒弟的注意!

【团队】今天不吃饭:哎哟不要这样嘛,月月,这种幸运值爆表的,务必大家轮流使用!

【团队】白流霜:你们都走开,我家宝贝徒弟,才不跟你们这群没节操的混在一起。徒弟,你别理他们。

【团队】春眠不觉晓:好的师父。[微笑]

一群人说说笑笑的,大笛子当然毋庸置疑地给了白流霜。她拿到手就直接装备起来了。霓裳月月有跳舞的大扇子,于是她和白流霜,一人吹笛子一人跳舞,其他人都自觉围在边上。别说,那画面的确蛮好看的。

这么闹腾了一阵,队伍当然是要继续向前的。不知道是不是大笛子的功效,苏小爱的心情变得不错,她一直在和我密聊,虽然说得都是些无关痛痒的话,但看得出来,她是愿意和我说话的。

果然还是个小女孩啊,为了游戏里一直想要却没有得到的东西现在得到了,心情就会变得愉悦起来。

打完了副本,彼得潘就和大家说好了,明天 6 点汇合,团长带我们去打高级的 25 人副本,今天这个简单的副本就算是先培养默契程度和副本意识。

散场时,时间是晚上 9 点 30 分,不算晚,不过我的肚子已经开始咕咕叫了。

这时候许陌打来了电话,因为晚上都在忙着打副本,都没怎么和许陌说话。我接起了电话,许陌的声音就响了起来。

"我说,你玩游戏玩到现在,吃饭了没有啊?"真不愧是许陌,有时候我都怀疑他是不是我肚子里的蛔虫,我这肚子才交换,他就来问我有没有吃饭了。

陈璐从书房出来了,她系上了围裙,走进了厨房。

"正要吃,你呢?"我靠在靠背椅上找了一个最舒服的位置,"你晚上包团装备出的怎么样啊。"

"一身装备快凑齐了,你那边有什么情况没有?"许陌说。

"我这边和苏小爱的好感度还在继续刷新,她和秋莲城之间出了点问题,不过这个问题能不能被放大,就不好说了。"如果他们单纯只是游戏里的情缘也就算了,关键是他们现实也认识。

像苏小爱这样的条件,沈辰东除非脑子坏掉了才肯放手,否则还不抱得死死的。

"不过你那边能帮我查一件事吗?"我想起了何羽绯和我说的有关于苏小爱的那件事。

虽然这件事求助大叔可能更快一些,不过我直觉换个角度去查可能更好一点。

之前大叔给我的资料里,并没有提及苏小爱有夜盲症这个问题。我不相信大叔是忽略了,很有可能苏小爱的夜盲症是无法查到的。

怎么说苏小爱的身份也不俗,万一有人利用她这个病症对她不利,那么就十分不好了。苏家隐藏这一点倒也说得过去,不过数据可以删除,人的记忆却是不能删除的。

靠着许陌的人脉在沙市打听一下,说不定能打听到很有趣的事情来。

"你说。"许陌很爽快地说。

"我听说苏小爱有夜盲症,3年前回过一次国,你试试看能不能查到那时候发生的事。对了,她是回来参加奶奶的葬礼的。"我尽量说得详细一点。可惜的是,我从何羽绯那边获取的信息,也只有这一点。

"好的,过几天我给你结果。"这种八卦最急不来,得不动声色假装不经意地问出来,如果刻意去查,这就不好了。

这边电话打完,那边陈璐就喊我吃东西去了。她麻溜地做了两盘意大利面,这是最快最不耗时的。

一边吃,一边交流了一下各自的情况。

总的来说,现在还是处于刷好感度的阶段,游戏里因为见不到面,很容易成为无话不谈的朋友,但同样的也很难成为那样的朋友。

得找个突破点才行,现在好感度也算是刷到瓶颈了,苏小爱愿意对我说一些自己的事,但还是选择性的,毕竟严格算起来,我成为她的徒弟时间还不是很长。

什么情况下能迅速增进好感度呢？有个办法是最好的，那就是让她众叛亲离。

而她和秋莲城之间，因为夏雪迟而产生的那点小隔阂，我还不确定要不要继续扩大矛盾，那得等到我明天见了舒雅欣才能有定论。

想到舒雅欣，我就不得不长叹一口气。这个姑娘我也不知道应该说她单纯还是说她被逼得有了心机，她似乎在走两个极端，极端的善良与极端的罪恶。

她和何羽绯真的是完全不一样的两个人。

或许舒雅欣的案子搞完，我是不会再和她有联系的；但何羽绯的案子结束了，我们却一直保持联系，彼此算是朋友关系。

吃过晚饭，我回到电脑前面。我一直在挂机，因为吃饭，我就把角色挂在了帮会领地，等到我回来时，我意外地发现一个人在我边上挂机。

这个人是秋莲城。

【近聊】春眠不觉晓:师爹？

我以为他只是在挂机，然而我才发一句，他就站了起来。

【近聊】秋莲城:徒弟。

意外之后，我就明白了秋莲城在这里的理由了，大概是苏小爱还不肯理他。发生这样的事，不管是不是被盗号了，苏小爱肯定都会生气的吧。

本来苏小爱和他在一起，就已经是一场不公平的恋爱，如今沈辰东还弄出这种幺蛾子，怎么看都很过分。

这也是游戏不好的地方，无法面对面，很容易心生怀疑。

【近聊】春眠不觉晓:师爹在这里做什么？

【近聊】秋莲城:师爹是来贿赂你的啊！[憨笑]

果然，他想从我这里套话了，毕竟今天一整晚，苏小爱都是和我在一起的。

【近聊】秋莲城:下午的时候我被盗号了，盗号的用我的号做了很过分的事，你师父生气也是应该的。

【近聊】春眠不觉晓:贿赂费呢？

秋莲城就点了我交易,他给我包了个 8 888 的红包。我不客气地收下了。

【近聊】春眠不觉晓:谢谢师爹,放心吧,我会帮师爹说好话的。当然了,有机会的话。

【近聊】秋莲城:徒弟好样的,师爹先谢谢你了!

【近聊】春眠不觉晓:师爹不要这么客气,这是徒弟应该做的。

05

和沈辰东说了一会儿话,他就下了游戏。我有些好奇,苏小爱到底回美国去做什么?

还是好感度不够啊,否则这些问题我就能直接让苏小爱回答我了。

我打开好友列表,苏小爱还在线,我就发了个密聊过去:师父,你在做什么呢?那个笛子好好玩,我想再看师父吹一次笛子。

我才发过去,一个师徒之间的招请就弹了出来。苏小爱在招请我过去。

我接受了招请,读条完毕之后,我的界面上是一片鹅毛大雪。

这里是昆仑地图,苏小爱站在山顶,到处都是白茫茫一片。我不禁打了个哆嗦,现在本就是冬天,看到这种雪景,会让人觉得更冷的。

【队伍】春眠不觉晓:师父,你是怎么找到这个地方的啊,好高。

【队伍】白流霜:是以前你师爹带我来过。

啧啧,苏小爱是来这里缅怀过去了。这就奇怪了,一般会这么做,是开始对这段感情产生怀疑的时候,她之前的说法,明明并没有那么在意夏雪迟的事,为什么她会这么犹豫呢?

【队伍】春眠不觉晓:我刚刚还看到师爹的,要喊他来一起看吗?

【队伍】白流霜:不要喊他,我现在有点不太想见到他。

【队伍】春眠不觉晓:其实师爹也不是故意的吧,应该是有人在挑拨师娘和师爹,不然不会开着师爹的号,故意让他看着你被别的人杀。

【队伍】白流霜:我不是因为这件事,徒弟,我们不说他了吧。

第五章　趁你病，要你命

【队伍】春眠不觉晓:对不起,师父不想说就不说了,师父你在YY吗？我唱歌给你听吧！[可爱]

【队伍】白流霜:好啊,来我们那个小YY。

小YY就是她最新申请的那个YY频道。我进了频道,就见白流霜挂在里面,她的YY又隐身了。

"师父,来,有什么不开心的事情说出来让徒弟开心开心啊。"我轻笑着开了个小小的玩笑。

"孽徒,你这样为师很心痛的。"白流霜的心情应该没有糟糕到那个程度,毕竟还能和我开玩笑。

"师父有想听的歌吗？没有的话,我就随便唱一首我喜欢的吧。"我点开音乐文件夹,寻找伴奏。大叔的资料还是很齐全的,比如说苏小爱不开心的时候喜欢听什么,开心的时候要听什么,这些都有。

"就唱你最喜欢的吧。"苏小爱说。

我打了个响指,将刚刚选的伴奏带点了播放按钮,我唱的是一首英文歌,名字是《for you》。一曲唱完,苏小爱好一会儿都没有说话。

"徒弟,这首歌我也好喜欢的,"再开口,她的声音里就带了一丝兴奋,这是他乡遇故知的喜悦情绪,"我刚刚还想听这首的,你就唱了。"

"这是不是就叫心有灵犀一点通？"我笑着说,"师父心情好点了吗？"

"嗯,好多了,谢谢徒弟!"苏小爱的声音听上去的确轻松多了,"徒弟有想听的歌吗？师父也唱一首给你听吧。"

"师父会唱《You got me》吗？"我问。

"会啊！这首也是我喜欢的!"苏小爱语气变得更加活泼了些,"你等下,我来找个伴奏,哎哟徒弟我怎么没早点认识你,我们喜欢的歌竟然这么一致!"

"是吧,我也觉得和师父相见恨晚。"这种睁眼说瞎话的水平,我觉得我已经用得炉火纯青了。

她翻到了伴奏,将我要听的那首歌唱了一遍。说实在话,苏小爱唱歌还挺好听的。

深更半夜,夜深人静,最适合撩妹的时间点,尤其这个妹子还有心事,这种时机简直太适合了。

陪着苏小爱在YY说了会儿话,从吃的聊到爱看的电影爱听的歌,我看了一眼放在手边的,苏小爱的全部资料,我真的觉得我这个作弊做的太狠了点。

苏小爱聊得兴起,一直聊到凌晨2点才依依不舍地关了YY去睡觉了。我打了个哈欠,随便洗了把脸也去睡觉了。

因为昨天晚上睡得太晚,以至于我第二天睡到了日上三竿。

陈璐给我留了早饭。她留了张便利贴给我,说是她要出门,有人约见面了。

之前她来的时候就约定好的,她可以自己接case,不过她的case要经过我的同意。

看样子她是找到潜在客户了。

我收拾好了碗筷,擦了擦手回到了电脑前面。舒雅欣的案子还没有什么实质性的进展,而时间已经过去了大半个月了。我当时给她的承诺是两个月,现在距离这个期限还有一个月多几天的时间了。

下午和舒雅欣还有个小约会。想到舒雅欣我就有点头疼。我一直觉得我的任务除了惩罚渣男和小三,还要做好售后,这个售后就包括了把被伤害了的原配从悲伤中拉回来,可以微笑着面对明天,可以恢复爱人的能力,有相信人的可能性。

怎么看,舒雅欣都太偏执了。

就算何羽绯被张叶逼得割腕自杀,她也没有走极端。

我上了游戏,发现昨天拜我为师的那个小号在线。

我直接邀请他组队,对方似乎也没有迟疑就接受了。我看了下他所在地点,他应该是在做任务。

【队伍】春眠不觉晓:我可以问你一个问题吗?

我比较喜欢打开天窗说亮话,尤其是和雇主。

【队伍】墨桧:我知道你想问什么,是我。

好在对方也算是上道,没有让我很为难。

【队伍】春眠不觉晓:承认的倒是挺干脆。

【队伍】墨桧:因为隐瞒也没有意义吧,方老板这么聪明,肯定猜到了我是谁吧。

【队伍】春眠不觉晓:的确猜到是你,但也是不久前才猜到的,实在是没有想到你会来玩游戏。

【队伍】墨桧:我好歹想知道,毁掉我全部的游戏,到底是什么样的一个存在。

【队伍】春眠不觉晓:知道了也没有意义的。

【队伍】墨桧:我只是不甘心,我的全部败给一堆虚拟的数据。

哎,爱人被抢走,无论是被什么理由抢走的,谁会甘心呢?可是有时候生活就是这样,不甘心,不想原谅,最后也还是慢慢遗忘了。

心情忽然有点低落,我敲了一句:下午两点,魔岛咖啡厅,我等你。

不等舒雅欣回复我,我就直接强制退出了游戏。我不是没有心理准备的,将舒雅欣变成这样的,除了沈辰东和苏小爱,也还有我啊。

报复有时候是救赎,但有时候也是地狱。

一旦身陷报复的沼泽,那么就会一直偏激下去。

这还真的是很纠结啊……

陈璐是在快到中午的时候回来的。她带了一些菜回来。见我坐在沙发上发愣,就问了一句:"怎么了?情绪很低落的样子。"

"没事,一个月总有那么几天心情不太美妙的。"我摆了摆手,示意陈璐不要管我。

陈璐真的去厨房做午饭了。

我抱着膝盖坐在沙发上继续当摆件,我放空思绪,什么都不去想。

"吃饭了。"我如老僧入定坐了好久,陈璐走过来抬脚踹了我一脚,我身体直接往边上倾斜倒在了沙发上。

陈璐没理我,直接回到了餐桌前。我慢吞吞地坐起来,穿鞋,走到洗手间洗了手,然后梦游似的走到餐桌前,拿起筷子开始吃饭。

"我说,你不辣吗?"陈璐震惊地看着我。

"嗯?"我茫然地看着她,直到嘴巴里爆发出一股无比酸爽的辣意,我这才注意到刚刚被我塞进嘴巴里的,是一颗完整的小辣椒!

"噢!辣死我了!"这一辣,我顿时整个人都精神了。我跑到水池边,捧起冷水漱口。好一会儿,口腔里那种火辣辣的感觉都没能褪去。这直接导致我后来好几天都不肯吃辣,当然这是后话了。

"你心不在焉的,怎么了?在怀疑自我,怀疑人生吗?"陈璐好笑地看着我。

"我就是在想,舒雅欣怎么就走了极端,"我喝了口水,叹了口气,"多好一妹子,不嫌贫爱富,不好高骛远,只想要守住自己的小幸福而已,怎么就变成现在被仇恨左右的人了。"

"我以为你对这种已经习以为常,都麻木了的,"陈璐语气淡淡地,"除非极少数天生的变态,其余的都是被逼出来的。内心柔软的人,被伤害了,最是容易走极端。"

"再说了,你不就是为此而存在的吗?"陈璐微微笑了起来,"不管多么极端,把伤痕累累的心医好,不是事务所的售后吗?"

"是这样,没错。"这是事务所的隐形售后,并不是放在货架上售卖的商品,甚至都不会对客人提起。

可能我有点理想主义,不过我是真的想要做好这个售后的。

"船到桥头自会直,走一步算一步,因为这一行操纵的是人心,人心是不能被预料的,不到最后,谁也不知道是什么样的结局,"陈璐拍了拍我的肩膀,"我吃完了,后吃完的洗碗。"

陈璐说的这些我并不是不懂,很多时候懂得不意味着能够感同身受,就是这个道理。

第六章　可以麻烦你去切腹吗

01

我提前到了咖啡厅,这是我一贯的习惯。约会的时候,提前一会儿抵达,这样不会显得太仓促,也能够更加从容地面对约会对象。

稍微等了一会儿,距离约定的时间还有5分钟的时候,舒雅欣来了。

今天的舒雅欣包裹在一件厚厚的羽绒衣里,整个人不是很有精神,浓浓的黑眼圈,白得毫无血色的皮肤,乱糟糟有些干燥的头发,每一样都在说明舒雅欣这些天的睡眠很不规则。

为什么会这样,我大概可以明白的,她一定是把大部分时间都耗在游戏上了。

我第一次见舒雅欣时,她幸福的微笑很能感染人;第二次见她时,她虽然憔悴,但至少把自己收拾得干干净净;可是这一次见她,她完全不在意自己的身体,把自己糟蹋成了这个样子。

我心中长长叹了一口气,陈璐说的很对,我见惯了这样的人,心应该已经变得麻木才对,可是无论见多少次,我还是会觉得很惋惜,没有办法,可能我就是这么一个矫情的人。

"喝点什么?"我将茶单递给舒雅欣。她飞快地抬起头来看了我一眼,黑白分明的眼睛里,有一抹小心翼翼的神色。

"我喝一杯拿铁就好。"她说。

我就喊来服务生,自己要了一杯摩卡,再给舒雅欣要了一杯拿铁。

"我来见舒小姐,是想谈谈解约的事。"我从包里拿出一叠合约资料放在她面前。舒雅欣身体猛地一颤,她抬起头来看着我,眼神满是错愕。

"舒小姐,因为你违反了协议的内容,很抱歉,我不得不这样做。"我很淡定地说。

"我可以解释的。"她这才有些急了。

我耸了耸肩,未置可否。舒雅欣就急急地说:"我是想做点什么,因为是我的事,我想力所能及地去做点什么。"

"是这样吗?"我静静地看着她。这个明显不是理由,舒雅欣在说谎。

"就是这样的,我想稍微帮点忙……"她飞快地点了一下头。

我表情没有变,就这么看着她往下说:"其实上午和你说过了,我就是想看看,如此吸引他的游戏到底是什么样的。"

我还是不说话,一般这种时候,我不回答,她的心里会慢慢产生一定的压力,我要做的只是等待压力积累到一定的值,然后她才会说出事实。

"凭什么呢……"她的肩膀剧烈地起伏了一下,"凭什么我这么痛苦,我一无所有了,他却还好好活着,我就是想要接近他,看看他是否还记得我,还记得我肚子里已经死掉的孩子。"

"你知道吗?他忘得干干净净,他每天都那么肆意潇洒,我和孩子,不过是他用过就扔掉的一次性碗筷,"她痴痴笑了起来,"为什么我的孩子死了,罪魁祸首却好好活着!我不甘心,我就是不甘心啊!"

"所以你找到了我,一切都全权由我来处理,是这样没错吧。"我不得不提醒她保密协议上的内容。

"太慢了,太慢了,"她的脚不自禁地跺了几下,"我恨不得他今天就失去一切,立刻马上就去死!"

"我根本睡不着觉,你不是我,你根本不明白我的感受!"她蓦地抬起头来,那锐利的眸光下是涨得通红的眼睛:"我心如火焚不敢入睡,我一睡着就看到那两个孩子,他们朝我伸着手,他们喊我妈妈,他们问我为什么不要他们了。每一天,每一天我一闭上眼睛就看到他们的样子。"

她的语气越来越沉,越来越沉,一字一句仿佛化作了石头砸在我的心上。

"我受不了,方老板我真的受不了,"她越说越情绪化,眼见着就要崩溃了,"我总得有个寄托,我总得找些事情去做,而现在,我最想做的事就是去拆散那两个贱人,我要让他们付出代价,我要让他们给我的孩子偿命!一人一条命,欠了的都得还!"

我有些头痛,我的担心果然是对的:舒雅欣完全是黑化了的小白兔,现在她不吃素,她想见血。

她失去了两个孩子,这是在剜一个女人的心,她想要那两个人去死,想要他们给她的孩子陪葬。她不是在开玩笑,她是真的这么想的。

她在走极端,我却想不到什么理由让她不要这样暴戾。

她被辜负了,被伤害了,孩子没有了,想要报复是事出有因。

错的不是她,错的是把她逼入绝境的人。我要如何指责她,又要站在什么立场指责她,没有经历过极致的痛,没有人会明白这种想把刽子手千刀万剐的心情。

很多人都在劝人放下,很多人都在说大度一点,说声没关系就好了,很多人说一笑泯恩仇——

可是当刀子落在他们自己身上的时候,他们还有人能这样轻飘飘地说原谅,说没关系吗?

怕是没有人吧!旁观者永远是活佛,可惜他们度不了身在地狱中的人呐。

"你打算宰了他们,然后自己再去给他们陪葬吗?"我问她,"还是说你打算利用我们事务所做这种事,很抱歉,如果你是这样的目的,我不能继续你的委托。任务我会强制终止,我们的合约到此结束,因为你单方面的违约,前期的定金是不会退给你的。"

我看着她的眼睛,一字一句地问:"你确定要这样吗?如果是的话,我们就解除合同吧。"

"你为什么不阻止我,"她像是被我的话震惊到了,"不是应该劝我吗?"

"因为说实在的,我不知道要怎么劝你,因为你说的没有错,没有错,我要如何纠正错误,"我看着她很认真地说,"你想做的事情也没错,但有一点你要知道,为两个坏人陪葬,值得不值得,每个人都要为自己的选择负责,别人的劝说毫无意义,当你下定了主意,别人的意见你也不会听的。"

"我不喜欢做无用功,就是这么简单,"我喝了一口咖啡,温暖的咖啡让我的胃里一暖,那种苍凉和无奈的感觉顿时被驱散了不少,"如果我们的终点不一样,那最好早点分开走,这样互相不耽误对方。"

"你……你不怕这样,我说出你们事务所的事吗?"她有些慌了,"那样、那样的话,你应该会很困扰吧。"

"困扰嘛,当然会有一点,不过相信我,你不会想要说出去的,你可以说说看,看看我会怎么做,"我笑着说,"你不要试探我的底线,我是很真诚地来和你沟通的。"

"理念相同我们继续合作,若是不合,那么各走各的路。"我说得非常清楚明白,我不喜欢绕圈子。

"或者你考虑一下吧,"我将咖啡喝掉,站起来想要去结账,然而舒雅欣却一把揪住了我的衣摆。我回过头来看她,她显得那么无助、那么脆弱,刚刚的激动情绪已经不见了。

"对不起,我不会再擅自行动了,"她眼神闪过一丝挣扎,她最终还是决定继续和我合作,"不要放弃我。"

她眼圈隐隐有些泛红:"我已经一无所有了。"

我是她能抓在手里的最后一根救命稻草吧,她一方面无法信任我,一方面又舍不得丢开我,她的心情我完全能够理解的。

"那么你能保证接下去不轻举妄动吗?"我很严肃地看着她,有些事情并不是模棱两可就能带过去的,我必须得到她确切的肯定。

"我保证。"她咬了咬牙答道。

"那么我们继续,"我回到她对面的位置上坐好,"我可以不暴露你的身份,游戏里的夏雪迟和墨桧,我都可以不去暴露,但你不可以胡来,像昨天,盗号和故意导演那场无聊的戏,都不可以,你能做到吗?"

她想了想,最后点了一下头:"我可以。"

"好,我不限制你游戏里的其他活动,必要的时候我会让你配合我,不要再做出任何挑衅的举动,"我决定把丑话说在前面,"你再违约一次,我们就彻底没得谈了。"

和舒雅欣约法三章,说好了之后的事情,我也就不继续耽搁下去了,毕竟要勾苏小爱,目前唯一的办法就是从游戏入手。

开车回家,打开电脑,登录游戏。看着在线的苏小爱,我忍不住感叹,苏小爱和沈辰东绝对想不到,接二连三出现在他们身边的人竟然会全部是卧底。

02

苏小爱在线,沈辰东也在线,彼得潘和霓裳月月倒是都不在线。

我才上线,苏小爱的组队申请就发了过来。我点了确定入队,就看到苏小爱是和沈辰东组在一起的。看吧,现实里也在交往的情侣,就是这么难拆,不管游戏里发生了什么样看上去无情的事,只要现实里好好解释、好好哄哄,马上也就见太阳了。

【队伍】白流霜:徒弟,接日常,我和你师爹带你去做日常。

【队伍】春眠不觉晓:师父好,师爹好。

【密聊】你悄悄对白流霜说:师父你和师爹和好了吗?真是太好了!

【密聊】白流霜悄悄对你说:嗯呐,让你担心了呢,我们已经没事了。

【密聊】你悄悄对白流霜说:这就好,这样师父就不会难过了![微笑]

【队伍】秋莲城:徒弟好啊。

【密聊】你悄悄对秋莲城说:你们终于和好,恭喜恭喜。

【密聊】秋莲城悄悄对你说:多亏了徒弟帮我说好话,红包没白送。

沈辰东还有心情和我开玩笑,他和苏小爱之间的矛盾大概是暂时消失了。

我接了日常任务,那边苏小爱和沈辰东叫上了帮会里的人,一起组好了日常队伍。因为这个副本昨天教过,所以我也没怎么掉链子。日常做完之后,他们带着我去做茶馆、做各种日常,最后还手把手地教我挖宝之类的。

看着离我不远的两个角色,再添上我一个小正太,看着就像是一家三口。

过了一会儿,我这边提示墨桧上线了。我招呼了陈璐一声,将墨桧交给了陈璐。关于我和舒雅欣之间的那段谈话内容,我当然也告诉了陈璐,她应该会知道怎么处理墨桧的。

"我说,我们是不是可以利用一下这个游戏角色,"陈璐说,"夏雪迟被击杀,秋莲城保护她的视频还在呢,不利用一下似乎有点太浪费了。"

"你要怎么用?"我问。

"这个游戏的818很有名啊。"陈璐不怀好意地笑了。

的确,这个游戏的818堪比一出精彩的连续剧,高潮总是一波接着一波的。

我觉得的确是可行的,虽然说我不赞成舒雅欣去做这件事,但这件事本身还是有价值的,比方说我之所以和苏小爱可以一下子刷这么多的好感度,也就是利用了舒雅欣制造的这个矛盾。

"可惜有一段视频没有。"那天舒雅欣找人来杀苏小爱,而秋莲城一直旁观没有出手的那段视频没有录,如果有那段视频作为对比,绝对会让沈辰东的人渣指数节节攀升。

"不要紧,视频没有,狗血来凑啊。"陈璐也是个行动派,说干就干。她用了个代理服务器注册了个账号,然后打开了游戏帖吧,开了个帖子。

{818}那个嫉妒心爆表的师娘,徒弟我只是路过,请愉快地放过我吧。

标题起好了,接下去就是要添油加醋,甚至是无中生有地虚构一段精彩的818了。

最吸引人的818是那种混杂点现实,又带点杜撰的。全部真实不够精彩,全部杜撰又太玄幻,拿捏的度一定要把握好。

这种事交给陈璐去做,我完全不担心,那可是智商和情商都高的人呐。

我这边的最大的进展大概就是,原本苏小爱和沈辰东的两人世界,愿意带我这个小拖油瓶了。

这种时候就显出我这种体型的好了,如果选个成男或者成女,那3个人走在一起多尴尬。现在我是个小正太,画面就显得无比和谐美满。

苏小爱和沈辰东应该没有在YY聊天,因为他们都是在队伍频道里打字聊天的。这个对我来说是再好不过的了,我时不时在恰当的时候插上一两句话,其余时

第六章 可以麻烦你去切腹吗

间我就是乖乖的隐形人。

我得慢慢融入，像一滴水融入大海，要没有任何攻击性，甚至带点娱乐效果是最佳的。

时间一点一点过去，苏小爱和沈辰东还真是不食人间烟火，因为有钱任性，所以可以把大把的时间都消耗在游戏里，若是一般的上班族这么玩，早就被老板开除回家喝西北风了。

快到下午5点30分的时候，我说了一声去食堂吃晚饭了，就暂时下了线。

毕竟我现在扮演的是一名大学生，虽然时间很多，但一日三餐还是要解决的。我才下线，许陌的电话就打了过来。自从陈璐来这里住了之后，我都没和他再去上过馆子，于是他提议出去喂一顿。

距离晚上约好去打25人高级副本的时间还有一会儿，我就稍微收拾了一下出了门。我没有带陈璐，因为并不适合带上她。

陈璐是我事务所的员工，而我和许陌的这场约会，是朋友之间的小聚。

和许陌约在一家广式餐厅见面，因为我忽然很想吃煲仔饭。

许陌来得不晚，他里面打底穿了一件浅蓝色的衬衫，灰色的外套外面还有一件黑色的立领大衣。不得不说许陌还是相当会穿衣服的，这一身往那儿一站，颇有杂志模特的气派。

当然了，这也是因为他有一张比模特还要好看的脸，一切漂亮的衣服最终还是要落实在高颜值上才有意义。

不然，你让王宝强和吴彦祖一样穿，那画面一定特别带感。

"你公司那边的事儿都忙完了？有空请我吃饭了？"几个月前，许陌可是吃掉了苏常瑞手里的几家分公司，虽然规模不太大，但许陌本身的公司也并不大，所以要完全消化掉，也是有一定难度的。

"开玩笑，不搞定那些，我怎么可能请你吃饭。"许陌一本正经地说。

"除了吃饭，你找我是不是有什么别的事儿？"我随口问了一句，然后招了招手，喊来了服务生,要了一份腊肉煲仔饭。剩下的那些菜都是许陌点的,我主要就是想吃一份煲仔饭。

许陌点完了餐,端起热水喝了一口,然后慢悠悠地从大衣口袋里拿出一样东西放在我面前。

我视线扫在上面,微微愣了一下:"请帖?"

那的确是一张请帖,红色的、烫金的,做得相当精致。

"你要结婚了?"我脑海中浮上来的第一个念头就是这个,第二个念头是,"不能,你结婚了我姐怎么办?"

在我的心里,许陌等于姐夫,虽然我姐醒着的时候压根没和他谈过恋爱,可是他对我姐有好感,我就觉得他们应该在一起的。

"你姐这不是还没醒吗?"许陌脸上不带笑,看上去有点认真,"再说了我和你姐之间,到目前为止还只是纯洁的同学,连朋友都算不上的。"

"但你暗恋过她啊,"我说,"要从一而终,不能半途而废你知道不?"

"那我一辈子都不能结婚了?"他挑了挑眉,问我。

"噫,你这是在诅咒我姐一辈子都醒不来吗?"和我玩这一招,也不看看坐在他对面的是什么人,我可是粉色事务所的当家老板,人称方老板。

我说着,将请帖拿了过来,一开始的震惊之后,我也就反应过来了,结婚请帖肯定不可能是许陌的;不过虽然反应过来了,我还是和他磨了磨牙,顺便让他有个觉悟,那就是只要我还在,他就只能是我姐的。

我翻开请帖,当我看到请帖上并排写着的两个名字时,我有一种意料之内,又意料之外的感觉。

因为这份结婚请帖是何羽绯和程逸的。

算起来他们开始交往也有大半年时间了。时间过得可真是快,何羽绯也不小了,程逸暗恋了人家那么多年,所以现在结婚倒也并不显得有多仓促。

"呵,这家伙怎么不亲自交给我啊。"前几天何羽绯约我说苏小爱的事情时,她并没有提起过婚礼的事,这家伙是故意的吧。

第六章 可以麻烦你去切腹吗

"这个你就要去问何小姐了,"许陌笑了笑,"怎么样,看了这份请帖什么感觉?"

"感觉就是,能把何羽绯救出来真是太好了。"如果她当时没有走出来,她可能坟头草都绿了。

很多时候就是这么奇怪,在人生的最低谷,继续往前走很可能是崭新的风景,也可能是更加糟糕的未来。但是不尝试一下,又怎么甘心呢?

我多想舒雅欣明白这一点,她现在的心完全是黑暗的,我不知道怎么将她带到阳光下,心中的憎恨是永远不会消失的,她可能需要一辈子都背负这仇恨。

但我想让她明白,除去仇恨之外,她也还有一个未来,不要说她才20岁出头,人生才刚刚开始,就算她现在七老八十,只要下决心重新开始,哪怕只能再活一天,那么这一天就是有意义的,重生后的一天。

"得活着,好好活着,"我说,"活着才能看到这些啊。"

此时此刻,躺在疗养院的姐姐,她就没有办法看看坐在我对面的这个人有多好。为什么要傻得去伤害自己,以为伤害自己就会让别人良心难安,但世界根本不是那样的。

或许会有短暂的愧疚,然而那之后,别人的生活还会继续,但是你自己的却已经再也没有了。

03

和许陌吃完了饭,又聊了一些琐碎的事情,时间已经快到约好的时间了。和许陌在餐厅门口分手,我带着请帖回了家。

陈璐已经自己吃过了晚饭,此时还在写帖吧的帖子。我来了兴趣,打开帖吧看了一眼,就见陈璐写的那个帖子已经被人盖了老高的楼了。

我点开来看了一下,才看了几行字,我就不得不佩服陈璐了,这么好的文笔,这么好的表达方式,她都能去当作家,靠写故事生活了!

我大略扫了一下陈璐的帖子,她是站在夏雪迟的角度去写的,每一个细节、每一个剧情都写得跟真的一样,每每在关键的时候,隐晦地点出涉事人的身份。

于是帖子里各种人在猜818的主角是谁,各种谴责师娘的无耻行为。作为一个新人的818直播帖有这样的成绩,那真的是相当逆天了。

我关掉了网页,就看到YY有人找我。我看了一下,是苏小爱,她让我来了就上游戏,一会儿要开团了。

我招呼了陈璐一声,进入了游戏。才读条完毕,苏小爱的组队申请就发过来了,我进入队伍,这才发现25个人已经组得差不多了。

昨天一起打本的人来了七八个,剩下的我就不认识了,大概是因为副本难度大,昨天的那拨人去打,估计得悲剧。

【团队】放开那个禽兽:春眠不觉晓,是老板吗?这装备分数不够啊。

【团队】团长有喜了:哟,是只小奶汪!

【团队】白流霜:这是我徒弟,来包团的,是老板。

【团队】猜个球球:原来是这样,我们还差两个人,再刷两个暴力DPS。

【团队】春眠不觉晓:我三师父说要来,师父,可以吗?

【团队】白流霜:可以啊,你三师父也蛮暴力的,喊他来吧。

【团队】团长有喜了:那还差一个啊。

陌路人加入队伍。

我刚刚招呼了许陌,让他赶紧来刷一波脸。许陌身上的PVE装备都刷满了,他建的是七秀成女,无论是奶还是DPS都刷到了最好的装备。

这时候陈璐也暂时放下了她的818,开了慕溪水的长歌加入了队伍。

团长还是昨天的那个团长,指挥也是昨天的指挥,因为苏小爱从一开始已经帮我付过包团费了,所以我就没有再要改钱。

人数齐了,时间也7点多了,自然是要进副本开始打怪了。

【团队】霓裳月月:对了团长,我强烈建议让春眠不觉晓摸尸体,他的手简直太红了!

【团队】秋莲城:同意,让我徒弟摸尸体。

【团队】10个西瓜:万一黑了怎么办,你给钱啊?

第六章 可以麻烦你去切腹吗

【团队】慕溪水:如果最后工资不上1万元,不够的部分我垫上。

【团队】团长有喜了:好!请问还差腿部挂件吗?

【团队】白流霜:不够的我垫上+1。

【团长】猜个啥,那就让你徒弟摸尸体吧,反正有工资就行。

提前说好了,团长也就指挥大家进本了。

【团队】七喜:都来YY,还有没有来YY的吗?速度的进YY,进副本了。

我打开YY,输入了团队里刷的YY频道号,进了YY频道。

许陌和陈璐也都进来了,我将界面隐藏掉,翻出游戏界面。

【密聊】白流霜悄悄对你说:徒弟,来,跟我走,我带你进副本。

她向我丢了个同骑,我点了接受。

【密聊】你悄悄对白流霜说:师爹呢?

【密聊】白流霜悄悄对你说:你师爹已经进本了,我在这里等着带你进去呢。

【密聊】你悄悄对白流霜说:谢谢师父[感动][大哭]

【密聊】白流霜轻轻拍了拍你的头

【密聊】白流霜悄悄对你说:傻瓜不要说傻话,你是我的徒弟啊,我唯一的徒弟就是你,我肯定要带好你,放心吧,有师父在。

说真的,听她对我说这段话,我心里还是有点感动的。来自陌生人的关怀,总是显得特别珍贵,尤其是这关怀是来自一个超级大土豪啊!

我和白流霜同骑一匹马,她带着我一路走到副本入口,几乎是手把手地教我如何进副本,进什么副本,我按照她说的进去了。读条完毕,就看到白流霜骑在马上等在一边。

我现在似乎有点明白,为什么这个游戏会被称为世纪佳缘三了,因为漂亮的人物模型,漫不经心的动作和小事情,真的太容易让人心生好感了。

还是白流霜载着我往前走,大部分人已经走到了老一面前了,我和白流霜到的时候,霓裳月月、彼得潘还有秋莲城早就站在那里了。

霓裳月月跑过来围着我跳来跳去,彼得潘直接买了一堆糖葫芦不间断地喂我,于是屏幕上,近聊被喂糖葫芦刷屏了。

游戏里越是温暖,就越是显得现实残酷无比,多少人沉迷游戏之中,是不是就是因为贪恋这一点温暖呢?

为什么,素未谋面的陌生人之间可以这么融洽,现实里面对面的人总是无法互相理解。

距离带来的到底是什么呢？人的心到底藏在什么地方呢？

我看着屏幕上跳动的这些人物模型,又开始开小差了。

YY里面很快传来了指挥的声音,他先是问了一下,有哪些人没有打过的,因为现在才开95级,这些副本都才出来没多久,多的是没打过的人。

这个团里面,没打过的有六七个,剩下的都是打过的,和我一样的包团老板还有3个,等于绝大部分人都打过。

指挥详细讲解了一下这个BOSS的打法,等到所有人都表示明白了,这才让主T去开怪。我全程就跟着大家跑一跑。因为决定舒雅欣的案子结束之后就不玩游戏了,所以也并没有很认真地研究打法,毕竟我承诺的时间是两个月,我玩这个游戏的时间不会太久。

霓裳月月一直在注意给我加血,所以其他几个老板都挂了,只有我活得无比坚挺。

绝大部分的人都打过这个副本,所以少数没打过的几个也造不成影响。第一个BOSS打完,团队里基本没死几个人。

"好了,现在都退后,白流霜的徒弟来摸装备。"指挥说。

我就在万众瞩目之下走到了BOSS尸体边上,右键拾取之后,当啷一声,是尸体身上的钱被捡到口袋里了。

【团队】10个西瓜:我去!!! 小红手啊,出了冰心的极品戒指啊!

【团队】霓裳月月:那必须的,那可是我家徒弟!

【团队】秋莲城:别闹,明明是我家的。

【团队】彼得潘:都不要吵,让开,小春明明是我捡回来的! 你们都不要和我抢。

第六章 可以麻烦你去切腹吗

【团队】白流霜:呵呵呵呵,我才是亲传师父,你们都靠边站好吗？徒弟来我身边,不要理那些怪阿姨,你们不许带坏我家男神音的徒弟。

【密聊】陌路人悄悄对你说:[惊吓]我说你可以啊,竟然已经深入敌人内部了吗？你这已经完全虏获人心的节奏啊。

【密聊】你悄悄对陌路人说:那可不,也不看看我是谁[得意]

【团队】春眠不觉晓:都不要争了,你们都是我家的[可爱]

我一边在团队里和他们说话,一边和许陌在密聊。我切换频道的时候都有点害怕,万一错频了,那可就好玩了。

不过我担心的事情没有发生,老一只出了个天策的腰坠,因为属性不好,彼得潘和白流霜都没有让我拍。老一的装备拍卖完了,众人都心情相当愉悦地往老二走,因为老一不止出了一个神器,还出了一个属性非常不错的奶心法的戒指。

于是团队频道里闹哄哄的,都万分拥护后面的BOSS都由我来摸的决定。

只是刷到老二的时候,我们纠结住了,因为配合得不够默契,团灭了好几次。好在都是经常打PVE的,所以也都不怕纠结。纠结了几次之后,老二也被磨死了,慕溪水走过来,抢在苏小爱前面将我复活了。

长歌这个门派也是有奶心法的,并且救人的技能,是不分心法的。

起来之后我直接就去摸尸体了,老二出了个天策的戒指,属性不错,彼得潘和白流霜帮我拍下来了。

【密聊】你悄悄对彼得潘说:师父,一会儿结束了我把钱给你啊!

【密聊】彼得潘悄悄对你说:你叫我一声师父,就不要再说还钱的话,你毕业的时候,师父没能给你准备毕业装,今天就当师父补偿给你的。

【密聊】你悄悄对彼得潘说:那谢谢师父!

【密聊】你悄悄对白流霜说:师父,我这里也有钱,你不用一直帮我出钱。我不能让师父一直为我花钱。

【密聊】白流霜悄悄对你说:不用觉得过意不去,我说过了啊,你是我唯一的徒弟,我的徒弟我一定会照顾好的。

【密聊】白流霜轻轻拍了拍我的头

04

结果这一趟副本下来,我全身上下的装备基本就凑齐了,还差一个极品腰坠,要打另外一个副本,但是这样下来,花掉的钱也是如流水一样的。

我之前研究过游戏里的钱和现实里的钱的比例,今晚上他们给我拍装备花掉的钱,折合人民币也两三百元。

本来彼得潘要给钱,最后被霸道的白流霜拦了下来,为了这个,都差点吵起来了。

团队里不少人在密聊我,在问我到底是怎么抱上土豪大腿的,我都懒得理会。

开玩笑,这种绝技告诉了你们,那我还怎么在游戏里浪啊。

副本打完时间也不早了。不愧是高等副本,和昨天的相比简直一个天上一个地下,今天是 7 点多开始打的,打完已经 10 点多了。就这,已经是很有效率的打法了。

打完副本,陈璐就火速关机下线了,她还要去帖吧连载 818 呢。想到 818,我就点开了帖吧界面。这一看真的吓一跳,这个帖子竟然有了七八千的跟帖了,无论什么时候点进帖吧,都能在首页找到这个帖子。

【世界】吃土少女:我是一朵可怜的小花儿,纯良无害,求师娘放过啊[大哭]

【世界】风吹蛋打:我是一朵可怜的小花儿,纯良无害,求师娘放过啊[大哭]

【世界】魔法少女王遗风:我是一朵可怜的小花儿,纯良无害,求师娘放过啊[大哭]

游戏里面的世界频道开始有人刷频了,一时间所有人都在问这是什么梗,再然后,陈璐写的那个 818 帖子就以各种各样的方式在游戏里传开了。

【团队】霓裳月月:什么情况,你们看那个帖子了吗?好带感啊,那个徒弟的画风也蛮清奇的,感觉徒弟、师父和师娘没一个好人啊。

【团队】彼得潘:什么帖子?你在说啥?

第六章　可以麻烦你去切腹吗

【团队】霓裳月月：就是一个818帖子。这个妹子被她师娘当成小三，各种玩心计，超级刺激，就跟看宫斗片似的。

于是在霓裳月月说动之下，大家都去帖吧找这个帖子看了。

没过一会儿，白流霜忽然下线了，而秋莲城与她前脚后脚地距离，也下线了。

一开始还没人在意，毕竟都去看帖吧去了。

25人副本队已经自动退了好多人，现在还留在队伍里，也就剩下我们几个了。

【团队】霓裳月月：什么情况啊，我怎么越来越觉得这个818是说的我们区服的，而且这个帮会的情况，怎么看都像是我们帮会啊。

【团队】彼得潘：什么意思，我们服务器终于也有一个八卦了吗？猪脚谁啊，要是让我知道是谁，我一定要去瞻仰膜拜一下啊，这简直就是开了挂的人生啊。

【团队】霓裳月月：是啊，完全开了挂，简直不要太厉害！

【团队】春眠不觉晓：师父，师娘，我有点困了，明天早上有课，我先撤了，晚安。

我没有继续留下来听八卦，虽然我很想留下来听完，然而万一露馅了呢？这种场合，一不小心就得露馅儿的；要不露馅的好办法当然也有很多种，只是最好最简单的一个办法就是直接关机下线，爱咋咋地。

我下线去找陈璐。陈璐还在写帖子，那条帖子现在已经有很多人在蹲守了，因为陈璐的文风真的太猎奇了。

时间不早了，昨天睡得晚那是特殊情况，现在情况还算稳定，在稳定中平和地发展，这是温水煮青蛙最适合的方式。

洗漱完毕，我熄灯睡觉了。这一觉倒是睡得相当安静，一夜都没有做梦，第二天起床我整个人都觉得神清气爽。

生活无比规律的陈璐已经做好了早餐，今天早上喝皮蛋瘦肉粥。我才喝完，陈璐就跑步回来了。

她回来的时候，我正在水池边洗碗，她额头上有细密的汗珠，看上去就是个运动型的姑娘。

我觉得陈璐的生活方式非常好,大概也是因为这样的习惯,所以才会有她这么高的情商和智商了。

我整理衣物的时候发现口袋里的那个请帖,我再次翻开来看了一下,日期是定在半个月后。

我拿出电话直接拨通了何羽绯的手机,她应该是料到我打电话给她要做什么,所以在我开口之前,她就先开了口:"先不要急着问我为什么,我就是想让你和许陌多多接触接触。"

"我和许陌?这都哪儿跟哪儿啊,"我顿时有些哭笑不得,"你该不会在撮合我和许陌吧。"

"对啊,你才发现吗?"何羽绯都震惊了,"我还以为我的举动很简单粗暴的,敢情你竟然不知道!"

"因为我就没想过和许陌有什么啊。"就像是你要送我一筐苹果,可是我连苹果是什么都不知道,你送我苹果也没啥用啊。

不知道好吃,难道我还要一辈子看着才行嘛,对不对!

"你不考虑发生点什么吗?"何羽绯不怀好意地说,"我觉得你和许陌站在一起,真的超级配。"

"饭可以乱吃,话可不能乱讲啊,"我忍不住辩解说,"我和许陌不是那样的关系,我们是好朋友。"

"这样啊,那抱歉啦,我自作聪明,有让你困扰吗?"何羽绯连忙说。

"没有,让我困扰,这种程度还不够。"我笑着答道。

"这样就好,我放心了,你一定要来啊,我的命是你给的,晓晓,"她的声音变得很温柔很郑重,"你来,我会很高兴的。"

"那必须去的,朋友的婚礼,哪有不去的道理。"我答道。

何羽绯的心终于落回了肚子里。

又说了些无关紧要的话,我挂掉了电话。现在是上午,阳光非常好,我决定将家

第六章 可以麻烦你去切腹吗

里的被褥晒一晒。

陈璐没有动,她一直窝在沙发上写帖子。那条直播帖已经有1万多的跟帖,在帖子里很多人都在猜测八卦的主角是谁。

当然也有人猜出来了,只不过不管是猜对的还是猜错的,陈璐一概都不理会。

要是承认818的对象是什么人,那就不好玩了,所谓匿名818,要的就是这种犹抱琵琶半遮面的效果。

上午的时间过得很快,还没做什么事就快中午了,陈璐的818帖子终于写完。我有预感,下午上游戏的时候,游戏里一定炸锅了。

毕竟昨天就有人已经觉察到了那个帖子的存在。

我忽然有点期待,苏小爱和沈辰东已经发现那个帖子,他们会不会对号入座啊;如果对号入座,一定会猜到写帖子的人就是夏雪迟。

我得和舒雅欣将夏雪迟的账号密码要过来才行。这么想着,我拿出手机打算给舒雅欣打个电话,然而就在这个时候,陈璐喊了我。

"方老板,有人发现这个帖子了。"陈璐说。

我暂时放下手机,跑到电脑边上。陈璐伸手指着某一条跟帖,我看了一下ID和内容,顿时乐了,可不是有人发现了吗?发现的人还是沈辰东他自己呢。

他只留了一行字:请你删掉这条帖子。

不只是这样,陈璐用的818那个号也收到了几条私信。陈璐点开来看了,秋莲城很简单粗暴地问她:你是不是夏雪迟?要多少钱你愿意删掉帖子,这种胡说八道的帖子最好删掉,否则我会不客气的。

05

鱼儿上钩了,我嘴角不自觉地往上翘。沈辰东这个人还真是智商让人着急,就算对号入座成功,也不能用这种简单粗暴的方式要求删帖啊。

大概是和苏小爱在一起久了,觉得这个世界上,无论什么事都是可以用钱来解决的吧。

然而他忘记了,他不是苏小爱,他并非含着金汤勺出生的人,甚至他根本不知道什么叫作责任和担当,他这一有钱马上就找不到北,遇到麻烦事就要扔钱了事的态度,活脱脱一个捡到大馅饼的暴发户。

我拨通了舒雅欣的电话,也是很简单地跟她要了夏雪迟的账号密码,并且让她去看了帖吧的那个帖子。

"我一直都在行动,只是很多事情是急不来的,欲速则不达,这是一场换心游戏,"挂电话之前我对舒雅欣说,"既然你想了解一下这个游戏到底是什么,那就不要理会这些人,单纯地玩个新号,很纯粹地开始,这样才能直观公平地去评判不是吗?"

"嗯,我会的。"舒雅欣这么答,语气却明显很心不在焉。我也不多劝,叮嘱她收敛,不要作死,然后挂掉了电话。

我将舒雅欣的账号密码给了大叔,我得让大叔去删改一部分数据。我必须保证苏小爱和沈辰东,无论花多大的价钱都查不到夏雪迟的账号信息。

要是让他们查出来夏雪迟就是舒雅欣,那还玩个啥?

就算要暴露身份,那也不是现在这个阶段能暴露的。

现在的沈辰东和苏小爱,他们之间的矛盾并没有那么大,不过是小情侣之间闹的小别扭,哄一哄、骗一骗也就没事了。

当然还有最主要的一个原因,那就是害得舒雅欣流产的罪魁祸首是苏小爱和沈辰东两个人,某种意义上来说,他们是同谋。

很多时候不要小看这个同谋的身份,这种世界里,只有你和我是一样的代入感,很容易拉近两个人的距离。

想要拆开苏小爱和沈辰东,并不是那么容易的事,这就是很多时候,看上去容易,其实做起来很难的原因。

然而难并不等于不可能,没有什么关系是不可破坏的,只要找对方法,金刚石都能被切割。

更何况是脆弱的男女关系,是的,脆弱。

第六章 可以麻烦你去切腹吗

很多情比金坚,很多海誓商盟,很多人在说死生契阔与子成说,还有人在说执子之手与子偕老。

当爱情最浓时,觉得可以和对方共度几世,然而一旦感情出了问题,这些承诺统统都是笑话,到时候变心的一方,会找到各种各样的理由来为自己的变心开脱,这个时候曾经浓情蜜意的另一半,会化生成为可怕的魔鬼。

就像是沈辰东,爱舒雅欣时,她是宝贝,在医院工作都会吃醋,不爱她时,千错万错都是她的错。真应了网上流行的一句话:爱情就像龙卷风,来的太快,去的也太快。

有多少人在浑浑噩噩的过日子,有多少人连努力一下也不愿意就放弃了,那么多的初恋无疾而终,那么多的暗恋死于岁月,没有人知道曾经你爱过谁,偷偷地把谁装进过心里。

若干年后,麻木地找个适合的人结婚,不爱的竟要共度一生,爱的却始终不敢触碰。

人,真的是一种很奇怪的生物啊。

"陈璐,我中午要出去一下,你自己吃吧。"忽然很想去看看躺在疗养院里的姐姐,算起来不久前我才去看过她。

其实,我并不是很喜欢去探望她,看到她沉睡不醒的样子,我心里就有一股戾气。我会自暴自弃地想,就这么算了吧,我摇不醒一个装睡的人。

然而就算是这样,我也无法丢下她不管,因为现在她是我的姐姐,是和我有着同样的面孔、同样的过去的姐姐。

如果连我也不管她,那么这个世界上还有谁会记得她。

我稍微收拾了一下,抓起车钥匙出了门,开着车在路上慢慢地行驶,阳光透过玻璃窗照在身上,有种奇妙的舒适感,冬天的暖阳夏日的晚风,人生在世多少美丽的风景。

为什么有些人的眼睛里就只看到情与爱呢?仿佛没有爱就活不下去,仿佛分手就是天崩地裂,其实真的大可不必这样的。

人的确是感性动物,但有的时候感性过头了,那就不叫感性,那叫自我意识过剩。

世界不是围绕你旋转,你不是小公主,你只是个路人甲,只要明白这一点,绝大部分的矫情病都能被治好。

在疗养院的山下,我买了一把白色的玫瑰花,然后继续上山。疗养院里似乎永远都是这么安静,在这里,时间好像变得非常缓慢,并且毫无意义。

沉睡的人还在沉睡,醒着的人必须负重前行。

脚步越沉,越能感受到自己还活着,越能明白自己身上所背负的,而让脚步变得沉重的东西,被我们称为责任。

我推开病房的门,里面安静极了。我下意识地放轻了脚步,害怕打扰了病房里某个安静的灵魂。

窗台上的花被人换过,花瓣上还沾着露珠,那是一把风信子。

我走过去将白玫瑰插进去,白色的白玫瑰,蓝紫色的风信子,看上去倒也赏心悦目。

站在窗户边上,可以看到病房外面枯萎的草坪,等到再过一段时间,春回大地,这里又是一片生机勃勃的样子了。

我回到病床边上,在看护椅上坐下。

姐姐的脸还是没有变,唯一变的就是她的头发,如今已经长到腰了。

待我长发及腰,少年娶我可好。

不知怎么的,脑子里浮上了这么一句话。

我握住她的手,手下稍微用力,感觉到掌心的触觉,我才会觉得安心。

"快点醒来吧,再不醒来,你就会被人遗忘了。"她睡得很沉很沉,其实当初救活她之后,医生就说过,她脑部缺氧时间太久,组织已经坏死,醒来的可能性非常非常渺茫。

有可能过个几年就会脑死亡,她活着完全没有任何意义。

第六章　可以麻烦你去切腹吗

但就算是这样,她也仍然在这个疗养院里住了下来,这一住就是几年。

时间过得还真是快啊,我伸手摸了摸她的鬓角,她的头发很柔软,有看护定期替她清洗。

"睡得太久了,太久了。"久到等待你醒来的人已经磨灭了希望。

"你什么时候能醒来呢?我还要替你去报仇呢,"我贴近她耳边,低声说,"你看你的死毫无意义,没有人记得你,伤害你的人活得很好,哪有那么多的报应,不过是自我逃避,让自己心安理得放下仇恨的理由而已。"

而我,我不想要放下那种仇恨,只有继续憎恨,我才能铭记姐姐曾经遭遇过什么,我才能知道姐姐是真实存在的——不是午夜梦回,让人惊醒之后再也难以入眠的幻影。

第七章　所谓神一样的队友，猪一样的对手

01

回去的路上，我烦躁的心情，终于慢慢平复了一些。

到家的时候，我的肚子饿得咕咕叫，好在陈璐给我留了点吃的。她大概是看出来我刚才心情不太好，所以出去走走的。

吃过了午饭，陈璐又出门了，她应该也是在寻找着适合的雇主。

我打开了电脑，没有急着上游戏，而是打开了帖吧，开始看陈璐写的帖子。

帖子挺长，点了只看楼主的选项之后，还有10页的样子。

我倒了杯水，拿了点瓜子，窝在电脑椅上，开始慢慢地看起了八卦帖。

帖子是用第一人称写的，全篇的视角都是徒弟的视角。在徒弟的眼睛里，师父是什么样的，师娘是什么样的，其实都有很强的自我直观意识。

这种人称很容易让看帖的人带入进去，跟着主视角一起走一遭。

帖子的内容堪称精彩，真真假假，混合在一起之后，让整个帖子看上去都是真的，又似乎只是一个故事，然而又有人能在故事里找到主角是谁？

至少沈辰东他自己就上钩了。

接下来，我只要让苏小爱注意到这个帖子就可以了。要做到这一点并不难，甚至都不用我动手，我相信作为苏小爱的好姐妹，霓裳月月就会肩负起这个伟大的责任的。

果然，大概下午三四点钟的时候，帖吧里出现了另一条帖子，标题是这么起的——

【818】隔壁那个徒弟帖，想当小三上位失败，黑师娘黑师父还能不能要点脸。

再一看发帖人，是个小号马甲，然而点开看了之后，我直接就敢肯定，这个帖子

第七章 所谓神一样的队友，猪一样的对手

是霓裳月月发的。

主要是事件的相关人员，在看到帖子的时候，其实主观意义上就直接判定了在八卦的人是谁，八卦了谁，以及为什么要八卦这个人。

当事人还没出来承认，霓裳月月先急着为朋友开解了。

我忍不住长叹一口气，用手捂住了脸，我都要没脸看了。

这个时候我越发觉得，有个神队友是多么重要的一件事。队友智商不高，那真的是要坏事的。

当然这次神队友在我家，猪队友是敌方的人。

再也没有什么比这更好的状态了，我原本还打算，如果没有人发帖跟进，我就暗自开个小号来伪装一下。

现在不用伪装了，因为有人迫不及待的跳出来了。

我大略看完了霓裳月月发的帖子，真想感叹一句姐妹情深，奈何智障。

我打开了游戏，读条完毕，世界频道果然炸锅了。

复制党一直在问候心机婊师娘，我看了一下好友列表，发现霓裳月月并不在线。不过事件的另一个当事人是在的，这个人是秋莲城。

我看了一下他所在的位置，是在帮会领地。

我就连忙回了帮会。这种时候，身为徒弟，我当然要第一时间去关心一下他们，然后说不定还能挖出点有用的信息出来，毕竟这种时候，事件相关人员的倾诉心里还是很强的。

想要和人解释，却又不知道从何说起，只要用对了方式，找准了切入口，那么对方就会喋喋不休的和你说事情不是这样的，是怎样怎样……

我找了一圈，最后在帮会领地钓鱼的地方找到了秋莲城。他拿着钓鱼竿正在钓鱼。

我走过去，问候了一声。

【近聊】春眠不觉晓：师爹好，你在这里啊，我看了个帖子，好像是大师娘发的，怎

么回事?

【近聊】秋莲城:没事,无聊的八卦而已。

【近聊】春眠不觉晓:我看了,的确很无聊,好过分啊,竟然把师父和师爹说成那样,太过分了,要是师父看见了,一定会生气的。

【近聊】春眠不觉晓:我希望师父和师爹一直好好的,这样我也会很开心。

【近聊】秋莲城:这点八卦不会影响我们的,我和你师父是现实里的男女朋友。

【近聊】春眠不觉晓:这就好!哇,好幸福,师父和师爹竟然已经奔现了。

所谓奔现,是说的游戏中的情缘,走到现实里。

【近聊】秋莲城:不是这样的,我和你师父不是在游戏里认识的。

咦?我放在键盘上的手猛地一僵,不是在游戏里认识的?

虽然我知道这种时候来送爱心,可以问出很多特别的事情,然而我没想到会是这样的内幕消息啊。

秋莲城和白流霜,苏小爱和沈辰东,我原本是以为他们是从游戏里走到现实的,然而现在秋莲城竟然告诉我不是这样的!

这简直太让人意外了。

【近聊】春眠不觉晓:你们是现实交往之后,然后一起来玩游戏的啊?那就肯定不会因为这点无中生有的事情而动摇了,这样挺好的。

【近聊】秋莲城:是啊,我和你师父一起走过了很多,也经历了很多。我们曾经差点就错过了,也是好不容易才在一起的。

我顿时来了精神,这个时候挖掘秋莲城和苏小爱的故事,是最佳时机!

【近聊】春眠不觉晓:听上去似乎有不少故事?求八卦、求内幕啊,师爹!

【近聊】秋莲城:也没有什么可八卦的,我和你师父认识3年,也是最近一年才在一起的。

3年!

我心里咯噔一下,我就说有什么重要的事情被我忽略了啊!

何羽绯那天告诉过我的,苏小爱3年前回国的,她一直生活在国外,有可能和沈辰东发生交集的时间,也就只可能是在3年前,苏小爱回来参加奶奶葬礼的时候。

只是我还是没有想通,那个时候的苏小爱和沈辰东,会是怎么认识的。

毕竟就算是在国内,一个在上流社会,一个在社会底层,这天差地别的距离,要怎么样才能被打破。

我原本就觉得奇怪,一个呼风唤雨,什么都有,什么都能轻易得到的小姑娘,为什么一定要和舒雅欣去抢沈辰东。

如果是3年前,苏小爱就喜欢沈辰东,那么一切就解释得通了。

【近聊】春眠不觉晓:3年了啊！真长久,你们什么时候喝喜酒啊,一定要告诉我哦,我要包一个大大的红包。

【近聊】秋莲城:嗯,如果我们能走到那一天的话。

秋莲城的这句话让我生出几丝奇怪的感觉,有点像是不确定,或者因为太确定。

之前我就知道苏小爱和沈辰东之间出了问题,但昨天看他们在一起玩的那么开心,我以为问题已经消失了。

难道说问题一直没有消失,甚至沈辰东自己也知道那个问题?

他完全没有和苏小爱一直走下去的决心和自信啊,如果有的话,就不会说出这么一句话了。

说到底,沈辰东还是怂,不愿意去承担,也不愿意去努力,所以才会说的这么模棱两可,这么毫无信心。

【近聊】春眠不觉晓:是一定要走到那一天的好不好,对了师爹,你日常做了吗?

【近聊】秋莲城:还没有,我现在一出去就是被仇杀。

【近聊】春眠不觉晓:没事,一会儿我保护师爹,虽然我砍不死对方,但是我可以配合你一起死啊。

【近聊】秋莲城:谢谢徒弟,你师父是对的,你真的是个很好的徒弟。

【近聊】春眠不觉晓:[害羞]师爹你夸我,我要脸红了。

因为秋莲城无法出去,虽然他不害怕被人仇杀,但是没完没了的仇杀,总让人心烦不是？于是一个下午，我都在钓鱼池边上陪着秋莲城说话。

从天南说到地北，从天文说到地理，反正什么都说，只要能消磨时间。

我把想知道的事情都混在其中，真真假假问了几个问题，最后他和苏小爱之间的事情，我也就了解了个七七八八了。

02

苏小爱和沈辰东，的确是在3年前认识的，认识在一场葬礼上。

那时的沈辰东还是保险公司跑一线，所谓的理财顾问。富人爱买保险，因为保险有个好处，那就是可以规避传说中可能要征收的遗产税。

那天本来不是沈辰东去苏家，但他同事有事情没能去，于是最后沈辰东代替同事去了。那也是沈辰东和苏小爱的第一次见面，当时的苏小爱才17岁，就是沈辰东也才20岁出点头。

具体他们是怎么搭话，怎么走到一起的，沈辰东并没有说，他说的，是和苏小爱在两年之后的重逢。

说到这里的时候，沈辰东其实有些乱，大概因为这个时候，他和舒雅欣已经谈婚论嫁的缘故。

而这些天，苏小爱和沈辰东的问题，是苏小爱的家人知道了沈辰东的存在，他们想采取强制手段分开这两个人。

看样子无论多么宠孩子的父母，在择偶的问题上，也不会无法无天地惯着孩子的。

怎么看沈辰东和苏小爱都不配，沈辰东除了一张拿得出手的脸之外，什么都拿不出手，苏家接受这样的女婿才怪呢。到时候他会让苏家沦为上流社会茶余饭后的谈资，而苏小爱，也会成为笑柄。

苏小爱最近在美国，是因为她的家人把她骗回去的。现在苏小爱算是被软禁在美国，没有护照没有自由，苏小爱是无法回国的。

我乐了，这真是老天爷赏脸，在这种时候闹出这种事。

苏小爱和沈辰东之间如果还有30%的可能性在一起，那么我也要把这30%的概率给抹杀掉。

　　杀死30％,总比杀死90％要来得容易得多。很多时候,情侣本身的问题,就是他们最终分手的最大因素。

　　像是张叶和苏常瑞,从一开始张叶就错了,无论是爬上苏常瑞的床,还是为了让苏常瑞继续和她在一起,伪造的那张流产证明,都只是她自己在作死。

　　不作死就不会死。为什么这么简单的道理,还是有很多人不明白。

　　我翻开好友列表,看看有没有相关人员上线,然而上线的没有,倒是有另外一个情况。

　　我发现舒雅欣把墨桧的号删除了,难道说她听从了我的建议,重新建立一个新号,放下所有的偏见,去好好体验这个游戏了吗?

　　不过删除也好,现在风口浪尖上,沈辰东肯定已经知道了发帖人是谁,他应该也是对舒雅欣恨得牙痒痒的。

　　我看着师徒列表里,墨桧的角色写着已删除,心情变得有些微妙。

　　墨桧,是魔鬼的谐音,她用这个名字拜沈辰东为师,大概是想用这种隐晦的方式告诉他,刽子手将小白兔逼成了魔鬼,而魔鬼就在你身边,你却始终没有觉察到。

　　霓裳月月上线的时候,已经是晚饭过后了,但是身为女主角的苏小爱却迟迟没有上线。

　　我忍不住问了秋莲城。

　　【密聊】你悄悄对秋莲城说:师爹,师父怎么还不来,她不会看到帖子,生气了吧?

　　【密聊】秋莲城悄悄对你说:没有,她在找人查是谁发帖的,她现在有点事,而且人在国外,所以今天大概无法上线了。

　　果然,苏小爱的第一反应是砸钱去查谁干的了。

　　我提前一步将夏雪迟的账号密码要过来,真的是太机智了。

　　【密聊】秋莲城悄悄对你说:徒弟,你和彼得潘他们去打日常吧,师爹今天不做日常了。

【密聊】你悄悄对秋莲城说：师爹你不要管那些无聊的人，你和大师父一起带我吧，我还是习惯和你们一起打日常。

这时候，不知道是不是秋莲城和彼得潘说了日常的事情，彼得潘邀请我组队了。

我进队之后，不多时，秋莲城也进来了，队伍里除了霓裳月月、彼得潘、秋莲城还有我之外，剩下的一个是他们帮会的一个人。

我急忙喊了一下陈璐，她开了上次杀夏雪迟的唐门号，埋伏在了副本的入口。

我才读条完，耳边就想起了进战的声音。我一看，顿时乐了，因为埋伏在这里的不只是陈璐一个人，我们来的时候，直接落在了一片红名里面。

在这个游戏中，有的地图是强制开阵营的，今天的任务地图，就是强制开阵营的地图。

5个人落在一堆红名里，顿时被收拾得干干净净。

"我说你什么时候喊了这么多人啊。"我都目瞪口呆了，从我通知陈璐到现在，也不过过去了三五分钟而已，这么短的时间里，她到底是怎么做到的。

"我现在可是帮会的高管，"陈璐风轻云淡地说，"拉个大旗人不就来了吗？"

我顿时佩服得五体投地，不愧是精英，我总觉我和她玩的完全不是一个游戏啊！

"我还发愁没有理由干起来，现在好了，理由来了，"陈璐的心情似乎相当愉悦，"要趁着水混，把场面搅得更加混乱。"

"我懂了。"陈璐的目的是要接着这个时间，搞一场恶人谷和浩气盟的大战。如果浩气盟因为沈辰东和苏小爱的原因，被恶人谷打得喘不过气来，那么这两个人就算是帮会高管，在浩气盟也不太能待下去吧。

如果游戏无法愉快地玩耍，现实中又不能见面，遇到的全部都是不好的糟心事儿，估计这段感情，在苏小爱的心里，也需要重新被估量了。

再加上这个时候，出现另一个比沈辰东更可靠、更值得在一起的人，那么苏小爱还坚持不变心，那么我就绝对要对她竖起大拇指，夸一声真汉子了。

【队伍】霓裳月月:我们被守尸了,先恢复活点!

【队伍】春眠不觉晓:怎么回事,这些人为什么要杀我们?

【队伍】彼得潘:都是一群无聊的人,徒弟你别管,你先回营地,然后飞回帮会领地,暂时不要出来。

【队伍】春眠不觉晓:那你们呢?

【队伍】秋莲城:我们要陪他们玩玩的。

【队伍】春眠不觉晓:可是他们人很多啊,我也留下来帮忙。

【队伍】霓裳月月:徒弟没事的,师父师娘一定要保护你的。彼得潘拉大旗,让帮会里在线的人都来,我还就不信,今天这个日常任务做不了了。

【队伍】秋莲城:徒弟听话,下线或者回帮会领地,暂时不要来非中立地图。

【队伍】霓裳月月:是的,小春你去包团吧,我记得你还缺个腰坠,我找个团你去躺尸就好了。

【队伍】春眠不觉晓:我不要,我要和师父师娘一起,你们都在这里,我一个人跑掉,那算怎么回事,不就是死一死吗,没有什么大不了的!

【队伍】彼得潘:说的好!不愧是我的徒弟!

【队伍】春眠不觉晓:玩游戏不就是玩个痛快吗?我杀不死人,但是至少可以和你们一起躺尸啊!

这种时候我要是跑掉了,那么我这宫心计也就玩到了尽头了。这么好的机会我要是错过,那我不是白痴,我是智障啊。

游戏里,共患难的总是容易拉近距离,也容易刷好感度,苏小爱的好感度,暂时刷到了瓶颈了,接下来就需要这些人帮我刷好感度了。

而要这些人帮忙,首先我就得先刷满这些人的好感度。现在眼下这个机会,绝对是一步登天的机会,错过了,再想找可就没有了。

03

结果一整个晚上,副本门口炸开了锅,原本只是两个帮会的一小撮人在打,后来有别的人来做任务,被裹进这场厮杀里来,于是最后滚雪球似的,这场战斗越滚越大,等到打到深夜时,副本门口已经一片血红了。

等到浩气盟和恶人谷的指挥们反应过来的时候,两方人马已经打得不可开交。

"这也太夸张了吧。"围观了全过程的我,瞠目结舌。

事件从一个帖子开始,秋莲城这个移动的仇恨吸引体,变成了众人想要仇杀的对象,但他一直躲在帮会领地不出去,想杀也杀不了。

但他在我殷殷切切的期待之下,加入了队伍要带我打日常,真是中国好师爹啊。

真是抱歉,徒弟一不小心把你坑惨了。

"睡觉。"半夜12点,陈璐准时关电脑。我不得不感叹,陈璐做这份工作简直太适合,甚至某种程度上,她比我都要适合当事务所的老板。

虽然我知道她想干一发大的,没想到一出手就直接是两大阵营的混战。

人才啊,她,真是个人才!

于是在混乱中,我也表示明天有课,得先去睡觉了。陪着他们死了一个晚上,这好感度刷得都溢出来了,而且现在人多,他们也没有心情去管我的事,于是简单说了几句,我就下线关机了。

不知道是不是因为游戏的影响,我竟然做梦也梦见自己就是游戏里的角色,正在红名里奋力杀敌呢。

可能是梦里太兴奋,导致早上起来的我,相当没有精神。

洗漱完毕,吃了早饭,下去晨跑了一圈,我这才回到了家里。开了电脑之后,我依旧是先看了帖吧。果然,昨天晚上的大乱斗也上了帖吧,标题是——

一个碧池引发的恶人谷和浩气盟大乱斗。

这个总结堪称掷地有声,简单粗暴。我都不得不佩服这些标题党了,一出手就是个注定要火的帖子。

我看了下帖子的内容。帖子里详细分析了两个阵营的人到底是怎么打起来的,这当然就查到了最开始出现在副本门口的5个人。

霓裳月月、彼得潘和秋莲城,以及剩下的那个人之外,就是我了。

因为我的ID是个陌生ID,没办法,小新人,游戏里的人还没有来得及认识我呢。

这些人就开始找我的事了,我越来越感兴趣了。这个八卦帖的作者真是个人才啊,竟然只是单纯靠猜的,就还原了50%的真相,当然剩下的50%是在胡说八道。

但这50%的真实度就很也能说明问题了。一个陌生的ID,会不会是人妖号,为什么这些人会配合一个小号来做任务,怎么看都怪异啊。

于是帖吧里开始出现八我的帖子了。

包括我游戏里的人物模型、师父是谁、到底是男的还是女的,这些统统都被爆出来了。最后这个人还看热闹不嫌事大,放了一张相当漂亮的男生照片。

我都不知道这人到底是想黑我,还是想夸我了。

不过看到这里,我就大概知道发这个帖子的人是谁了。我直接一个电话拨给了大叔,这个点大叔还在睡觉呢。果然,接到我的电话,语气相当不好,隔着这么远,我都能感受到他的起床气。

"帖子就是我发的啊,因为给你的信息不完全,当做是额外的赠品。"他说完就挂了电话。"

他说的信息不完全,应该是说的苏小爱的那件事。

不过这个赠品嘛——来得很是时候,我很喜欢。

大叔还是很敬业的,这张照片他并不是随随便便从网上找的,而是用虚拟软件合成的,但是看上去完全看不出合成的痕迹。让网络高手给我干这种事,我还是相当有罪恶感的,这不是大材小用吗?

因为这张照片,这个帖子的热度一度爆表,毕竟这种颜值的男生,在当下还是非常有市场的。

漂亮精致,却不会显得像女孩子的男生,在这个看脸的世界里,要比一般人的路要好走得多啊。

到了傍晚的时候,这个帖子又更新了。大叔真是个看热闹不嫌事大的,他在帖子里虚拟了一个超级家族,而我的身份,是这个家族最受宠的小儿子。

这下子所有人都不淡定了,你说你颜值高也就算了,还是个超级大土豪,这种小说里才会出现的人物设定,蹭地一下跑到了现实里,顿时多少怀春少女在期待着来一场灰姑娘和王子的爱情。

一时间,所有人关注的焦点,一下子落在了我的身上。用这种被人扒皮的方式爆出身份设定,是最好不过的了。

眼下我已经取得了他们的信任,接下去的路线,可不就是找机会爆出自己的身份嘛。苏小爱本身是财团的千金小姐,能够和她并肩的,似乎也只有我现在的这个设定。

要是他们知道,男神音,漂亮长相,以及土豪背景的人真实身份是个心机深沉的女人,不知道会不会崩溃。

不过不管怎么说,目前我的确是引起关注就是了,而好戏也刚刚才要开场。一开始的隐忍和沉默,循序渐进地刷好感度,可不就是为了今天这一出吗?

我关掉了网页,上了游戏,进度条才读完,顿时被密聊刷频了。

我拉开好友列表看了一下,霓裳月月在线,彼得潘不在线,应该是酣战一夜,休息去了,苏小爱还是不在,沈辰东也不在线。

我关掉了好友列表,霓裳月月的组队邀请就发了过来。我接受了。她在队伍频道里说,去帮会领地,别的地方都不安全。

我是在副本地图下线的,才上线没多久,就有好多人朝我这边赶过来了。不用她说,我也知道我得去帮会领地,毕竟比起沈辰东和苏小爱,我的存在更加吸引人一些。

没办法,现实版的土豪真的太具有幻想性了。

我不得不佩服大叔,这活脱脱一个言情小说男主角的设定,套在我身上竟然丝

第七章 所谓神一样的队友,猪一样的对手

毫不差。这大概得归功于那张合成照片了。

到了帮会领地,我屏蔽了全部频道,只留下了团队和近聊。

霓裳月月几乎是踩着我的步子进了帮会领地,她一进来就绕着我走了几圈。我知道她大概是在酝酿如何开口问我,因为颜值和身份的原因,又有点不好意思问我。

【近聊】春眠不觉晓:师娘晚上好啊。

【近聊】霓裳月月:徒弟晚上好,你看了帖吧吗?

【近聊】春眠不觉晓:帖吧怎么了?我还没去看呢,我现在看看。

【近聊】霓裳月月:帖吧里有人在扒你,你快去看看。

我应和了几声,故意停顿了一会儿,然后才继续说话。

【近聊】春满不觉晓:[惊吓][惊吓][惊吓]怎么回事,这是谁啊,我是被人肉了吗?

【近聊】霓裳月月:难道那个帖子里说的是真的?徒弟,那个真的是你照片?

【近聊】春眠不觉晓:师娘你稍微等一下,我打个电话。

说完,我就去找大叔删帖了。这个帖子必定是要删掉了,不然怎么显示出我的背景雄厚啊。这个帖子肯定有人觉得是假的,我要做的事,就是让他们觉得这个帖子肯定是真的。

所以我不只是要删除这个帖子,包括陈璐写的,还有霓裳月月的帖子,都要一起删掉。

大叔的效率相当高,在删掉帖子的同时,还不忘给我传来了文件包。文件包里主要就是一些身份信息之类的东西,包括这个家族的信息,以及我各个角度的合成照,都做的以假乱真。

做戏做全套,细节决定成败,这是我一直推崇的理念。

无论什么时候,认真谨慎一点总没错的,否则干我们这一行的,迟早要被人乱棍打死。

我很惜命,我想活得长长久久。不是说祸害遗千年吗?我就是祸害,请让我遗千年吧。

【队伍】春眠不觉晓：好了师娘，没事了。

【队伍】霓裳月月：徒弟，你干了什么？帖子都不见了……是你干的吗？

【队伍】春眠不觉晓：师娘你在说什么啊，我对电脑不是很精通，帖子都被删掉了吗？

霓裳月月整个人都惊呆了，毕竟只是一个电话的时间，帖吧里相关帖子都没有了。能做到这种事的，要么是帖吧的管理员，要么是有背景的人去和谐了帖子。

联系帖吧管理，这个可能性也有，但是人们更愿意相信是有背景的和谐了帖子。

因为发生了事情，我们总是擅长怀着最大的恶意去揣摩真相。

可真相到底是什么，可能到最后都没有人知道，愿意被相信的就是真相，不被相信的真相，是不需要存在的。

04

霓裳月月绕着我转了好几圈，我觉得她看我的眼神都不一样了，毕竟我现在不只是男神音，连人物设定都是男神啊。

因为帖子的缘故，一整个晚上不断地有人在申请加我好友。我统统都无视了，在男神的世界里，你们这些渣渣是不需要理会的。

帮会领地的人越来越多，多的是我们自己帮会和结盟帮会的，他们都是来围观我的。帖吧的帖子被删了，很快就冒出了更多的帖子，很多的猜测帖，在猜测我到底是什么人。

我和霓裳月月在队伍里说了几句话就下线了。下线之前，她和我说了一声，最近两天暂时不要上游戏，或者改个游戏ID，等到热度下去一些了再回来。

浩气盟和恶人谷还在混战，毕竟你杀了我，我就要杀回去，游戏里都不能快意江湖，那未免太扫兴。

于是原本平静的一个游戏世界，瞬间风起云涌，这些天涌入我们区服来围观八卦的人，可谓是如过江之鲫，官方甚至还暂时关闭了新号的建立申请。

第七章 所谓神一样的队友,猪一样的对手

接下去的两天我也的确没有上游戏,因为何羽绯约我和她一起商量婚礼的事情。

再有一个多星期,何羽绯和程逸的婚礼就要举行了。她的婚纱和具体的婚礼仪程都还没有订好,因为游戏里还在乱斗,所以我暂时也上不了游戏,而且有陈璐盯着那边,我也可以暂时把舒雅欣的案子放一放。

和何羽绯约好在咖啡馆会面。我还是提前一些出发,但是到的时候何羽绯已经先到了。我觉得要成为朋友,相似的"三观"很重要,否则真的是话不投机半句多,我和何羽绯之所以还保持联系,大概就是因为这个原因。

快做新娘子的人了,何羽绯是从内而外散发出一种很幸福的气场,让人看到她就心情愉悦。她最近气色相当好,爱对了人,真的是每天都过情人节。

心情好,何愁气色不好。

我莫名想到了舒雅欣,曾几何时她也让人有过这种见了她,我就觉得很开心,可是上次见面,她硬是让自己变成了那种模样,就是何羽绯状态最差的时候,也没有差到那个地步。

"一会儿我们中午去吃好吃的,上次程逸发现了一家很好吃的泰国菜。"何羽绯喊来了服务生,要了两杯摩卡。

"必须的,我今天一定好狠狠地吃你一顿,结婚请帖竟然不亲自送给我,真想揍你,"我笑骂道,"怎么样,要当新娘子,心情怎么样?"

"心情当然是每天都很好啊,"何羽绯笑着说,"你不知道,晓晓,前两天我刷微博,刷到这么一条心灵鸡汤,那句话是这么说的:'总有一个人,让你在很多年后谢谢他的不娶之恩。'"

"你说的是苏常瑞吧。"曾经,苏常瑞这3个字是何羽绯不能触碰的隐痛,而现在,她已经可以笑对这几个字了。因为什么都不是,所以才会不在意,这大概是放下最好的诠释。

对一个人最残忍的报复,就是视而不见啊。

"是啊,真神奇,不过谁没爱过几个人渣,都过去了,"何羽绯摆了摆手说,"你呢,

你最近案子有进展没有？上次程逸还问起你的，说是欠你大人情，有需要的话尽管提，能帮得上忙的，尽量会帮的。"

"有需要的话，我是不会客气的，"我说，"目前还没有要帮忙的地方，我还能应付得了。你上次给我的那个信息，帮了大忙了。"

"上次啊，"何羽绯想了想，"夜盲症的事？"

"是的，"我点了点头，"还有 3 年前，她曾经回国的事。"

关于这件事我是让许陌去帮我查一查的，不过他那边也没有什么进展就是了。

"帮上忙就好，"她说，"我这边要是有什么新的线索，会及时告诉你的。"

"你还是专心准备你的婚礼吧，"我笑着拒绝了她，毕竟我现在做的事情，并不是让人幸福的，我不想让何羽绯的喜气沾上这种晦气，"你是打算中式婚礼还是西式婚礼啊？"

"我爸妈他们是希望中式婚礼，程逸的爸妈也觉得中式很好，有感觉，"何羽绯很坦率地说，"我们是觉得中式的可能到时会很繁琐。"

"一辈子就结一次婚，繁琐一点不是更有意义吗？"我瞬间就脑补了一下何羽绯和程逸的古代造型，这不想还好，一脑补，我就坚定了要她穿古代新娘装的想法，"啊，我也觉得中式挺好的，西式婚礼也不是不好，但是我觉得吧，中国人还是要坚持一点传统的。"

"连你都这么说了，我要是不定中式的，那就要众叛亲离了，"何羽绯打趣道，"礼服已经订了，一套旗袍，一套汉服喜袍，还有一套西式婚纱。一会儿我们吃过午饭去看婚纱。昨天那边打电话给我，说是已经做好了，我这不第一时间喊你了吗？"

"这还差不多，我姑且原谅你没有亲自给我送请帖了。"算起来我还是程逸和何羽绯的大媒人呢，到时候他们不包个大红包给我，都显得太对不起我了。

"我本来想喊你当伴娘，让许陌当伴郎的，"何羽绯说，"不过因为到时候会有很多人拍照什么的，我怕万一被拍到了，不太好。"

"对，我不适合当伴娘。"何羽绯到底还是知道深浅的，在她和程逸的婚礼上，如果我和许陌出现担任伴郎和伴娘，那么苏常瑞肯定会看出猫腻来，当初我是许陌介绍进江海集团的,如果我和何羽绯走得近,稍微有点脑子的就会看出有问题。

如果只是简单的参加婚礼,那就无所谓,毕竟我的身份可是许陌的表妹啊,表妹和表哥去参加程小总的婚礼,这就毫无违和感。

"真遗憾,其实我真的好想让你当伴娘的,"何羽绯很是遗憾地说,"因为晓晓,你一定不知道,在我眼里,你就是最大的恩人。"

"你应该感谢的不是我,"我笑着说,"应该谢谢就算那么痛苦,也撑过来的你自己。说白了,那时候我不过是拿人钱财替人消灾,我做的都是我应该做到的,所以你不必这样感谢我,我们是朋友,不是吗?"

"当然是啊,"她说,"嗯,这样的话我以后不会再说了,我们是朋友,晓晓,我们永远都是朋友。"

05

陪着何羽绯试完了婚纱,又一起喝了下午茶,逛了一会儿街之后,程逸给何羽绯打来电话,说是程家父母晚上设宴,要何羽绯去吃饭。

我们在商场门口告别。我买了一堆东西拎在手上,下到地下停车场之后,将东西一股脑儿塞了进去。陈璐这时候打来电话,问我回不回去吃晚饭,回去的话,带一瓶酱油回去。我应了声"好",在家附近的小超市里买了一瓶酱油。

拎着一堆东西到家,陈璐挑了挑眉,没有发表一丝一毫的意见。

逛街不买东西,那和咸鱼有什么区别。

陈璐的晚饭做的是猪排饭。每次吃她做的饭,都是一种享受。

"以后谁要是娶了你,那绝对是积了几辈子的福,"我忍不住感叹,"你说说看,你还有什么不会的?"

"嗯,好像暂时没有不会的。"陈璐的性格和我一样,也是从来不懂谦虚为何物的。没办法,能力强到一定程度,是不需要谦虚的,过分的谦虚与骄傲就没有什么区别了。

收拾完了碗筷,我坐到了电脑前面,虽然说这两天我的确不适合上游戏,因为大叔的那个爆料帖，我现在成了剑三的大名人。

现实版的绝世家族、顶级豪门，这样的身份，简直太拉仇恨了。

"你打算怎么办？"陈璐端着一盘剥好的柚子放到我手边，"真的几天不上游戏？"

"那不能，"我鼠标移到游戏图标上，很果断地点开了游戏，"这个世界上，不是还有一种东西叫作小号嘛。"

在大号无法玩的情况下，建个小号是最好的选择，当然，也是眼下最适合的选择。我建完小号之后，将彼得潘、霓裳月月、秋莲城和白流霜都加了好友。

【密聊】你悄悄对彼得潘说：师父，我是春眠不觉晓，那个号暂时没有办法上，所以申请了小号。

我将这句话，复制了发给这几个人。很快，一个组队申请就丢了过来，队伍里，霓裳月月、彼得潘和秋莲城都在，然而白流霜还是不在线。

算起来她已经好几天没有上线了，我心中不由得有些困惑。她是因为现实里的原因无法上线，还是因为游戏里这几天发生的糟心事不想上线呢。

从那天副本散了之后，白流霜就没有出现过了，算算也3天了。

【队伍】霓裳月月：徒弟我这里有直升丸子，直接吃了满级的，你等会儿我来找你。

【队伍】沐春风：谢谢师娘。

沐春风就是我的小号了，不同于一开始，这一次我没有拒绝直升。

我给秋莲城发了一条密聊，问他师父为什么没有上线？秋莲城告诉我，这几天白流霜都有事情，所以没有来游戏。

有事情？这当然应该就是个借口，而且如果真的发生了什么事情，秋莲城也应该不会来游戏才对，毕竟现实中，女朋友都要没了，哪里有心事继续玩游戏呢。

无法接近苏小爱，只能继续和这些人刷刷好感度了。

恶人谷和浩气盟的乱战还在继续，虽然那些八卦帖子被强行删除了，但架不住那些截图党，重新将被删掉的帖子，又发了一遍，事件仍在升温，尤其是事件里忽然

第七章 所谓神一样的队友,猪一样的对手

被扒出来一个超级土豪——我,这下子帖子的热度能轻易下去才有鬼!

苏小爱不出现,我的计划就无法实行,我心中有些心烦气躁。这种现实无法插手,只能从游戏中找突破,真的太麻烦了。一切好像陷入了瓶颈,我需要找到一个突破点。

我和他们说了一声要去休息,就关了游戏。我打开了帖吧,看着那些帖子,大脑在飞快的运转着。

现在的情况是,我终于打入了那拨人之间,共患难是增进感情的催化剂,然而关键人物苏小爱却迟迟没有再出现,她人在美国,现实中也无法下手。

"得让苏小爱继续出现才行。"我嘀咕了一声。

"你有什么好的办法?"陈璐正好听到了我的自言自语,便随口问了一声。

我无奈地摇了摇头:"目前没有什么可行的方法。"

"苏小爱不在,但是沈辰东还在的啊,"陈璐提醒我,"你搞定沈辰东,不是同样能让他们分手吗?"

我愣住了。是啊,我怎么钻了牛角尖,不是非要搞定苏小爱,苏小爱和沈辰东,搞定其中之一就能够完成任务。只不过当时的考虑是,在沈辰东和苏小爱的这段感情里,苏小爱是掌握着主导权,她想玩,这段感情就能继续,她若是不想玩,那么她和沈辰东就能马上分手。

现在苏小爱不在,沈辰东还在的啊,虽然沈辰东不是感情中占主导的那一个,但只要是感情里的某一方,就可能也是影响这段感情能不能走下去的主要因素啊。

而且,一旦沈辰东变心,那就是他作死,苏小爱肯定不会要他了。

"你这提醒的是时候,"我忍不住说,"简直醍醐灌顶啊。"

我刚刚还在为事情走入死胡同而焦虑,陈璐这一提醒,顿时就有好几个思路浮上来了。

其实一开始为了沈辰东这条线,我也是作了准备的,只不过后来发现接近苏小爱更加直截了当,所以暂时没有动用那条伏线而已。

"你想到怎么做了?"陈璐笑着问。

"要勾引一个女朋友不在身边的男人,还是有很多种办法的,"我一边说,一边拿出了手机,现在已经快10点钟,时间不早了,想了想,我又将手机放了回去,"早点睡吧,明天再说,今天就当是中场休息。"

当时许陌建的是成女号,我的计划,是用许陌的那个成女号去接近沈辰东。

现在苏小爱这条线不得不暂停,那么沈辰东的另一种好感度就可以开始刷起来了。

不知道许陌知道我的打算,会不会喷饭。想到他的表情,我就忍不住笑了出来。

"晚安。"陈璐也没有细问,和我说了声晚安,就抱着电脑回房间去了。

我将电脑关了机,拿了平板进了房间。不知道是不是因为前些天熬夜的缘故,今天难得在11点之前上床,我竟然失眠了。

索性爬了起来,我拿出平板电脑,心血来潮地搜索苏小爱的信息。苏小爱最近没有来游戏,她到底是做什么去了呢?她现在被家里软禁着哪儿也不能去,估计电话也停了,那么她能够和沈辰东见面说话,就只能在游戏里了。

她可是不顾舒雅欣的存在,也要去沈辰东身边的,没有理由会不去游戏。

我试着搜了一下,有一条非常不起眼的小新闻跳入我的眼中来。

我用的搜索软件当然不是百度一类的,这是大叔给我做的一个简单版的人肉搜索引擎。

我输入苏小爱之后,和她相关的信息都出现在了界面上。第一条小新闻是美国布尔家族前天举办了一场宴会,邀请了美国上流社会的一些人士参加,苏小爱的养父,苏信誓赫然在列。

第八章　所谓机会从来只给有准备的人

01

我抱着平板电脑坐了起来,我立马就精神了。

因为这个新闻上还有个重要的信息,那就是这场宴会,实则是布尔家族为了继承人挑选未婚妻而举办的,苏小爱参加了,并且新闻上说,家族的继承人对苏小爱很有好感,因为他很迷恋东方文明,很巧,苏小爱的外貌又相当的有卖相。

我开了卧室的灯,抱着平板电脑走了出去,大叔给我的资料都在书房的抽屉里,我觉得我有必要再研究一下苏小爱的家族背景。

苏小爱和苏常瑞本是亲兄妹,但因为苏信誓无法生育,将苏小爱过继过去,当作亲生女儿一样抚养长大。苏信誓本身并没有从他的父亲苏国良那里分到什么家产,几乎可以算是自己打拼出来了一个商业王国,在美国也算是排得上号的人物,否则布尔家族的宴会,也不会邀请他参加了。

我将苏小爱的资料翻出来,又研究了一下,我发现有个地方不对劲。苏小爱素来是我行我素,养父母根本不敢管她,怕她一怒之下回亲父母那里去,那么既然是这样,这次为什么又会将她骗回美国去软禁起来呢?

我继续用大叔给我的搜索软件找了一下,关于布尔家族的这场宴会是从半个月前定下来的,苏小爱回国差不多也在那个时间段,这就很有意思了啊。

从来不会强求苏小爱的养父母,却破天荒地让苏小爱回去,并且还不让她回来了。他们真的是不想苏小爱和沈辰东在一起,所以才让她回去的吗?

"有点意思啊。"我的好奇心被挑起来了,我搜索了一下苏信誓的信息。他是靠着贸易起家的,如今已经建立起了一个商业王国了,怎么看这人生都太励志了一些,放出来都能当作人生模板了。

苏小爱和沈辰东的事,他们真的是最近才知道的吗?我深表怀疑啊。

苏小爱不是个懦弱的人,一定程度上来讲,她敢爱敢恨,爱上了就会不顾一切,舒雅欣怀着孩子都没能阻止她,那么对她来说,是没有任何理由可以阻止她和沈辰东在一起的。

可是现在苏小爱却在美国,她这样我行我素,任性惯了的人,会是什么样的理由,能把她在蜜恋期就骗回美国去呢?

沈辰东言语里的不确定,他应该对于自己和苏小爱之间的差距,是非常心知肚明的,甚至也明白他和苏小爱能在一起,占主导地位的,绝对是苏小爱。

沈辰东,真的是为了钱和苏小爱在一起的吗?

这么一想,我发现自己似乎想得有点多了,因为继续想下去,我可能会想到很诡异的地方去。

将资料重新放回抽屉里,我抱着平板回了房间。陈璐似乎还没有睡觉,不过我没有去打扰她。

这一夜,断断续续做着梦。可能梦也是一个人生活状态的映射,这两天进展太慢,我心烦气躁,在梦里就表现出来了。

醒来之后,我腰酸背痛,就跟晚上被人揍了一顿似的。

"怎么回事,你脸色不太好哦,"陈璐早就起来了,她将早餐端上桌,看着我的脸色,顺口问了一句,"昨天你不是睡得蛮早的吗?"

"还是心烦气躁。"我刷了牙洗了脸,这才坐到餐桌前。陈璐早上做的是南瓜小米粥,加上一些爽口的小菜,这早餐吃得人浑身舒爽。

"或者,你要不要出去散散心?"陈璐提议道。

"不用,事情没做完之前,哪儿也不去。"舒雅欣的这个案子,远远比何羽绯的叫人心烦,不处理完这个案子,大概我什么都不会想去做的。

"有什么是我能为你做的吗?"她吃完了早饭,将碗筷放好,叠着双手,微微笑着看着我。她的眸光很坚定,她整个人都透着一股让人可以信赖的气息。

第八章 所谓机会从来只给有准备的人

当初我决定聘用她,是不是因为她身上这种气质呢,或许是有这方面的原因吧。可靠的队友,谁都不会拒绝的,尤其是我这种光杆司令。

"我还是觉得应该把重点放在苏小爱身上。"虽然昨天晚上陈璐提醒了我之后,我想让许陌去勾引沈辰东,但是怎么想都觉得这太无厘头了,就算许陌愿意陪我胡闹,我真能让他去做这种事吗?万一他真的喜欢男人了,我姐姐要怎么办,所以这个主意很快就被我掐死了,这不是闹着玩儿的。虽然我这么想,有点小瞧许陌的定力了,但是不怕一万,就怕万一呢?

万一在许陌演戏的过程中,一不小心打开了什么新世界的大门,那就要哭笑不得了。

"那这样吧,沈辰东这里,我来;苏小爱那边,还是你去,"陈璐说,"你超级豪门的身世,不用白不用啊。"

"也对,"我叹了口气,"这不是无法接触到苏小爱吗,无论多漂亮的妙招,对方不出现,也没办法啊。"

"放心吧,她会出现的。"陈璐说得信誓旦旦,她唇边还露出了一抹不怀好意的笑。

"我出去散散心。"我觉得我现在的状态很不对。

"记得带伞,天气预报说今天有雨。"陈璐说。

"好的。"我从伞架上抽出一把黑色的长柄伞。我下了楼,天空的确是阴云密布,冷风呼呼地吹,再过些日子就要过年了吧。这寒冬腊月,是一年里最冷的时候。

我将手插进大衣口袋里,手指碰到了放在口袋里的车钥匙,几乎没有怎么想,我开了车,缓缓地出了这片在沙市最为高档的小区。

或许是因为现在是上班时间,又或许是天气实在太冷了,路上几乎没有什么人,连车都很稀少。柏油路两旁的大树,早已经凋零了树叶,光秃秃的,让阴云下的沙市,显得越发萧条冷清。

我这几天的状态其实都有点不对劲,并不是这两天才心烦气躁的。

比起这种从游戏里接触,我更喜欢简单粗暴的面对面交流,因为在隔着一根网线,谁也不知道电脑那头的人,到底是用什么表情在说话。

　　我没有具体的目标,遇到路口就在当前的车道转弯,最后转着转着,不知怎么的,开到了姐姐在的疗养院附近。

　　我将车停了下来,摇下车窗,冷风将我吹得稍微清醒了一些。

　　姐姐在的这家疗养院,位于沙市的郊区,山脚下开了一些花店、书店和小吃店。我下了车,顺着小路走了一段。那家名叫"星星花"的花店就在眼前,平常我到山脚下,都会从这家店买一把风信子带去姐姐的病房。

　　"还是老样子吗?"花店的老板是个30多岁的女人,她总是带着笑,让人一看,就觉得亲切。在疗养院附近开花店,会来光顾的,大多是来探病的人,这样的笑容,会让人觉得很舒悦。

　　"今天不用。"我摇了摇头,我觉得我现在的状态,不适合去见我姐姐。

　　我是个理智的人,理智的人会知道如何控制自己的情绪,我现在这种有点情绪化的状态,不适合去见姐姐。

　　"这样啊,"她笑了笑,弯腰从花筒里拿出一支白色的玫瑰花递给我,"送给你,愿你有个好心情。"

　　"谢谢。"我接过来,道了声谢。

　　她冲我略微点了下头,便转身继续忙她的事情去了。我拿着那支白玫瑰缓缓地走开。玫瑰花的香气,若有若无的沁入鼻中,在这个冷肃的寒冬,也是一种暖心的慰藉。

　　天空仍然阴着,压得人心也沉甸甸的。这些天近乎不分昼夜地耗在游戏里,精神和身体,都有一种说不出来的疲倦。

　　我觉得如果放任这种情绪发酵,我会开始对我所做的事情产生怀疑,我会动摇。

　　做我这一行的,哪怕只是轻微的一点点动摇,都是要不得的。一丁点的破绽,都会让前面所有的努力付诸东流。

　　陈璐应该看出我的不对劲,所以才会主动将沈辰东那一边的事情主动揽过去了。

收了陈璐这样一个人才,应该是最近发生的最好的一件事了。

手机适时响了起来。我抓起来看了一眼,是许陌打来的,我按了拒接,他再打,我索性关了机。

我想自己静一静,思考一下这些天,为何会是这样的状态。

铅色的天空,云卷云舒,一滴冰冷的雨落在了我的脸上,我这才惊觉下雨了。

我听了陈璐的话带了雨伞,可惜我现在已经走了有一段路了,折回去拿伞,肯定会被雨淋成落汤鸡。

离我不远的地方,是一座老旧的瓦房,只是看上去没有人住的样子。雨开始慢慢大了起来,我拿着玫瑰跑向了瓦房,虽然进不去,但是那挑高的屋檐还是可以稍微躲一下雨的。

我才跑进去,那雨就哗啦啦落了下来。屋檐上有帘幕一般的雨落下来,四处安静极了,这就显得雨声非常大,就像是天地之间,只剩下了我一个人一样,一种自灵魂深处蔓延上来的寂寞,顷刻间将我吞没了。

一些支离破碎的回忆,争先恐后地涌上来,连大叔都查不到的那段过往,仿佛要将我的心脏都吞噬干净。

"你在这里啊。"就在我的心要陷入黑暗之中的时候,一个带着笑意的嗓音,传入了我的耳中。

我瞬间清醒过来,那瞬间,大脑发出一阵空鸣,有那么一瞬间,我分不清今夕何夕,然而这也只是一瞬间的。

眼前的人,个子高高,天生适合穿立领风衣,笑起来的时候,会让人觉得有点狡猾。

"你怎么在这里?"我震惊地看着站在我面前,撑着一把黑伞的许陌,他是在我身上装了追踪器吗?

02

"我为什么在这里,当然不能告诉你,否则我下次怎么找你?"许陌嬉皮笑脸地看着我,"怎么不接我电话?"

"我就是不想接啊,你打我啊。"我一点也不想许陌知道我的现在的状态,很奇怪,我明明不想被任何人找到,但是许陌出现在我面前的那一瞬间,很诚实的,浮上我心头的第一个情绪,是欣慰,仿佛许陌找到我,是一件特别让我开心的事。

"我倒是想打你啊,回头你告我家暴怎么办。"许陌打趣道。

"那不能,还有家暴是个什么鬼,我还没变成你小姨子呢。"和许陌聊天,是一件很让人放松的事,不必去考虑是否合乎身份设定,不用去在意对方会有什么想法,自在,闲适。

"去看过你姐姐了吗?"说到这里,许陌很自然地问了一声。

我摇了摇头:"今天就不去看她了,等到舒雅欣的事情告一段落再去见她。"

想起舒雅欣,我的脑袋就开始隐隐作痛,就算我成功让苏小爱和沈辰东分手,舒雅欣又要怎么办,我要怎么做才能让她走回阳光下。身为粉色事务所的老板,集美貌和智慧于一身的方老板,我竟然没了主意。

何羽绯要寻死我都能拉回来,可是积极复仇的舒雅欣,我反而不知道要怎么让她释怀。毕竟我做不到让一个心怀恨意的人,去原谅伤害她的刽子手。

这太不公平。

我心中猛地一震,是了,我烦躁的根源,不就是这个吗?我找不出让舒雅欣放下过去,好好往前走的理由。她和何羽绯不一样,何羽绯到底没有经历过那样惨烈的背叛,她失去的是自己的丈夫和孩子啊。

甚至那两个孩子,再过些天就能来到这个世界上了,任何一个做母亲的,都会痛心,更何况舒雅欣是被苏小爱推下楼才失去孩子的,她九死一生从地狱里爬回来了,她想要报仇——这有什么不对?

因为没有什么不对,所以才会烦躁。

我在游戏里接触的苏小爱,她并非是个十恶不赦的恶人,她甚至对我很好,她和张叶不一样,我真的可以心安理得地去报复她吗?

所以其实我已经在动摇了,就算苏小爱身在美国,也并非一点办法也没有的。我只是消极,潜意识里开始拒绝去算计,所以才会越来越烦躁。

困扰着我的这些疑问,在这一瞬间,拨云见日。

"饿了吗?你的肚子在咕咕叫。"许陌这时候开口问我。

我缓过神来,肚子果然咕噜噜叫唤了一声,我拿起手机看时间,这才想起手机被我关机了。

"已经快下午2点了,"许陌说,"多大个人了,午饭都不知道吃,饿死你。"

"那哪能,饿死谁都不能饿死我啊,这不是还有你吗?"对许陌,我是从来不知道客气两字是怎么写的。很神奇,算起来我和他认识,也就是近一年的事,姐姐出事,我从韩国回来,一来二去的,慢慢就认识了。

或许是因为他对姐姐有过好感,也或许因为是他带姐姐去的医院,让姐姐不至于流血而死,所以我下意识就将他当作了自己人。

"走吧,带你去吃好吃的。顺便,你上次不是让我帮你查了苏小爱3年前回来的事吗?这里查到了一些信息。"许陌说。

我的眼神顿时就亮了,许陌简直就是雪中送炭的小天使啊!

"我要吃羊肉火锅!"我说。

"先离开这里吧。"许陌笑容里带着一丝无奈。我从屋檐下走进了他的伞里,从这里到我停车的地方,还有段距离,雨还在下,地面湿漉漉的,很是泥泞。

"我说你没事跑到这种地方来做什么。"许陌穿着一双黑色的商务皮鞋,此时鞋子上满是泥水,硬生生地把一个坐办公室的小老板,给糟蹋成了工地上搬砖的农民工。

"我乐意,你不觉得这里风景独好吗?"我忍着笑,嘴硬道,事实上我自己的高筒靴也已经一片泥泞,惨不忍睹。

"方晓晓,你的脑袋是坏掉了吗?"许陌空着的那只手,狠狠赏了我一个暴栗,"光秃秃的山,光秃秃的树,有什么风景吗? 你今天是不是没带脑子出门?"

"偶尔不带脑子出门,不是也挺好的?"我将伞往他那边推了推。他的伞大部分都罩在我身上,他的左边肩膀已经被雨湿了一大片。

"嗯,你说的有道理。"许陌点了点头说。

一路胡说八道地回到了我停车的地方,许陌的车就停在我车边上。他将我送到车边,我打开车门坐了进去,手里还捏着那支白玫瑰,我笑了笑,将玫瑰花放在了副驾座上。

许陌在前面开,我在后面跟,我不去思考他要把我带向哪里,因为我知道他不会算计我,不会伤害我。我就这么跟着许陌,从这荒芜的郊区,开到了繁华的市中心。

在一个地下停车场将车停好,许陌走到我车边,给我打开了车门。他的大衣搭在臂弯上,里面穿的是一套商务西服套装。

"你的鞋,不用擦擦吗?"我绕到后备厢,找了一双低靴换上了。我车里一般都会备着一套衣服一双鞋,以应对突发情况。

"哦,忘记了。"他低头看了一眼,又折回了自己的车旁。他打开车后门,从里面找出了一双运动鞋换上了。

"呃,你这西装配运动鞋?"我都惊了。

许陌冲我眨了眨眼,他顺手从车里抓出了一件牛角扣的男士大衣,将原本放在臂弯里的那件立领大衣放了进去,"走吧。"

"哦,这样可以的。"我不得不给他竖个大拇指了,运动鞋、牛角扣大衣、黑色的西装裤也不算突兀。这一搭配,让他看上去顿时年轻了 10 岁,像个在读大学生。

从地下停车场的电梯,直接上了 5 楼,我也没问许陌去哪里,就这么跟着他一路往前走。

这个点,照理说餐厅应该都不做午饭了,不过许陌带我去的那家火锅店,倒是还在营业。

"自己点。"在靠窗户的一个位置坐下来,服务生送来了点单的纸笔,许陌转手放在了我面前。

我也不客气,见样点了一些,就让服务员去下单了。

冬天果然还是要吃羊肉火锅的。因为只有我们在吃饭,不是高峰期,所以锅底和食材都上来得特别快。

一盘羊肉下肚,我顿时觉得整个人都活过来了,不管是心理上还是生理上,出来的时候,我还特别茫然情绪化,现在我又变回了理智而强大的方晓晓!

"你说,你打听到了3年前,苏小爱的事,说说,是个什么情况?"恢复过来,当然就要开始办正事儿了,白洞和白色的未来在等着我呢。

"情况就是,3年前,苏小爱回国参加奶奶的葬礼,葬礼之后,在国内逗留了大概小半年的时间,"许陌说,"那半年里,有人看到她和一个年轻男人走得蛮近。"

"照这么说,那沈辰东不是最近才出轨,他在3年前就已经出轨过啊。"我心情顿时变得有些微妙。沈辰东告诉过我,他和苏小爱是3年前认识的,怎么看,许陌说的那个年轻男人,都只可能是沈辰东。

03

和许陌一起干掉了所有的菜,最后在地下停车场,各自开着各自的车,各自回了各自的家。

回去的路上我一直在想一个问题,那就是许陌到底是怎么找到我的呢?

我出来,陈璐都不知道我具体去了哪里,许陌他难道真在我身上装了追踪器不成?当然我自己也知道这个想法很荒诞,但是他在疗养院附近找到我,还是在那么偏僻的地方,怎么想都有点诡异啊。

算了,等到晚点,游戏里遇到许陌再问问吧。这么想着,我便将这个疑问抛诸脑后了。

将车开到楼下,雨还在下,我撑着伞,将脏了的鞋子带了下来,关车门的时候,我瞥见了副驾座上的那支白玫瑰,想了想,也一起拿下了车。

到家的时候,已经是下午4点多了,再一会儿就该吃晚饭了。陈璐坐在客厅里的小写字台前，神色异常专注。

她十指灵活地在笔记本键盘上跳动着，屏幕上的光影映在她那双迷人的眼眸里。

"回来了？"她没有抬头看我，只是淡淡地问了一声。

"嗯，回来了。"我应了一声，将穿脏了的靴子拿到水池边处理了一下，回到客厅。陈璐还在专注地看着电脑，我找了个细长的小花瓶，将那支白玫瑰养了进去。

我没有打扰陈璐，自己走到我平常玩电脑的地方。开了机，我没有开游戏，而是先登录了YY。

我给苏小爱发了条消息：师父，你在吗？

苏小爱的头像跟着就亮了起来，她很快地回了一句："徒弟，你出现了啊！我有事情没能上游戏，刚刚好不容易有时间上来，怎么游戏里就翻天覆地了？"

苏小爱在线，这让我下意识地松了一口气，不管要做什么，都必须和对方有所接触，否则就没有意义。

春眠不觉晓："我不知道啊，好像是师爹的徒弟，去帖吧发帖黑师父，然后我躺着中枪，被人肉了。"

白流霜："你师爹？"

春眠不觉晓："是啊，师爹之前不是收了一个叫夏雪迟的徒弟吗？她误会师父你针对她，去帖吧黑你们了。"

白流霜："这个我知道，游戏里怎么回事啊。"

我微微愣了一下，白流霜知道帖子的事情，这其实倒也不意外，她不知道倒显得奇怪了。而且我记得，当时秋莲城有说过，苏小爱派人去查发帖人是谁了，不过——

春眠不觉晓：游戏里？游戏里怎么了？我马上上线！

我没有登录我的小号，直接上了那个位于八卦中心的正太号。

我一上线，果然就很多密聊涌了进来，这些人也真是够无聊的，这个八卦，都好几天了，热度都不肯退散。

第八章 所谓机会从来只给有准备的人

不过我一上线就知道白流霜在说什么了,我上线就看到帮会频道,不断地被击杀信息刷频了。

我看了一下帮会在线人数,竟然超过了100人,所有人都在同一个地图——马嵬驿。这很不正常,这么多人在马嵬驿干什么?今天又不是打攻防的日子啊。

我上次下线的地方在帮会领地,现在上来当然还是在这里,好在今天帮会里面已经没有人在了,所有人都在马嵬驿。

苏小爱很快邀请我组队,我点了接受。队伍里,不只是苏小爱,还有霓裳月月,彼得潘这些人,但叫我意外的是,秋莲城并不在。

我点开好友列表看了一下,好友里秋莲城也不在。

这个就怪了,他竟然没有在线上等苏小爱。

【队伍】彼得潘:徒弟,你来了啊。

【队伍】春眠不觉晓:大师父,师娘,你们好啊。

【密聊】你悄悄对白流霜说:师父,你们在哪里啊?

【密聊】白流霜悄悄对你说:我们在马嵬驿,这里在打架,你不要来,等我来找你。

【队伍】彼得潘:徒弟,你待在帮会领地不要动,现在哪里也不要出去。

【队伍】春眠不觉晓:怎么回事?我不在的时候,发生了什么事情吗?

【队伍】霓裳月月:别提了,前几天不是恶人谷和浩气盟打起来了吗?打着打着,浩气盟又内讧,有个帮会一直揪着我们打。

【队伍】春眠不觉晓:内讧?为什么啊,浩气盟不是应该团结对外吗?

【队伍】彼得潘:徒弟来YY,打字不方便。

我这才拉出YY界面,进了帮会频道,一进去,我就被苏小爱拉到下面的子频道,霓裳月月他们都挂在这里。

我确认了一下变声器已经开好了,这才开了麦说话:"师父,师娘,你们都在马嵬驿吗?"

"我马上到帮会领地了,在过地图。"苏小爱回应道。

我看着游戏里,彼得潘和霓裳月月的血线跟坐过山车似的,应该正在打架。

这是什么情况,恶人谷和浩气盟打了几天都还没消停,浩气盟又在内战了。我忽然想起回来的时候,陈璐坐在电脑前,聚精会神,十指联动的模样,难道这是陈璐搞的鬼?

【密聊】你悄悄对慕溪水说:什么情况,你做了什么?

【密聊】慕溪水悄悄对你说:当然是趁乱让局势变得更乱啊,浑水才好摸鱼。

我下意识地抬头朝陈璐望去,我近乎目瞪口呆了。这半天的时间,她到底是怎么做到的,她这种大规模搅局的本事,我真的是开了眼了,就算是我,也只是去影响一下几个人的想法和观念,她霸气地直接改变大的背景和局势!

不得不说,有了陈璐,这对我来说简直就是如虎添翼啊!

小范围的影响人心,也可以达成目标,然而终究要花费更多的时间,有陈璐这么一搅和,攻下苏小爱的进度都像是开了加速器一样。

【密聊】你悄悄对慕溪水说:那秋莲城呢?你有看到秋莲城吗?

【密聊】慕溪水悄悄对你说:秋莲城被杀得无法上线,应该会晚点再出现吧。

陈璐回头看了我一眼,我忍不住对她比画了个大拇哥。我就说,秋莲城怎么可能会不在线,他绝对不想错过和苏小爱见面机会的。

不过,除了游戏,他们也是可以YY或者是QQ、微信,甚至是微博沟通啊,就算游戏里无法见面,应该也不会有多大的影响。

我想了想,决定试探一下苏小爱。

【密聊】你悄悄对白流霜说:师父,师爹呢?怎么没见到他上线啊。

【密聊】白流霜悄悄对你说:你师爹有点事情,要晚点来。

"啧啧。"果然,苏小爱和沈辰东还是可以联系的。也是,在苏小爱不和沈辰东置气的时候,他们就还是一对恋人,恋人之间的联系方式可就多了去了,并不只是局限于电话和短信的。

"对了徒弟,听说你被爆照了啊,师父我还没有看到呢,求再爆一次啊。"白流霜围着我转着圈子,她的声音听上去无法辨认出她此时的情绪。所以说,无法面对面交流是这么麻烦,别人是什么状态,什么心情,很难从声音听出来,因为声音只要伪装,不开心也能变得很开心。

这种时候,除非特别心有灵犀,或者对一个人了解到极点,才能听出声音里透露出来的情绪是真还是假。

"师父你真的想看?"我打开了大叔给我的那个文件夹,里面有多个角度的照片,终于派上了用场。

"是啊,快发,我们都想看。"霓裳月月跟着起哄。

"徒弟,你真的是那么厉害的家族的人?"彼得潘比较关心这一点。

我笑了笑,找了一张最自然、看上去最接近生活照的照片放在了公屏上:"那些人胡说八道的,我就是一个普通的大学生。"

"徒弟,我们可是自己人,你有什么事情,其实可以不用瞒着我们的,我们不会乱说的,"霓裳月月显然不相信我的话,"哇塞,徒弟那照片还真的是你啊!"

"是啊,也不知道那些人怎么找到的,"我无奈地说,"你们看过我照片了,是不是也应该给我看看你们的样子啊。"

"等着。"彼得潘到底是个男人,比较干脆爽利。

霓裳月月和白流霜并没有执着地问我,帖吧爆出来的我背后的家族,到底是真还是假,我越是否认,或许他们越是肯定,有时候虚虚实实才是最高境界。

彼得潘很快发了一张照片上来,那是一张阳光大男孩的照片,彼得潘看上去也不过20岁出头的样子。我记得大叔给我的资料里,大概写了彼得潘的情况的,不过因为他不是重点,所以我也没有重点关注。

彼得潘之后,霓裳月月爆了一张照片。霓裳月月是个圆脸妹子,长得也算端正,不过也算不上是美女。彼得潘把霓裳月月夸了一通,大概他们私底下早就互相看过照片了。

最后爆照片的是苏小爱。照片里的苏小爱站在夜景里,身后是虚化的灯火,她真是个美丽的姑娘,甚至这张照片还将她照出了灵气逼人的感觉。

布尔家族的继承人会看上苏小爱,也不是没有道理的。

所以苏小爱,她到底是为什么会瞎了眼的喜欢沈辰东的呢?

04

一切,应该要回到 3 年前才能找到答案。

我看着屏幕上,苏小爱的照片,心中在算计着,怎么样才能让苏小爱对我袒露心扉,告诉我她是怎么爱上沈辰东的。

我将聊天框往上翻了翻,当我翻到我发的那一张时,心中有个想法浮了上来。

其实要让她告诉我她和沈辰东的过去并不难,尤其是我现在对苏小爱的好感度,几乎都要刷得溢出来了。

不只是对苏小爱,对霓裳月月和彼得潘,好感度也累积得差不多了。

"师父,你和我想象的一样有气质,一样漂亮。"我点开白流霜的 YY,发了一条消息过去。

白流霜给我发了个微笑的表情:徒弟你也是啊,我没想到你竟然长得这么帅。

我正打算继续说点什么,然而就在这时候,YY 里传来了秋莲城的声音:"都在呢? 游戏里他们还在杀吗?"

"是啊,还在杀着,"彼得潘有些无奈,"这都什么乱七八糟的,玩个游戏都不消停。"

"这是怎么打起来的啊。"我适时地找了一下存在感,同时我也很好奇,陈璐到底是怎么做到,让浩气盟内部产生混乱的。

"有人说我们帮会有内鬼,所以才会被恶人谷的打得抬不起头,我们帮会的当然不服气,我们帮也算是浩气盟的大帮会,怎么可能有内鬼。但是斩天下的人,说是有个恶人谷的人和莲城一起杀他们帮会的。"

"就算这样,也不能断定吧。"我不解地问。

"是不能,可是他有他们对话的截图。"回答我的是彼得潘,说话间,一张对话截图被放在了 YY 公屏上,我看了一眼,顿时乐了,这个上面和秋莲城说话的,就是陈璐的小号。

截图的内容,是两个人商量怎么杀掉几个玩家。那几个玩家都是浩气盟的,因为那个帖子而加了秋莲城仇杀,很巧,这几个死掉的玩家,正是斩天下的。

这下子跳进黄河也洗不清了。我就说,秋莲城怎么会被杀到无法上线呢,原来是这么回事,让他成为矛盾的中心,这致命一击,也真是机智。

现在虽然我们帮会的人还是愿意相信秋莲城的,但架不住一直被杀,这样下去,秋莲城迟早会被赶出帮会。秋莲城走了,白流霜还会远吗?

陈璐这是给我交了一份超高分的答卷啊,这一手玩得真是精彩。

先用帖子,让玩家对秋莲城和白流霜产生仇恨度,网络里不都是这样吗?片面之词很能影响人心,尤其是游戏里,徒弟被师娘打压这种事,也不是没有。帖子发完了,秋莲城被击杀,这是多么顺其自然,再到后面浩气盟和恶人谷混战,秋莲城被定位内奸,整个大环境的改造,可谓是环环相扣,没有多余的动作,每件事都有着很强的目的性啊。

或者,从刚开始,她开了个小号去杀夏雪迟,这一切就已经开始运作了。

我回头再次看了一眼陈璐,我心中的疑问慢慢加重。这样的人才,她为什么会放弃那么好的工作,跑来我这个小小事务所呢?

她到底是想做什么,真的只是因为这是她喜欢做的事?

"这截图完全没有什么意义吧,"霓裳月月愤愤不平地说,"这真的是欲加之罪何患无辞。"

怪不得秋莲城没有上线呢,他现在是渣男加内鬼的身份,不被杀成翔才有鬼呢。

"莲城,你开个小号来吧,秋莲城那个号,暂时可能无法上线了。还有帮会也暂时退了,这个节骨眼上,也没人愿意听你解释的。"彼得潘提议道。

"嗯,我明白。"秋莲城的声音别提有多郁闷了。也是,换作是谁,无缘无故被黑成锅底,都不会心情愉悦的。

"还有徒弟,你这个号暂时也不要用了,"白流霜说,"在这件事过去之前,都玩小号吧。"

"好。"我应了一声,便下了线,果断地登录了沐春风这个号。才上线,就有个叫唐小宝的添加我好友。我加完好友发现是个唐门萝莉,我正怀疑这是不是苏小爱的小号,对方的组队邀请就发了过来。

【队伍】唐小宝:徒弟,我是二师父。

【队伍】沐春风:师爹他们呢?

正问着,又有3个人加入了队伍,都是满级号,看血量,应该都是小号。

【队伍】安德鲁:徒弟,我是彼得潘。

【队伍】苏月:我是你师娘!

【队伍】秋风寒:我是你师爹!

好家伙,大家都一起换了小号,这种革命友情,可是奸情的催化剂啊。

"话说,我们自己建个小帮会玩吧,"霓裳月月忽然心血来潮地说,"反正原来的帮会,也不指望回去了。"

"也对,我也不想连累帮会,"秋莲城很赞同霓裳月月的打算,"自己建个小帮会,就亲友一起玩,也挺好的。"

"那就建吧!"苏小爱对此完全没有意见。

于是一个名叫沐风宝月的帮会成立了,不过系统判定,新成立的帮会必须满10个人才算正式成立,就算我们5个人都加入,也还差了5个人。

"我们再建小号吗?"我适时询问道。

"我问问其他人,看看有没有来的。"彼得潘说。

"我三师父说是可以来。"这种时候,当然是要把自己人安插进来了。

我翻了下好友列表,没有找到许陌的名字,这才想起来我这个号还没有添加他为好友。我飞快地将许陌添加了好友,这个游戏里,是可以单方面添加好友的,加了好友之后我发现许陌竟然在线。

难道他是回家之后就上游戏的吗?

第八章 所谓机会从来只给有准备的人

【密聊】你悄悄对陌路人说:是我,这是小号,大号暂时不能用。

【密聊】陌路人悄悄对你说:了解。

跟着他就将我加入了好友列表。

【密聊】你悄悄对陌路人说:来加帮会,苏小爱他们要自己建小帮会了。

【密聊】陌路人悄悄对你说:好,我等一下找时机加。

啧啧,许陌还真是上道,不用我叮嘱。因为我还没有在苏小爱他们面前,正式介绍过许陌,所以他要出现,只能以一个路人甲的身份。

"我们在门派频道里刷刷吧,看有没有人愿意来加的。"我提议道。

"也行啊。我来刷刷看,反正凑够 10 个人,我们暂时就不加入了。"霓裳月月说着,就在她所在的门派打广告了。

霓裳月月和许陌的职业一样,也是七秀,她的小号也是七秀,这一刷,没多久,许陌就被加入了帮会。

"咦,是个七秀,话说我们要不要换个 YY 频道啊。"苏小爱终于意识到,他们虽然退出了帮会,但人还待在原来帮会的帮会频道里。

"是哦,忘记了,帮会频道也换个,我们自己的帮会频道,你们谁有频道号,贡献一个啊。"秋莲城说。

于是在队伍界面,彼得潘贡献了一个私人频道,我们在那个频道里重新汇合了。

"新人也一起拉来聊天吧,热闹啊。"霓裳月月说。

【帮会】苏月:大家来 YY 聊天啊,我们在 12345678。

我密聊了一下陈璐和许陌,让他们开好变声器到频道来汇合。筹谋算计了这些天,好戏终于要开场了。

05

帮会新成立,总算是拉够了 10 个人,大家一起副本,一起做阵营任务,每天似乎都过得非常开心。彼此之间的熟悉度,也是直线上升。

"吃晚饭了。"陈璐站在餐桌前招呼我。

"来了。"我放下耳麦,暂时将游戏隐藏了下去。

陈璐做了三菜一汤,每道菜的分量都拿捏得很好,我和她两个人吃也不至于浪费。

"大概什么时候可以收网了?"陈璐问我。

我想了一下,说:"差不多可以了,是时候把苏小爱拐回国了。"

这些天,因为恶人谷和浩气盟的乱战还在继续,浩气盟的内斗也还没有停,那几个人都玩的小号,我和他们相处了这么久,他们也都告诉了我一些现实里的事情。

比方说彼得潘和霓裳月月都是鹿城的,苏小爱也告诉我她是沙市的,我等的就是她亲口告诉我这个信息。

铺垫了那么久,总算是到了收获的时候了。

"我说,你打算怎么做啊。"陈璐有些好奇,"你确定不用我对沈辰东下手吗?"

"不用。"那天回来之后,我和陈璐谈过了,她不需要去勾引沈辰东,一切的突破口还是放在苏小爱身上,她和许陌,只需要当我的内应就够了。

因为接下来我要做的事,必须有人帮我,一个人不太好操作。

"话说,没几天就要过年了吧,"我放下碗筷,看着陈璐,"需要给你放个假吗?你可以回去陪父母亲人,我接下来要做的事,只要有网就可以。"

"不用,我可以申请过年加班吗?"陈璐问。

我愣了一下:"你不回去过年?"

"嗯,没有这个计划。"她回答得很肯定,我没有细问。毕竟每个人都有每个人的秘密,我有,陈璐当然也有。

"那就留下来吧,算起来,今年也是我在沙市过的第一个年呢,"我不由得有些感慨,"竟然一年过去了。"

去年这个时候,我还不在国内,那时候的我,大概没有想到,我会来到沙市,并且办了个粉色事务所,还有了一个相当有才相当神秘的搭档。

"年内搞得定吗?"陈璐问。

第八章 所谓机会从来只给有准备的人

"搞不定,我打算过完年再动手。"现在已经腊月二十五了,在年前完成肯定是来不及了。

"对了,我明天要去喝喜酒,你要一起去吗?"何羽绯和程逸的婚礼就在明天,腊月二十六,也算是个好日子。

"方便吗?"陈璐似笑非笑地看着我。

"方便的。"我说。

"好,明天一起去。"我原本以为陈璐会拒绝我的邀请,她应该对婚礼没有什么兴趣,然而出乎意料地,她竟然点了头,这叫我有点意外。

"晚上还游戏吗?"陈璐问。

我摇了摇头:"明天有事情,晚上就不上线了,反正好感度也已经刷够了,不需要保持在线,适当的离开,会比较有利。"

陈璐端着空碗去水池边洗碗去了。我站起来走到窗边,外面已经亮起了灯,天空繁星密布,明天应该是个大晴天。

就在我对着窗外发呆的时候,手机响了起来。我走过去拉开抽屉,打电话来的是舒雅欣。算起来,从那天在魔岛咖啡厅见过面之后,我就没有再见过舒雅欣,她也一直没有找我,她就跟人间蒸发了一样。

"你好,粉色事务所。"我起了电话。

"你知道我是谁吧,"舒雅欣的声音听上去异常冷静,"我是舒雅欣。"

"我知道,"我后背依着窗户,"年后,一个月内,我会完成你的委托。"

"我不是为了这个给你电话的,"舒雅欣说,"你说的没有错,要想明白,到底是什么夺走了我的爱人,我就应该先去公平地了解一下,我重新建了个账号,从新手村慢慢升级。这10几天来,我也认识了一些人,好的坏的,全都有,但是……我还是无法理解,他为了这一堆数据,放弃我和孩子。"

"如果我告诉你,沈辰东和苏小爱,他们可能在游戏之前就认识了呢?"我轻声问道,"他们不是在游戏里相遇,游戏只是他们在一起的方式,你会相信吗?"

"如果仅仅只是游戏里相爱,苏小爱怎么会猖狂地跑来找我,怎么会明知道我和辰东已经结婚,还要逼我们离婚,甚至将我推下楼,"舒雅欣苦笑道,"说起来,我真的很想问她为什么,她为什么能够这么理所当然。"

"我会帮你找到答案的。"对于她的这些疑问,其实我的心中已经隐隐约约有了些想法,只是在没有确切的证据之前,一切还只是猜测。

"嗯,谢谢,提前对你说一声,新年快乐。"舒雅欣说完就挂了电话。

我握着手机站在窗边,舒雅欣啊,她是一个难题,比让沈辰东和苏小爱分手,还要难解的题。

"方老板,"陈璐已经洗完了碗筷,她端了两杯热可可过来,递给我一杯,"其实我一直想对你说,没有人是救世主。"

总有一些人,是我无法拯救的,我不是神明,却妄想普度众生,是我狂妄自大了。

我知道陈璐是想提醒我这一点,然而明白是一回事,真正能不能做到就是另一回事了。

"但如果连我都放弃了,那么那些待在黑暗中的人,要怎么办?"我静静地看着窗户上的倒影。陈璐端着马克杯,眸光深黑不见底。那种讳莫如深的眼神,我读不懂。

"你对自己,太过分了。"她说完,轻轻叹了一口气。

"我是个生意人,"我冲着玻璃倒映出来的陈璐微微笑了一下,"生意人讲究一个诚信,所以只要是我接下来的生意,我一定会完成的。"

舒雅欣,就算你已经坠入十八层阿鼻地狱永世不能超生,我也要拽着你,一层一层地爬到这人间。

这人间啊,虽然冷清、荒芜、冷漠,但也同样的温暖、热情、亲切。

我的视线飘到了那个细长的花瓶上。那里曾经插了一朵白玫瑰,在我最茫然最烦躁的那一天,那朵玫瑰曾给过我慰藉和温暖。

第九章　有时候胜利离你只有一步之遥

01

何羽绯和程逸的婚礼,放在沙城最大的诺顿酒店举办。他给了何羽绯一场盛大的婚礼,何羽绯的亲朋好友全部都来了。在开宴之前,是鸡尾酒会,陈璐到了之后就端了一杯自由古巴走到角落里去了。我让调酒师给我调了一杯长岛冰茶,就坐在高脚椅上,慢慢地喝。

来的人不少,大多是年轻人,当然也有一些商务人士。这种场合,年轻人忙着交友,大人们忙着拓宽交际圈子,看看能不能合作一笔生意。

我和陈璐算是两个另类,陈璐站在窗边独自饮酒,而我坐在环形的调酒吧台边上,用兴趣盎然的眼神,打量着来宾,寻找着有可能成为我顾客的目标。

舒雅欣的案子不会持续太久,前期的全部准备工作已经做完,真正开始,速度会非常快。

在人来人往的鸡尾酒会上,每个人的脸色都不一样,看似都在笑,却有的是真开心,有的是假快乐,每个人脸上都挂着似是而非的笑意。

有个男人端着酒杯朝陈璐走去,他在和陈璐搭话,陈璐笑着回应。因为距离远,我听不见他们在讲什么。

"这位小姐,你看着有点眼熟,像是我认识的一个人,我们认识一下,可以吗?"就在这时,有个稍嫌轻佻的声音响在我耳边。我收回视线,看向来人。

来人半依在吧台上,手边放了一杯威士忌,他看上去不到30的年纪,浓眉大眼,高鼻梁,唇形也很明显。他的脸部特征,说明他是一个混血儿。

他松松垮垮地系着领带,衬衫的上两粒扣子都没有扣上,他明明是这么孟浪的模样,但很奇怪,他却不会给人猥琐的感觉。这大概得益于他清澈的双眼,那里坦坦荡荡,不是那种黏糊糊的眼神。

"方晓晓。"我冲他笑了一下。

"顾意。美女干脆,我喜欢。能聊聊吗?"他笑着说,"我喜欢平易近人的美人。"

"你想和我聊什么?"这个人看着不像是喝醉了,但他的言行举止,却像是已经酩酊大醉。

"有男朋友了吗?"他问得相当直接,"没有的话,可以考虑一下我,有的话,也请考虑一下我。"

"这说了和没说有什么区别?"我被他逗笑了,"总之不管有没有,都考虑一下你就对了。"

"上道。"他冲我比画了一下大拇指,然后端起他的杯子,将里面的威士忌喝了一半。

"那可能顾先生要失望了。"我还没有开口,就有人来替我解围了。

只需要听声音,我就已经知道了来的人是谁。

"这位是我的女朋友,所以顾先生,还请不要和我抢人啊。"许陌说着,若有若无地挡在了我和顾意的中间。

今天的许陌,穿了一件比较正式的西服。西服明显是定制的,将他的好身材都展露了出来,举手投足之间,完全是一副精英架势。

"原来是许小总,"顾意显然是认识许陌的,听许陌这么说,有些失落的样子,"哎,难得看见个合胃口的,竟然已经名花有主了。等你们分手了,你一定要联系我啊。"

他说着,将一张名片,放在了我的面前,然后端着他的酒杯走开了。

"顾意,德兴房产设计顾问,啧啧。"我看了一下顾意丢下的名片,我原本以为他是个富二代,因为能被程逸邀请来喝喜酒的,应该都是差不多等级的人。

没想到还有个设计顾问。

许陌直接将那名片拿起来,团了团丢进了垃圾桶:"没必要认识,那是个花花公子,得过且过,看见美女就撩。"

"你怎么会认识他的?"我很好奇。

"因为我和他曾经是一个大学的。"许陌解释了一下。

"大学同学?"这倒是很让人意外,"那不是说明,他和我姐姐也是一个学校的?"

"是的。所以他刚刚可能是看到你,觉得你和你姐姐像,所以来和你搭话的,"许陌说着,和调酒师要了一杯酒,"你春节打算怎么过?"

"和陈璐一起过,她正好不回家。"我说。

"唔,要不要来我家一起吃年夜饭,我孤家寡人一个,要不要可怜我一下?"许陌打趣我。

"你不和你家人一起?"在中国,春节是很特别的节日,不管在什么地方,都会想方设法回家团圆,在全世界都赫赫有名的"春运"由此而来。

"嗯,我爸妈都在国外,我要忙公司的事,没办法去和他们团圆。"许陌解释道。

"原来是这样,那春节就一起过吧,"过年嘛,人多一点总归是热闹一些的,"正好……一起去看看姐姐。"

"好。"许陌应道。

和许陌三言两语就把过年的事定下来了。时间慢慢溜走,终于,婚礼要正式开始了。

因为和何羽绯提前说好的,所以何羽绯没有特地来见我,我和她之间的关系,只是路人甲和路人乙。

事实证明我还是很有先见之明的,因为在婚礼开始到一半的时候,苏常瑞来了。是的,就是那个为了孩子,选择和何羽绯分手的那位苏董。

他的到来让气氛一下子变得诡异起来,很多人在猜测他会不会是来抢亲的。

然而他并没有做出什么过激的举动。他坐在角落里,安静地吃饭喝酒,只是婚宴结束,他喝得大醉。

隔着人群,我看到他的眼眶红了,但他没敢抬头看何羽绯和程逸。我不知道他此时此刻究竟是什么样的心情,但我能感觉得到,他是真的爱过何羽绯的。

他也曾把她捧在手心里,好好放在心上的,然而是从什么时候开始,他走上了一条岔路,从此天南海北,各自前程。

人生最遗憾的事,莫过于心爱的人要结婚了,新郎却不是自己。说起来,苏常瑞也挺可怜的,被张叶玩弄于股掌之间,到最后,什么都没有了。

许陌和程逸,他们没有真的让江海集团易主,但这已经不重要了。

他坐在角落里,寂寞地喝醉,寂寞地难过,这就是对他最残忍的惩罚,惩罚他没能从头到尾保持初心,惩罚他到底还是背叛了深爱他的人。

何羽绯和程逸,算起来交往也才几个月而已,几个月,却完成了他们交往多年也不曾抵达的结婚礼堂。说到底,这一切走到这个地步,是他自作自受。

他做了那么多错事,根本就没有脸出现在何羽绯面前,所以就连来参加婚礼,也只能躲在角落里,远远看她一眼。

这就是他们之间的距离,曾经密不可分,而今穷途末路沦为路人。

最残忍的报复方式不是恨之入骨,而是视而不见。

倘若他知道未来会走到今天这般田地,当初面对张叶,他是不是可以理智一点呢?是不是就可以用力握住何羽绯的手,不让她去到他怎么样也无法再触及的地方。

我回头朝另一个方向看去,那里,何羽绯和程逸在给来宾敬酒。她容光焕发,是个快乐的新娘。敬酒敬到苏常瑞那一桌的时候,现场的气氛似乎变了,所有人都很期待八卦,期待苏常瑞和何羽绯之间来点特别的互动。

然而没有,何羽绯只是给他斟满酒,然后很真诚地对他说了一声谢谢。

总有一天,你会谢谢那人的不娶之恩。这是何羽绯对我说的话,到如今,她当真给了苏常瑞一声谢谢。

苏常瑞的脸色,刷地一下变得惨白,他将她满上的那杯酒,仰头饮尽。

那一年,岁月中的惊鸿一瞥,终究磨灭殆尽,再不可寻觅。

"你说,他后悔过吗?"陈璐坐在我身边,轻声问我。

"后悔了吧,可能……"

——可能,早就后悔了。

02

婚礼结束之后,宾客慢慢散场了,我和陈璐没有等到最后,就先出来了。许陌是商务人士,自然不像我们这么自由。

出了酒店,夜风扑面而来,外面异常地寒冷。这个冬天,还真是冷得透心。

"回家吧。"陈璐招呼了我一声。

"好。"我应道。

我喝了一点酒,陈璐没有喝,所以回去的时候,是陈璐开的车。下午的时候,她喝了一点鸡尾酒,我就希望不要有交警巡查,万一被查到酒驾就糟糕了。

但好在这一路都没有遇到交警,我和陈璐就这么平平安安地回了家。

只是参加了一场婚宴而已,我却觉得异常疲惫,这比我不眠不休玩一宿游戏还累人。

"早点洗洗睡吧。"我将手包放在沙发上,抓了睡袍进了卫生间。

用卸妆液将脸上的妆都卸干净。有时候我都不得不感叹如今的化妆品真是厉害,一个普通的人,在高超的化妆技巧之下,变成妖娆的大美人。

所以才会有那句至理名言——没有丑女人,只有懒女人。

但凡五官端正,只要懂得收拾自己,干干净净清清爽爽,就一定也能给人留下不错的印象。与其抱怨上天不公平,没有给你一张倾国倾城的脸,还不如好好地去学一学,你所鄙视的化妆术。

现实生活中,很多女生以素颜为荣,嘲讽那些化过妆的姑娘。这其实大可不必。每个人都有每个人的选择,你不化妆不等于就是对的,在有些场合,适当的妆容,是对对方的尊重。不要小瞧了化妆,那会让你的气色看上去更好,会给人留下更加不错的印象。

让生活变得更美丽一些,这有什么不对呢?

我洗完了澡,穿上睡袍,拿着吹风机吹着湿漉漉的头发。新年的脚步声在逼近,转眼间,又是一年过去了。

吹干了头发,我直接关灯上床。这一夜我睡得分外踏实,连梦都没有做。

接下来的几天,当然就是准备过年了。这个年,我和陈璐一起过。将家里里里外外都打扫完了,陈璐站在客厅里看了一圈,提议说:"我们去逛街,买点年货吧。"

"好啊。"中国人的年,肯定是需要备上一些年货的。

于是吃了早饭,穿戴整齐之后,我和陈璐就出了门。

因为快过年了,市中心的人流量前所未有的大,我们好不容易找到个停车位把车停好,时间已经是上午9点多钟了。

去超市买了些干果和腊肉之类的,付账出来,已经快中午了。

"找个地方吃午饭吧,"我看了一下时间说,"下午我们去逛逛花鸟市场。"

"这里有哪家餐厅不错?推荐一个?"陈璐不是沙市人,所以让我推荐一个好去处。

"这里有一家百岁鱼不错。"那还是许陌带我来吃过,不是什么高档的餐厅,只是大街上随处可见的小餐馆。陈璐也不挑剔,跟着我就进去了。

然而突发状况,就在这时候发生了。

我和陈璐一进去,就看到了坐在大厅里的两个人。

那两个人不是别人,正是舒雅欣和沈辰东!舒雅欣在我看到她的一瞬间,也正好看到了我。我看到她整个人僵住了,然后飞快地低下头。

"走,坐那边。"我拉着陈璐在离舒雅欣和沈辰东有一段距离的两人座位上坐下。

舒雅欣倒是很快调整了状态,我只当作不认识舒雅欣,喊来服务员点了单,然后就有一搭没一搭地和陈璐说话。

我用眼尾的余光留意舒雅欣那边,舒雅欣和沈辰东显然不是真的来吃饭的,他们之间的气氛很奇怪。

我心中也是很困惑,舒雅欣为什么会和沈辰东在这里?虽然眼下她和沈辰东还是夫妻,还没有离婚,但发生了那样的事情,沈辰东又跑去苏小爱的别墅和她同居了,怎么想这两个人都不会在这里出现啊。

"说吧,你想说什么。"舒雅欣的语气很默然,看样子,他们应该也是才到这里没多久。

我真的是不得不感叹,沙市可真小,小到竟然让我在这里遇见了舒雅欣和沈辰东。

"和我一起回家过年吧,爸妈都想让你回去过年,"沈辰东低声说,"他们年纪大了,你忍心让他们失望吗?"

"所以你希望,在发生了这么多混蛋的事情之后,我还能和你装作很恩爱的,回家过年?你到底是怎么能这么冷静地提出这个要求的?"舒雅欣讽笑道,"沈辰东,我的心是石头做的吗?"

不得不说,人不要脸天下无敌,要不是这两天在游戏里,我亲眼看着沈辰东和苏小爱各种花样秀恩爱,我都要怀疑他们是不是分手没戏了,沈辰东转性子要回归家庭了。

他到底是怎么有脸提出让舒雅欣和他回家过年的,我真的特别想敲开他和苏小爱的脑袋,看看他们的脑子结构是不是和正常人不一样,因为正常人办不出这事。

说实话,在今天之前,我并没有真正目睹沈辰东和舒雅欣之间的互动,现在亲眼看到了,亲耳听到了。我要是舒雅欣,估计早就要爆炸了。

"那是我们之间的事,我爸妈他们是无辜的,而且你知道的,他们是喜欢你的。"沈辰东说得是那么理直气壮,仿佛他的要求一点也不过分。

"那么,我要怎么解释孩子的事?"舒雅欣冷冷地问。

沈辰东脸上闪过一丝烦躁:"就说……就说你不小心踩空楼梯,摔没了。"

"好样的沈辰东,"舒雅欣被气笑了,"如你所言,你爸妈没有错,我会和你回去过年的,但是你想让我撒谎,想也别想!"

她站起来,端起手边的冷水,直接泼了沈辰东一脸,然后她拿起包,转身就出了饭馆。沈辰东擦了擦脸。刚刚舒雅欣的举动,引起了不少人的注意,沈辰东有些尴尬地留下了200元,灰溜溜地走出去了。

"要追过去吗?"陈璐问我。

"你知道那是谁?"我有些惊讶。陈璐并没有见过舒雅欣,她怎么会知道那两个人是谁。

"大概吧,刚刚你们对上眼的时候的表情,怎么看都不像是不认识的。后来那个女的喊那个男的沈辰东,我就对上号了。"陈璐说。

"原来是这样,"我恍然大悟,原来是我的表情泄露了,不过好在沈辰东并没有注意到这一点,"还真是巧啊,竟然在这里遇到了。"

"这世上有很多种渣男,渣的方式各种各样,像沈辰东这么清新脱俗的,也算是其中的一朵奇葩。"陈璐忍不住吐槽。

这些天她也潜伏在帮会里,当然也见证了苏小爱和沈辰东之间的秀恩爱。

说来也奇怪,之前苏小爱和沈辰东之间,分明是出了点问题的,就算游戏里夏雪迟那个事,没能真实的造成影响,他们之间也不应该是天天秀恩爱的状态。

我回想了一下,这种状态是从苏小爱回归游戏,我们一起重新建立小帮会那天开始的。说不上来是哪里不对劲,我总觉得那恩爱秀得有点勉强。

他们之间到底发生了什么呢?

"完全无法理解,苏小爱到底喜欢他哪一点。"陈璐和我一样,都无法理解这个问题。毕竟在我们看来,沈辰东这样的人,根本不足以吸引苏小爱。

"等过完年就知道了。"过完年,我就可以开始行动了。

吃完了午饭,我和陈璐去附近的公园小坐了一会儿,大概一点多钟的样子,我们才去花鸟市场。

花鸟市场里,真的是百花争艳,春意盎然,仿佛和外面的世界不是同一个季节

第九章 有时候胜利离你只有一步之遥

似的。

在里面转了半天，花花草草买了不少，最后还是现金都花完了，这才惊觉买了不少东西了。

开车回家之后，将买到的年货都归类放好，买到的花花草草则是陈璐负责安置。这么一通布置之后，家里顿时就多了些春意。这年过完，春天也要来了。

才收拾妥当，舒雅欣的电话就打了过来。我料到她会打给我，毕竟中午的那场意外，真的是太有戏剧性了。

"你真的要和沈辰东回家过年？"我一时间有些不明白舒雅欣到底为何要答应他，"你明明那么恨他。"

"对，我恨他，到现在，我仍然恨不得他去死，"舒雅欣说，"但他有一点说的没错，他父母是无辜的。我总要给他父母一个交代。"

"你打算怎么做？"我问。

舒雅欣沉默了一下，说："告诉他们，这是我回来过的最后一个年，以后请保重。"

"嗯。"我心里浮上一股暖意，我以为舒雅欣彻底被仇恨吞噬了，然而现在看来，她内心仍然保留了一点光明，至少她分得清，谁该恨，谁无辜。

虽然在我看来，硬是把沈辰东和舒雅欣劝和的沈家父母，也并非那么无辜。

他们明知道沈辰东有了第三者，还要他们好好在一起，倚老卖老强人所难，看上去很善良，看上去处理的结果很美好，但其实只是用一层美丽的金箔，藏住了底下腐烂的暗疮。

这其实很常见，尤其在这个劝和不劝分的中国，从古至今，这都延续了几千年，这种观点到现在仍然延续着。

03

"方老板，我要和沈辰东离婚，"她的语气很平静，估计一开始的愤怒发泄之后，她也渐渐找回了理智，"但是我想拿回应该属于我的一切。"

"好，"我没有理由拒绝舒雅欣的请求，"好好过个年，过完年之后，我就要开始行动了,到时候会让你配合我的。"

"嗯,谢谢。"舒雅欣说。

没有和她聊太多,因为陈璐做好了晚饭在喊我吃饭。挂掉电话之后,我长长地舒了一口气。理智的人总会明白自己应该做什么,什么对自己才是好的。

只要舒雅欣听得进别人的意见,那一切就都好说。

吃过了晚饭,我和陈璐一前一后上了游戏。陈璐上的是她的大号,我还是上的小号,我和陈璐一直都有注意,尽量不是同时上线和下线,否则这太奇怪了。

我上线的时候,苏小爱和沈辰东都在线上,他们打算去打一个10人副本,正好在等着我。

【队伍】唐小宝:徒弟,你三师父呢?有时间来打副本啊。

【队伍】沐春风:我问问啊,他大号在线的。

我就密聊了陈璐,让她换号来打副本。

许陌今天不在线,年底了,他应该挺忙的。不过组个10人副本并不是很难,因为我们本身就6个人了,再另外喊4个人挺容易的。

打副本的时候,有一个BOSS,就只剩下了我、沈辰东和苏小爱还活着,结果一个紧要关头,苏小爱选择奶了沈辰东,于是我血线被压下去,死掉了。

"哎哟。"我笑了一声,飞快地下了线。

这种场面来得可真是时候,我还在想着要怎么制造出这种局面呢,结果最常见的副本,就很轻松地出来了我想要的效果。

"徒弟,你怎么下线了啊,你卡掉线了吗?"苏小爱在YY上私聊了我一下。

我退出了YY频道,只给她留下一句话:"师父,在你心里,果然只有师爹才最重要吧。"

然后我心情愉悦地关了电脑,走到了陈璐身边。

"留意一下苏小爱。"我和陈璐说了一声,便将目光投向了陈璐的游戏界面。

在游戏里,所有人都在往BOSS的地方跑。我的头像暗着,苏小爱站在原地没

第九章 有时候胜利离你只有一步之遥

有动。

刷了那么久的好感度,我那句话,苏小爱肯定会在意的。

陈璐拔下了耳机,直接用了公放。

"怎么回事,小春人呢?掉线了还没上来吗?"霓裳月月不解地问。

"是啊,谁YY问他一下,怎么回事。"彼得潘说。

"我有他的电话,我来问一下吧。"陈璐这时候适时开口。陈璐的设定是拉我玩游戏的现实好友,她肯定是能联系到我的。

"流霜呢?怎么还站在大门口,过来BOSS这里啊。"在陈璐假装给我打电话的时候,秋莲城发现了站在复活点、一直没有移动的苏小爱。

看样子,我刚刚那句话的杀伤力不小啊。

陈璐捂住麦克风,问我:"你刚刚做了什么?"

"我和苏小爱抱怨,在她眼里,最重要的果然只有沈辰东。然后我就退出了YY,让她找不到我了。"我解释了一下。

陈璐点了点头,显然已经明白了我想做什么。

她放开手,对着麦克风说:"我问了他,他说没事,就是踢到了电源线,一会儿就上来。"

我磨磨唧唧又过了5分钟的样子,这才重新开了游戏和YY。YY上,苏小爱给我发了好几条消息。

白流霜:徒弟?你当然很重要啊,你对我来说,也是很重要的徒弟。

白流霜:刚刚那种情况,没有办法啊,只有救你师爹,才能打完BOSS。

白流霜:徒弟,你生气了吗?

白流霜:不要生气好不好,徒弟。

啧啧,看样子这段时间,我这好感度刷得还是很不错的啊,一句话,一个下线,就让苏小爱有点紧张了。

我趁着游戏读条,给苏小爱回了消息。

春眠不觉晓:我没有生气,对不起啊师父,让你担心了,刚刚掉线了。

这是怎么看都站不住脚的谎言，漏洞百出很明显，苏小爱肯定一下就猜得出来我不是掉线了这么简单。因为如果那样，我怎么可能游戏掉线了，YY还能和她说那句话。

　　我就是要让她知道我是故意在说谎，让她知道我现在的心情是很失落的。我得让她意识到，这些天的接触中，我对她的感情，已经慢慢发生了变化，我得让她有个心理准备啊。

　　当然了，这也是一个试探，试探我的好感度刷到了什么程度。现在看来，好感度当真是已经刷够了。

　　我上了游戏，苏小爱已经走到了BOSS前面，我还在原地躺尸，苏小爱跑过来复活我。

　　这个小插曲，并没有影响别的人，除了苏小爱。整个过程，苏小爱的话都很少，我话也不多，没有人知道，就在刚刚我已经对苏小爱刷了一波心理战了。

　　打完了副本，不是我们亲友团的，当然也就散了，剩下的人在副本里跑着玩。彼得潘对霓裳月月放了个真诚之心的烟花，秋莲城走到苏小爱身边也随手给她放了一个，两颗心形烟花串联在一起，看上去分外绚烂。

　　"徒弟，我也给你放一个。"陈璐看热闹不嫌事大，对着我就放了一颗海誓山盟。

　　"哇哦，你们这是要组师徒CP吗？"霓裳月月是个腐女，看到陈璐给我放烟花，整个人都激动了。

　　"是啊，我们是真爱。"我笑着说。

　　笑闹了一个晚上，苏小爱后来似乎也恢复了过来，也在和大家说说笑笑，但她似乎在避开和我说话。

　　我要的就是这个效果，让苏小爱开始正视我的效果。

　　玩闹了一阵，霓裳月月和彼得潘都下线了，秋莲城也下线了，说是要整理东西，明天要回家过年。我冷笑一声，他还真是不含糊，白天和舒雅欣约了回老家，晚上还在陪小三玩游戏。

陈璐也很快下线了,副本里一时间竟然只剩下了我和苏小爱两个人。也不知道苏小爱是怎么想的,她一直没有下线,YY里她并没有说话,游戏里也没有。

我走到她身边,一连对她放了9颗真诚之心。

"对不起师父,我觉得我要冷静几天,其实我是骗你的,刚刚不是掉线了,是我故意下线的。因为在我和师爹同时陷入危机时,你选择师爹,这让我觉得特别难过。"

"师父,我可能喜欢上你了。"

"我知道这是不对的,你有师爹了,所以在我冷静下来之前,我暂时不会上线,师父,从来没有人对我这么好过,你对我真的很好,我不知道这是感动还是真的喜欢你,我想好好想清楚。"

"徒弟……"苏小爱声音里满是惊讶,但她应该也从我刚刚的谎言中,意识到了什么,所以她不是错愕,而只是惊讶。

"师父你什么都不要说,我知道的,我有自知之明的。我先下了师父,你也早点休息,晚安。"我说完,不等苏小爱说话,直接关了电脑。

陈璐坐在一边,目瞪口呆地看着我:"你就直接行动了?不是说年后的吗?"

"是要年后啊,这不是为了年后的行动,做个铺垫吗?"我笑着伸了个懒腰,"好了,接下来的几天,就是你的任务了。你应该知道怎么做吧?"

"知道,让你这个失恋王子的形象更加鲜活嘛。"陈璐果然相当上道啊。

能不能成功,陈璐这个角色非常重要。我现在已经和苏小爱吐露心意了,在我不在的日子里,只有通过我现实中的朋友陈璐,才能让游戏里的人知道我的情况。

当时我找许陌合作,其实也是存了这个想法的,不过现在有了陈璐,这个角色当然陈璐更加适合。

对于陈璐的搅局能力,我现在是一万个佩服。

接下来的几天,我没有上游戏也没有上YY,我和苏小爱全部的联系方式,仅限于此。

陈璐时不时地告诉他们,我在到处旅行,今天在埃及,明天就到了巴黎,没办法,我的设定可是一个超级家族的贵公子啊。

贵公子失恋疗伤的方式，当然是满世界跑，希望找一个能遗忘感情的地方。陈璐描述得越精彩，苏小爱的状态就越不对。

这段时间接触下来，我发现苏小爱这人其实并不是那么坏的，她对舒雅欣做了那么过分的事，但她对亲友却是好的，现在我是她的亲友，她对我也是极好的。

我跑的地方越多，越迟上线，越能说明我对她的喜欢有多深。女人嘛，谁没有几分虚荣，有个大帅哥如此钟情于你，就算你已经心有所属，也仍然会觉得开心的。

至于能不能给予回应，这是检验是否肯定和认同。

04

时间一天天过去，大年三十的团圆夜很快就到了。

本来原计划是我和陈璐去许陌家汇合，但因为许陌一直忙到大年三十的中午，家里什么都没有买，而我家有个全能贴心小棉袄的陈璐，年货啊、过年要吃的菜啊，她也是一手包办了。

于是许陌忙完公司的活儿，给员工放假之后，直接来我家汇合。

陈璐做了不少好吃的，满满当当地放了一桌子，清蒸鳜鱼、红烧肉、糖醋排骨，这些必须的菜就不必说了，她还特地做了一些我没有吃过的精致小菜。

许陌一进门，看到一桌子的菜，他都惊了："哎哟，看样子今天有口福了。"

他还带来了两瓶昂贵的红酒，一瓶都好几万元的那种，据他说是合作方送的。

外面已经传来了鞭炮声，我和许陌坐在沙发上看电视，陈璐系着围裙在做最后一道菜。

"你说我们两个像不像好吃等死的米虫？"我看了一眼，坐在我身边，和我一起演绎什么叫葛优瘫的许陌。

"估计在陈璐眼里，我们两个就跟白痴一样。"他很机智地还用了个同音字，白痴=白吃嘛。

"宛如一个智障？"我回头继续看电视，"啊，这种什么都不用做，什么都不用想的

第九章 有时候胜利离你只有一步之遥

状态真好啊。"

"你也可以啊,关掉你的事务所,就可以当个无业游民了。"许陌说。

我白了他一眼:"无业游民不得饿死啊,你养我啊?"

"我养你啊。"许陌很自然地接了这么一句。

接完之后,我和许陌都稍稍愣了一下,我偏过头去,看向陈璐:"总之,我也是一个有追求的五好青年,当米虫简直太堕落了。"

"看春晚吗?"许陌拿着遥控器调来调去,时间已经快到春晚的时间了。

"并不想,找个恐怖片看看吧,"我推了推许陌,"去吧,网上找找。"

"为什么不是你去?"许陌不服气。

"放肆,还不好好讨好一下你的小姨子,不然将来不让你娶我姐姐了。"我笑着说。

许陌有气无力地站起来走到电脑边上:"我还真是谢谢你了,我真是怕死你了。"

我和许陌在无聊地磨牙唠嗑,那边陈璐端着最后一道猪蹄汤上了桌,说:"洗手吃饭。"

"来了!"我和许陌同时应声,然后一起跑到水池边上,你争我抢地洗了手。陈璐全程冷漠脸地围观我和许陌的幼稚行为。

"你们是幼儿园的小朋友吗?"陈璐都忍不住吐槽了。

"是的,给我红包。"我十分不要脸地朝陈璐伸手。

陈璐把筷子塞到我手里:"吃饭,智障们。"

好吧,我和许陌同时闭嘴,抓起筷子吃饭。

过年嘛,当然是要喝酒的,更何况我们有3个人,喝酒猜拳才热闹。电视里还在放着春节联欢晚会,这顿饭从晚会开始一直吃到晚会结束,一桌子的菜被我们3个吃得杯盘狼藉。

酒喝多了,话自然也多了。陈璐这家伙,总是在关键的地方,噗噗就是两刀,相当毒舌且一针见血。

最后几点钟吃完,几点钟睡觉的,我都不知道了。

第二天一睁眼,我发现自己躺在陈璐的房间里。正困惑我怎么会睡这儿呢,就见许陌从我的房间里出来了。

　　"你这个酒量太差了,"陈璐忍不住吐槽我,"第一个醉倒的。"

　　"你的酒量不错。"许陌对陈璐说。

　　那必须的,陈璐她之前的工作,可是非常挑战人的酒量的,估计能把她喝趴下的人不多。

　　昨天我喝醉之后,许陌帮着把我扛进了陈璐的房间,然后他就特别不要脸地霸占了我的房间,我和陈璐挤了一晚,他倒好,舒舒服服在我房间里睡了一晚。

　　餐厅里那一桌狼藉,已经被陈璐收拾完了。

　　"我觉得将来谁要是能娶到你,一定是积了祖孙十八代的德了,"我忍不住对陈璐说,"你怎么能贤惠到这个地步呢?"

　　一般的女强人,不都是忙于事业,家务活儿都相当不精通吗,怎么到陈璐这儿,这些普遍的规则全都不适用了呢。

　　"应该的。"陈璐笑着给我们端上了早饭。

　　"我说你也好意思这么使唤人家啊,"许陌这个家伙,是一天不拆我台,浑身就不舒服的,"陈璐你别理她,惯得呢,一日三餐这么伺候着,不得养出个老佛爷来?"

　　"你管呢,我们陈璐就是这么上得厅堂下得厨房,"我得意地看着许陌,"你是不是特别羡慕啊,跟你说羡慕不来的。"

　　"你们还真是幼儿园的小朋友啊,"眼见着我和许陌又要掐起来了,陈璐都看不过去了,"来吃早饭。"

　　"好的,老师!"我抢先一步坐到餐桌前。

　　吃完了早饭,崭新的一天就这么开始了。大年初一是不做事的,在乡下,有些地方的风俗,大年初一都不能动菜刀之类的。

　　"去看姐姐吧。"本来准备昨天去的,但是许陌一直工作到下午,那个点去,已经太晚了。

第九章 有时候胜利离你只有一步之遥

"好。"许陌点了点头。

我把车钥匙留给了陈璐,坐着许陌开着的车到了姐姐所在的疗养院。

疗养院下的那家名叫"星星花"的花店今天竟然开了门,大概今天来疗养院探望亲人的也比较多吧。

"还是老样子吗?"老板娘笑着问我。

"嗯,老样子。"我说。

"好的,稍等。"她选了一把风信子包好了递给我。我付了钱,和许陌一起上了山。

草皮仍然是枯黄的,大概再过半个月,才能看到新绿色的嫩芽顶上来。疗养院里的人的确比平常要多。这些住在疗养院里的人,孤孤单单的,大概也只有春节或者是别的重大节日,才会稍微的热闹一些。

我和许陌一起推开了姐姐的病房。姐姐仍然安静地沉睡着,她的一切都被打理得很好。许陌的眼光不错,选择了这家疗养院。我回国之后,就接受了姐姐住院所需的费用,虽然我执着地觉得,许陌一定会是姐姐的,但其实我比谁都明白,把许陌和姐姐捆绑在一起,这有多不公平。

医生说过了,姐姐能够醒来的希望非常渺茫,那需要奇迹降临。我不能让许陌等姐姐一辈子啊,更何况,姐姐醒着的时候,爱着另一个男人。

平常开开玩笑也就算了,如果有朝一日,许陌遇到了一个真正适合他的女孩儿,我还是会祝福他的。

"你已经睡了够久了,可以醒来了吧。"我将风信子插进了花瓶里,她安静地躺着,阳光落进来,在她苍白色的脸上,留下一点点浅金色的光泽。

"是啊,再不醒来,你妹妹都要修炼成千年老妖怪了。"许陌很不正经地来了这么一句。

原本还有些哀伤的气氛,瞬间被毁了个干净,要不是我们现在是在病房里,估计我就要撩起袖子直接去揍他了。

"我真该让你去和沈辰东组CP的。"我为我一时的心软感到痛心疾首。

"怎么也应该是我和苏小爱,你和沈辰东啊。"许陌纠正我。

"重点是这个吗?"我都无语了。

我觉得我错了,我应该自己来看姐姐的,有许陌在,话题再怎么严肃都变得极其不严肃。

05

从疗养院回到家,许陌在我家吃了个午饭就回去了。

我和陈璐坐在家里百无聊赖,最后决定去逛逛商场,买买衣服。不过才出门,何羽绯就打了电话来,问我在不在家,程逸和他要来串门。

我告诉了她我在商场,她就让我们在咖啡店等她。不多时,何羽绯和程逸就到了。最后何羽绯痛痛快快地把程逸丢下,自己和我们去逛街了。

晚饭的时候,是程逸请的客。在沙市最好的一家中餐厅,我们4个人好好地吃了一顿饭。这大年初一,就算是过去了。

陈璐时不时会去游戏刷刷存在感,许陌也去,只有我没有上线。

陈璐告诉我,游戏里那些亲友都在问我什么时候上线。

正月初五那天,已经从老家过完年回来的舒雅欣约了我去咖啡厅见面。

和那天在百岁鱼见到的舒雅欣有点不一样,今天的舒雅欣显然稍微收拾过自己了。她穿了一件牛角扣大衣,围着红色的围巾,看上去像个才出校门的大学生。没有人会想到,她已经经历过这世上最残忍的背叛和绝望。

"和他爸妈说了吗?"我打破了沉默,总要有个人先开口。

"说了,他们的反应很激烈,他爸爸打了他,他妈妈求我再给他一次机会。"舒雅欣说这些的时候,表情特别平静,仿佛在说着别人的故事一样。

"你的打算呢?"我喝了一口咖啡,静静地看着舒雅欣。

"我是不会动摇的,事到如今,不管是谁再来劝,我都不可能改变心意了。我就当我这些年的青春都喂了狗,但我没有打算赔上我自己的人生。"她的目光特别坚定,她是知道自己在做什么的。

第九章 有时候胜利离你只有一步之遥

她的这个改变,我倒是很乐于见到,而且她这一次没有被沈辰东的父母说动。我记得她和沈辰东结婚,有一大部分原因,就是沈家父母,他们劝住了沈辰东,然后就稀里糊涂的领了结婚证,草草地把自己的未来交付了出去。

她成长了,只是她成长的代价未免太残忍了一些。

"嗯,我知道了,"我说,"你约我,是有别的什么事吗?"

舒雅欣从手包里拿出了一本日记本,她将日记放到了我的面前:"这是回辰东老家,我在他的房间里找到的,或许对你有帮助。"

"日记?"我接过来,这是沈辰东的日记本,这倒是很难得,男生是很少写日记的,沈辰东竟然有写日记的习惯吗?

"是的,好像是两三年前的日记本。"舒雅欣说。

两三年前啊,我心中一乐,啧啧,这还真的是送助攻的。3年前,是苏小爱第一次遇见沈辰东的时候,他们的相识其实开始于那个时候,如果沈辰东有记日记的习惯,那倒是很有可能记录了一些事。

"嗯,我知道了,"我问她,"你要和沈辰东离婚,那么你们之间的财产有哪些?"

"也没有什么多余的东西了,只有那套房子。"舒雅欣说。

"我记得,你说过,那套房子大部分都是你出的钱吧。"我隐约记得她和我这么提过。

"是的,我出的,"舒雅欣说,"所以我其他的也不想要什么,我只要回我的房子就可以了,赔偿方面……你能争取到,那些就都给你吧。"

"好的,我了解了。"我吹了声口哨,心情愉悦地将日记本收了起来。

和舒雅欣又沟通了一些细节问题,最后我们还是在咖啡馆门口分了手。我回到车上,迫不及待地给大叔打了个电话。

大叔倒是接得挺快的:"哟,方老板,恭喜发财,钱包拿来啊。"

"你帮我干活儿我就给你红包。"这家伙,开口就要红包,不过今天好像是正月初五,财神日子,见了面自然是恭喜发财红包拿来。

"要查什么?"大叔也干脆,没有绕弯子。

"你在查沈辰东的时候,有没有发现他的博客之类的?"一个人的习惯是很难改掉的,那个日记本上,每天都有写,哪怕没有发生什么事,都会写上日期,就跟强迫症一样。

"博客啊,好像是有的。"大叔问:"怎么了?你不会是要他的博客内容吧?方老板,博客上似乎没有什么有价值的线索,全都是些日常琐碎。"

"没事,你把他博客地址发给我就好。"果然有,在电脑不方便的年代,大家写日记主要是写在日记本上,等到网络普及,智能手机开始泛滥的时候,大家也就都将写日记搬上了屏幕。

到家之后,我直接抱着沈辰东的日记本看了起来。许陌那边告诉我,3年前,苏小爱回国的日子大概是在初夏时节。我将日记翻到差不多的时间,细细地看了起来。

翻了10多页之后,我总算是找到了有用的信息。

2013年,5月8号,雨,微风。

我遇到了一个女孩,那一瞬间,我以为自己遇见了天使。

第十章　曾经信誓旦旦要守护的人都去了哪里

01

这时候大叔在线上找我，他传给了我一个压缩文件包。我打开来看，好家伙，很多东西。

他之前没有去查苏小爱3年前的事，只是查了近一年苏小爱和沈辰东之间的事情。现在他把之前遗漏的信息，全都一股脑儿发过来了。

苏小爱的那些资料上，清楚明白地写着，3年前的回国日是在5月6号，她是回来参加葬礼的，那么沈辰东在8号遇见的女孩儿，似乎只可能是苏小爱。

我暂时没有看大叔给我发的资料，我接着看沈辰东的日记。

不得不感叹，沈辰东真是个文艺青年，这遣词造句，都充满着浓浓的郭小四早期的青春疼痛风格，带着一种45°仰望天空的忧伤调调，不是青春期的成年人看了，总有一种牙疼的感觉。

接着往下看，日记里是这么写的——

2013年，5月8号，雨，微风。

我遇到了一个女孩，那一瞬间，我以为自己遇见了天使。

2013年，5月9号，大雨，大风

我没想到，我竟然还能遇见她。她坐在马路边，看上去特别脆弱，我想去和她说说话，想带她去喝杯热奶茶，然而我知道的，我知道她和我不是一样的人，我这种人，是没有资格靠近她的吧。算了，旁观就好了，而且，有个年前的外国男人过去和她说话了，我见过他，在昨天的葬礼上。

烂漫的诗词中，美少女总是会遇见王子一样的美少年，她是应该被王子守护的女孩。

2013年,5月10日,阴,西风

我觉得我恋爱了,我爱上了一个美好的女孩,我清楚地知道我们不是一个世界的,但……我想和她谈场恋爱,我不奢望和她白头偕老,我只要一段短暂的爱情。

对不起雅欣,我不是不爱你,我只是有了更爱的人,我不会背叛你的,我会和你结婚生子平安过一生,所以请原谅我,将轰轰烈烈的爱情,送给另一个人。

日记到此戛然而止,不是因为后面没有记录,而是因为日记本写到了最后一页。

我的好奇心终于彻底被勾上来了,因为后面才是关键啊!后面应该有写他是怎么追到苏小爱的啊。看样子,我还是小瞧了沈辰东,我以为他是为了钱和苏小爱在一起的,但是这么看的话,他对苏小爱是真爱啊?

这倒是很出乎我的意料,不过他的日记,却让我对沈辰东这个人恶心到了极点,真正是倒胃口。

什么叫我不是不爱你,只是有了更爱的人;什么叫不会背叛,会和你结婚;什么叫把爱情送给别人,他到底把舒雅欣当作了什么啊?

他只是后来为了钱背叛舒雅欣也就算了,掉钱眼里了,也只是让人觉得他利欲熏心是个普通的渣男,然而现在这个日记本一出来,他渣的程度直线上升。

他竟然出轨了两次!

第一次是有女朋友,却要和别的女生谈恋爱;第二次是拿了结婚证,却和别的女人在一起。

这真的是恶心到我了。他这种理直气壮、根本不觉得自己有问题的态度,到底是怎么回事,他的生长环境到底是怎么样的,怎么会养出他这样的"三观"?

恋爱并不是一段感情的终点,就算结婚也不是,我们每天都要遇见各种各样的人,面对各种各样的诱惑,你随时可能遇见下一个真爱。这种时候,一般人往往是克制;追逐真爱的,会选择和现任分手再去追求真爱,或者也有试着去追求真爱,追到

第十章 曾经信誓旦旦要守护的人都去了哪里

手就分手；当然还有一种是脚踩两条船，偷偷摸摸地出轨。

但是像沈辰东这种，遇到更好的心动女孩，就想着去谈场恋爱，心安理得出轨的，还是少数的。

爱是克制，是守护，如果都像沈辰东一样，那么这个世界大概就乱套了吧，这"三观"不就歪到爪哇国去了。

我放下日记本，在大叔给我的资料里，寻找沈辰东的博客地址。我只能祈祷，他这本日记本，是最后一本用纸笔写的，剩下的都在博客里更新。

然而老天爷就是喜欢捉弄人，沈辰东的博客，是从2015年的8月份开始更新的，2013年5月10号之后，数据都是空缺的，也就是说，沈辰东或许还有别的日记。

我拿起电话给舒雅欣打了过去，让她找找看沈辰东的日记本。可惜，舒雅欣把家里都翻遍了，也没找到沈辰东的日记。

这段空缺的时间里，应该就有沈辰东和苏小爱第一次相爱时的记录，看来，这段记录还非从苏小爱那里获得不可了。

我快速地浏览了一下沈辰东的博客，如大叔所说，里面差不多都是些废话，没有什么实际的价值，不过他能保证每天都更新，倒的确很让人佩服。

不过奇怪的是，他和苏小爱的重逢却没有放在博客里，那里全部是一些日常琐碎，并没有提及苏小爱，难道是因为怕放在网上不安全吗？

也对，那个时候他应该已经和舒雅欣订婚了，要是把那些发在网上，肯定会引来抨击和围观的。

我想了想，顺手打开了游戏。游戏里，苏小爱和沈辰东都不在线，不过彼得潘和霓裳月月倒是在的。

【密聊】苏月：徒弟！你终于出现了，你三师父说你旅游去了，你这家伙，怎么都不上线啊，你不知道，我们都好想你的。

【密聊】沐春风：师娘，抱歉啊，前些天心情有点糟糕，所以没有上来。

【密聊】苏月：怎么了徒弟？有什么烦恼，可以和我们说说啊，虽然我们不能为你做什么,但是找个人说说,心里会好受些的。

【密聊】沐春风:师娘,我觉得我喜欢上一个人了。

【密聊】苏月:喜欢上一个人?喜欢就去告诉对方啊,像你这么优秀的人,对方肯定也会喜欢你的。

【密聊】沐春风:没用。师娘,她好像有男朋友,师娘,我真的好喜欢她。我要放弃吗?我努力过,我到处飞、到处玩,可是我发现我还是忘不了她。

我打了个哆嗦,自己先被恶心到了。不得不说沈辰东日记文风真的很有感染力,看了一会儿,我自己说话怎么也这个调调了。不过这样也好,显得我特别伤感。

【密聊】苏月:呃,只要没有结婚,就还有机会啊,徒弟这么优秀,能被你喜欢,那个女生肯定也会觉得受宠若惊的,你告白了吗?

【密聊】沐春风:告白了,但我知道不可能的。

【密聊】苏月:怎么怎么肯定啊,凡事都有可能的。

【密聊】沐春风:那如果我告诉你,我喜欢的人是二师父,你还觉得有希望吗?

霓裳月月一下子就愣住了,好一会儿给我发了条消息。

【密聊】苏月:???? 徒弟,你是在开玩笑?

【密聊】沐春风:师娘,我是很认真的……

【密聊】苏月:呃,你让我冷静冷静,这事儿你除了我,还告诉了谁?你三师父知道吗?就是你现实里的朋友。

【密聊】沐春风:他知道啊,但是他劝我放弃。师娘,你是不是也要劝我放弃啊,没关系的,我明白的。

02

霓裳月月又沉默了,她应该是风中凌乱了,毕竟我会喜欢苏小爱,这出乎所有人的意料。对他们来说,我是个男神音,高富帅的徒弟,是个亲友,顶多算是有点重要的亲友。

然而我却喜欢上了他们亲友的女朋友,怎么看都很诡异。

第十章 曾经信誓旦旦要守护的人都去了哪里

如果我对他们的好感度没有刷够,现在肯定就要被霓裳月月一口盐汽水喷死了,毕竟对他们来说,秋莲城才是亲友,我这个后来认识的路人甲,要靠后站的。

我现在好感度刷到了,霓裳月月听到这件事,肯定是很震惊的,但她应该不会本能地讨厌我,而且,不出我的意料,她应该还会对我开启知心姐姐的模式。

毕竟,我也是她情缘的徒弟啊,我好歹师娘师娘的,喊了她这么久啊。

【密聊】苏月:徒弟你方便 YY 吗?你不要着急,师娘应该可以明白你的感受的。

【密聊】沐春风:嗯,可以 YY 的,我还以为我被师娘你讨厌了。

【密聊】苏月:怎么会,徒弟你这么乖,师娘不会讨厌你的,而且喜欢这种感情,是不受自己控制的,我明白的。

她发了个 YY 频道过来,我开好变声器进了频道。这个频道是个私人小频道,我是隐身上线的,一上线我就收到了苏小爱的留言。

白流霜:徒弟,我真的没有觉察到你的心情,对不起,你应该不是真的喜欢我,只是因为感动,所以觉得是喜欢,好好散心,等散心回来,一切都会好起来的。你永远是我最乖的徒弟。

啧啧,白流霜这一番话说的也算是入情入理。

"徒弟,你听得到我的声音吗?"耳边响起霓裳月月的声音。

"嗯,我听得见的。"我将声音压低,制造出情绪低落和失落的那种假象。所以说啊,网上聊天,真的无法明白对方到底在想什么的,因为想要伪装真的太容易了。

"我刚刚有点没有反应过来,我没有觉得徒弟你不好,真的。毕竟我们都无法控制自己的感情。"霓裳月月声音放得非常温柔,她丝毫没有怀疑我。没办法,我一开始出现在他们身边的身份是大学生,后来被爆出来是个高富帅大帅哥,这样的身份,没有必要说谎,加上这段时间以来,我营造的贴心小棉袄的形象,简直太犯规了。

"我不知道怎么办了,师娘,我出去玩了这么久,想着如果只是一是迷惑,或者是把感激当成了感情,一定会忘记的,"我停顿了一下,声音里还加了一点哽咽的效果,"可是我发现,我在自欺欺人,无论去哪里,都还是忘不掉。"

"没事的徒弟,不要难过,"霓裳月月被我彻底骗过去了,她语气有些急,"我觉得你和流霜再聊聊吧,你们都没有见过,只是网上……可能真的见一面,反而会更容易理清楚你的想法呢?"

"见一面吗?"我装作很吃惊的样子,"可是……师父会和我见面吗?师爹,他不会让师父见我的吧。"

"我不告诉你师爹,徒弟,你放心吧,你既然告诉我,就说明你相信我,我会帮你的。"霓裳月月十分体贴地说。

哎哟,我等的就是她的这句话,当下感动地哽咽地说:"谢谢师娘,真的谢谢……"

"徒弟你哭了吗?不要哭啊,哎,哭得我都难受了,"霓裳月月语气有些慌,"没事的,流霜人很好的,我们会帮你的,流霜她一定不希望是因为自己的缘故,让你这么难过。"

"嗯,我知道,因为师父很温柔,"我说,"师娘,我先下线,我出去走走,管家仔喊我喝下午茶。"

"好的,去吧,好好散散心。"霓裳月月说。

我就退了YY,顺便把游戏也下线了。

陈璐看着我,一脸不可思议:"老板,你演技不错的。"

"演技要是烂了,不就唬不到人了嘛,"我说,"瞧好吧,好戏就要开场了。"

"你打算怎么做?"陈璐问,"你得告诉我你的计划我才能配合你啊。"

"舒雅欣和沈辰东是一定要离婚的,这个必须要放在苏小爱和他分手之前,这样我才能让舒雅欣拿到多点的精神赔偿,"我慢慢地将我的打算说给陈璐听,"等这件事尘埃落定,就要让苏小爱和沈辰东分手了。"

"你有办法了?"陈璐挑了挑眉。

"有了,我要撕掉他们的虚假幸福,"我说,"要做到这些,首先是要把苏小爱从国外拐回来。"

陈璐想了想,"我大概知道你要怎么做了。"

"我会约苏小爱在沙市见面,就在元宵节这一天,并且告诉她,如果不来,我就从

第十章 曾经信誓旦旦要守护的人都去了哪里

沙市最高的楼上跳下去,"我笑着说,"苏小爱的年龄也不过20岁出头点,对浪漫的爱情还是有向往的,而且就算她真的不喜欢我,也不会希望一个喜欢她的人去自杀吧。"

"你是个坏家伙,"陈璐也跟着笑了起来,"我就是那个,负责告诉他们你行踪的人吧,还外加一个直播效果。"

"聪明。"我的计划里,需要陈璐这样一个中间人,我不会给他们任何人联络方式,所以他们能找到我的唯一方式,就是通过陈璐。

我们这一行,计划从来都是随着事件进展而改变的,因为我要面对的是人,要去操纵的是人心,这都是不可控制的,随时都有新的线索出现,也随时都有突发事件。

我一开始接近苏小爱,并不只是把她从国外骗回来这么简单,是想要披着伪装去接近她,让她爱上我的,然而现在知道他们之间是真爱之后,这个计划就得作废,我得重新规划了。

不能让她爱上我,那就只能在他们之间当当搅屎棍,制造一些误会啊,矛盾啊,要做到这些,首先是要让他们面对面的接触,而不是在游戏中和网络里联络。

我得把苏小爱从国外逼回来,让她有一个不得不回来的理由。

当然了,除了陈璐这里,还需要让大叔来配合我,毕竟苏小爱在美国的行踪,目前是被她的养父母控制着。

她的养父母的确是想让她和布尔家族的继承人联姻,大叔最新给我的补充资料里,清清楚楚地写着,苏信誓的商业王国有崩坏的倾向,他迫切通过一场联姻来避免他一手早创起来的王国崩盘。

我就说嘛,怎么会这么单纯的不想让苏小爱和沈辰东在一起,果然是这种烂俗的理由。我看到的第一眼都觉得,这生活真是比小说还精彩。

我得让大叔帮我搞定苏家那边,我伪造的身份做得非常真实。这种神秘的顶级家族,一般是不会出现在众人眼前的,因为这种家族往往都和国际黑帮势力也关联。家族所在地,家族成员都隐秘得很,所以大叔才会大胆而直接给我伪装了这样的身份。

无法查证，这是最主要的理由。

大叔的脑洞也真是敢开大，这种家族，连写总裁小说的都不敢用，总裁小说也只是个商业帝国而已，还是有迹可循的，他一上来就发了大招，直接开了个最大的外挂。

和大叔那边联系好了之后，我就开始着手舒雅欣和沈辰东的离婚事件了。其实她现在和沈辰东离婚，沈辰东肯定会愿意的，就怕他为了顾全父母的想法，拒绝离婚，但怎么想这种可能性，现在也很小了，因为他之前可是要拿走结婚证书的。

而且他对苏小爱是真爱，要是舒雅欣愿意离婚他肯定乐意。

然而问题是，这样离婚，婚后财产是要对半分的。他已经好久不工作了，如果对半分，说不定舒雅欣还得分钱给他，房子也有他的一半，这样太恶心人了。

就算沈辰东愿意净身出户，也还是太便宜他了，他伤害了舒雅欣，而且伤得那么深，舒雅欣失去的，他根本无法补偿，既然这样，那么只能用钱去弥补了。

我无法为舒雅欣做到更多，可能唯一能为她做的，就是争取足够多的赔偿金。没有爱人，至少还有钱啊，这个社会，不得不说钱还是很重要的，钱不是万能的我也承认，但有时候，还真的是一分钱难倒好汉。

有钱就可以重新开始，虽然很残酷很市侩，但，这就是现实。

要做到这一点，舒雅欣就不能主动提离婚，得让沈辰东求着舒雅欣离婚，并且是不顾一切的要离婚。

这样其实也好办的，只需要苏小爱向沈辰东提结婚，我相信沈辰东分分钟跑回去要和舒雅欣离婚的。

不是我想得太多，而是沈辰东这样的人，已经被我看穿了，他是根本不知道良心为何物的，一切都是以自己为中心，不会在意别人的感觉和看法，不会去体谅别人的感受。这种自以为是的人，其实太好对付了。

而且对付他，我是一点罪恶感都没有，因为在我看来，他比苏常瑞还要渣。

03

我约了舒雅欣见面。要计算计沈辰东的赔偿金,就要舒雅欣配合我。

不过我也知道,与其说是算计沈辰东,不如说是算计苏小爱,但舒雅欣的的确确是被苏小爱推下楼的,不管她为人如何,伤害了别人就要付出代价,没有人可以享有特权。

舒雅欣倒是很配合,我让她签了一份代理人声明书。签了这张声明书,我就是她的代理人,她就可以不用直接面对沈辰东,我可以帮她做好一切后续工作。

当然了,我肯定不是扮演律师的那一个。这种活儿,还是得辛苦陈璐,她那样的气场,才像一个精明的、强势的律师,除此之外,她本身也学过法律,制作一些文件,还是能做到的。

那天和舒雅欣分开之前,我问她是不是还在玩游戏。她告诉我,她下班之后,还是会稍微玩一玩的,她之前的单位辞职了,如今在做兼职,同时在找与医院相关的工作。

她本来就是学护理的,当初也去医院实习,为了沈辰东才放弃了成为护士。

我没有问她,事到如今对于那个游戏,到底是什么样的感觉。游戏里有好人也有坏人,但只要懂得保护自己,游戏也是一个能让人放松的地方。

她愿意去尝试不同的工作,这说明她也在慢慢地走出来吧。虽然创伤永远都在,仇恨不会消失,但人活着,总要向前看。

小孩子的脚步永远是轻盈的,然后随着年龄的增长,脚步也越来越沉重,那是在每一天的生活里,背负在肩膀上的沉重过往,那些过往压完了少年的腰,磨粗了少女细嫩的双手。

人,永远比自己想象的更为强大,所以才能从致命的打击里,活着走下去。

带着代理书回去之后,我就开始设计陷阱让沈辰东往里面跳了。

我这里有苏小爱的 YY 账号和密码。这是一开始的时候,大叔给我的资料里的,当初因为这个,舒雅欣还上了沈辰东的游戏和 YY,想要用粗浅的误会让他们产生矛盾的。

　　我只有5天的时间,因为正月十五的元宵节,是我计划中苏小爱回来的日子。在这之前,我必须拿到赔偿金,并且让舒雅欣和沈辰东离婚。

　　我上了一下游戏,发现苏小爱并不在线,霓裳月月对我嘘寒问暖了一番,我又伪装了一下失恋小王子的身份。一边应付霓裳月月,我一边打开了YY,用了代理服务器,上了苏小爱的YY账号,这样是为了苏小爱觉察到事情有异,我也能轻松脱身。

　　干我们这一行的,无论如何都需要保持神秘,轻易就被抓到把柄,那就不好玩了。我喜欢报复别人,不喜欢别人来报复我。

　　我隐身上了苏小爱的YY,点开了秋莲城的头像,给他去了一条消息。

　　白流霜:辰东,我说服我家人了!他们同意我们结婚了,你赶紧离婚。

　　沈辰东的头像是暗着的,然而我这条消息发过去之后,他头像很快就亮了起来。

　　秋莲城:真的吗?小爱?你家人不逼你嫁给布尔家族那个继承人了吗?

　　我心中咯噔一下,秋莲城是知道苏小爱为什么回去吗?所以那时我装作去找苏小爱,他的神色才会是惶惶不安的吗?

　　白流霜:是啊,我说服了他们,他们终于接受了我的心意,因为我的幸福最重要,辰东,你什么时候才能离婚,我想真正地成为你的妻子。

　　秋莲城:我会离婚的,小爱,我们千辛万苦才走到今天这一步,事到如今,我不会再放开你的手了。3年前,是我的错,我不应该让你走的。

　　3年前?看样子沈辰东3年前真的和苏小爱交往过啊,啧啧,他可真是厉害,一个一无是处的平民小子,居然泡到了苏家的宝贝疙瘩。

　　我想了想,决定试着从他这里套点话,毕竟他是想不到我不是苏小爱,而是个盗号者。

　　白流霜:是啊,想想我们走到今天太不容易了,我至今还记得,我们第一次见面的时候。

　　秋莲城:我也永远不会忘记,那时候你站在人群里,我以为遇见了仙女。

第十章 曾经信誓旦旦要守护的人都去了哪里

我打了个哆嗦,这秋莲城还真是肉麻。

白流霜:是啊,那天下雨呢,好像那几天都在下雨。

秋莲城:第一次和你说话,也是下雨天,你还记得吗?你因为夜盲症,天黑之后坐在公园的台阶上,我送你回家的。

我的手一顿,愣了一下。

那个下雨天,送白流霜回家的,不是一个外国人吗?为什么沈辰东说是他?这里面有误差吧。

白流霜:我当然记得啊,好了,我先下了。

这件事我知道得并不是那么清楚,所以继续聊下去肯定要穿帮,于是我直接下线遁了。秋莲城这下子应该要去找舒雅欣离婚才对,因为他终于能和他的真爱在一起了啊。

不过——

我翻出了他的日记本,反反复复看了那天的日记,的的确确,送白流霜回家的是个外国人。

难道不是这一天?但他描述的情景,的确就是那天,这之间为什么会存在误差呢?我直觉这里肯定有猫腻,便将这个 BUG 记下了,回头得让苏小爱和我解释了。

晚上 8 点钟的时候,我留给舒雅欣的代理律师的电话响了起来。我拉开抽屉将手机取出来,顺手丢给了陈璐。这之前我已经和她沟通好了细节,她知道该怎么做,而且我相信她,她的能力,已经简单粗暴地展现给我看过了。

果然是沈辰东打来的,他是要谈和舒雅欣的离婚事件。

我没有去管这事儿,我的重心在苏小爱这里。

3 天之后,一笔 500 万元的赔偿金入了账。陈璐很出色地完成了我交给她的任务。舒雅欣和沈辰东终于成功离婚了。房子归舒雅欣所有,沈辰东私下付出 500 万元赔偿金,净身出户。

"没办法,他就只有这么多,榨不出更多了。"当陈璐将银行卡交给我的时候,脸上还有一丝遗憾。

"已经可以了。"这笔钱并不少,动辄上千万元,我并没有考虑过。苏小爱喜欢沈辰东,自然会给他钱花,按照沈辰东那种自我中心的想法,苏小爱给的,他肯定会不要脸的接受。不过苏小爱手里的流动资金应该也不会很多,给几百万元给沈辰东,这对沈辰东来说,应该是一笔很大的金额了。

"你打算把这些钱都给舒雅欣吗?"陈璐问我。

"怎么会,我是个商人,"这话我从一开始就告诉过陈璐,"我会拿走属于我的那部分。"

"嗯。"陈璐也没有细问,她继续去游戏里刷副本去了。戏还没有演完,她还不能消失,不只是她,就连许陌也还常常上线,营造出一种我们只是普通玩家的气氛。

我将银行卡收了起来,这张卡会在委托的任务完成的那一天,交到舒雅欣的手里。

而今天,已经是正月十二,是我出手的日子了。

我上了线,霓裳月月不在线,彼得潘在,秋莲城不在线,苏小爱却是在线的。秋莲城大概还在准备惊喜吧,昨天我用苏小爱的YY账号和秋莲城联系的,他告诉我已经离婚了。我让他准备一场别开生面的求婚,他大概是去准备了。

在游戏里遇到苏小爱,这还是过年之后的第一次,也是我和她表白之后的第一次,那之后,好像总是很不凑巧,我在游戏里总是遇不到苏小爱。有一部分原因是我故意避开,还有一部分原因,大概是大叔那边的小动作生效了。

他需要用超级家族的名义给苏信誓发邮件,并且让他对这个家族的存在深信不疑,然后还要告诉他,这个家族最受宠的小儿子,看上了苏小爱。

【密聊】你悄悄对唐小宝说:师父,好久不见啊。

【密聊】唐小宝悄悄对你说:是好久不见啊,徒弟,这些天还好吗?

【密聊】你悄悄对唐小宝说:不太好,师父,你能来YY吗?

语言,总是蕴藏着不可思议的力量,文字或许可以暧昧地表达意境,但语言,才

第十章 曾经信誓旦旦要守护的人都去了哪里

是直截了当,传达自己想法的方式。

我和苏小爱在她的私人小 YY 频道里会面了。时隔半个月没有见面,我和苏小爱谁都没有开口说话,气氛一时间暧昧极了。

"师父,"最终打破沉默的,还是我,毕竟我现在是男生啊,男生怎么也要比女生勇敢一点,"我走了大半个地球,可是我还是没有办法放下,怎么办?"

"徒弟……"苏小爱一时间不知道怎么开口,"如果我没有男朋友,我一定会好好考虑你的。还有……你知道我是苏家的?"

"什么?"我假装很惊讶。

"你的家族,在和我父亲交涉,说是让我嫁给你,徒弟,是你做的吗?"苏小爱沉声问。

"我没有!"我矢口否认,"我不知道,前些天,我哥哥问我为什么不开心,我只是告诉他,我喜欢上了一个注定不能喜欢的女生。对不起,他们自作主张做了这种事,我会让他们马上停止的。"

"你真的不知道?"苏小爱有些迟疑。

"师父,你不相信我吗?"我很受伤地说,"在你心里……我是这样的人吗?"

"不是的,"苏小爱下意识地否认,"我只是……算了,没事,不是你做的就好。我没有要怀疑你,只是这几天家里闹得我烦心,你应该明白的,像我这样的人,未来从来都不可能握在自己手里的。"

我心中一震,怎么回事,听苏小爱这语气,像是很消极啊,她一早知道自己的命运,那她和沈辰东是怎么回事。

04

"可是你和师爹,不是现实中的男女朋友吗?"我直接将这个疑问提了出来。

"看上去的确是这样,但我和他都明白,我们是没有未来的,"苏小爱的语气很是无奈,"就算我很爱他,他也可以为了我不顾一切,可是就算是这样,我们也只能是一对恋人,无法成为彼此的伴侣。"

"师爹知道吗?"我问。

"他知道我在努力说服家里,我没有告诉他这一切,我不想太早打破他的幻想,"苏小爱的语气有些不忍,"徒弟,我和他经历了很多,我们为了在一起,也伤害过一些人,把一些本不相干的人卷了进来。"

"为什么?"我忍不住问她,"为什么你们在一起,要有人受伤?"

"因为……凭什么只有我们是没有未来的,凭什么别人就可以有!"这瞬间,苏小爱的语气里带了一抹恨意。

要到这个时候我才明白了苏小爱为什么会不顾一切也要抢走沈辰东,她和沈辰东明明是没有未来的,却偏偏要拉着舒雅欣的未来陪葬。

归根结底,她在嫉妒,她嫉妒舒雅欣可以和她爱的人有未来;她得不到的,她不希望别人得到,她不会允许别的女人从沈辰东身上得到幸福的。

"所以徒弟,你放弃我吧,我和你师爹已经做好了觉悟了,就算没有名分,我们也会在一起。"苏小爱说。

我顿时恍然大悟,敢情苏小爱是想要和沈辰东一辈子婚外情,既然无法结婚,那么就不结婚,男女之间,并不是只有婚姻才能维系的,她有的是钱,她足以让她和沈辰东做一对偷情的野鸳鸯。只是将来和她结婚的男人就可怜了,我不由得想到了布尔家族的那位继承人,要是他知道苏小爱有这个打算,不知道还会不会坚持要和苏小爱结婚。

"你就那么爱师爹吗?"我伤心欲绝地说。

"是的,我们相爱3年了。"说到这里,苏小爱的语气就变得特别温柔,她应该是想到了过去的事。

"可以把你和师爹的故事讲给我听吗?"我装作退而求其次地说。

"可以啊。"苏小爱没有拒绝我这个小小的心愿,也不知道是不想拒绝,还是不忍心拒绝,但这都不重要,因为我想知道的答案,就要揭晓了。

只要弄清楚,苏小爱对沈辰东的动心点在哪里,我就可以针对性的做出破坏。

"我和你师爹,是在一场葬礼上遇见的。那时候他是保险公司的理财顾问,我回

第十章 曾经信誓旦旦要守护的人都去了哪里

去参加奶奶的葬礼,那一年我 17 岁。"

苏小爱其实并没有注意到沈辰东,因为他只是个不相干的人,刁蛮任性的苏小爱,是不会去注意他的。她和沈辰东第一次真正意义上的接触,是在那之后的第三天。

那一天她心情不太好,独自跑了出去。

身为苏家的宝贝疙瘩,在外人眼里,苏小爱的人生简直跟开了挂一样,应该每天都快乐无忧,然而有钱人也是有烦恼的。

她一直知道自己不是父母亲生的,亲生的父母不要她了,加上养父母不敢管教她,和她之间始终无法形成家人之间的那种默契,她的童年其实非常孤独。

回去之后,她看到亲生父母和哥哥之间是那么快乐幸福,她很嫉妒。她嫉妒那种感情,她无法拥有的,她都嫉妒。

她心情不好地出了门。她出去的时候,雨停了,然而到了公园之后,雨下大了起来。她仿佛是在和所有人赌气,想着自己不见了,无论是养父母还是亲生父母,有没有人能够发现。所以她固执地不打电话找人送伞,就这么在公园里坐到了天黑。

等到她什么都看不见了,她才心生惧意,她害怕极了,那种什么都看不见的黑暗,能让人的恐惧一下子膨胀到极点。

然而就在这时候,有个人走到了她身边,他没有说话,只是轻轻地握住了她的手,将她拉了起来,他的动作很温柔,尽管一言不发,却是黑暗中,让苏小爱觉得安心的存在。

她甚至没有怀疑他会不会是个坏人,因为他的举止小心翼翼,他的呼吸平稳绵长,心跳沉稳和有力。她也没有说话,只有哗啦啦的雨声,她不知道他要带她去哪里,他不开口,她也不。

像是在表演一处哑剧,苏小爱就被那个温柔的不说话的人带出了公园,最后他把她送到了一家酒店。

她适应了光亮之后,回过头来时,那个黑暗中沉默的骑士却不见了。她不敢追出去,因为外面非常黑,她站在酒店的大门口,心中有些怅然若失。

如果能再见到他就好了,17 岁的苏小爱觉得,她可能恋爱了。

那时候一种探寻般的感觉,从公园到酒店的那段路,很短,但她的心跳却很快。她试着问了人,却没有人知道刚刚带她来的人去了哪里,甚至都没有看清楚那个人的长相。

直到——

直到第二天,沈辰东来找她。他问她,是不是已经没事了,昨天的样子看上去很不对劲。

苏小爱就知道了,送她去酒店的人,原来是沈辰东。她高兴极了,那一瞬间,她雀跃的心情告诉她,她的确是恋爱了。

她喜欢那个温柔的,一言不发送她去酒店的人。这个人如今就在眼前,他担心她,所以又来找她了。

她激动得有些语无伦次,她告诉他自己有夜盲症,昨天只是在黑暗中什么都看不见,所以没有事,她很感激他送她去酒店,并问他有没有女朋友。

苏小爱从来不是个扭捏的人,喜欢从来也藏不住,沈辰东告诉她自己还是单身,于是他们就名正言顺地陷入了爱河。

她强烈地想要和沈辰东在一起,永远在一起,她觉得沈辰东是这个世界上最温柔的人。

然而他们的爱情没有能走到最后,苏小爱的父母到底还是干涉了,因为苏小爱的未来,不是自己可以决定的。那也是苏小爱第一次面对自己残酷而昏暗的未来,她是为了家族而生,存在的意义,只是联姻。

他们给她选择,允许她和沈辰东在一起,但只能是地下恋情;但苏小爱不愿意这样,她想要光明正常地和沈辰东在一起,而不是偷偷摸摸,那样对沈辰东太残忍。

于是她选择离开,在一个雨天,不告而别。

05

那一走,就是两年,她再次遇见沈辰东,是在一年前。她回国来看看哥哥的女朋

第十章 曾经信誓旦旦要守护的人都去了哪里

友,却意料之外的,在人群中和沈辰东重逢了。

也是这时候她发现,自己还是没有放下这段感情,她原本打算离开的,可是目睹了沈辰东和舒雅欣之间的亲密互动,她嫉妒了。她嫉妒别的女人可以幸福,她却不可以,她明明拥有了一切,却无法拥有自己想要的爱情,她没有勇气舍弃自己的身世,所以她就更加疯狂地去嫉妒,去报复。

当然,这部分苏小爱并没有告诉我,这些是我自己推想出来的。

一年前,苏小爱和沈辰东再次相遇了,于是干柴烈火,一点就燃,很快就厮混在了一起。可是苏小爱只是和沈辰东暧昧着,所以沈辰东虽然想要和苏小爱在一起,却还是选择了舒雅欣。他爱着苏小爱,却搞大了舒雅欣的肚子。

一切就走到了那种完全无法挽回的地步。

苏小爱只说到她和沈辰东重逢,然后再次相爱这里,其他的部分并没有说。

但是结合舒雅欣说的那些,不难想象他们之间到底是怎么回事。而且苏小爱自己也说了,走到这一步,伤害了许多人,这许多人里,排在第一位的就是舒雅欣。

舒雅欣,何其无辜,不过是和一个相恋了四五年的爱人结了婚,她以为青春年华里最美丽的初恋,原来到最后都喂了狗。

苏小爱,她可怜,却也面目可憎,因为嫉妒而毁了别人的幸福和未来;而沈辰东,没有别的言语可以评价,唯有人渣两字相配。

以爱为名,伤害别人,这是最无法原谅的事。

"既然这样,那你为什么不选择我,"我深吸一口气,压下心中浮上来的憎恶情绪,"既然谁都可以,为什么我不可以,你需要强大的家族联姻,我可以,你要和师爹在一起,我也不在意,我只想要待在师父身边。"

"徒弟,我不可以这么做,"苏小爱说,"我唯独对你,是不能这么做的。"

"我不管!"我装作很生气,"凭什么谁都可以,唯独我不可以,师父,正月十五,元宵,沙市,我们不见不散。"

"我不会去见你的。"苏小爱说。

"那我就从沙市最高的楼上跳下去!"我决绝地说,"如果我死了,那就是师父你害的,到时候我的家人会怎么做,都不是我能控制的!"

说完,我直接就关了YY,不给苏小爱说话的机会。

我在威胁她,以爱为名,威胁她。

苏小爱一定会出现的,就算不为她自己,也会为了沈辰东,因为如果我真的死掉了,不只是苏家会遭殃,沈辰东也会遭殃的。我的潜台词,就是这个。

真想看到苏小爱现在的表情呢,我心情说不出的愉悦。

果然报复报复人渣,是一件让人心情舒爽的事情。

"现在一切圈套都设计好了,就等猎物入网了。"我对陈璐说。

"明白。"陈璐一直有听见我和苏小爱的YY聊天内容,其实我没有差耳机线,所以我和苏小爱的对话,陈璐全都听见了。

"有个奇怪的地方。"我翻出沈辰东的日记本,再次翻到了5月10号那一天:"那一天,的的确确并不是沈辰东将苏小爱送去酒店的,他的日记里写着是一个外国人。"

"你想说明什么?"陈璐挑了挑眉问。

"如果,我是说如果苏小爱喜欢的,是沉默不语,送她去酒店的那个人,她只是误会沈辰东就是那个人,会怎么样?"这种可能性是存在的,不过这么长的瞬间,苏小爱有没有真的爱上沈辰东,这可就不好说了。

"的确,这样就很有意思了。而且,如果是这样的,我们的工作很快就会结束的,"陈璐说,"刚刚听苏小爱的言语里,似乎对那个沉默着送她去酒店的人,产生了极大的好感。虽然很不可思议,但这种奇怪的一见钟情,还是有可能存在的。"

"要不要赌一把?"直觉告诉我,这种可能性还是很大的,而且就算不是因为这个喜欢的,那沈辰东也对苏小爱撒谎了,一段建立在谎言上的感情,是很有问题的。

"你可以再试探一下,苏小爱喜欢的是谁。"陈璐比较喜欢稳妥。

"你说得有道理。"这种时候,就是霓裳月月发挥她潜能的时候了。她是女孩子,又是苏小爱游戏里的好友,女孩子之间,总是能够说一些心里话的。

第十章 曾经信誓旦旦要守护的人都去了哪里

我已经铺设了一个绝望的少年形象,现在就等着霓裳月月母爱爆棚,给我探路了。

我在 YY 上和霓裳月月私聊,让她再去帮我确认一下苏小爱的感情,霓裳月月拍着胸脯答应了。

很快,霓裳月月就带给了我答案,她没有让我失望,苏小爱和她说的,比和我说的要更加细致,包括她的心理活动、感情的变化,事无巨细地都说了。

霓裳月月扭头就将这些告诉了我。她劝我放手,就像是在劝一个迷途的羔羊。我告诉霓裳月月,正月十五那天我会去沙市最高的那栋楼的楼顶,如果苏小爱不来,我就跳下去。

霓裳月月吓得赶紧去劝说苏小爱,让她务必要回沙市见我一面。

当然,助攻的不只是她,还有陈璐。陈璐告诉他们,我是认真的,并且已经买好了去沙市的机票,不日就要抵达沙市。

"我说,你真的要去?"陈璐问。

"去啊,我不去,我想送去的东西又怎么能送到呢。"我将日记本小心地擦了擦。在知道了苏小爱的内心世界之后,这本日记就成了最后的杀手锏。

虽然没有日记本,我也有把握让苏小爱和沈辰东完蛋,但有捷径不走,那简直太不是我了。

我没有再上游戏,也没有上 YY,一切苏小爱可以联系到我的方式,都被我掐断了。她只有一种办法能找到我,那就是在正月十五那天,来沙市最高的那栋楼。

"你有没有想过,苏小爱想不开,从最高楼跳下去怎么办?"陈璐问我。

我笑了笑说:"如果她死了,也算是偿还了两条人命。你说过的,没有人是救世主。"

"呵,"陈璐有些意外,"没想到,你竟然会在这种时候,把这句话还给了我。"

"接下任务的那一刻,我就做好了可能会死人的觉悟了。"我不是救世主,没有人是救世主。

并且,没有人有资格去否定别人的生命,我现在所做的事,其实和那些去伤害别人的人没有什么区别,只不过我披了一件美丽的外衣,看上去很美,但同样的很残忍。

"我不奢求任何人原谅,也做好了死后下地狱的准备。"我知道,我只是擅自去评判对和错,这一切都带着强烈的主观意识,但——我不后悔做这一切。

总要有人来做的,否则被伤害的人,就太可怜了。总有人说原谅,可是有些人是不能原谅的。

"没事,以后我在地狱陪你,"陈璐轻轻说完这句话,转身就走开了,"晚上吃毛血旺吧。"

"好。"我答道。

第十一章　这世上最爱你的人

01

这座城市原来是这么迷人吗？

正月十五元宵节，据说在古代，这个节日才是情人节，少男少女借着看花灯，纷纷走上街来。花灯如灿，在灯光下，每个人的脸看上去都是美丽的。

沙市的市中心有一栋电信大楼，这是整个沙市最高的大楼。我站在楼顶，俯瞰这座城市，底下的人流像蚂蚁一样，路灯宛如水里的波光。盯着底下看得久了，便会让人有种想要纵身一跃，随风坠落的冲动。

就在我有些恍惚的时候，陈璐的电话打来了。我接起来，她告诉我，苏小爱已经到了沙市。

她果然还是回来了，无论是为了什么理由，她总算是回来了。

这两天，陈璐在游戏里负责传递我的消息，而苏小爱最终还是缴械投降，因为大叔那边很给力，配合我的行动，做了一些辅助工作。果然要伪装豪二代，真不是件容易的事，如果没有大叔，那这次活儿就不可能这么轻松地搞定。

果然这年头还是需要技术啊，会省去许多麻烦。

我对大叔这个人也越来越好奇了，他到底是何方神圣，竟然能做到这样的地步，他虚拟了一个超级家族，让一个豪门家族相信那是真的。这种手段真的太厉害，厉害到让我觉得都有些不真实。

明明舒雅欣和沈辰东，他们都是很普通的老百姓而已，偏偏这个案子所涉及的东西，是普通人终其一生或许无法触碰到的那个世界。

我掐着时间，将日记本放在了天台上。许陌帮了我一个忙，他让电信大楼灯火通明，天台上还安了一盏高瓦数的白炽灯。没办法，苏小爱有夜盲症，在光线暗淡的地方根本看不见。这样的苏小爱去天台很危险，很容易就出事，然而我并不希望她出事。所以我将一切意外降到了最低，这是生而为人，对我自己良心的交代。

我下了楼，走出电梯的时候，看到了苏小爱急匆匆的身影。

我与她匆匆忙忙擦肩而过。我没有回头，她也没有。所以说，网络世界的爱情是多么的缥缈，离开了那些虚拟的数据，谁认得谁，谁又记得谁呢。

我走出电信大楼，许陌的车停在一旁，他倚着车站着，微微笑着看着我。

在陈璐出现之前，我有想过让许陌帮助我完成这些事的，让他和我一起玩游戏的初衷就是这个，然而陈璐来了之后，原本计划由许陌去完成的，都被陈璐揽过去了，结果许陌就彻彻底底打了个酱油。

"走吧。"我对他说。

"不等等吗？"许陌指了指楼上，"这样走掉，没问题吗？"

"走吧。"我仍然只说了这两个字。

许陌就点了点头，打开车门将我让进了车里。

车缓缓地开动，最终汇入了川流不息的车流里，车灯宛如流火一般印在车窗上，嘭地一声，是十五的烟火在半空炸开了。

这个城市仿佛在这一瞬间，变得鲜活了起来，十五夜的烟花，最是美丽。

许陌缓缓地将车停了下来，我不解得望着他："怎么了？"

"下去走走吧，今天好歹是元宵。"他笑着说。

"哦，也对，活儿干完了，就先放松放松吧。"尽管还不知道苏小爱最后会是什么选择，但在我心里，舒雅欣的活儿到此结束。

就和何羽绯的那个案子是一样的，在婚礼上，我只是将一切真相都放在他们面前，最后会走到什么地步，都是他们自己的选择。

我和许陌一起下了车，并肩走入了一条古老的长街，灯笼到处都是，琳琅满目的小商品让这条街更加热闹起来。

时空仿佛在这一刻发生了逆转，好似几百年前的花灯夜在今日重现。

第十一章 这世上最爱你的人

许陌缓缓转过身来,他用一只狐狸面具挡住了脸,我伸手拉下他的面具,花灯下,他的脸似乎变得更加温柔。

他在看着我,目光清澈宛如一泓清水,不知怎么的,我就看得发了呆。

直到路过的人不小心撞了我一下,我才猛地回过了神来。我刚刚竟然看许陌看得入了迷,这简直太惊悚了,十五的鬼故事吗?

"没事吧。"许陌伸手扶了我一下。

"我没事。"我下意识地往边上退了一步,然而人流量忽然大了起来,我和许陌被挤在了一起。

许陌很自然地拉住了我的手:"走吧,这样安全点,万一走散呢。"

"哦。"我看了一眼他握着我的手的那只手,想了想还是没有抽出手来,都是成年人了,人多的地方拉个手而已,不至于那么扭捏。

"啊,我想起来有件事忘了做了。"走了几步之后,我忽然想起来,我忘记让沈辰东去电信大楼了。

"什么?"许陌回头问我。

"算了,没事了。"我摇了摇头,没有告诉许陌这件事。沈辰东应该知道苏小爱回到了沙市,就算他现在不知道,苏小爱看到了日记之后,肯定也会知道的。

苏小爱那样的性格,眼睛里其实是揉不得沙子的。她若是知道沈辰东一开始是在骗她,并且只是打算和她谈场恋爱,最后并不会和她在一起,肯定会去找沈辰东的吧。

不过这件事到底会演变成什么样子,我已经懒得去关注了。这些天,我情绪起起伏伏的,到今天终于可以暂时不去想那些事了。

我和许陌逆着人潮而行,这条长街,大概是太有古蕴了,所以在今天这样一个日子,才会被人挤爆。

在一个卖糖葫芦的摊贩前,许陌买了一串塞进我的手里。

这种感觉,真像是高中生小情侣,然而我和许陌早就已经是理智的成年人了。

"偶尔年轻一回,感觉还不错吧。"许陌笑着问我。

"是啊,感觉还不错。"这种恍如一梦的感觉,很让人怀念,一些似是而非的回忆涌上来,记忆深处,是青葱的少年时代,那时候的我是个特别乖的乖小孩。

但那个时候的我,曾经暗恋过一个男生。

可惜的是,时光荏苒,到如今,我竟然有些想不起来,那个男生到底长得什么模样,只记得他高高瘦瘦的,头发分外柔软,带着一点小自然卷,笑起来的时候,还有一对可爱的小虎牙,再多的,就想不起来了。

"是不是想起了你的初恋啊?"许陌打趣道。

"是啊,"我坦诚地点了下头,"是想到了一个人,可惜的是,我想不起来他叫什么了。"

毕竟时光如流水,石头上的印记,早晚会被水冲刷干净的。

02

许陌送我回家的时候,烟花已经停了,时间也已经过了凌晨,我上了楼,透过走廊里的窗户,目送着许陌的车缓缓开了出去。

我手里捏着一只精致的面具。这面具是许陌拿着挡在面前的,最后莫名其妙地就到了我手里。我不曾注意,竟然被我带上了楼。

我打开家门,陈璐还没有休息,她坐在沙发上,抱着笔记本,百无聊赖地打着游戏。

"那边,有和你联系吗?"我问了一声。

"没,最后的联系就是苏小爱到了沙市,之后就没有消息传来了,"陈璐说,"接下去你打算怎么办?你和舒雅欣的合约,应该是要让苏小爱和沈辰东分手吧。"

"是啊。你觉得过了今天,苏小爱还有心情和沈辰东交往下去吗?"苏小爱是追求真爱,但那前提是沈辰东的确是真爱,但是现在这个前提很模糊。

苏小爱是个凭借感情行动的人,她能因为一个人的善意而喜欢上一个人,因为喜欢而不顾一切地和那个人在一起,哪怕对方已经有家室,也要登堂入室。

这种性格,她能容忍背叛吗?恐怕是不能的吧。极度自我中心的人,往往比正常人更难以接受背叛,我说的是,对自己的背叛。

"那如果他们交往下去了呢?"陈璐问。

"交往下去就只能继续捣乱了,不过今天,该休息了,一切等到明天再说。"不知是不是因为已经完成了我预期想完成的目标,我觉得浑身一身轻,但困意也袭了上来。

洗了个热水澡,我直接睡觉了。第二天睡到日上三竿,起来时,陈璐不在家,她给我留了饭,在筷子底下还压着便笺。

她出去见客户去了,让我午饭自己对付着吃。

陈璐是个行动派。这些天,她一直在积极寻找新的客户,可惜的是见了几个,都没能让她接下。我有点好奇,陈璐自己接的第一个任务会是什么。

我慢吞吞地吃了早饭。这一天没有人找我,我下午的时候,用许陌的游戏账号登录了一下,小帮会里,霓裳月月和彼得潘都在线,但苏小爱和秋莲城都不在。

也是啊,苏小爱回来了,不管昨天发生了什么,他们应该都没有心情玩游戏了。

我开着许陌的号溜达了一圈,然后安静地下线了。

傍晚的时候,我接到了舒雅欣的电话。她约我在魔岛咖啡馆见面,想起来我和她第一次见面,也是约在那家咖啡馆的。

我想开车去的,然而陈璐把我的车开走了,要走着去咖啡馆,显然是不现实的,因为走过去没有半个小时到不了。我果断给许陌打了电话,许陌简直就是个召唤兽,随喊随到。

他把我送到了咖啡馆,我就打发他走了。他最近并不清闲,开年来,公司都上班了,过年期间积累的工作,都要在这些天里完成。

我到咖啡馆的时候,舒雅欣已经在那里了,很难得,她竟然没有要我等。我一共见过她几次,没有哪一次是她先到的,这一次倒是破天荒了。

"给我一杯摩卡。"我向服务员要了一杯摩卡,然后走到了舒雅欣的面前。

她神色很平静,眼神带着一点怅然若失。

"沈辰东去找过你吧。"我问。

舒雅欣有些惊讶地看着我,显然不明白我为何会知道这个:"你怎么知道的?"

"你这么问,说明他的确去找过你吧,"我说,"他是找你吵架的吗?"

"他跑来质问我,为什么要偷他的东西,"舒雅欣嗤笑了一声,"你知道吗?隔了这么久再见他,我竟然没有一丁点喜欢的情绪了,我都不确定自己是不是认识过他,是不是真的和他谈过恋爱,结过婚,就像是……那些糟糕的事只是上个世纪的一样。"

"嗯,那些事情都过去了,没有人会一直活在过去,你也不会的,"我说,"他会那么着急地跑去找你,那么气急败坏,一定是因为苏小爱和他分手了吧。"

"是,"舒雅欣给了我肯定的答案,"他问我,现在满意了吗?让他失去挚爱,这样是不是满意了。"

"是不是很好笑啊,他曾经是我的恋人,后来是我的丈夫,还差点变成我孩子的父亲,可是这个人,却来质问我,让他失去挚爱我是不是满意了,"舒雅欣低低笑出了声来,只是那笑声中都是无奈与悲凉,"原来我一直都不是他的挚爱,我以为他至少是爱过我的。"

"你看过日记本吧。"毕竟是曾经的爱人,舒雅欣不可能没有看过日记里的内容。

"看过了才知道,原来我对他来说,只是一个刚刚好的选择,在刚刚好的时机出现,条件刚刚好,在刚刚好的时间里恋爱、订婚,"她笑着笑着,笑出了眼泪,"原来……我只是刚刚好,而不是很重要。"

"但现在一切都结束了,"我说,"你还年轻,还有很长的路要走。"

"我知道的,其实这段时间,我冷静下来之后,也慢慢想通了很多事,"她轻声说,"与其苟延残喘藕断丝连,不如快刀斩乱麻。他没有爱过我,就当我这些年是瞎了眼,爱错了人。"

"你能这么想,很好。"我不知道她是真的这么想的,还只是说给我听的,如果是真的这么想的,那么我无需为她担心什么。

"你还打算留在这座城市吗?"我问她,"毕竟这里有那么多不好的回忆。"

第十一章 这世上最爱你的人

"但总要走下去啊,我们普通人,根本没有时间去想这些,每天忙着赚钱,就已经很辛苦了,"舒雅欣说,"我应聘上了一个疗养院的护士工作。"

"哪家疗养院啊。"我便随口问了一句。

"青山疗养院。"舒雅欣答道。

我有一刹那的失神,青山疗养院——是我姐姐所在的那家疗养院。

"挺好的。"我由衷地说。

"房子我已经卖掉了,在靠近工作的地方那边,重新买了一套公寓。"她说。

"那么,我的工作完成了吧。"我得确认这一点。

"是的,"她说着,从手包里取出一个信封推给我,"这是剩下的一半。"

不用看也知道,那里是钱,她之前只给了定金,这才是全额。我拿起来,抽出来稍微看了一下,直接装回包里去了。

我将陈璐给我的那张卡放在了舒雅欣面前。

"这是什么?"舒雅欣不解地问。

"精神损失费……之类的吧。"我说,"这是我从沈辰东那里拿到的赔偿金,我拿走了一部分,因为你的任务,完全超标了。"

"你不用给我的,我之前说过了,你自己留着。"舒雅欣将卡朝我推来。

我按住了卡身,"我只拿走我应该拿的那部分,剩下的都在里面,收下吧,虽然钱不能让失去的重新回到身边,但普通人,身边有钱总算是好事。"

我拎着包站起来,推开咖啡厅的门走了出去。

外面阳光已经稍微有了暖意,冬天已经走远了,春天悄无声息地来了。

03

后来过了三天,我从何羽绯那里知道了那天晚上发生的事情。

何羽绯嫁给了程逸之后,真正成了豪门的媳妇儿。在一次商务酒会上,她听到了一些有关于苏小爱的传闻。她不知道我的活儿已经干完了,将和苏小爱有关的事情都告诉了我。

那天晚上，苏小爱上了天台，在强光下，空无一人的天台上，那本黑色的日记本就显得特别醒目。

她翻开来看了一眼，认出了那是沈辰东的字迹，然后她就鬼使神差地看了下去，一直看到日记的最后一页。

朦胧且美好的爱情，被残忍地破开内脏，血淋淋地呈现在她面前。原来他从一开始就在骗她，当爱情不是她想象的模样，当她奋不顾身去爱的那个人，根本只是个自私的、三心二意的人，当一切都以最直接的方式呈现在她面前，她根本无法逃避。

苏小爱那样的性子，果然啊，眼睛里揉不得沙子，她不可能继续和沈辰东在一起的。

沙市上流社会的名媛们，之所以会谈论这件事，是因为苏小爱在寻找3年前，去过那座公园，将她送到酒店的人。

然而3年过去了，一切似乎早就无可寻觅。唯一的线索，就是扶她走的是个外国人，并且还是个美少年。

我没有继续去管苏小爱的事，因为舒雅欣给我的任务，只是让他们分手，并没有别的什么惩罚要求，所以她会不会活得很好，会不会很幸福，这些都与我无关了。

我让大叔将我游戏和YY账号信息全部都粉碎掉了，当然，也包括陈璐的，所有能够被查到的蛛丝马迹，都被打扫干净了。

一大早，闹钟就响起来了。我按掉了吵个不停的闹钟，下了床进了卫生间，刷牙洗脸，换衣服化妆，一切都做完了，我推开卧室的门走了出去，陈璐还是不在家，舒雅欣的案子结束之后，我们都处于没活儿可干的状态。

陈璐这样的女强人，当然不会允许这种事发生，于是就积极地去寻找客源了。

我吃过早饭，收拾茶几的时候，发现我的车钥匙在家，陈璐没有开走我的车。我想了想，决定去见一下大叔，他后来给我的资料，以及协助我完成任务，我还没有给他后续的手续费。

第十一章 这世上最爱你的人

大叔住的地方实在是太偏了,每次开过去都要花好久。

上次来还是大雪天,这次来已经是初春,万物都在复苏,这片荒野,看上去竟然也有了几分生机。

我敲了敲门,还是那个白发苍苍的老太太来开的门,我走了进去,大叔蹲在电脑椅上,双手灵活地在敲着键盘。

老白蹲在猫架上,呼噜呼噜的闭目养神。

"大叔啊,你下次搬家,能不能搬到有点人烟的地方?"我进去的时候,顺便吐槽了一句。

"就这里就挺好嘛。"大叔忙的头都没有回。

我将一张银行卡丢给大叔。

"这是啥?"大叔看了一眼,终于舍得回头看我了。

"后来补的那些资料的钱,以及,你帮忙的手续费。"我解释了一下。

大叔就将卡随手塞进了抽屉里。

"今天有什么要我帮忙的?"他问。

我走过去把老白抱起来摸了摸头:"帮我查一下陈璐这个人。"

"就是你招的员工吗,"大叔一边问,一边已经在查陈璐的信息了,"怎么,她身上有什么是让你忌惮的吗?"

"没有,我只是觉得她那样的人太优秀了,不像是会来我这种小小事务所的人。"尤其是舒雅欣的案子,她表现得太出色,出色到我生了疑问。有时候太抢眼也不是一件好事,枪打的总是出头鸟。

我这种特殊的行业,必须事事谨慎,否则怎么死的都不知道。

"容城人,环亚集团的市场总监,"大叔说,"啧啧,果然是个人才。"

"有没有什么不寻常的信息?"我问。

大叔又继续查了一会儿,然后他摇了摇头:"我这里暂时查不到,这样,我回头再帮你深入查查,有消息了联系你。"

"没问题。"我倒也不急于这一时。

从大叔家告辞出来,我开着车直接回了家。才到家门口,就听到屋里有手机铃声在响,那是我工作用的手机号,我忙打开了门走了进去。

将手机拿出来,我看了一眼,是个陌生的来电。

"你好,这里粉色事务所,请问有什么是我能为你效劳的?"我挂上笑容,用最亲切的语气说。

"真的可以惩罚那些伤害人的家伙吗?"声音非常冷静,让人听不出一丝愤怒或者是悲伤的情绪。

"是的,如果确定是事实,你给的酬劳足够,我会完成你的委托。"我握着电话在沙发上坐下。

"方便见一面吗?"那人问。

声音还是如同第一句话那么不露喜怒。这个女人很冷静,这应该是个很理智的女人。我坐直了腰,顿时来了兴趣。

说实话,粉色事务所从开张一直到今天,我接到过的电话没有 1 000 个也有 800 个,但是每个打来电话的人,要么紧张,要么接近崩溃,或者稍微强一点的,也是强自镇定,毕竟打通我的电话意味着什么,他们都是很明白的。

只有自己无法为自己争取应有的公平,才会向我求助。

所以会打电话给我的,要么很懦弱,要么曾经很傻很天真。性格强势并且足够理智的人,是不会给我打电话的,因为他们自己就能搞定一切。

可是这通电话却很有意思,给我打电话的人思路清晰,非常理智。这么理智的人都无法自己去报复的渣男渣女,到底该是什么样子啊。

我的好奇心一下子就被激起来了。

"当然,"我低头看了一下手表,现在快到中午 11 点了,"方便的话,下午 3 点 30 分,时光咖啡厅,你知道在哪儿吗?"

"知道,"她说完,留下一句"再见"就挂了电话。

肚子咕噜一声叫了起来,陈璐还没有回来,我把冰箱翻了一遍,里面没有直接可以吃的东西。我正在纠结要不要直接煮点方便面对付一下,许陌就打来了电话。

"在干什么？最近怎么都见不到你人，很忙？"许陌在电话那头问。

说起来，我们上一次见面，还是正月十五元宵节，算了算，我和许陌竟然隔了有10多天没有见面。这简直太不可思议了，因为许陌这家伙，隔三岔五就会来找我，当然，找我的原因只有一个，那就是吃饭。

"没有，没活儿干，窝在家里当米虫呢。"我舒服地窝进沙发里，视线正好落在茶几的下面，我伸手将一样东西从茶几下面拿了出来，心情莫名变得很好。

被我拿出来的，是一只狐狸面具，那是元宵节的时候，许陌买的。

脑海中不由自主地浮现出一个画面，像是穿越了时光的十五夜，满街的灯火阑珊，许陌转过头来，脸上却遮着一只狐狸面具。我伸手拉下他的面具，花灯下，许陌眉目里带着浅浅笑望着我。

我忍不住笑了起来，当时我似乎还因为这一幕，小小地发了一会儿呆。

"这么惨，失业人士啊，"许陌笑着和我闲聊，"吃饭了吗？"

"饿着呢，陈璐不在家。"我翻了个身，趴在沙发上，视线却一直落在那只面具上。

"可怜的，我在做糯米鸡，要来吃吗？"许陌问。

"必须的啊！你在家？"听到有好吃的，我立马来了精神。

"是啊，难得今天有空。"许陌低笑着说。

"等着我！"刚为中午要吃什么发愁呢，这不要钱的午饭就来了。我心情大好，将面具丢在沙发上，抓起车钥匙就出了门。

04

许陌果然做了糯米鸡，不止是糯米鸡，还做了一些别的菜，但是这些菜都有一个共同点，那就是这些菜全是我爱吃的。

我不由得冲许陌竖起了一个大拇指："你是我认识的、厨艺最好的男人，真的，论做菜我只服你。"

当然，这个只局限于男人，因为陈璐的厨艺简直堪比外面餐厅的大厨，而且还是那种中外菜系全精通的超级大厨。

"慢点吃,没人和你抢,"许陌坐在我对面,笑得一脸灿烂,"别动。"

"怎么了?"我抓着筷子,一动不动地看着许陌。

许陌收敛了笑意,他放下筷子站了起来,在我茫然的目光里,他俯下身一手支在我右前方,一手朝我伸来。

许陌的脸近在咫尺,不知是不是元宵节的后遗症,他忽然靠我这么近,我心脏竟然不受控制的揪紧了。

"多大个人了,还跟个小孩子一样,"他声音压得低,带着一种能让心脏共鸣的震颤,他的手轻轻从我嘴角擦过,"饭粒。"

"哦。"我后背僵直,一时间竟然连呼吸都变得很不自然。不过只是替我拿掉粘在嘴角的饭粒而已,我在心虚什么啊。

"谢谢。"我侧过头,有些不敢看他的眼睛。

许陌似乎没有发现我的不自然,他很快坐了回去。"对了,一会儿吃完,去看看你姐姐吧,算起来,过完年还没去看过她。"

"嗯,好啊。"暧昧的情绪在瞬间破灭,仿佛是一桶冰水兜头淋下,我打了个冷战,我刚刚都在想什么啊。

坐在我面前的这个人是许陌啊,在我心里,他是属于我姐姐的,虽然我遇见他的时候,姐姐已经因为一个渣男而变成了植物人。

心情莫名有点烦躁,我觉得我有点不对劲。会不会是因为最近太清闲了呢?不然我怎么会有时间在这里胡思乱想。

吃完了午饭,许陌收拾碗筷,我则窝在沙发里看电视,视线总是一不小心就朝许陌看去。这人还真是有够贤惠的,虽然有点小腹黑小狡猾,但是本质上还是个非常靠得住的男人;另外他脾气不错,对亲近的人很护短,做得一手好菜,算得上是事业有成;最关键的是在这个看脸的时代,这人还有一张可以用漂亮来形容的脸,他站着的时候,后背挺直如一棵挺拔的小白杨,他眼神有力,笑容和煦,身上似乎汇聚了所有吸引人的魅力点。

我抱着抱枕,长长叹了一口气。

第十一章 这世上最爱你的人

我不明白,我姐姐到底为什么没有选择许陌,难道她喜欢的那个人,比许陌更好吗?

虽然我明白,这世上喜欢啊,爱啊,都是无法左右的情感,说不清为什么就喜欢的要死,也说不清为什么,不喜欢就是不喜欢。

"好了,走吧。"许陌洗完了碗筷,他一边走,一边将围裙解下,举手投足间,干脆利落丝毫不会拖泥带水。

"嗯。"我丢下抱枕从沙发上站了起来。

许陌抓起风衣挂在手臂上,另一只手抓过车钥匙,跟在我身后下了楼。

"坐我的车吧,你车放这儿。"许陌招呼了我一声。

"好。"也是,去看姐姐,没有必要开两辆车。我上了许陌的车。许陌开车很稳,不急不躁的,车速不至于太快,也不至于太慢,车内暖气开得足,车开了一段之后,我就靠着椅背闭上眼睛,打算稍微眯一会儿。

青山疗养院在近郊,开过去大概要半个小时,我以为自己能睡着,结果一直到目的地,我压根就没能睡着。

因为许陌的存在感强到无以复加,很奇怪,明明以前坐他车的时候,并没有这种感觉。他就坐在我身边,我明明闭着眼睛,可他的一举一动却非常鲜活地呈现在我的脑海中。

看样子,我得躲开他一段时间,好好调整一下自己的心情了。

我不是3岁的小孩子,也不是十六七岁,懵懂的思春少女,我明白这种感觉意味着什么。正因为明白,所以我得躲开他。

成年人,处理好自己的情绪是一种必须的修养。

车缓缓地停在了停车场。我从山下的花店买了一把风信子,跟着许陌一起走进了疗养院。

午后的阳光很温暖,因为过了年,气候开始回暖,枯萎的草坪冒出了翠绿的嫩草,枯突突的枝桠上也抽了新芽,这世间万物都在复苏,我沉睡的姐姐,你什么时候才能醒过来啊。

我推开病房的门,却相当意外地遇见了一个人。

不过,与其说是意外,倒不如说理所当然,因为就在不久前,这个人当面告诉了我,她成了青山疗养院的一名护士。

这个人就是舒雅欣。

她正在替姐姐按摩手脚,见到我和许陌进来,也十分意外。

"下午好啊,方老板,"舒雅欣先回过了神,她将姐姐的手放下,重新替她盖好被子,"我先出去了。"

"嗯,谢谢。"我冲她微笑颔首。

舒雅欣出去的时候,将病房的门顺手关上了。

我走进去,将风信子放进了窗户边上的花瓶里。

阳光透过玻璃窗户落进来,时光像是遗忘了这个地方,所有的东西都一成不变,时间对于这个房间的人来讲,或许本身就是一件毫无意义的东西。

"刚刚那个护士喊你方老板,"许陌问我,"难道她是你的客户吗?"

"她就是舒雅欣,那个被苏小爱横刀夺爱的女人,"我解释道,"她现在就在这家疗养院当护士。"

"那她第一次看到你姐姐,应该很吃惊。"许陌低笑着说。

"大概吧。"因为我和姐姐的长相虽然不能说是完全一样,但是陌生人第一眼看到,肯定会以为我们是一个人的。

我走回姐姐身边,在看护椅上坐下,我握住了姐姐的手。

姐姐的手些微有些凉,她表情非常平静,也不知她的意识如今在何方。"别睡了姐姐,你睡得太久了。"

"我出去走走。"许陌说了一声,径直走出了病房,将这小小的空间让给了我和姐姐。

"好起来吧,这个世界上,值得你去看的风景还很多,值得你去爱的人也还是存在的。我一直在等着你醒来,对不起,在你最需要我的时候,我却不在你身边。"心情有些失落,说起来,时间过得还真快,姐姐这个样子已经两年了。

听闻姐姐变成植物人,我买了最快的航班,不等毕业证书到手,就直接回了国。那个时候,其实我非常想问许陌,到底是谁把我姐姐变成这个样子的。

然而最后我忍住了,因为我想听姐姐亲口对我说,那个时候的我应该是在害怕吧,害怕姐姐永远也醒不来,所以固执地不去打听她的过去和谁有关,一直到两年后的现在,我也仍然在等着姐姐醒来。

05

从病房走出去,一股料峭的风迎面吹来。许陌不知道去哪儿了。我走到草坪上深吸了一口气。阳光照在身上十分舒服,我坐在草坪上,看了下时间,下午1点30分。

时间尚早,距离下午的约会还有2个小时。

这2个小时要怎么打发呢,我枕着手臂躺在了草坪上,日光有些晃眼,我伸手想要挡一下,有脚步声由远及近,我放下手,正好看到舒雅欣居高临下地看着我,带着微微笑。

"天气真不错。"她说着,在我身边坐下,"去病房找你,没找到。"

"嗯,真想一直躺在这儿,"我舒服地叹了一口气,"怎么样,还好吧。"

"挺好的,现在想起过去的那些事情,都感觉是上辈子的事,其实也不过才过去个把月而已,"她低低笑了一声,"一直很想和你说声谢谢,又怕打扰你,今天遇到了,顺便就说了吧。"

"你不用谢我的,"我说,"你应该谢谢的,是发生那种事还能坚持到现在的你自己。"

她愣了一下,随即展颜笑了起来:"方老板,你果然是个好人。"

"我是个生意人,"我看着头顶湛蓝的天空,心情十分平静,"你付钱,我做事,这是应该的。"

"不说这个了,"舒雅欣说,"那个人……是你的姐姐还是妹妹?"

"是姐姐,"我说,"上次没有告诉你,怎么样,看到她的时候,有没有吓一跳?"

"说实话,真的吓到了,"她躺在我身边,语气很轻快,"我还以为你出事了,后来仔细看了,又觉得虽然长得很像,却还是有区别。关键的是她叫方小舞,而你叫方晓晓。"

"她现在是你在照顾吗?"我想起来的时候,是她在替姐姐按摩手脚。植物人的手脚如果不每天定时按摩,肌肉会慢慢萎缩,将来就算有机会醒来,也会无法再走路的。

"嗯,我申请的,"舒雅欣说,"总想要做点什么。"

"谢谢了。"我相信,舒雅欣这样的性格,一定会把姐姐照顾得很好的。

"那个人……我是说,和你一起来的那个人,是方老板的男朋友吗?"舒雅欣侧过头看着我的脸问。

我身体有一瞬间的僵硬:"不是啊,怎么会这么问?"

"诶?还不是吗?"舒雅欣顿时慌了起来,"抱歉,我以为你们是男女朋友的关系的,因为他看着你的眼神,就是这么回事吧。"

"眼神?"我错愕地回过头看向舒雅欣,"你从他眼神里看到了什么?"

"看到了什么?"舒雅欣茫然地看着我,"当然是自然而然流露出来的宠溺和关切啊,方老板,你不是吧。难道说你没有注意到吗?"

"你看错了吧,"我很平静地说,实际上心上却是翻江倒海,如同打破了调味盘五味杂陈,"他不是我的男朋友,我们只是朋友,他对我应该是对妹妹的那种心情吧,因为硬要给我们之间扯上一个关系的话,他喜欢我姐姐,如果我姐姐醒过来,他会是我的姐夫。"

"啊!"舒雅欣愣在了那里,久久都没有动,"抱歉,我不知道……是我太想当然了。"

"没关系的,反正我也不会在意这种事。"我坐起来,伸了个懒腰。

舒雅欣有些尴尬,她沉默了,一时间气氛都变得凝重起来。好在一个护士跑过来,打破了这种诡异的沉默,护士叫走了舒雅欣。

"姐姐就拜托你了。"舒雅欣离开之前,我很真诚地拜托她。

"我会照顾好她的。"舒雅欣很认真地说完,和另一个护士一起离开了。

我从草地上站了起来,拍了拍身上粘着的草叶,我翻出电话,正打算打给许陌,就见许陌从里面走了出来。他在四处张望,看到我的一瞬间,眼神亮了起来,他冲我挥了挥手,缓缓朝我走来。

我装作不经意地偏开头去,刚刚舒雅欣说的话,虽然我回应的那么漫不经心,但是实际上还是对我产生了一定的影响。

"我去找了一下医生,问了一下你姐姐的情况,"他走到我面前,没有发现我的异常,"医生说你姐姐状态比较稳定,不好也不坏。"

"嗯,不是坏消息,就已经算是好消息了,"我笑着说,"走吧,回去吧。"

"嗯,回去吧。"许陌轻轻点了下头,他臂弯上挂着他的风衣,他个子比我高不少,却一直配合我的步调往前走。

很奇怪,曾经不会注意的小细节,今天却觉得分外明显。

我低着头看着地面,这样可不行啊,得想点办法,阻止自己走进死胡同。

许陌一把拉住了我的手臂,我整个人如触电一样惊了一下,我本能地就要挥开他的手。

"别动,"许陌抓着我的那只手稍稍用了一些力。他站在我面前,近到我可以听得见他的心跳声和呼吸声,他另一只手缓缓地从我头上拿下一片草叶,"你是在草堆里打滚了吗?头上这么多草叶。"

"偶尔也会有点童心嘛。"心上虽然七上八下,嘴上仍然笑着反驳。这就是成年人吧,绝佳的自制力,喜行不露色,变色龙一样,可以轻易地伪装自己。

"下午有什么计划吗?"许陌的手指从我的头上扫过,那些添乱的草叶,一根一根被他拿了下来。那种触感,很轻,一下一下,像是有羽毛在心上扫过。

"有的,3点30分我要去见一个客户,"我看了一下时间,已经2点30分了,"得快点了,从这里开到市区还要半个多小时呢,见衣食父母可不能迟到。"

"我送你去吧,这个时间,有一段路会比较堵,如果回去的话,你会迟到。"许陌说。

"我见客户，那你做什么呢？"如果是以前，我不会拒绝许陌的提议，但是现在……

"我等你一会儿，正好你见了客户，我们一起吃个晚饭回去。"许陌的提议没有任何的不妥。

"那就这样吧。"我想了想，没有拒绝他，要疏远一个人，不是一朝一夕的事，尤其是许陌，我想不着痕迹的慢慢远离他，现在的距离，太近了。我和许陌之间，应该有更加适合的距离。

"今天怎么回事啊，跟我客气？"许陌侧过脸，调笑我，"我怎么不知道，方晓晓你竟然还会客气？"

"这是中华民族传承了五千年的传统美德。"我伪装得很好，一如往常一样和他说笑。

一路说说笑笑的，时间竟然也过得飞快，然而快到市中心的时候，车就堵在了半路上。没办法，这个时间段，这个路段是最堵的。车内的暖气开得很足，我脸上烘得热乎乎的，之前没有意识到的时候还不觉得什么，如今意识到了，这小小的车内，我怎么都不太自在。

许陌的视线似乎无处不在，然而当我看向他的时候，他却目不转睛地看着前面。怎么回事啊，是我自我意识过剩吗？这种感觉对方在看着自己，实际上对方压根没有回头的感觉，真的是太叫人慌张了。

好在这段路不是很长，开过这段路，路况就变得顺畅了。许陌将车开进了时光咖啡馆的停车场，然后他和我一起下了车。

"你去吧，结束了给我电话就好。"许陌说。

"没问题。"我冲他比画了个手势，提着包，用比往常更快的脚步往前走去。像是这样，就能甩开他朝我投注过来的目光。

pink office

第二卷 白玫瑰

第一章　生活比小说更叫人难以接受

01

下午3点15分,时光咖啡馆里很安静。

我点了一杯咖啡、一份甜点上了2楼。才在角落的位置坐下来,陈璐的电话就打了过来。她忘了带钥匙,问我什么时候回去。我告诉陈璐我在见客户,结束了就可以回去了。

"那我去健身房运动一下,你回来了给我电话,对了,顺便带点菜回来,冰箱空了。"陈璐说完就挂了电话。

我将手机收好,端起咖啡正要喝,却发现有个人站在我的右前方。我在和陈璐打电话,一时间也没有注意,这个人到底站在这里多久了。

我抬起头来,站在我面前的是个看上去二十七八岁的女人。她穿着得体精致的衣衫,妆容也无可挑剔,只是她看着我的眼神里,满是震惊。

"方小舞?"好一会儿,她有些不可置信地喊了我一声,她表情很僵硬,眼神还带着一丝恐惧。

我看着她的脸,慢慢地有一种似曾相识的感觉浮上心头,总觉得这个人我应该在哪儿见过,在哪儿来着?我仔细想了想,拜我还算不错的记忆力所赐,我很快想起来在什么地方见过这个女人了。

"不是和你说了吗,我不是方小舞啊。"我微微笑了一下。

这个世界还真是小,我第一次见这个女人,是在鞋服商城的停车场,当时她和一群穿着都很体面的女人一起走的,那天她也是用这种震惊的眼神看着我的。当时她拉住我的手臂,有些失态的喊了我一声"方小舞"。

不过那次我解释了一下我不是方小舞,她也没有多作纠缠就和那群女人一起离开了。

没想到过了大半年,这个将我认错的女人,又会出现在我的面前。

"诶?"她愣住了,"你不是方小舞?"

她的表情有些奇怪,我原先有猜想过,她和方小舞可能是老朋友,可是老朋友见面,不应该是这种表情,应该再高兴一点,反应应该再热烈一些。

"我不是方小舞,"我确定地说,"我姓陈,陈璐。"

我原本想告诉她我是方小舞的妹妹方晓晓的,但是话到了嘴边我改了主意。这是一种直觉,直觉告诉我这样做比较好,女人的直觉是很准的。

我很想知道她和方小舞之间是什么样的关系,这种时候,只有装作是陌生人才比较容易看得清楚。

"这怎么可能呢?"她看着我的脸,眼神直勾勾的,像是要通过我的脸看穿我的灵魂。

"不记得我了吗?去年夏天,你在停车场就把我认错了一次,"我优雅地喝了一口咖啡,神态自若,"那个叫方小舞的,长得和我很像吗?"

"抱歉,是我认错了。"她没有回答我的问题,她观察了我的表情,见我一副很淡然的样子,也就没有再在这个问题上纠缠。

她移开视线,四处望了望,这角落里,只有我一个人坐在这里。

她有些犹豫:"粉色事务所?"

我冲她略微点了下头,指了指对面的位置:"坐下吧,我就是。"

在来咖啡店的路上,我就和她通过电话,说好我会在2楼的角落里等她。她刚刚出现在这里的时候,我就怀疑她是约我见面的客人。看样子我没有告诉她我是方晓晓,真是非常明智的做法。

"我姓杜,"她眼神带着一丝迟疑,"杜蕾。"

"杜小姐你好,"我笑着说,"想喝点什么?"

她说名字的时候,仍然在观察我的反应,见我神色如常,这才轻轻松了一口气,"摩卡就可以。"

我扬起手将服务生招了过来，替杜蕾叫了一份摩卡。

杜蕾坐在我对面。我用眼尾的余光打量她，不过短短的几分钟，她的表情就变了几遍。

我不催她，面对客人的时候，我的耐心就出奇地好。毕竟找粉色事务所意味着什么，每个来见我的人都是知道的。

"我是看到你们事务所的网站找到你的。"杜蕾并没有要我等太久。果然，和我之前想的一样，这是个很理智的人；理智，并且内心强大。

这样的人，到底遭遇了什么才会拨通我的电话呢，我的好奇心越来越强了。

她从包里取出一张照片放在了我的面前。我低头看了一眼，照片上，有个长得人模人样的男人，他撑着一把伞，伞下是一个拥有一头乌黑长直发的女人。

看到这个女人的瞬间，我心里轻轻颤了一下，因为这个女人的气质给我一种很熟悉的感觉。她侧着头，脸上挂着浅浅的笑意，她在仔细聆听撑伞男人说话。

"我开门见山直接说吧，"杜蕾很快调整好了情绪，她修长白皙的手指按在了照片上，她指着那个穿着黑西装的男人，"这个人是我的丈夫。"

"这个女人。"她的手移到了那个女人的身上，"她是我丈夫的外遇。"

"你想我帮你做什么？"面对聪明人，是不需要拐弯抹角的，她来得直接，那我就不必迂回。

"让这个女人离开我的丈夫，不能打扰我和我丈夫，"她看着我，分外地冷静，"能做到吗？"

听到她的要求，我顿时恍然大悟，为什么这个聪明又冷静的女人会来找我，我大概已经知道答案了。

她一定很爱她的丈夫，以至于丈夫有了外遇，她都愿意原谅。她之所以不自己去干预这段婚外情，一定是为了不让丈夫和自己之间有裂痕，她想装作一无所知，想让丈夫自己认识到不管他和谁在一起过，最合适自己的还是她。

不得不说，她真的很理智，知道自己想要什么，知道怎么做才是最好的，打蛇打七寸，不出手则已，一出手必定要达到自己的目的。

"定金10万元,"我接下了照片,然后翻出早先准备的合约,"我会先调查一下,情况是否属实,你放心,这个调查不会让任何人知道。如果事实不是这样,你欺骗了我,那么定金不退,合作终止。"

她不悦地皱了一下眉头,将我递给她的合约翻了一遍之后。她考虑了2分钟。

"可以。"她点了头。

"顺利完成任务之后,你需要支付尾款10万元,"我说,"关于收费,有异议吗?"

"不能少点吗?"她有些犹豫。

"不能,"对付这样的聪明人,必须很直接,"你知道,这比让你丈夫和你分手要难得多,我需要做一些准备工作。"

如果只是让一个出轨的丈夫离开,我闭着眼睛都能想出好几种办法。可是现在,她的要求是,神不知鬼不觉,让外遇对象主动放弃。如果是很容易放弃的那种类型,杜蕾肯定不会来找我,既然来找我,说明难度很大。

这种难度的,收费低了,我怕我要贴老本儿。

"需要多久?"她没有再讨价还价,看她的穿着打扮就可以看得出来,她并不缺钱。

"最长不会超过3个月,最快需要1个月。"我给了她一个时间区间。我们这一行,干的是操纵人心的勾当,人心是多么捉摸不透的东西,它存在着太多的变数。

"好,"她说完,从包里拿出一张银行卡放在我面前,"我会尽快把10万元定金放进去,若非必要,请不要联系我。"

"好的。"我说着,递给她一支笔。杜蕾接过,在合约上签下了自己的名字。

她最后将那个小三的名字和地址放在了我面前,我将最后一口咖啡喝掉,目送杜蕾离开。

果然和聪明人说话,永远是最效率的,直截了当,多余的话甚至一句都没有说。彼此都明白对方想要的是什么,这样的沟通最方便了。

"嘘——"我吹了一声口哨,将银行卡和合约一起收进了包里。

第一章　生活比小说更叫人难以接受

我翻出电话打给了许陌:"你在哪儿?"

"你站起来往前走几步就可以看到我了。"许陌说。

我挂掉了电话,提着包往前走去。许陌说是找个地方坐着等我,我万万没想到他也会进这家咖啡厅,不过我和杜蕾坐在角落里,说话声音压得低,许陌应该没有听见。

我已经看到他了,他就坐在窗户边上,正握着手机望着我。

"和我去一下超市吧,陈璐没带钥匙,我买点菜就得先回去了。"刚刚接下一单生意,我的心情出奇地好。

"你要见的客户,就是刚刚走的那个女人吗?"许陌问。

"是啊。"我也没有隐瞒他,毕竟一直以来,承蒙他帮忙,很多事情才能顺利完成。

许陌眼底闪过一抹奇怪的光。不过他神色如常,看上去并没有什么异样,所以我只以为自己看错了。

"走吧,去超市。"我转身往前走去,许陌抓着风衣跟在我身后。

02

不知道是不是我的错觉,我总觉得许陌变得沉默了。这个变化就是在我告诉他,杜蕾就是我下一个客户之后。

我心中隐约有个猜想,难道许陌认识杜蕾吗?

杜蕾是认识我姐姐的,许陌暗恋我姐姐,那他对我姐姐身边的人,应该都有所了解才对。这么一想,许陌认识杜蕾的可能性太大了。我想起杜蕾一开始见到我的时候,表情真的很有意思,而现在许陌如此沉默,这让我有一种不太好的猜想。

这种不好的预感,让我刚接下一单的喜悦都被冲淡了。

我从货架上取下一把青菜放进了手推车里,我下意识地放慢了脚步,我回头看了许陌一眼。他有些走神。

"许陌,你是不是认识那个叫杜蕾的女人。"我没有绕圈子,直接问道。

许陌还在走神。我停下了脚步,伸手抓住了他的衣袖:"许陌。"

"嗯?"他如梦初醒地回了神,"怎么了?"

"算了,先买东西吧。"我松开了手,推着手推车继续往前走,这里不是说话的地方。许陌的状态很不对劲。

胡乱选了一些东西,手推车很快被装满了,我推着手推车去结了账。

从超市回陌家的这一段路,许陌也一直在诠释什么是沉默是金,在一个路口,他甚至差点闯了红灯。

"许陌,停车。"为了对自己的人身安全负责,我按住了许陌的手臂,"靠边停车。"

"怎么了?"许陌不解地看着我,虽然不解,但还是听我的,把车停在了路边。

我下了车绕到了车的另一侧,我打开车门,用不容商量的语气对许陌说:"下车。"

"到底怎么了?"许陌很是困惑,他放下安全带,从车上下来了。我拉着他的手臂将他扯到一边,自己坐在了驾驶座上。

"好了,我来开车吧。"虽然我满心疑窦,但是比起许陌这么魂不守舍的要好得多。

"为什么?"许陌一脸茫然。

"这应该是我问你的问题才对,总之,先上车吧。"我不觉得这大马路上是说话的好地方。

我原先只以为许陌认识杜蕾,只是认识而已;可是单纯的一个认识,不会让许陌这种有着强大自制力和忍耐力的人,如此的失态。

许陌也不知道想到了什么,没有再多说什么,他上了车,一副欲言又止的模样。

"先回家吧。"我说着,重新发动车子,缓缓地朝许陌家开去。

将车停在了车库里,我将放在后备箱的那些菜,全都拎着放在了我自己的小车里。现在已经是下午5点30分了,夕阳早就滚到了地平线,玫瑰色的晚霞将天空布满,大片的玻璃墙上倒映着的,都是这种颜色。

"许陌,我们谈谈吧,"我认真地看着许陌说,"我觉得,我们需要谈谈。"

第一章 生活比小说更叫人难以接受

"你想谈什么?"许陌看着我的眼睛问。

"很多啊,比如那个杜蕾是不是认识我姐姐,是不是和我姐姐有什么过节;还有,那个杜蕾和你是什么关系。"这是最让我在意的两个疑问。

许陌听我问完,反而松了一口气,他用钥匙开了门:"进来坐坐吧。"

我在许陌家客厅沙发上坐下,许陌递给我一杯热牛奶,然后他在我对面沙发上坐下。

"晓晓,"他犹豫片刻,还是开了口,"我希望你可以放弃这个生意,我的意思是,收手吧。"

"那不行,放弃了这个生意,我要喝西北风了。"我笑着说。

"我养你啊。"他几乎是脱口而出。

"别闹,我有手有脚,干吗要你养我,"不可否认,在他说出这句话的瞬间,我的确很震惊,我强自镇定,面不改色地说,"为什么我要放弃这个生意,许陌,你在担心什么?"

许陌叹了一口气说:"晓晓,你知道杜蕾是谁吗?"

"我怎么会知道。"我莫名其妙地看着许陌。我姐姐的生活圈子和我的生活圈子是很不一样的,我怎么能凭借杜蕾看到我的表情,以及许陌从刚刚到现在的表情,来推算出杜蕾和他们的关系?

不,不对……

我忽然意识到了一个问题,我睁大眼睛看着许陌,"你不会是想告诉我,她就是……"

许陌沉默着点了下头,他说:"所以,放弃吧。"

"我不,"我很果断地说,"我接下的生意,无论如何都不会放弃。"

"哪怕她是害得你姐姐变成现在这样的刽子手也不行吗?"许陌脸色很复杂,"晓晓,一直以来,你从来不问我有关于你姐姐的事,我知道,你是想等你姐姐醒来之后,亲自问她。"

"是这样,没错。"我点了点头。

"你知道她的丈夫是谁吗?"许陌语气也变得凌厉了一些,"他就是你姐姐曾经最爱的人,他差点就成为你的姐夫。"

"世界还真是小。"我喝了一口热牛奶,胃里暖呼呼的,心情却有种说不上来的感觉。其实回来的路上,我潜意识里,就隐隐约约猜到了,只是没有那么确定而已。现在确定就是这样,我反而踏实了。

"你要帮她去伤害另一个女人吗?"许陌目光定定地看着我,"晓晓,她不值得你去帮,而且像她那么厉害的角色,也根本不需要你帮。"

"许陌。"我明白许陌的心情,其实我对杜蕾的憎恶之情不比许陌少,只是我强迫自己保持冷静而已。

那是我姐姐,是从小到大和我相依为命的姐姐,任何伤害姐姐的人都不能原谅,我在心里想过千万种方法来惩罚那些人渣。如果我接下杜蕾这个委托之前,知道了她就是那个刽子手,我一定不会接的。

"我是以事务所老板的身份接下这个case的,我不是3岁小孩子了,我没有任性的理由的。"杜蕾的确是我憎恨的人,但她现在多了一重身份,那就是我的客户。

"我得对我的客户负责。"签下的合约,不只是单方面约束客户,那同样也约束了我。

"是不是因为违约金,"许陌问,"晓晓,要多少,我来付。"

"不是违约金的问题。"我摇了摇头,"许陌,我不想成为一个言而无信的人,别让我成为我讨厌的那种人。我不想言而无信,而且一码归一码,她伤害我姐姐是一回事,别的女人和她丈夫搞婚外恋是另一回事。"

我已经过了愤世嫉俗的年纪,小孩才会冲动,为了一点小事而大打出手,仿佛全世界都背叛自己一样;变成一个大人,这就意味着许多事情,不可能再这样任性了。

"那你打算怎么办?"许陌问。

"完成这个case和我报复她,是两件不同的事,"我笑了起来,"许陌,我是以陈璐的身份接下这个委托的。"

许陌愣了一下,他很快就反应了过来:"你想做什么?"

第一章 生活比小说更叫人难以接受

"两年前,得知我姐变成植物人的瞬间,我心中甚至起了报复的念头,你明白这种感觉吗?"我淡淡地说,"回来之后,认识了许陌你,我原本以为我姐姐周围全都是混蛋,眼睁睁看着她被伤害却什么都没有做,但是认识了你让我明白了,一切没有那么糟糕,至少姐姐还活着,就算暂时无法醒来,可她的确还在呼吸。"

"很多次,很多次我都想问你,到底是谁害我姐姐变成这样,但是我每一次都忍住了。我希望这一切是由姐姐亲口告诉我,我害怕我知道了一切,就再也没有动力等待姐姐醒来,"我笑了笑,"不过老天爷还是疼憨人,杜蕾自己撞上来了,我虽然不会主动去问你有关于姐姐的过去,但是她自己找来的,我如果什么都不做,那就太对不起老天爷给的好运了。"

许陌眉心微微皱了皱:"晓晓,你想做什么?"

"做我应该做的事,"我喝完了牛奶,将空杯子放在了茶几上,"好了,我要回家了,你放心吧,许陌,我知道自己在做什么,你无需担心,我有分寸的,至少犯法的事儿我是不会做的。我不会傻到用自己的人生去惩罚人渣。"

"哎,"许陌无奈地叹了一口气,他缓缓走到我面前,"我没办法说服你,但是你要记得,我一直就在这里,无论遇到什么事,记得找我商量。"

我往后退了一步,我笑着说:"许陌,你已经帮了我很多了,我都明白的,很多时候,如果不是你帮我,我根本就无法完成那些委托。可是许陌,我不能总是依赖你。"

许陌脸色蓦地一白,他急急朝我走了一步:"晓晓,你……"

"许陌,你听我说,"我打断了许陌的话,"这一年多的时间,真的多亏有你,尤其是刚刚回国的那几个月,真的多亏有你,我觉得你很好。"

许陌站在原地,他静静地看着我,深黑的眼眸深邃不见底,像一口古井,看得久了整个人就会跌进去。

"许陌,我一直都在说,你是我姐姐的。这么久,我都很任性地觉得,你只能是我姐姐的,"我有些不好意思地笑了笑,"说起来,这不过只是我的胡闹罢了。因为说真的,我一直觉得姐姐是这个世界上最好的人,所以在我眼里,如果还有一个男人能够有资格和她在一起,那么这个人一定就是你。"

心里像是被人塞了一颗青梅,又涨又酸涩,多希望我没有意识到许陌的感情,这样我就不需要说出这些会让他难过的话;可是如果我意识不到这些,理所当然地享受着别人对自己的好而不自知,那就太过分了。

我对这样的行为一直都很深恶痛绝,我也不希望自己变成自己所憎恶的那种人。

"到现在,我也还是这么想的,"我转过身,拧开门把手,"许陌,一直以来,多谢了。"

我反手关上了门,大步走了出去。

"晓晓!"许陌叫住了我,"你为什么要和我说这些,我从不曾觉得你是麻烦。"

"我知道啊,"我回头冲他露出一个灿烂的笑容,我挥了挥手,"好了,今天的谈话到此为止,陈璐进不了家门,我要回去了。许陌,再见。"

我说着打开了车门坐了进去,我长长呼出一口气。说实话,刚刚和许陌说这些,我自己心里也不好受。我没有办法心安理得地接受别人的好意,那就只能笑着去拒绝。

03

将车停在停车位,我打了电话让陈璐下来帮忙提东西。

陈璐头发湿漉漉地就下来了。她在健身房练了一个下午,刚刚洗完澡。和陈璐一起将买的菜提到了楼上,我掏出钥匙开了门。

天已经黑了,我抱着笔记本电脑坐在沙发上查东西,陈璐在做晚饭。

自从陈璐来了之后,我已经很久没有自己动手做饭了,想想我还真是堕落啊。

我打开了姐姐所在大学的学校网站,用姐姐的身份证账号登录进去,我想要查一查杜蕾的底细。

按照许陌的说法,杜蕾是在姐姐和那个渣男结婚的当天,冲进酒店礼堂,当着所有人的面抢走了渣男。姐姐在刺激之下,想不开,在新房里割腕自杀。许陌将姐姐送去医院时,已经晚了,因为失血过多,大脑缺氧,姐姐成了植物人。

第一章　生活比小说更叫人难以接受

很多人都以为姐姐已经去世了,我和许陌也不解释。这样也好,就让他们以为姐姐已经死了。她如今安静地待在疗养院里,可以不用被任何人打扰,等到将来真的侥幸能够醒来,她就可以去走一段崭新的人生。

我打开了学校论坛,姐姐是两年前从学校毕业的。不过奇怪的是,那个杜蕾看上去有二十六七岁了,怎么看也比姐姐要大了两三岁。她们肯定不是同一届的学生,我在帖子里翻了很久,最终被我翻出了一条八卦贴。

帖子上的内容,正是有关于姐姐在结婚当天,杜蕾跑去酒店大闹,我姐姐不堪背叛,最终割腕自杀的事情。

我仔仔细细地将帖子从头到尾都看了一遍,不得不说,写这个帖子的人真是个人才,从姐姐和渣男的相遇,一直到最后姐姐自杀,事无巨细地都写在了上面。只不过是真是假都不知道了,毕竟不是当事人,永远也不可能了解事情的全部真相。

那个差点变成我姐夫的男人叫做江涛,他也算得上是学校的风云人物。姐姐进校那一年,江涛大三,比姐姐大了3岁,而杜蕾则和江涛同龄,是江涛的同班同学。

本来,大一和大三的,八竿子打不到一块儿,但巧的是,姐姐被她的同学拉着一起加入了学校登山社,而江涛,就是登山社的社长。

很难想象,姐姐那样的性格竟然会加入登山社,如果是文学社或者是绘画社那还有可能,毕竟姐姐的性格一直都是很文静的。不过姐姐在登山社并没有待很久,在大一下学期就申请退社了。原因嘛,当然是性格不合适。

但是有这样一个契机,就足够让原本不可能认识的两个人,变成一对恋人。

在姐姐所念的那所大学里,江涛几乎是国民学长,帅气的长相、出类拔萃的气质,那样品学兼优的男生,很容易吸引女生的好感度。而姐姐,她坐在一个地方安静不动的时候,就如水中静静盛开的莲花一样,干净美好。

要喜欢上这样的女生,简直是最简单不过的一件事。那是每个男生心里仰望的白月光,是开在暖风里、静默伫立的白玫瑰。所以江涛会喜欢上姐姐,真的是毫无悬念。

姐姐和江涛很快就开始了恋爱,当时他们可是全校都很有名的一对情侣,毕竟颜值高啊。

后来江涛毕业了,姐姐却还在念书,但他们仍然很相爱,至少在表面上看来是这样。后来姐姐一毕业,江涛就向姐姐求婚了。在那个喧闹的夏天,姐姐穿上了嫁衣,要嫁给江涛为妻。

然而也是在这个燥热的夏天,姐姐遭遇了人生中最残忍的背叛。就在婚礼当天,当着所有宾客的面,杜蕾冲了进来,她不顾一切地告诉所有人,一直以来,她才是江涛的女朋友,自从江涛毕业之后,杜蕾和江涛更是经常约会。

如杜蕾那般冷静的人,也有疯狂的一面,但事实证明她拼对了。江涛被她感动,带着她从婚礼上出逃。那一幕在很多人看来何其浪漫,只在电视小说里才会出现的情节,却活生生地发生在眼前。

杜蕾和江涛的爱情被议论得火热,而穿着圣洁婚纱的新娘,却狼狈地站在原地。

你能想象吗？一个人全部的信仰和坚持,在瞬间崩塌了。或许在那一刻,姐姐所体会到的,就是天塌了的感觉。

她一个人回了酒店。那是这座城市最好的酒店的顶级套房,本来在那里,她会成为江涛的妻子。多可笑,酒店的床上放着很多气球和玫瑰花,到处都是一片喜气,可是应该在这里的人,却被另一个人带走了。

他们甚至还没有来得及领结婚证,他们原本计划在情人节当天去领的。现在,不需要了,因为和她结婚的人,反悔了。

她是多么绝望。姐姐啊,她本就不是个强势的人,总是过分安静,安静到有时候你都会忽略她的存在,可她又是那么美丽,就算你不看她,也仍然能感觉到她周身的芬芳。

她在地上坐了很久,最终选择了自杀。姐姐这样性格的人,是不会想要去惩罚别人的,在这种绝望的时刻,她只会伤害自己。

故事戛然而止,3个人的故事,一个人的黯然落幕。

帖子上的内容只讲到这里。果然,所有人都以为姐姐已经死了,或者说,江涛、杜蕾他们希望她就这么死了。事实上如果不是许陌,姐姐应该真的死在两年前的夏天吧。

只有许陌还关心姐姐,那两个伤害她的人,却一次都没找过她。

我翻出了手机,拨通了大叔的电话号码。这次电话倒是接得很快:"方老板,怎么想起来找我啊?有什么需要帮忙的吗?"

"大叔,帮忙删除一个网页,顺便相关链接也帮忙删除一下。"我将帖子的网址报给了大叔。

"咦,这个……这个是你的姐姐的事啊,"大叔有些意外,"怎么,你姐姐醒了吗?"

"还没有,"我淡淡地说,"对了,顺便帮我查两个人的信息。"

我将江涛和杜蕾的基本信息告诉了大叔,说好了后天去找他拿调查结果,就挂掉了电话。

陈璐招呼我吃晚饭。因为心情不是很好,所以我晚饭吃得很少。

"怎么,下午谈得不顺利吗?"陈璐微微笑着问我。

"很顺利,"我说,"你呢,有收获吗?"

"我去见了个老朋友,"陈璐并没有多说,"你这边,需要协助你吗?"

"嗯,"我将下午和杜蕾签的那个合约递给了陈璐,"这一单算你的,因为我是用你的名义接下的。"

陈璐愣了一下:"我?为什么?"

"没有为什么,只是这个案子不适合用我的名义而已。"我同样不想和她多说。我和陈璐之间,还没有熟悉到可以互相说出自己秘密的地步。她是个非常可靠的合作伙伴,是个适合同居的人,也可以是个不错的朋友,但是暂时也只能这样。

"明白了。"陈璐点了点头,将合约接了过去。

陈璐是个聪明人,不需要我多说,她就能够明白我的意图。

"委托人杜蕾,想要让她丈夫的外遇对象,自动消失,"我将杜蕾的要求说了一下,"这个就是外遇对象。"

我将杜蕾给我的那张照片和后来给我的有关于小三的信息给了陈璐:"具体怎么做,等后天,我收集完全部的信息再做策划。"

"好的。"陈璐将都东西收好,就系上围裙洗碗去了。

我抱着电脑回了房间。大叔的办事效率果然很高,我再刷新,那个帖子就无法再显示了。这个帖子或许本身无关痛痒,我就是单纯不想让人再看到这些。

方小舞其人已经死在了两年前的盛夏,活下来的,会是一个全新的方小舞。我想要斩断束缚住她双足、让她无法前行的过去。只有这样,她才能有前进的勇气。

04

第二天我直接睡到了日上三竿。陈璐一大早就出去了,她留下一张字条告诉我,她是去见一个潜在客户去了,午饭她做好放在冰箱里了。

我略作梳洗,打开了冰箱,里面放着一盘虾仁炒饭和一碗番茄蛋汤。我端出来用微波炉热了,一个人坐在餐桌前吃着午饭。

不知道怎么回事,这顿午饭吃得我很冷清,明明在陈璐搬进来之前,我一直都是一个人的,虽然那时候,隔三岔五的,总是和许陌一起吃饭。

想起许陌,我的心脏有一种轻微的压迫感,我不由得苦笑了一下,果然不管是不是成年人,面对这种事,都做不到彻底的不在意。

不能再和许陌经常联系了,内心深处慢慢浮上一抹罪恶感。姐姐已经一无所有了,作为她唯一的亲人,我不可以抢走她的暗恋者。趁着她在沉睡,借着是她妹妹这样的身份,简直太卑鄙了。

任何人都能看出许陌的好,只要姐姐清醒着,一定会发现他才是值得去爱的人。

吃过了午饭,我换下身上的睡衣,穿上了一件比较休闲的薄大衣,略微化了个妆之后,我抓起车钥匙出了门。

接下了杜蕾的委托,那么首先要解决的,就是那个第三者。

杜蕾昨天给我的信息页,我已经全部记住了,没有多少信息,只是说了那个第三者名叫刘诗婷,在步行街上经营一家花店,花店的地址很好记,因为花店的附近就有一家大型的购物中心。

市中心那一块,我经常过去,所以闭着眼睛都能找到目的地。

我将车停在了地下停车场,一个人一边逛一边朝着那家名叫"诗雨"的花店走去。

算起来,从正月十五之后,我已经这么多天没有出来逛街了。一个人逛街,虽然有点寂寞,但是也有一种不受任何人和事约束的自由感。

我逛了一路买了一路,最后抵达"诗雨"花店时,手里已经大袋小袋拎满了。

先入眼的就是一截爬满蔷薇的花墙。我走近了看了下,这蔷薇花竟然是真的。这个季节,要打理这一截花墙真的不那么容易了。花墙的边上放了一把陈旧的椅子,椅子上放了一盆我叫不出名字的花。

花店里放着一首轻柔的背景音乐,没有歌词,只有空灵的哼唱,花店外间大约有20多平方米,高高矮矮放了许多花架;花架上,各式各样的花竞相开放,沁人心脾的香气叫人很想在这里停留。

我的视线扫了一圈,最终停在了一个女人的身上。

她坐在一排花架的后面,手里拿着一把花剪,正安静地修剪着花枝和不完美的花瓣。她很投入,以至于有人进来了都不曾觉察到。

我站在原地,怔怔地看着这个女人。

我曾以为每个人的气质都是不一样的,然而要到现在我才知道,我错得多离谱。大千世界无奇不有,气质相同的人,还是可以找得出来的。离我不足3米远的这个女人,她的气质和姐姐十分相似,虽然长相不一样,可是给人的感觉却是一样的,所以刚刚有那么一瞬间,我以为是姐姐在这里。

"啊,抱歉,没有注意到。买花吗?"或许是因为我看的太过专注,剪着花枝的女人,终于意识到店里多了个人。她忙放下花剪,带着微微笑朝我走来。

"嗯,今天心情不是很好,想买捧花让自己高兴起来。"我也微微笑地看着她。

这个女人就是照片上和江涛玩婚外情的女人刘诗婷。只是看长相和气质,根本想象不出来,这个女人会当别人的小三。

"嗯,有喜欢的花吗?"她问。

"白玫瑰,"我的视线落在了那一捧开得正好的白玫瑰上,"我喜欢白玫瑰。"

"我也很喜欢白玫瑰哦,"刘诗婷伸手从花筒里取出了几支白玫瑰,"白玫瑰的花语是纯洁,天真。很适合善良的女孩子。"

"嗯,老板娘的确很适合白玫瑰。"她抱着白玫瑰站在阳光下的样子,真的很美,怪不得江涛会找她来一段婚外情。

"其实我觉得,你很适合这种花。"她说着,弯腰从放在地上的花筒里抽出了几支长长的花枝来。

那是一把绣球花,粉白色和蓝紫色相间,佐以碧绿的叶,给人一种生命力很强的茂盛之感。

"绣球花的花语是希望和光明,"她说着,将绣球花朝我递来,"第一眼看到你,就觉得你是能够带给人希望的人。"

我愣了一下,下意识地伸手接过了她手上的花。入手微凉,微微低头就可以看到大团大团的绣球花开得热烈。带给人希望吗?我心中掠过一声无声的叹息。带给人希望的是神明,而我不是神明,我以自己的方式,想要在这个庞大的世界里,寻找一点平衡的人。

我从来不觉得自己所做的事情是完美无缺的,可是这个人却递给我一捧绣球花,告诉我,我给她的第一感觉,是带给人希望的人。

她用那几支白玫瑰搭配了一些别的花,最后用一张大大的报纸包好了递给我:"希望这捧花让你的心情好起来。"

"多少钱?"我问。

"给我36元钱就够了,那几枝绣球花是我送给你的。"她笑着说。

"谢谢。"我将那捧她包好的花抱在臂弯里,连同她送我的绣球花一起。

刘诗婷的笑容给人一种非常舒悦的感觉。如果她不是我最憎恶的第三者,我想我应该会喜欢这个让人如沐春风的姑娘。

我抱着花回了停车场,将花放在副驾驶上,我缓缓地将车开了出去。现在还早,还不到去套话的时候,我开着车在大街上无意识地乱转。时间为什么会变得这么漫长,每一分每一秒都走得无比缓慢。

我将车停在路边,翻出手机调出联系人,翻了一圈才发现,那么多联系人里,我竟然找不出一个人出来陪我喝下午茶。原本何羽绯还能陪我的,可是她现在有工作,非下班时间根本不可能有空。联系人一个一个往下翻,最后翻到许陌的时候,我将手机按灭,丢在了一边。

天色终于慢慢地暗了下去,霓虹灯一盏一盏地亮起来,快到上下班高峰了,我将车重新开回了停车场,然后我徒步朝着诗雨花店走去。

原本还有些空旷的街道,像是被人施展了魔法一样,一下子就变得拥挤且热闹了起来。步行街到了一天最热闹的时间。我走到诗雨花店的时候,花店里来了不少买花的人。这些坐在办公楼格子间的白领丽人,在回家的时候,会习惯性地买上几枝花,点缀那枯燥乏味的生活。

刘诗婷一个人忙碌着,明显有些手忙脚乱了。我伸手拍了拍自己的脸,调整出一个恰到好处的微笑走了进去。

"老板娘,我下午走的时候,把东西忘在这里了。"我说。

下午走的时候,我故意将买的那些大包小包的都留在了花店里,为的就是这个时候,有理由走进这家店。

"是的,我放在柜台后面,我还发愁,怎么找你呢?"她见到我,眸光一亮,"我去给你拿。"

"算了,你先忙着,我也稍微帮点忙吧。"我冲她摆了摆手,就帮她应付起来买花的那些客人。刘诗婷太忙了,见我帮忙,也没有太过阻拦。

我这一帮就帮到了晚上 7 点 30 分。刘诗婷很不好意思说:"太麻烦你了,原本店里是有个大学生在这里兼职的,可是今天她有事情,所以就没能来,多亏有你。"

"叫我陈璐吧,"我笑着说,"就当是绣球花的谢礼吧。"

"这怎么行,忙到现在了,连口水都没能喝上,对了,我请你吃饭吧,"她说着就解下了身上的围裙,她拿下挂在墙上的外套穿上了,并将放在柜台里面的几个购物袋递给了我,"你检查一下,有没有少东西。"

"肯定不会少的，"我说，"你现在离开店里没关系吗？还不到关门的时间吧。"

"今天早点关门，走吧，我知道这附近有一家很好吃的烧烤店。"刘诗婷将门口的那盆花搬到了花店里，从外面将门锁好了，带着我朝着她说的烧烤店走去。

女人之间的友谊，其实很容易就能建立，就比如我和刘诗婷，等到我们烧烤吃了一半，就已经聊得十分融洽了。我们互相交换了电话号码，加了彼此的微信，甚至还分享了一些有趣的事情。

很容易就谈到了男朋友这个话题。

"这个就是我男朋友哦。"她一脸幸福地将她手机里的一张照片递给我看。照片上的那个人，的确就是江涛。一个人的眼神往往能泄露很多秘密，就比如这张照片上的江涛，他的眼睛看着镜头，眼底满是深情。照片里的江涛，手上戴着一枚戒指，我看向刘诗婷的手，她手上也有一只戒指，并且和照片里江涛的那只戒指，是一对对戒。

"你要结婚了啊？"我装作很惊讶的样子问，"恭喜恭喜。"

刘诗婷的脸微微有些红，她有些害羞："是啊，他上个月才向我求的婚。"

"真的好羡慕你啊！"我开始满嘴跑火车，"我就没有你这么幸福了，我喜欢的男人，他有喜欢的人了，我很苦恼，到底要不要继续。"

"那他喜欢的人也喜欢他吗？"刘诗婷问。

"应该喜欢的吧，毕竟他真的很好，那么好的人啊，怎么可能有人会不喜欢。"我很失落地说。

"那就没办法了啊，"刘诗婷看着我的眼神，带了一抹悲伤，"你心情不好，就是因为这件事吗？"

"是啊。"我觉得自己不出道当演员，真是浪费了我这爱演的天分了。

"我很纠结，是放弃，还是把他从别人的手上抢过来，"我抬起头看着刘诗婷，我要留意她的表情，"因为我真的很爱他。"

"抢过来不太好吧，"刘诗婷不赞成地说，"毕竟如果是两情相悦，被拆散是一件很痛苦的事情。陈璐，这个世界上还有很多好男人，或许这个人不是最适合你的，你长得这么漂亮,一定可以遇见一个你喜欢,同时也喜欢你的人。"

她说出了这样的话,我心中有些困惑。她明明是对横刀夺爱这种事很不屑的。既然是这样,她又为什么会和江涛在一起呢?难道说她根本不知道江涛已经结婚了这件事。江涛一定隐瞒了,否则怎么会出现求婚这种情节。

可是这个江涛到底是怎么回事?求婚可不是开玩笑闹着玩的,他已经和杜蕾结婚了吧,再和刘诗婷结婚这事绝对不可能的吧。

"不说我了,你呢,婚期定了吗?"我问。如果江涛只是骗刘诗婷的话,一定不会给出婚期,或者就算给了,也会给得很敷衍。

"嗯,上次带他回家见了爸妈,两家老人一起吃了茶,婚期就在三月初六,差不多还有一个月的时间。"说起自己和爱人的婚事,刘诗婷的表情都变得羞涩了几分。

我几乎敢肯定,刘诗婷绝对不知道江涛已经结婚了。这也说明,他一定很爱刘诗婷吧,爱到甘愿筑造一座名为谎言的城池。

"认识你真的很高兴。"吃完了烧烤,我和刘诗婷在烧烤店门口分别。我提着大包小包去停车场,而刘诗婷则要等江涛来接她。

这真的很奇怪了,江涛到底在做什么?他难道就不怕玩到最后两头空吗?毕竟他要和刘诗婷结婚,肯定得先和杜蕾离婚,然后才能和别人结婚。

一直到第二天,我从大叔那里得到了完整的资料,我这才知道我是有多傻、多天真。

第二章　命运总会开些黑色玩笑

01

回家的路上，我又在想一个问题，是否是杜蕾欺骗了我，她和江涛根本不是夫妻关系。但是这种可能性很小，我和杜蕾说得很清楚，我会调查一下事实真相，是不是如同她说的那样，她的丈夫和刘诗婷在搞婚外情。如果事实不是这样，那10万元的定金是不会退还的。

10万元对有钱人来讲，或许不算什么，可是杜蕾应该没有有钱到那个地步。杜蕾是个聪明人，聪明人不会说这种稍微一查就能够戳破的谎言。

肯定有什么地方出了问题，我的直觉是很准的。

到家的时候，陈璐做好了晚饭。沙发前的茶几上放着一份合约，我随手拿起来看了一眼，有些意外，"你签的？"

"是啊，今天出去见了个客户，"陈璐走过来，将一些调查资料放在了我面前，"前些天我不是经常出去吗？就是在调查这个。"

我随手翻了翻，"委托人是个男人啊。"

陈璐接下的这个单子很有意思，一般出轨的都是男人，给我打电话的基本都是女人，不过这并不意味着女人就不会出轨。就比如陈璐的这个委托，男方是个小有名气的作家，他的老婆和他的编辑搞在了一起，并且种种迹象表明，他的孩子极有可能不是他的。这就很过分了，他辛苦赚钱，原来是在替别人养孩子，而且最近他的钱都被他老婆转移了。

"搞得定吗？"我问。

陈璐笑容很淡定："嗯，应该不是很难。"

"好的，需要帮忙随时开口。"我说着，将那一沓资料和合约放回了茶几上。之前我和陈璐有过约法三章,那就是她接下的委托,必须经过我的同意。我翻了一遍她给我的资料,并没有什么问题。陈璐是个能力很强的人,这样的人做事条理清晰,根本无需我多操心。

眼下我唯一要关心的,就是杜蕾和江涛的事。

吃过晚饭,我洗了个热水澡打算睡觉,许陌的电话却打了过来。我看着手机屏幕上许陌这两个字,内心就有种说不出来的感觉。

我犹豫了很久,直到电话自动挂断。我看着恢复安静的手机,在松了一口气的同时,也有一种莫名的失落。若是换作往常,我肯定会第一时间接起许陌电话的。

到底还是不一样了,我和许陌之间,大概是无法回到一开始那种没心没肺的哥俩好关系了。

手机安静了不到 1 分钟,又再次响了起来,还是许陌;我想了想,最终还是将手机关了。在我的内心恢复平静之前,我不打算和许陌联系。

我关了灯,拉过被子盖住自己的脸,不知道是否这一天太累了,我毫无障碍地沉入了梦乡。第二天我起了个早,陈璐已经出门了,像她这样无论睡多晚,第二天都雷打不动 7 点起床的人,我除了佩服之外,生不出更多的情绪了。

吃过了早饭,我稍微收拾了一下,抓着车钥匙下了楼,今天是和大叔约好见面的日子。

过了年,萧条的景象终于一扫而空,大叔住的地方,一下子就成了世外桃源。我按响了门铃,白发老奶奶开门将我放了进去。

大叔穿着短袖和短裤,不修边幅地刷着牙,这家伙一日之计都是从中午开始的。

"喵……"老白嗲嗲地叫着从我腿上蹭过去。我蹲下身抱起了老白,"我说大叔,老白是不是又胖了,你这天天都喂它吃的什么啊"。

"是吧,我也觉得最近胖了,"大叔刷了牙洗了脸,一边用毛巾擦着脸一边朝我走来,"我是不是应该给老白减肥了?"

"不用,这胖乎乎的也挺可爱。"我揉着老白长长的毛,不得不说,大叔这个糙汉子对老白是真心好，谁能想得出来，这美得堪称猫界范冰冰的布偶猫是这个吊儿郎当的大汉养出来的。

"你要的东西就在桌上，自己拿。"大叔擦完了脸，不知道从哪里掏出了个面包开始啃。我抱着老白走到桌边，那里放着一只牛皮纸袋。

我放下老白，拉了个椅子坐下，将牛皮纸袋拆开了。

资料不是很厚，比起上次我让他查苏常瑞那次要薄得多。我抽出资料，一页一页地往后看，老白凑过来趴在我膝盖上，舒服地打着呼噜。

"啧啧。"我的视线停在一页纸上，那是江涛的婚姻信息，也不知道大叔到底是怎么办到的，不过这不是重点，重点是江涛目前的状况现实是未婚。

"你没弄错吧！"我惊讶地看向大叔，"这个江涛还是单身？"

"这是怎么回事，"我有些不明白了，"那杜蕾呢？他们不是应该两年前就结婚了吗？"

两年前，杜蕾从姐姐的婚礼上抢走了江涛，后来没过多久他们就旅行结婚了，这是那天许陌和我说的。

"杜蕾也是未婚，"大叔说，"啊，对了。"

大叔一拍脑袋，从抽屉里翻出了一个U盘丢给我："这是查东西的时候，顺手查出来的，我觉得交给你可能比较好。"

"是什么？"我顺口问。

"你回去看看就知道了，当作额外的赠品吧。"大叔说完，已经忙他的事情去了。

我将U盘放进了资料袋中，将那些散开的资料页也收拾整齐塞了进去。

"接着，"我将一只信封丢给大叔，大叔扬手接住了，"这次的酬金。"

"谢了方老板。"大叔看也不看，直接丢在了电脑桌上。

"走了，"我拎着包站了起来，"老白再见，下次再来看你。大叔，回头有事我会电话联系你。"

大叔没有回答我，只是冲我比画了一个OK的手势。

第二章 命运总会开些黑色玩笑

从大叔家告辞出来,时间还早,我看了一眼放在副驾座上的资料袋,决定去疗养院看一下姐姐。尽管姐姐还在沉睡,但是我想要告诉她,那个叫作杜蕾的女人,如今也挺惨的。

将车停在山下,我拿着资料袋,徒步走了上去。照旧是在山下的花店买了一束风信子。我缓缓推开了姐姐的病房门。

阳光暖融融地透过窗户落进来。我走进去,将风信子放进了花瓶里,在姐姐身边的看护椅上坐下。沉睡中的姐姐,宁静得像个睡美人。

童话故事里的睡美人,有既勇敢又英俊的王子来吻醒她,可是现实中的睡美人,却无法这样轻易醒来。

"姐姐,你还要睡多久啊,"我叹了一口气,"把人生最好的光阴拿来睡觉,你还真是浪费。"

"你知道吗?前几天我接了个委托,你一定猜不到委托人是谁?"我伸手轻轻摸了摸她的脸,"姐姐,我曾经想,不管是谁伤害了你,都等你醒来亲口告诉我,我会亲手去给你讨回公道。可是姐姐你真的睡了太久了,久到那个家伙等不及,自己找上门了。"

"是的,这个委托人就是杜蕾,那个抢走杜涛的女人。"我说,"其实你应该庆幸的,因为那个男人不过才两年,就又变了心。你知道他选择的女人是什么样的吗?你要是知道了,一定会笑的,因为那个女人的气质,和你很像。"

"两年前,他在和你结婚的当天被人抢走,所有人都以为杜蕾和江涛结婚了,就连杜蕾也深信不疑,可是事实上,他们并没有结婚。的确是办了酒席走了过场,可是法律层面上,杜蕾和江涛还是两个陌生人。"

"所以姐姐,你不必为了这样的人放弃自己的人生,未来还很漫长,这世上比江涛好的男人多了去了,赶紧醒来,如果你再不醒来,估计都看不到他们的惨样了。"伤害过姐姐的人,我绝对不会放过的,凭什么伤害别人的小人可以活得肆意张扬,被伤害的人就必须安静地死去,这样太不公平了。

絮絮叨叨地和姐姐说了许多话,直到再也无话可说,我才走出了病房。舒雅欣正推着一个腿脚不便的老人在草坪上散步。看到我,冲我微笑颔首;我对她挥了挥手,转身离开了疗养院。

离开疗养院之后,我并没有直接回家,而是开着车去了市中心,现在要知道的线索我已经全部知道了,接下来,就要开始干活儿了。

其实查到了杜蕾和江涛根本没有结婚,我大可以直接去找杜蕾,以实情不符直接毁约,但是我不打算这么做。

02

在"诗雨"花店里,刘诗婷系着围裙围着头巾,仍然是岁月静好的模样。我走进花店,这一次刘诗婷倒是一下子就发现了我的到来。

"是陈小姐,"她冲我笑了笑,"昨天真是谢谢你,今天想买点什么?"

"我想养一盆风信子,"我说,"不过我之前没有养过花,怕买回去被我养死了。"

"不会的,其实养花很简单,只要付出耐心就可以了,"她朝我走来,领着我走到放置风信子的花架前,"这些都是风信子,你可以挑一盆你看着合眼缘的。"

在花架上,那些风信子,有些还很小,有些已经在开花,我伸手指着一盆开花的风信子:"就这一盆吧。"

"好的,"她将那盆风信子搬了下来,"每天记得要给花浇水,不过不用浇太多,一点点就可以了。"

她找了浇花的小水壶交给我,"这个浇花用的"。

"谢谢,"我说,"一共多少钱?"

刘诗婷说了个价格,我直接付了钱。抱着风信子走到门口时,我又停住了脚步,我回过头来,用非常纠结的表情看着刘诗婷:"我可以问你一个问题吗?"

"什么?"刘诗婷不解地看着我。

"其实昨天晚上,和你吃完饭回去之后,那个人找我了。"我说着,装作很犹豫的模样。

第二章 命运总会开些黑色玩笑

"进来坐一会儿吧,反正我这里现在也没有人。"刘诗婷冲我微微笑了笑。我就放下了风信子的花盆,在花店里面的小沙发上坐下了。

刘诗婷倒了一杯水递给我,水是温热的,抱在手上很暖和。

"我现在有点心烦意乱,我也不知道怎么办才好,"我一脸纠结地看着刘诗婷,"昨天听了你的话,我想我还是放弃比较好,毕竟人家两情相悦,我要是还不放弃,就太讨人厌了吧。"

"可是昨天晚上,他却打电话给我了,"我说,"他说他也爱上了我,他会和女朋友分手,然后和我在一起。我现在要怎么办啊?"

刘诗婷愣了一下:"额,这个……"

"如果是你的话,你会怎么做?"我盯着她的眼睛问。

"我应该不会爱上这样的人吧,"她微笑着说,"不过,他也爱上你的话,那就顺其自然吧。"

"真的可以这样吗?他们原本计划一个月后结婚的,"我问,"我们的爱不可能得到祝福的吧,我记得刘小姐你也还有一个月就要和你男朋友结婚了,如果这个时候,你男朋友为了另一个女人要和你分手,你会答应吗?"

"诶?"刘诗婷后背僵了一下,她表情有些尴尬,是没有料到我会问出这种问题。

"你肯定不会的吧,而且也不可能祝福的吧,一段恋情的开始就是背负着仇恨,还能走得长久吗?"我一边看着刘诗婷的反应,一边在心中揣摩,她对于这种横刀夺爱到底是什么样的看法。

"我男朋友不会是这样的人的。所以这个假设不会存在,"她想了想,这么回答我,"不过陈小姐,这种轻易就变卦、爱上别人的男人,还是不要交往吧。因为他可以为了你和别人分手,将来有一天,极有可能他会为了另一个人和你分手的。"

"那你怎么就能肯定,自己的男朋友一定不会为了别人和你分手呢?"我不服气地问。

"陈小姐。"刘诗婷有些生气了。

毕竟我这样问很唐突,但我要做的,就是激怒她。

"我对自己的男朋友有信心。"她坚定地说。

　　"有信心是一回事，但是有时候现实并非因为你有信心就可以一帆风顺的。"我放下水杯站了起来，"谢谢你的茶，还有，刘小姐，我觉得你真虚伪。"

　　刘诗婷的脸色刷地一下白了："虚伪？你为什么这么说我。"

　　她语气很是委屈，眼圈甚至泛红了，哎，真是个可怜的小白兔啊。

　　"你口口声声说抢别人的恋人，这种事不道德，这种事不要去做，"我顿了顿，语气越来越冷，"可是这不正是你在做的事吗？"

　　"诶？"刘诗婷僵在了那里，"你在胡说什么啊……我怎么可能做这种事……"

　　"有时候什么都不知道，也是一种罪过，"我静静地看着她的眼睛，"刘小姐，你对你的男朋友，又了解多少呢？"

　　"我……"她张了张嘴，想要辩解，可是也不知道是不是因为我刚才的话对她的冲击太大了，她一时间竟然说不出话来。

　　"你只了解他愿意让你了解的那部分罢了，"我叹了一口气，"刘小姐，如果可以，我真的不想和你说这些。"

　　在了解刘诗婷这个人之前，我也想过使用一些迂回手段来让她主动离开江涛，不过在了解她之后，我觉得迂回手段不必要，因为就我目前了解的刘诗婷来讲，她是一个"三观"很正的人，我只需要让她明白她爱的人是什么样子，她就会明白该如何去做的。

　　当然，这么做也是我的一点私心。我觉得刘诗婷这样的女人真的挺好的，只是爱错了人而已。我不希望她越陷越深，我不希望还有像姐姐那样的人出现。

　　"但是我不得不很遗憾地告诉你，你的未婚夫，他已经结婚了，他是有家室的人，"我直截了当地告诉了她，"很抱歉，我来这里是别有用心的。"

　　"到底怎么回事？"过了好久，刘诗婷才勉强挤出了一点声音。

　　"其实很简单，江涛的妻子找到我，拜托我来告诉你一声的。"杜蕾和我提的要求是，让刘诗婷自己离开，并且不打扰到她和江涛。刘诗婷的这样的人，知道了自己做了什么事，会主动消失，不会给任何人添麻烦的。

就和我可怜的姐姐一样,被背叛了,伤害了,痛了,绝望了,也根本不会去找江涛和杜蕾,她选择了自杀。

"这不可能的,"刘诗婷喃喃道,"一定有什么地方弄错了,江涛他不会骗我的,他向我求婚了,我们就快要结婚了,不会的,他不会骗我的。"

"看看这个吧。"我拿出一张照片放在了刘诗婷面前。那是一张结婚照,也不知道大叔从哪里弄来的。

刘诗婷的视线落在了照片上,她看得很用力,仿佛是要将照片上的人看穿一样。

"我要去问他,我要他亲口告诉我这些!"她猛然抬起头来,眼神锐亮,"陈小姐,我不相信江涛会这么对我,我很爱他,他也对我很好,我们真的很相爱!"

"的确,没有亲眼所见,任何人都不会相信的。"我点了点头,我能够理解她。毕竟是要她放弃一个很爱的人。结婚是一件需要勇气的事情,她爱他爱到愿意和他一起步入结婚礼堂,做好准备去面对结婚后的平淡和乏味。

我的三言两语,怎么可能让她放弃这样的感情!

"如果,你亲眼看到了呢?"我不会让她去找江涛的,那样就不算是完成杜蕾的委托,毕竟她想要让刘诗婷主动离开。

"如果我亲眼看到了,我会离开的。"她红了眼眶,其实她应该也意识到了什么吧,毕竟女人的第六感是很强的。

"跟我来吧,"我说,"我带你去见一见,你从不曾见过的江涛。"

03

我给杜蕾打了个电话,让她一会儿和江涛去餐厅吃饭,等到了目的地,给我发个定位就行。杜蕾是个聪明人,我只是一说,她就明白了我的用意。

我站在一边,等着刘诗婷锁好花店的门。我看了下时间,现在是下午4点30分,差不多是吃晚饭的时候了。

一路上刘诗婷都沉默着没有说话。我通过后视镜打量着她,她怔怔的,也不知道在想些什么。

　　大概过了十几分钟,杜蕾给我发来了信息,那是一家西餐厅的名字。对于市中心都有哪些好吃的,我还是很了解的,之前和许陌隔三岔五地出来吃饭,这市中心的餐馆几乎都被我们吃遍了。

　　因为到了下班时间,市中心开始堵了起来,开车前进的速度,还比不上骑自行车的。好在目的地不是很远,在路上龟速前进了接近半个小时之后,我终于将车停在了离餐厅最近的停车场。

　　"一会儿无论发生什么,我希望你可以保持安静,"我说,"刘小姐,我希望你能理解。"

　　刘诗婷轻轻点了下头,她脸上从刚才到现在,一直都是没有血色的状态。

　　我带着刘诗婷进了餐厅。这是一家环境相对优雅的西餐厅,高高的椅背很适合藏人。我选了一个靠近入口,却又位于角落里的位置。这个位置相对来说比较不起眼,进门的人,不太会注意这里多了个人,但从这里却很容易留意到进来的人。

　　我招手喊来了服务员,要了一份菜单。我将菜单放在了刘诗婷面前:"想吃什么,点几个吧,作为昨天你请我吃饭的回礼。"

　　她摇了摇头,没有说话。我也没有强求她点,我将菜单拿回来,直接让服务员推荐了几样,最后一人选了一份牛排,一份甜点。

　　等了没多久,杜蕾的短信就来了,她告诉我,她和江涛已经到了门外。

　　我就侧过头了,打算仔细看一看,这个让姐姐如此深爱的男人,真人到底是什么样子。虽然说看到了照片,但是有时候真人和照片还是有一定差别的。

　　在我的注视之下,西餐厅的门被从外面推开了。先走进来的是杜蕾,她显然精心打扮过了,本就很出色的长相,越发显得美艳逼人。如果把姐姐和刘诗婷这样的女人比作是白玫瑰,那么杜蕾就是红玫瑰。

　　男人永远在红白玫瑰之间犹豫不决,就像是苏常瑞面对何羽绯和张叶时,也会在知心解语花和红辣椒之间犹豫。

　　杜蕾进来之后,视线并没有乱动,跟在杜蕾后面进来的,就是江涛。

第二章 命运总会开些黑色玩笑

第一次见到江涛,不得不说,他的长相很具有欺骗性,如果年龄拿掉 10 岁,那他应该就是高中生中最受欢迎的阳光少年型。他很帅气,个子挺高的,杜蕾站在他身边,要矮了一个头还不止。他面带微笑地看着杜蕾,眼底是怎么也掩饰不掉的深情。

刘诗婷忍不住想要站起来。我眼尾余光扫到了,连忙伸手按住了她的手臂,我用眼神警告她不要乱动。刘诗婷虽然很纠结,但最后还是妥协了。

"老公,我们坐在靠窗的位置吧。"杜蕾歪着头对江涛说。

"好啊,你说坐哪里就坐哪里。"江涛的手牵着杜蕾的手,任何人看了这两个人,都会觉得他们的动作很亲密。亲密,又不至于太黏腻,是一种很自然的感觉。

我回头看了刘诗婷一眼。她刚刚还很激动想要站起来,然而现在她却一动也不动,眼神呆呆的。也是啊,这种画面谁会想要看到啊。

我继续看向杜蕾和江涛,他们果然找了个靠窗的位置坐了下来,那个位置离我们的位置不是很远,这个时间段餐厅里人不少,好在这是西餐厅,里面还算安静。

"老公,一会儿吃完饭陪我去买那个项链吧。"杜蕾的声音隐隐约约传过来。

"好啊,想吃什么?"江涛问。

这个时候,服务员过来上菜了,我和刘诗婷的牛排到了。

刘诗婷木然地抓起刀叉,我看见她眼底有泪滚落。最后一根稻草压垮了她,她一边哭一边吃,一边吃一边哭。

这江涛也真是造孽,既然当初抛弃了安静女神白玫瑰,选择了热情奔放的红玫瑰,为什么不好好地和红玫瑰在一起,要再次祸害一朵脆弱的白玫瑰。

看看坐在我对面的刘诗婷吧,她现在的心情,大概和我姐姐被背叛时很相似吧。我觉得,为了防止她走上姐姐的老路,我不能就这么放任她不管。姐姐那个时候没有人救她,但至少,现在我可以试着救刘诗婷。

我慢慢地切着牛排。这家的牛排的确很不错,我不急不忙地吃了牛排,而那边,杜蕾和江涛也吃完了。他们仍然是牵着手去结账的,他们紧紧牵着的手上,分明是戴着一对对戒。傻瓜也知道,这到底是怎么回事了。

刘诗婷蓦地站了起来，此时江涛和杜蕾已经推开门走了出去。

刘诗婷往前追了几步，我从后面抓住了她："不要去，只会让自己更难堪的。"

"可是……可是……"她声音在颤抖，那里隐忍着的到底是怎样的感情，或许除了她自己之外，没有人能够明白。

我付了钱，将刘诗婷拉出了餐厅。杜蕾和江涛早就不知所踪了。刘诗婷跟在我后面走，像是终于垮掉了一样，她蓦地蹲下身，就这么在人来人往的大街上，哭得像个还没长大、受了委屈的小孩。

我站在原地没有动，我知道这种感觉很痛，作为让她这么难过的人，我知道现在说什么都是多余的。

04

街上行人已经很少了，距离我们走出西餐厅，已经过去了整整2个小时，可是刘诗婷却一直在走，沿着城市中心的那条马路，她一步不回头地走了2个小时了。

为了防止她做什么傻事，我一直跟在她身后，额头上满是汗珠。我这个很少运动的人，这一口气走2个小时，几乎要了我的小命了。

"我说，不要继续了吧，"我气喘吁吁地拉住了她，"你这要走到哪里去？"

"不要你管，"她冷冷地说，"你为什么要跟着我，我不要你跟着我，你放心吧，我会知趣地消失的，我虽然只是个小小的花店老板，但是那种抢别人老公的事我是不会做的。我不会去打扰他们，我会自己消失，我会尽快将店转让出去。"

"然后呢？"我轻声问。

"然后我就会离开这座城市，"她说，"所以你不必跟着我，我想一个人静一静。"

"那也不用这么自虐。"我抓着她不松手，再这么走下去，都不知道要走到哪里去了。

"我说了不用你管！"她用力甩开我的手，"你听不懂人话吗？我自虐不自虐，关你什么事！我就算去死，也不关你的事！"

"去死的话，就关我的事吧，"我淡淡地说，"我会有罪恶感的。"

第二章 命运总会开些黑色玩笑

"那你要我怎样!"她压抑着的情绪终于爆发了出来,"我能怎么办啊,我不能去打扰他们,我心里也很难受,我只是想发泄一下,这样也不行吗?我就算去死,那也是我自己自作自受,你不是说了吗?有时候什么都不知道,也是一种罪过啊!"

"我是第三者,我成了我最讨厌的那种人!我不想这样的,我真的不知道。"她说着,呜呜地又哭了起来,她近乎泣不成声,这种自我认知毁坏,会让一个人从心里崩坏的。

我往前走了一步,然后我张开双臂给了她一个拥抱:"刘诗婷,我无法对你的痛苦感同身受,但是我知道你真的是个很好的女人,你甚至都没有为自己找任何借口,能这样已经很不容易了。而且,这不是你的错,你明白吗?错的不是你,错的是江涛。他骗了你,你也是个受害者。"

"我真的很爱他,"她的手紧紧揪着自己的心口,声音破碎得让人心疼,"为什么偏偏是我遇见这种事。"

"不只是你哦。"我叹了一口气,其实我真的不愿意遇到这样的第三者,因为他们真的没有做错什么,唯一的错误,就是没有发现对方的谎言。若是他们明知道对方有家室还凑过去,那样我就能义正辞严地站在道义的最高点去谴责他们。

可是现在事情不是这样的,这明明是江涛的过错,却要刘诗婷来承担全部痛苦;杜蕾真是个叫人厌恶的女人,而江涛,这个超级大渣男,我只恨他为什么没早点出车祸死掉。

是的,我就是这么恶毒的诅咒他,如果可以,我愿意用这世上最恶毒的言语去攻击这个人。可惜的是那样做毫无意义,谴责对他来说根本无关痛痒,这种人最爱的,不过是他们自己而已。

"不只是你遇到这种事,"我看着刘诗婷的眼睛说,"有一个人,曾经被更过分地伤害了。"

"还有比这更过分的事吗?"刘诗婷嗤笑了一声。

"走吧,我带你去一个地方。"我伸手拦下一辆出租车,我将刘诗婷拽了进去。

"青山疗养院。"我对司机说。

第三章 不是所有的初恋都经得起考验

01

夜晚的疗养院,安静极了。

我轻轻推开病房的门,里面亮着一盏灯,光线并不刺眼,是那种很柔和的白光。

"进去吧。"我拍了拍刘诗婷的肩膀,将她推进了病房。她一路过来都很困惑,不明白我为什么这么晚要带她来这个地方。

刘诗婷缓缓走了进去,她的视线落在了病床上躺着的那个人身上,然后她就停在了原地,好一会儿都没有动弹。

我走过去,帮姐姐掖了掖被子,"是不是很奇怪,这个和我长得几乎一样的女人,为什么会躺在这里"。

"她是?"刘诗婷喃喃问。

"她是我的姐姐,"我缓缓道,"很多人都以为她死了,虽然她现在的状况和死人也没有什么区别,但她至少还能呼吸。"

"植物人?"刘诗婷错愕地看向我,"怎么会……"

"怎么会变成这样吗?"我无奈地笑了一下,"因为她遭遇了比你更加残忍的背叛和欺骗。"

"两年前,我姐姐婚礼那天,有个女人冲进酒店宴会厅,当着所有人的面前,抢走了她的新郎,"我轻声说,"你应该可以明白她的心情吧,很痛苦、很绝望,却没有勇气去责怪任何人。最后她一个人在酒店的婚房里割腕自杀了。"

刘诗婷瞳孔剧烈地收缩了一下,她看向我姐姐的眼神里,就多了一抹我无法理解的情绪。

"然而她的死,并没有影响到任何人,那两个背叛她的人,还是在一起了;她却很快就被大家遗忘,"我叹了一口气,接着往下说,"我不知道你有没有这种一死了之的想法,但是我劝你不要这样,不过是仇者快亲者痛。这世上,不是只有一个江涛,只要活着,就一定会遇见更好的人。"

"嗯,"刘诗婷轻轻点了点头,"我知道你的意思。"

她低着头看了姐姐好一会儿。"你是怕我想不开吧,其实我没有那么脆弱的。我只是一时间无法接受,给我一段时间我会想明白的。走吧,不要打扰你姐姐了,让她好好休息吧。"

刘诗婷走出了病房,我跟在她身后,慢慢走了出去。如果这个时候我回头看一眼,我一定可以看到,姐姐的手指动了一下。

离开了疗养院,我用叫车软件打了一辆出租车。一路上,刘诗婷仍然很沉默。我将她送到花店门口,她家就在花店的2楼。

"晚安。"我冲她挥了挥手,叫司机把车开到了我停车的地方。

夜已经很深了,路上几乎没有行人,就连车都很少。我开得并不快,夜风从车窗吹进来,冰冷的风让我混沌的思绪,变得异常冷静。

为什么呢?我明明做了我觉得对的事,这一次却没有一点成就感,也并不觉得畅快。明明之前,让苏常瑞和张叶分手,又或者是让苏小爱离开了沈辰东,我都会觉得自己做得很对,甚至觉得自己是某些人的救世主。

我太自大,也太天真,明明已经过了做梦的年纪,却还妄想以一己之力充当神明。

我开粉色事务所的本意,是为了让姐姐那样的不幸不再发生,让那些伤害别人的小人得到一些教训。可是这一次呢?我伤害到了谁啊,我伤害到的是刘诗婷这样一个对任何人都没有恶意,"三观"比绝大多数人都正的姑娘。

委托我的是一个人渣,她为了另一个人渣,把矛头指向了一个善良的女人。

虽然我说出了什么都不知道也是一种罪过这种大话,然而真的是这样吗?每个人的立场不一样,根本无法轻易去评判任何人的对与错。

第一次,我动摇了。

这个世界上,或许真的并不是非黑即白的,就像是杜蕾,她曾经是小三,却以原配的立场谴责另一个第三者。一个是有意为之,一个是毫不知情,而我,我的立场却是必须站在原配的立场上去考虑问题。

我忽然之间,有些不明白什么是对,什么是错,俗话说得很好,小孩子才看对错,大人只看利弊。所以说,我自诩是个成熟的睿智的成年人,事实上不就是最幼稚的那一个吗?

我用力踩下刹车,将车停在了路边,我用力敲了一下方向盘,冷清的寒夜里,尖锐刺耳的车喇叭声划破长夜。

我想我现在有点明白,为什么许陌会阻止我接下杜蕾的委托,他是不是早就料到,处理完这个委托,我会动摇,会如此的焦躁。

不是的吧,许陌又不是神明,怎么会提前知道,在这个委托中,我要面对的第三者,会是和姐姐一样安静商量的姑娘。

他或许只是单纯不想我和杜蕾还有江涛有瓜葛吧,毕竟我和姐姐是双胞胎,杜蕾或许会被我糊弄过去,但是和姐姐在一起4年的江涛,肯定不会相信我和方小舞毫无关系。

心里有些乱,若是放在以前,或许我就会拉着许陌聊聊了,事到如今,我却没有办法心安理得地去见许陌了。

我坐在车里,独自发呆到天亮。当第一抹朝阳落入我的眼中,我忽然很茫然,这一年多的时间里,我到底在做什么呢?我的坚持是否真的有意义呢?对于一些人来讲,我或许的确帮上了忙;可是对于另一些人来说,我就是不折不扣的"灾星"。

我重新发动车子,飞快地调转车头,重新将车开回市中心。我胡乱地将车停在路边,飞快地朝着刘诗婷的花店跑去。

刘诗婷住的地方就在花店的2楼。我很想去看看她,我要确定她真的还好好的我才能安心,如果她像姐姐那样想不开,我或许一辈子都无法原谅我自己。

我一口气跑到了花店门口,花店的门关着,我抬起手,正要敲门,就看到有个人从花店边上的小巷中走了出来。

是刘诗婷，她见到是我，有些意外。她手里拖着一个大大的行李箱，另一只手里抱着一只花盆，花盆里种着一棵风信子。

"刘诗婷，"我的一颗心，瞬间落了回去，我气喘吁吁地看着她，"你要去哪儿？"

"离开这座城市，随便去哪里都好。"她的语气非常平静，她将箱子放平了，然后将那盆风信子放在了一边。她脱下无名指上的戒指缓缓走到我面前，她拉过我的手，将戒指放在了我的手里。她什么都没有说，只是走回去，拖着她的拉杆箱往前走去。

"刘诗婷，你恨我吗？"在她与我擦肩而过的瞬间，我忍不住问了她这个问题。

她脚步一滞，我听见她用压得极低的声音说："恨你，这是理所当然的吧。毕竟不管你是什么理由，你毁掉了我的生活啊。抱歉，无法对你说出谢谢你这种违心的话，虽然你不过只是将事实告诉了我，让我必须忍着剧痛从美梦中醒来而已。"

我飞快地转身，然而她已经拖着行李箱，飞快地往前走去。

我下意识地抬脚想去追，然而那一步却始终没有能够迈出去。

追过去，又能怎么样呢？站在她的立场上来看，我的确对她做了很过分的事。虽然她的确在无意间影响了别人的感情，可是这并不是她的过错。

我的手紧紧攥成了拳头，掌心里的那枚戒指，硌得我很疼。

一直以来，我都没有接触过这样的第三者，我以为全世界的第三者都是一个模样，他们或许是张叶，或许是苏小爱，统统都是心肠很坏的家伙。然而这个世界上，真的坏人都是纯粹的坏人吗？

不是这样的吧，就算是刁蛮任性如苏小爱，她也会对一个陌生人报以最大的善意，那时候我通过游戏接触她，我不是不能感受到她的心情。每个人都是复杂的，正因为如此，每个人才都形象鲜活立体，没有活成一成不变的样子。

我的心脏，足够强大吗？我真的可以继续将粉色事务所经营下去吗？以后我会遇见更多不一样的人，听更多不一样的故事。才只是一个刘诗婷就让我如此失态，让我的罪恶感如此强烈，那么将来遇见更多像刘诗婷这样的人，我还能冷静地去伤害他们吗？

哪怕——我是站在正义的立场上。

而正义，究竟是什么，我又真的明白吗？

我的思绪非常混乱，不知道是不是因为一整夜没有睡的缘故，我的思维很不清晰，像是自己钻进了一个黑漆漆的死胡同里。怎么想，都只能想得头破血流而已。

02

回到家后，我匆匆洗了个热水澡，就把自己关在了房间里，然后拉过被子，昏天暗地地睡了一天一夜。

再次醒来，外面已经是黑夜，抽屉里的电话又响了。我却不想接，明明之前一响起，我就会第一时间接起来的。

我从被窝里爬起来，无视叫个不停的手机，打开了电脑，我暂时关闭了粉色事务所的连接。我现在的状态不适合去接任何一个委托，如果我不能对委托人负责，那就直接不要开始。

而杜蕾那边，我直接让陈璐去找她交任务，并且收一下剩下的一半尾款。陈璐发现了我的异常，不过她并没有多说什么，只是继续做她应该做的事。她接下的那一单，她得负责到底。

在颓废了的这几天里，许陌还是会打电话过来。我一次都没有接，我无聊地用手机上着网，我想我可能应该要出去旅行一趟，好好调整一下自己的状态了。

这一段时间以来，我似乎都没有好好休息过，尤其是像我开着粉色事务所，和各种各样的人打交道，去揣摩不同的人心，这些其实都很耗费心神。

我收拾了行李箱，给陈璐留了一张便条，手机也不带就离开了家，我想让自己彻底安静一下。我没有选择去热闹的城市，我买了一张去往宏村的车票。

以前看宣传画里，那个小村庄宁静祥和，仿佛是被时光遗忘的世外桃源，那样的

第三章　不是所有的初恋都经得起考验

小古镇,应该很适合放松心情吧。

当双足踏上了青石的路面,我舒服地呼了一口气,然后提着行李箱,找了一家民宿住下了。我住的那个民宿,就在半月湖的边上,我每天唯一做的事,就是在这个古镇里来回地走。小镇很安静,因为不是旅游黄金时期,游客也并不多,只有三五成群来这里写生的美术学校的学生,支着画架在写生。

我在宏村住了7天,因为没有带手机,谁也找不到我,所以这7天,我的心情前所未有的平静。我知道,我不可能一直这么逃避下去,我总归还是要去面对那些人和事。我想,是时候回去了。

我一边收拾行李,一边一心二用地看着电视。电视里正在播报新闻,在说着一项重大车祸事故。我本来只是随便瞥了一眼,然而就是这一眼,我僵在了原地。

出事的是一辆旅行大巴车。刚刚镜头一扫而过的,是一张美丽的脸庞,我浑身止不住地开始颤抖起来,是我眼花了吗?我的手紧紧地抓着手里的衣服,视线一动也不动地看着电视画面。怎么会这样,为什么我会从这样的新闻里,看到了一闪而过的、刘诗婷的脸!

我很想给她打个电话确认一下,电视里出现的那一秒人脸,到底是不是她。可是我却忽然意识到,为了防止被人打扰,我根本就没有带手机!我心急如焚,我跑下楼,借了老板娘的电脑,飞快地在网上搜索今天发生的特大车祸。

关联链接很快就跳出来了。我点了进去,我握着鼠标的手在剧烈地颤抖着,我极力克制着,仍然无法止住战栗。

我拉动鼠标,事故现场图很多被贴了出来,在那么多的图片里,我多么地希望没有那张脸,然而进度条拉到一半,我就僵住了,因为那的的确确就是刘诗婷的脸。

怎么会这样,为什么会这样?我抓起了随身携带的小包就跑了出去,出事地点是在辽城,现在马上出发的话,我会在明天早上抵达。

我心急如焚,心脏一直紧紧揪着,刘诗婷,你不要死,如果你死了,我或许一辈子都无法原谅我自己。因为如果不是我介入,她不会拉着行李箱那么狼狈地逃离那座城市。她很爱自己的花店吧,我去过几次,她很精心地打理着那一切,然而却因为我的到来,不得不舍弃自己原本的生活。

我做得对吗？真的对吗？其实在知道杜蕾和江涛没有结婚时,我就应该放弃这个委托的,当时的我太过于自信,甚至怀着拯救刘诗婷的想法,试图让她离开江涛,我以为江涛那样的人,不值得刘诗婷去爱。可是我忘记了,值不值得不是我说了算,而是刘诗婷自己说了算的。

我心烦意乱,整个人混乱到了极点,原本已经平静下来的思绪,因为那条新闻,彻底的混乱了。一直以来,是我太天真了,和许陌说的那些话,不过是一些自以为是的看法罢了,许陌却一直陪着我胡闹。

我赶到了辽城。我没有带手机,我只能不停地找人打听,我记得当时新闻上旅行车是顺旅集团的。我直接去了这家旅行社的分部,好在那些人并没有为难我,直接将我带去了医院。

站在病房前的时候,我整个人都在发抖,我深吸了几口气,最终还是推开了病房的门。

这是一间双人病房,一张病床上是空的;另一张病床上坐着一个人。

刘诗婷怔怔地看着我,她眼神有些茫然,显然不明白我为什么会出现在这个地方。

"刘诗婷!"我脚下仿佛生了根一样,站在原地无法动弹,我小心翼翼地打量着她。她的气色还算不错,至少坐在那里,不像是生命垂危的样子,我的视线往下挪,就看到她的一只手臂打着石膏,"你没事吧"。

"你为什么在这里？"刘诗婷终于回过了神,"我当然没事,只是手臂被压断了,没有什么大碍。"

"对不起。"我低下了头,有些不敢面对她。

"你该不会是……"刘诗婷瞪大了眼睛,"你是看到新闻,特地来这里找我的吗？"

我轻轻点了下头:"毕竟如果你真的出了什么意外,有我的责任。"

刘诗婷愣了一下,随即笑了起来:"你的责任？你想多了,这不关你的事。意外是不能左右和控制的,而且那么大的事故发生,我仅仅只是手臂断了,并没有什么大碍。"

"可是……"我心里仍然觉得很是过意不去,虽然看到她生命无碍,我的的确确松了一口气。

"进来坐吧,你不是想站在那里和我说话吧。"刘诗婷的语气很平淡,我原本以为她应该很恨我,根本不想见到我的。

我甚至想好了,如果她不愿意见我,那我在外面待着,一直待到她愿意见我一面为止,然而她的态度,却前所未有的平静。

我默默地走进去,在病床边上的看护椅上坐了下来,我想要说点什么,可是大脑却像是一下子短路了。

"其实说真的,"倒是刘诗婷替我解了围,"我之前真的挺恨你的,莫名其妙地出现,搅乱我的生活。我有关于未来的全部规划,都被你打乱了。"

"不过,这些天,我天南海北地走,也慢慢平静下来了,"她说到这里,稍微停顿了一下,"昨天车祸发生的那瞬间,我的大脑一片空白,那种感觉你明白吗?在生和死面前,所有的一切都不重要了。你是对的,没有什么比好好活着更重要。"

"我无法说出谢谢你这种一听就是安慰人的假话,但是你的确帮我认清楚了一个人,"她说,"如果不是你告诉我,我或许会一直被蒙在鼓里,抱着一个注定是幻想的美梦,直到美梦被打破,才会明白这一切不过只是个谎言。"

"没有结婚。"来的路上我想了很久,还是决定将事实告诉她。不应该由我来作出选择,作选择的人,应该是刘诗婷才对。

就像是之前完成的那些委托一样,我虽然也干预了很多,但是最终的选择权,我全部都交给了对方。因为两次成功我就昏了头,以致自以为是地替别人作了决定。

"对不起,我必须像你坦白一点,"我说,"杜蕾和江涛,他们的确是办了酒席拍了婚纱照,甚至双方家长也都以为他们是结婚了,但是我查出来的事实却是他们没有领结婚证,也就是法律层面上,他们还不是夫妻。"

"江涛向你求婚,可能是真的想和你在一起。如果你真的爱他,你还可以选择回去的。"我说。

刘诗婷听我说完,沉默了好一会儿,她的表情像是想笑,却又像是想哭。我不说话,只是安静地等着她自己作出决定。

"如果是几天前你告诉我这件事,或许我会有不一样的选择吧,"她笑了,风轻云淡的,"但是现在,已经没有那样的选择了。每个女人都是骄傲的,不完整的爱,我不需要,就算再爱一个人,也不能丢掉自己作为一个女人的自尊。"

"所以就算他们没有结婚,我也不会回去的,你明白吗?从我看到他们手牵着手进餐厅,听见那个女人喊江涛老公的时候,一切就回不了头了。"她说。

"嗯,"我轻轻点了点头,"那么,我走了。"

她冲我微微笑了一下:"一路顺风,注意安全。"

我站起来走到了门边,刘诗婷却叫住了我:"陈小姐。"

我回头看她。

"可以告诉我,你真正的名字叫什么吗?"她轻笑着问我。

"方晓晓。"我没有回头。

"我不确定什么时候才能原谅你,但是我知道,一定会有一天,我可以有勇气回到那座城市,并且真诚地对你说一声谢谢。"她说。

我反手关上了病房的门。

03

自我放逐了7天,加上来辽城的日子,我再次回到家,已经是9天之后的事了。

当双足踏在这座城市的地面,我忽然有一种想哭的冲动,明明也才生活了一年多的时间,这里却像是变成了我的家乡一样,有一种近乡情怯的心情油然而生。

我叫了一辆出租车,将行李塞进后备厢。离开了这么多天,也不知道陈璐是否顺利,我想回去之后,第一件事就是要找陈璐聊一聊。

虽然刘诗婷没有什么大碍,但是我的内心的确是动摇了。这一次没事,那么下一次呢?我从来都不想弄出人命,每个人都应该对生命抱有一些敬畏,毕竟人生短

第三章 不是所有的初恋都经得起考验

短数十年,死掉了就什么都没有了。

然而当我提着行李箱上楼时,却在家门口遇到了另外一个人。

我拖着行李箱站在了电梯门口,双腿迟迟无法往前迈步。

为什么许陌会在这里,我根本没有想要这么早地见到他。

许陌却已经发现了我。他满脸疲惫,看到我的时候,眼神一下子变得严厉起来。我本能地感觉到了危险,我转身想要按下下楼的电梯,然而许陌却快一步地抓住了我的手。

"你去哪儿了,"他声音很冷硬,往日的温声暖语全都不见了,"现在又想去哪儿?"

"啊,我出去旅行了。"我不动声色的,想要抽出自己的手,然而许陌却抓得极紧。

"先放手好吗?这里不是说话的地方吧。"我朝他露出一个讨好的笑容。这里是电梯口,人来人往的,被人看到我和许陌拉拉扯扯,总归是不太好的。

许陌冷冷瞥了我一眼,然后一把夺过我的行礼箱子:"走。"

我悻悻然,只好往前走去。我打开家门,许陌就拉着我的行李箱,堂而皇之地走进了我家门。

将钥匙放在玄关处的柜子上,我换了双拖鞋走进了客厅。离家这么多天,家里的一切都还是收拾得很好。陈璐是个很好的同居伙伴,她总能将生活过得有条不紊。

许陌将行李箱靠墙放着,然后他坐在了沙发上,冷冷地看着我,一副我要是不交代清楚就死活不会放过我的架势。

"好吧。"我嘀咕了一声,走到厨房,倒了两杯水走回客厅。将其中一杯水放在许陌面前,我端着另一杯水在另一张沙发上坐下。

"有什么想问的你就问吧。"我把心一横,不就是面对一个许陌吗?刘诗婷我都面对了,面对许陌我不可能会胆怯的。

"为什么躲着我。"许陌的声音很平静,然而那平静里,又隐藏着暴风雨般的厚重,很明显,这平静只是假象。

"我没躲着你,"我打死不承认,开始天马行空地说瞎话,"前些天我心情不太好,谁都不想理,所以没有接你电话,然后我不是出去旅行了几天嘛,没带手机。"

"方晓晓,"他的声音陡然变得更冷了,我下意识打了个哆嗦,这人原来是这么可怕的吗?明明总是和风细雨的,果然,总是笑嘻嘻的人发起火来,那时候地动山河天地都要为之变色的。

"我在问你,为什么躲着我。"他几乎是咬牙切齿地问。

"不是说了吗?"我仍然试图诡辩。

"方晓晓,"他身体忽然往前倾,他的手就撑在我面前的茶几上,脸色铁青,"我长得很像白痴吗?"

好吧,看样子是无法糊弄了啊。

"我承认,我的确是在躲着你。"既然无法糊弄,那就面对吧,反正伸头一刀缩头也是一刀。

"方晓晓,你出息了啊!"他忽然有些无奈,"是我做错什么吗?还是我哪里惹你生气了,为什么要躲着我,为什么故意不接我电话!"

"理由……你真的不明白吗?"我静静看着他的眼睛问,"许陌,我觉得,你应该明白的。"

"见鬼的明白,我是你肚子里的蛔虫吗?凭什么我就应该明白!"许陌怒了。

"我以为我说得很清楚,"我说,"许陌,从我见你的第一眼开始,你在我心中的位置就只有一个,那就是未来姐夫。"

"我有承认过吗?"他怒极反笑,"方晓晓,你凭什么擅自就替我做好了决定,你不觉得这样不公平吗?"

"但是你也没有否认不是吗?"从一开始,他就没有否认过这一点,有时候不否认就是默认,"你敢说,我刚刚认识你的时候,你喜欢的人不是我姐姐方小舞吗?"

许陌眉心皱了一下,"我的确挺喜欢她的,但是这和你躲着我有什么关系?"

"你装什么糊涂啊,许陌,"我气笑了,"你知道我平生最讨厌什么人吗?我最恨夺走别人心爱之物的那种人。"

"所以对你来说,我挺喜欢你姐姐,就意味着我必须成为你的姐夫?"他反问我,"这世上,我喜欢的人多了去了,那是不是全要娶回家?"

"不然呢?两个人在一起,喜欢是前提吧。"我反驳。

"喜欢不是前提,互相喜欢才是,"许陌纠正我,"而且,只是喜欢这个层面,是无法在一起的,喜欢决定是否想要进一步了解,而爱才是决定在一起的必备要素。"

"狡辩!"我冷笑着说,"我就不相信,你对我姐姐没有那样的感觉。"

"曾经的确有过,"他很坦率,"但是那是多久之前的事了?方晓晓,那是在你姐姐和江涛交往之前的事,我的确对她有过好感,但是在那之后就打住了,并且也仅止于好感,你应该了解我才对,如果是我爱的人,我不会在江涛追求她的时候无动于衷。"

"原来你喜欢一个人,是这么容易就放弃的?"我不想听他继续往下说了,我怕继续听下去我会动摇,"许陌,我不想见你,至少在我们恢复成普通朋友那样距离之前,我不想见到你。"

"你凭什么擅自这么决定!"他一双眼睛几乎要喷出火来。

"不凭什么,反正你很容易放弃不是吗?这不重要。"我说。

"方晓晓,我说过,喜欢只是决定是否要进一步彼此了解,而爱才是在一起的必备要素。在那个时候,我只是放弃一个有好感的女生而已,你以为我会放弃我所爱的人吗?"他强调。

"那你爱我吗?"心里憋着一股怒气,这人怎么就油盐不进呢!

"我爱你!"他几乎是脱口而出。

我瞬间愣在了那里,我昏沉沉的脑袋,瞬间清醒了。老天爷,我刚刚为什么要问出那样的问题,虽然是顺着他的话问的,可是怎么看都很不妙吧……

我那么努力,就是不想让他对我说出这3个字的,因为一旦说了,我可能连朋友都不会和他做。不管他怎么说,我始终都无法面对内心的罪恶感。

"听清楚了吗?"他目光咄咄逼人,一字一顿地说,"方晓晓,需要我再说一遍吗?"

"不用了,"我飞快地说,"许陌,你不可以这样,你知道吗?你赶紧收回去,这只是你的错觉而已,因为我姐姐没有办法醒来,你这是把我当成了姐姐。"

"所以说，方晓晓，"他露出一个自嘲的笑容，"是我平常表现得太无害，所以你觉得我就是白痴吗？你到底哪里来的自信，以为我会把你当作你姐姐。你自己说说，你除了脸和你姐姐高度相似之外，其他地方哪里像她了。"

"喂！"这个人是傻吗？没有听出来，我只是在为了这个话题找个退路吗？我表现得这么明显，我不想和他发生超出友谊之外的感情，尽管我的确对他产生了其他感情，可是这不意味着我愿意发展这段感情。

"我从来没有把你当作过你姐姐，你听清楚了吗？"然而许陌却一点也不想要这个退路，"你可有以任何理由来拒绝我，除了这个理由之外的理由我都可以接受。"

"我不喜欢你在，这个理由你接受吧！"我决定破罐子破摔了。

"方晓晓你骗鬼呢，"然而许陌根本不相信，"如果是这样，你绝对不会躲着我的，方晓晓，说谎可不是好孩子该做的事。"

"我，呸，我本来就不是好孩子，"我梗着脖子，打算嘴硬到底，"我是成年人，小孩子才会区分好人和坏人，成年人只看立场！"

我和许陌吵得脸红脖子粗的，虽然争吵的内容十分微妙，但是就是谁也无法说服对方。

就在我们吵得厉害，差点要打起来的时候，陈璐回来了。她手里拿着钥匙，目瞪口呆地看着我和许陌。

"我是不是打扰到你们了？"陈璐脸色复杂地说。

"没有没有。"我忙说。好在陈璐回来了，否则我们怕是得吵到天黑。

陈璐看着我，忽然想起了一件事："对了，前些天你不在家的时候，有个叫作青山疗养院的地方打来电话，说是找你有急事。你没带手机，我也没办法联系你。好像是说，你姐姐醒了。"

"哐当——"我抓在手上的茶杯落了地。

我和许陌对视一眼，都从对方眼里看到了茫然和震惊。

"你说什么？"我们简直是异口同声地问。

第四章　当你以为自己站在世界中心时你就输了

01

在去疗养院的路上,我一直都像是在梦游一样。看看陈璐说了什么吧,她说我姐姐醒了!

今天不是4月1日愚人节啊!陈璐反复和我说,她不是在开玩笑。我昏睡了两年的姐姐,真的醒了。

我的心情就激动起来,和许陌的争吵暂时先放下,我和许陌几乎是立刻下了楼,朝着疗养院赶去。

许陌才将车停下,我就迫不及待地打开了车门跑了出去。后面一辆车几乎是贴着我开过去了,许陌吓得脸都白了,"方晓晓你给我小心一点!"

我胡乱地冲他挥了挥手,我现在哪里有心思在意这些,我只想立刻马上去姐姐的病房,我需要确认这一切到底是不是真的。

我拿出了这辈子最快的速度往前奔跑,我用力推开了姐姐的病房门,然而病房里却空无一人。

我转身就往外跑,结果和一个人直接撞在了一起。

"方老板!"舒雅欣的声音在耳边响起,"你可是算是回来了!"

"舒雅欣,我姐姐呢?我姐姐人去哪儿了?"我急急地问。

"你姐姐昨天下午跑出疗养院,一直到现在都没回来,你再不来我们就要报警了!"舒雅欣满脸担忧,"你到底去了哪里,为什么不接电话?你不是有天晚上来看你姐姐的吗?你走后没多久你姐姐就醒了,这些天她一直在做复健,恢复得相当好。"

舒雅欣说:"也是我疏忽了,昨天傍晚的时候,她说出去走走,我以为她只是在草坪上走走,就让她出去了,结果一直到现在都没回来。医院检查了一下监控,是昨天傍晚，她自己走出医院的。"

我后悔极了，看样子手机是绝对不能离身的，否则一不小心就错过了很重要的信息了。

现在要怎么办才好，报警吗？原则上来说，需要失踪24个小时才能立案，舒雅欣说姐姐是昨天傍晚的时候走丢的，到现在还没满24小时呢！

而且就算报了警，也不是马上就能找得到的。

"现在要怎么办？"我一下子有些六神无主，姐姐醒来的惊喜，变成了姐姐失踪的惊吓，换作是谁都吃不消。

"你想想，你姐姐有可能去什么地方？"许陌比我冷静些，"不要慌，你姐姐多大个人了，她是知道分寸的。"

"手机。"我忽然想起来，假如姐姐会联系我的话，一定会给我打电话的！

"回去，许陌，我们现在马上回去！"我扭头看向舒雅欣，"要是姐姐回来了，看住她别让她走，马上通知我，我会第一时间赶来的！"

"好。"舒雅欣点了点头。

我抓住许陌跑出疗养院，回去的路上，我心乱如麻，担心姐姐的安危，她会去哪里呢？她又能去哪里呢？

要不要找大叔帮忙？脑海中浮上这样一个念头，然而只知晓一个名字，在这么大的一个城市找人，那简直比大海捞针还要困难。

我回到家之后，连忙跑进房间，抓起手机和充电器，将手机开机了。

一时间上百条来电显示和短信一下子涌进了手机，我拉出来看了一下，舒雅欣打了我十次电话，陈璐打过三次，而许陌最多，打了有七八十个电话。我仔细地看着未接来电，最终还真找到了一个陌生号码，是昨天晚上八点多打过来的！

我顿时紧张起来，手心里全是热汗，我深呼吸了好几次，最终决定拨通这个电话号码。电话倒是很快就被接通了，我瞬间屏住呼吸，就怕错过电话那头说话人说的每一个字，每一个语气。

"是晓晓吗？"电话那头传来一个温柔的嗓音，我瞬间站了起来，有生之年，我竟然真的听到了姐姐的声音。

"是我,姐,你在哪儿?"我听得见自己的声音在发抖。

"我在电影院看电影。"姐姐说。

"看电影?"我一时间倒是有些茫然了,"你怎么会在看电影,你在哪家电影院,一个人吗,你哪来的钱?"

"不是一个人,我和江涛在一起。"于是今天第三个让人几乎可以原地爆炸的消息,由姐姐用特别平淡的语气说了出来。

"你在哪家电影院!"我问。

"你不用来了,告诉我你的地址,等一会儿电影看完了我会去找你。"姐姐说。

我告诉了她我家地址之后,姐姐直接就挂了电话。我心里很着急,再打过去,姐姐直接不接了。我现在终于明白这种有事情打给对方,却死活打不通电话的感觉了。

"你姐姐在哪儿?"许陌见我一脸奇怪的表情,就问了我一声。

"我姐姐说,她和江涛在看电影。"我觉得一定有什么地方出错了,这不到二十四个小时的时间里,到底发生了什么,谁可以告诉我吗?

"你说,和江涛?"许陌也是一脸茫然,不明白事情怎么会变成这样。

"是的,我没有听错。"我点了点头。

"那现在怎么办?"许陌问。

"等她来找我。"我无奈地说。

02

每一分每一秒,都变得无比难熬,明明姐姐已经昏迷了2年,我都没有这么着急过。姐姐到底知不知道自己在做什么啊,她怎么会和江涛扯在一起的?

脑海中有无数个为什么,几乎要打成结了。就在我快要忍不住,想要直接出去找人的时候,家里的门铃响了。

我如同离弦的箭一般冲过去开了门。

门外,手还没来得及放下去的姐姐,正一脸惊讶地看着我。

真的是姐姐,她活生生地站在我面前。我的眼圈瞬间就红了,我扑上去用力抱住了她,我闷在她的耳边问:"姐你为什么要乱跑,我担心死你了,你知道吗?"

你再不出现,我就要报警了!

姐姐轻轻拍了拍我的后背,我松开手,将姐姐拉进了家里。

许陌站在原地,冲着姐姐微微笑着点了下头。姐姐看到许陌在这里有些惊讶,不过她还是冲他露出了一个淡淡的微笑:"许陌,好久不见。"

"的确好久不见了。"许陌感叹了一句。

只是简单的寒暄,姐姐就不再理会许陌了。

趁着这个时间,我给舒雅欣打了个电话,告诉她,姐姐找到了。

"姐,你为什么会和江涛在一起!"我等他们寒暄完了,立马问出了这个我最想知道答案的问题。

"嗯,说来话长……"姐姐试图蒙混过关。

"那就慢慢说,反正我不急,我有时间听你说。"不到24个小时,鬼才信她的说来话长!我不打算让她混过去,开玩笑那是江涛,他是害得姐姐变成植物人的元凶!两年前,他背叛了姐姐,姐姐到底是哪根筋不对,竟然还去和江涛见面!

"好吧。"姐姐见无法逃避,就只好从她醒来开始,慢慢说起这些天发生的事。

原来那天,我带着刘诗婷去见姐姐的时候,我们在谈论江涛的事,估计是因为这个原因,姐姐在受到刺激的情况下,意识终于慢慢恢复了。只是她恢复意识的时候,我们已经离开了病房。那晚上我因为刘诗婷的事情,心情无比糟糕,以致我关了机,谁的电话都不肯接,后来我直接收拾了行李出去旅行去了。姐姐打我的电话始终打不通,也就暂时不打了。

然而这整个城市,她能联系的人少之又少,知道号码的,除了我,就只剩下了一个人。是的,那个人就是江涛。

她借了医院的公共电话,给江涛打了个电话,她想要约江涛谈一谈。

"你们有什么好谈的!"我气呼呼地说,"你忘记他对你做了什么吗?而且都两年过去了,事到如今,还有什么好说的?"

"晓晓,"姐姐叹了一口气,"对你们来说,的确是两年过去了,可是那些事对我来说,就好像是发生在昨天一样,我很幸运地活了下来,我想见他一面,我们的事,总该有个了结吧。"

我气死了,却没有再说什么,因为姐姐说的时候对的。她的时间在两年前停止了,一直到醒来才再次恢复了转动。对我们来说,那些糟糕的事情已经过去两年了,可是对于姐姐来说,却还是很鲜活的记忆。

在婚礼上遭遇那样的背叛,想找江涛问个清楚,作个了断,这也是很正常的想法。

姐姐拨通了江涛的电话。江涛接到姐姐的电话,几乎是欣喜若狂,他在医院门口接到了姐姐。

他对姐姐几乎是声泪俱下,他说自己对不起姐姐,当初都是他的错,他不会再那么做了。

我和许陌听得目瞪口呆,这江涛怎么回事,这也太奇怪了吧。虽然见到刘诗婷的时候我就在猜测,江涛是不是把刘诗婷当作了姐姐的替身,所以才会选择和她发展一段婚外情的。因为他们的气质实在是太像了。

现在看来,事实应该就是这样了。江涛当初虽然选择了杜蕾,但这不等于他就不爱姐姐。这世上有些人是很贪心的,想要白玫瑰又想要红玫瑰,得到的就不稀罕了。

可是前些天,我在西餐厅里看到江涛和杜蕾之间的互动,他分明还是对杜蕾很好的。这人到底将心分成了几瓣啊,他以为他的心脏是橘子吗?分成了很多瓣,每一瓣都可以住不同的人?

"姐姐你不是吧!"我看着一脸微笑的姐姐,心里有个很不好的预感,"你不会答应了江涛吧?你昨晚上为什么不回医院?你不能这样,你不知道,他真的不值得,我跟你说啊!"

我慢慢地将刘诗婷的事情说给姐姐听:"他这种人,分明就是见一个爱一个!你不能被他欺骗,姐姐,人不能在一棵树上吊死,你不要只看着他啊,这世上好男人很多的,你看!"

我抓住许陌:"这里就有一个啊!"

"晓晓,"姐姐叹了一口气,"你想到哪里去了,我不否认,我的确对江涛还有感情,毕竟我的心不是机器做的,我爱了他4年,怎么可能说不爱就不爱,但是现在我和他,并不是你想象的那种关系。"

"这种人,就要说不爱就不爱啊!"我气道。

"晓晓,没有人能说不爱就不爱的。"姐姐有些无奈。

"小舞,江涛和杜蕾结婚了,"许陌神色复杂地对姐姐说,"当年,你出事之后,大概过了3个月的样子,他们就摆了酒席,向全世界宣布他们结婚了。"

"你去了吗?"我斜眼看着许陌。

"我当然没有去。"许陌说得理所当然,并且一脸嫌弃。

"嗯。"我满意地点了点头。

"结婚了啊,"姐姐的脸色有一瞬间的苍白,不过她很快就恢复了过来,"也是啊,毕竟那时候,他选择了杜蕾。"

"你既然知道,为什么还不一口回绝他!"我无法理解姐姐的作法。

"因为我需要时间,晓晓,很多事情,我得慢慢想清楚。"姐姐低声说。

因为我和姐姐还有很多话要说,所以我直接把赖着不走的许陌打发回去了。陈璐正好买了菜回来,见到我姐姐时,也愣了好一会儿,虽然双胞胎并不稀奇,但是也没多到随处可见的地步。

"姐姐,这是陈璐,"我就介绍了一下,"陈璐,这是我姐姐,方小舞。"

陈璐冲姐姐笑着打了个招呼就提着菜进了厨房,我则拉着姐姐坐在沙发上,叽叽喳喳地和她说起这两年来发生的事情。

姐姐一直很安静地听,她就是这样的人。还记得很小的时候,我和姐姐就是这样,我永远是很闹腾的那一个,姐姐则非常乖巧懂事。明明也只是比我早出了几分钟而已。

"你知道吗?我建了个事务所,"我说,"因为我不想让那些伤害别人的小人,活得肆无忌惮。我想替像姐姐这样的人,去稍微讨一点公道。"

"晓晓,很厉害啊!"姐姐微笑着说,"换作我就做不到。"

"哪有厉害啊,"我一下子就想起了刘诗婷,"其实姐姐,我有些动摇了,我不知道我应不应该继续经营粉色事务所了。"

"发生什么事了吗?"陈璐听我这么说,就顺势问了一声。

我之前就想过,回来之后要和陈璐好好谈一谈,只是后来被姐姐的苏醒给打了个叉。

"先吃饭吧,一会儿吃完了,我们好好聊一聊吧。姐姐今天就不回疗养院了,明天再去做检查。"毕竟现在粉色事务所不是我一个人的,陈璐的加入让我不能那么任性。

陈璐点了点头,我拉着姐姐在餐桌前坐下。吃过了晚饭,姐姐帮着陈璐收拾了碗筷,最后煮了3杯姜奶茶端了过来。

"说说吧,到底发生了什么事,让你想要放弃事务所。"陈璐端着奶茶,安静地看着我。

"这一次我接的委托,是杜蕾的。"我叹了一口气,很详细地将刚刚完成的这个委托说给姐姐和陈璐听。

"我的初衷是替姐姐这样的受害者讨回公道,可是现在,我却成了恶人的帮凶,"我的心情很矛盾,"杜蕾曾经将江涛从我姐姐身边夺走了,她本身就是个第三者,却让我去赶走一个毫不知情的受害者。"

"继续经营事务所,肯定还会遇见这样那样的人,我不确定我有足够的勇气去面对这些。"曾经的我想得真的太天真,好在之前遇到的都是像张叶和苏小爱这种,都有着极大的过错在前的第三者,否则我应该早就动摇了吧。

或许一开始我就应该听许陌的劝，事到如今，也不会把自己给绕进去。

"你忘记我和你说的了吗？"陈璐缓缓地开口说，"你不会一个人下地狱的，因为我也会在那里陪你。你一个人没有勇气面对，可是还有我啊。而且你这次做的，也并没有什么不对的。就像是一个小孩子杀了人，你能说小孩子没有错吗？只是因为是小孩子，所以就可以被原谅吗？杜蕾和刘诗婷就更好理解，就想象一下，是一个善良的凶手杀死了一个穷凶极恶的罪犯，一样是杀人，没有分别的。"

"我知道你的意思，我就是无法面对心里的罪恶感。"罪恶感啊，真是个讨人厌的东西。

"你不需要有罪恶感的，上次的委托，你明明可以从头到尾都保持理智，这次为什么不行呢？"陈璐意味深长地说，"晓晓，你确定没有别的原因吗？其实你最近的状态都不太对吧，有些感情用事了。"

我偏过头去，假装听不懂陈璐的话。我明白的，她是在暗示我和许陌之间的事情，影响到了我的心情。

"总之，你好好考虑吧，事务所要不要继续下去，你才是老板。如果你说不，我顶多会觉得很可惜，但不会阻挠你的决定的。"陈璐说完，直接就回了她的房间。

03

"姐，我睡不着。"心里很乱，这几天的情绪起起伏伏太大了，我能感觉得到，我的情绪此时还处于高度亢奋之中。

"嗯，我也没睡着。"姐姐说。

"那就随便聊聊吧，"我说。不要再见江涛了吧。

"聊什么？"姐姐问。

"姐，你为什么会喜欢上江涛啊？"我无法理解这一点，"你的眼光未免也太差了吧，如果你当初选择许陌，肯定不会是现在这个样子。"

"许陌？"姐姐愣了一下，"为什么会提到许陌啊。"

"诶？"我有些意外，"姐姐你不知道吗？许陌当年也喜欢你啊，而且忘记告诉你

第四章 当你以为自己站在世界中心时你就输了

了,是他把你送去医院的,如果不是他,你可能直接就死了。"

"这样啊,"姐姐感叹道,"那下次见了他,要好好谢谢他了。"

"姐,"我握住了她的手,"不要再做傻事了,你要想想,我在这个世界上,只有姐姐你一个亲人了,如果你离开了,我要怎么办?被欺负了,找谁撒娇去啊。"

"嗯,我不会再那么做了,去死的勇气其实只有一次而已,那个时候……我只是觉得心灰意冷,觉得活着好痛苦,死了就好了,就不会觉得难过了,"姐姐轻声说着,她伸手轻轻摸了摸我的头,"对不起晓晓,让你担心了。你是为了我,所以才会决定开粉色事务所的吧。"

"嗯,"我将头埋进姐姐怀里,像小时候那样,在姐姐那里找到了安全感,烦躁的情绪一扫而空,"我不想再看着其他和姐姐一样被伤害的人,想不开去自杀。你知道吗?事务所开出来之后,我接的第一个委托,那个可怜的女人,她被逼得去寻死。如果不是我去得及时,应该也不在这个世界上了。"

我将何羽绯的事慢慢说给姐姐听,我希望姐姐能够走出那个名为江涛的阴影。

"姐姐,何羽绯现在活得很好,每天都很开心,她现在的丈夫对她很好,其实爱对了人就不会被伤害,你唯一做错的事就是爱错了人,"我轻声说,"姐,人生还有那么长,没有必要把精力花在一个完全不值得的人身上。"

"我明白你的意思,晓晓,"姐姐语气里有着深切的无奈,"可是我没有办法说不爱就不爱,我承认自己是个没用的家伙,事到如今,还不争气地爱着江涛。"

"所以说啊,你到底爱他哪一点。你看看其他人啊,比如许陌,经过我这么长时间的观察,他真的是个靠得住的好男人,如果你选择许陌,一定会很幸福的。"我竭尽全力地向她推销许陌。在我看来,许陌很好,如果姐姐可以和许陌在一起,一定会一辈子都很快乐。

"可是在一起幸福,不是谁都可以的啊,傻瓜,"姐姐笑了起来,"那必须建立在相爱的前提下,如果一方不爱另一方,硬是凑在一起,只会更加不快乐的。"

"所以你就努力爱上许陌就好了啊。"我不死心地继续蛊惑姐姐将视线从江涛身上移到别人身上。

"你怎么就肯定许陌爱我呢？"姐姐说，"晓晓，许陌他爱的人不是我，或许他曾经对我有过好感，但是好感不等于爱。其实我看得出来的，许陌爱的人是你吧。"

我后背猛地一僵："为什么这么说？"

"因为他看你的眼神，晓晓，爱和憎恶这两种感情，是怎么藏也藏不住的，"姐姐敲了敲我的脑袋，"所以你就不要乱点鸳鸯谱了，我和许陌不可能的。"

"怎么就不可能了！"我执着了两年，两年来，我始终认为许陌会和姐姐在一起，在我心中，他几乎就是姐夫的化身，"姐姐，人的感情是会变的。"

"所以你让他变心吗？让他变心爱上我吗？"姐姐轻声说，"晓晓，姐姐在你心里，是那种连幸福都需要你让给我的人吗？"

"我没有……"我生硬地否定。

"晓晓，你在逃避吧，为什么？你对许陌不是无动于衷的，为什么要用我作为借口，你是这种因为自己胆怯，拿别人当理由的胆小鬼吗？"姐姐的声音很平静，却说出了直指我内心的话。

果然，这个世界上最了解我的是方小舞，是我从妈妈肚子里就相互拥抱而生的双胞胎姐姐。她一针见血地戳穿了我虚假的谎话。这谎话不只是用来欺骗别人，同样也用来欺骗我自己的。

一直以来，我始终一意孤行地将许陌当作是姐姐的所有物，其实我不过是给了自己一个不可以胡思乱想的借口。

"晓晓，你在害怕什么呢？"姐姐说，"相信自己的判断，是你说的，未来还很长，还会遇见很多人，为什么晓晓，你自己却不相信呢？"

是啊，我在努力地说服别人相信，终于所有人都信了，我自己却不相信。

"睡吧。"姐姐拍了拍我的后背，像是小时候那样哄我睡觉。

这种感觉真的很温暖，我闭上眼睛，终于缓缓地沉入了梦乡。

这一睡就睡到了日上三竿。我起来的时候，姐姐早就起来了。我穿了衣服下了

第四章 当你以为自己站在世界中心时你就输了

床,家里却找不到姐姐的踪影。我想着姐姐会不会又去见江涛了,越想越觉得可疑,我忙翻出电话,拨通了姐姐的号码。

"姐姐你又去哪儿了?我们昨天说好今天回疗养院的!"我急忙问道。

"我找江涛拿点东西,"姐姐说着,电话那头声音有些嘈杂,"好了暂时不说了,我先挂了。"

"等等!"我心里有些着急,然而姐姐却已经挂断了电话。她找江涛拿东西?她找江涛能拿什么东西啊。姐姐她到底明不明白,江涛那样的人根本不值得她爱,这种时候。我多么希望这个世界上有忘情水这种东西,喝下去就可以马上就不爱了,可惜的是这种东西,没人能够发明出来。

我丢掉了电话,抱着电脑窝在沙发上当懒虫。偏偏有人要来捣乱,门铃被人按了。我以为是送快递的,就丢下电脑走去开了门。

"你来做什么?"我下意识地就要关门,然而那家伙却眼疾手快地将门推开一些,侧身闪了进来。

来找我的不是送快递的,是来给我制造麻烦的许陌。

"来喊你吃午饭。"许陌理所当然地说。

我看着他,这人真是有本事,让我面对他的时候,彻底没了脾气,该说的话都已经说了,可是这家伙却一点都不在乎我说了什么。

"可是我不想出门。"我就是要和他唱反调。

"那想吃什么我给你做。"他的回答也是让我毫无脾气。

"随便了。"我有气无力地窝回沙发上去。

"你打算怎么办?"许陌跟着我走过来。他在我身边坐下,我抬起脚就要把他踹走,哪知道他直接按住了我的腿,任凭怎么折腾都无法恢复自由。

"什么怎么办?"我茫然地看着他。

"你姐姐和江涛的事。"许陌提醒我。

"不知道,一切要看姐姐的决定,但无论如何,我是绝对不可能让姐姐和江涛在一起的。"我恨得牙痒痒,如果可以,我真的想去狠狠揍江涛一顿,让他有多远滚多远。

"你不好奇你姐姐和江涛在做什么吗?"许陌似笑非笑地看着我。

我抱着电脑坐了起来:"你知道他们在哪儿?"

"换衣服,给你5分钟。"许陌说。

我立刻丢下电脑,跑回房间去换衣服。我完全没怀疑许陌,因为一直以来,许陌都是说到做到的。既然他那么问我,那么我理所当然地认定他知道我姐姐和江涛的下落。

"快走啊。"现在轮到我催着许陌了。

04

许陌的车缓缓停在了一家中餐馆的门口,"下车"。

"不是去找我姐的吗?"我瞪他。

"先去吃午饭,午饭吃完再去,饿着肚子我走不动路的。"许陌说。

没办法,已经被他带到这儿了,加上现在已经是午饭的点了,我只好暂时放下姐姐的事,和许陌一起进了餐厅。

"我说,你是不是真的知道我姐姐在哪儿啊,你该不会是骗我的吧。"点完菜之后,我满心狐疑地看着许陌。

"不会骗你的,他们大概只会去一个地方。"许陌说着,十分胸有成竹的样子。

这个时候菜来了,我抓起筷子不再和许陌废话。

总算是吃完了午饭,许陌开着车缓缓地朝着城市的另一端驶去,我其实已经对他能找到姐姐这件事抱有怀疑了,毕竟他又没在姐姐的身上装窃听器,怎么可能知道他们在哪里。

前面的视野忽然变得很空旷,再往前开了一小段,就多了许多建筑物,这里是大学城,以前是荒地,现在基本都换成楼房了。我有些不解,许陌带我来这里做什么。

"这是你姐姐待过的大学。"这一次不等我开口问,许陌直接告诉了我。

第四章　当你以为自己站在世界中心时你就输了

将车缓缓停在停车场,我跟在许陌身后下了车。

许陌的大学也是在这里念的,只不过他比姐姐要大了一届,念书的时候,也算得上是在校园里很受女生欢迎的人物。

今天不是周日,学校里有学生走动,很多女生注意到了许陌,纷纷投来很大胆的目光。

"我姐姐在哪儿呢?"走了好一段路都不见我姐姐的踪影,我忍不住道。

"那里。"许陌伸出手指向了一个地方。

我顺着他指着的方向望过去。那里是一节走廊,走廊是木质的,上面爬满了紫藤花,这时节紫藤花当然还没有开,只有碧绿的新叶已经长了出来。

"那里没有人啊。"我觉得许陌可能是在逗我玩儿。

"你姐姐和江涛第一次说话,就是在那里,"许陌语气里有一丝感慨,"时间过得可真快,这都五六年过去了。"

我朝着那边走了过去,那节走廊很长,另一端的尽头也不知道在哪里。

"你怎么知道是在这里?"我狐疑地看着许陌,"难道你学生时代是个跟踪狂,偷偷跟踪我姐?"

"你才跟踪狂,"许陌抬起手敲了敲我的头,"你看看那边是什么。"

他指着走廊前面那栋建筑物,我仔细看了看,发现那边是图书馆。

"那天我在图书馆看书,你姐姐跑进去躲雨,正好江涛也在那里,所以他们就是从那里开始交谈的。"许陌慢慢地解释给我听。

于是一整个下午,许陌领着我将这所国内挺有名的大学带着我转了一圈,他一边走,一边会讲一些姐姐学生时代的事情给我听。

天色渐渐暗了下去,我们离开了学校,许陌开着车带我回到了市中心。

我似乎慢慢地,也能够理解姐姐为什么会对江涛那么执着,因为在许陌的描述里,江涛是真的很爱姐姐,然而再爱也还是背叛了。谁说初恋就一定会修成正果,有时候,遇见得太早,也不是一件好事。

我觉得我要和姐姐好好谈一谈,无论如何,我都必须阻止姐姐和江涛。

然而出乎我意料的是,姐姐回去之后,竟然很主动地和我提起了江涛的事。

她今天出去,的确是在和江涛约会,但是这个约会,是江涛提出来的。江涛和杜蕾分手了,他想要姐姐回到他的身边。姐姐没有答应他,只是说可以试着约会看看。

"为什么要答应和他约会?"我不能理解,"既然不答应,那就不要开始,不是很好吗?"

"因为,我想让自己更讨厌他一些,"姐姐微笑着说,"我从来就不是一个果断的人,我觉得就这么结束的话,我肯定对他还是会心存幻想的。"

"那现在你对他还有幻想吗?"我问。

姐姐摇了摇头:"我说了,我不是一个果断的人,我大概还是爱他的,不过我忽然意识到,我已经浪费了两年时间,没有必要再继续浪费下去了。"

"所以?"我直觉姐姐要作出某个决定了。

"我接受了我爱的人是个人渣的事实,"姐姐苦笑了一声,"也接受了即便是个人渣,我也还是优柔寡断无法当断就断。晓晓,我想离开这座城市,其实醒来之后,我也有考虑未来,我想去国外散散心,如果觉得合适的城市,我会留下来一段时间。"

"已经决定好了吗?"既然姐姐已经作出了决定,那么我要做的,就是举双手支持她。那么懦弱的姐姐,愿意往前走一步,这就很难得了。

"嗯。决定好了,出院之后,办好签证就走,"姐姐说,"晓晓,你呢?"

"我?"我愣了一下,很快反应过来,她是在问我最近犹豫不决的那些事,是否有了确定的答案,"我大概还是会留在这里,事务所的事,会好好考虑。"

"许陌呢?"姐姐似笑非笑地看着我,"你不打算接受他吗?"

"不知道,"我说,"你就不要为我操心了,我知道自己在做什么。"

"嗯,知道就好,"姐姐说完,站起来走进厨房,"今天,就让我来做饭吧。"

我坐在沙发上看着姐姐的背影,心脏有一点酸涩,在得知姐姐醒来的瞬间,压在我心上对江涛的那些憎恨,瞬间消失了。那时候我想,姐姐还活着,并且恢复了意识,这比任何事情都重要。

第四章 当你以为自己站在世界中心时你就输了

报复一个人最好的方式就是彻底遗忘。对姐姐来说,她走出来了,这就是最重要的。就像是何羽绯和舒雅欣,其实到最后,他们都没有要求那些伤害过他们的人怎么样,不过是释怀了,觉得无论怎么样都不重要了。

05

姐姐是在1个月后离开的,我和许陌一起送她去机场。我站在机场外看着飞机从头顶划过,等到飞机彻底消失不见了,我才松了一口气。

我希望姐姐可以看更多的风景,遇到更多的人,所以她这个决定,我觉得很好。

"晓晓,"许陌喊了我一声,"回家吧。"

"嗯,"我点了点头,"回家吧。"

回去的路上,陈璐打电话给我,说是她接下的那个委托顺利完成了,我记得,是一个作家被妻子和责编联合算计的事。陈璐不愧是精英人士,她帮着那个作家拿回了他的钱,让妻子和作家顺利地离了婚。

"其实,不管做什么,都不会是一帆风顺吧,"许陌缓缓地说,"就像是你的事务所,其实也挺好的,对很多人来说,你是唯一的救命稻草,不要因为脚下的坎坷而忘记你的初心,开始的时候是因为什么而迈出第一步的呢?"

"你是在安慰我吗?"我斜眼看他。

"嗯,哼。"许陌哼了一声。

"我记得某个人一直很反对我开事务所的,是谁隔三岔五就让我关门大吉来着?"我不怀好意地问。

"有吗?你一定是记错了。"我觉得许陌的脸皮厚得都快赶上我了。

"晓晓。"许陌喊了我一声。

"嗯?"我应他。

"其实我就是想让你明白,胡闹也没关系,我陪你啊。"他冲我笑了。

我忍不住上扬了嘴角,我装作不经意地侧过头,透过车窗看向天空:"谁要你陪啊。"

就这么互相拆台地聊了一路,心情也变得肆意轻松起来。

虽然私人侦探类公司可以开,但侦探手段容易触及法律禁区,所以我想是不会继续开我的粉色事务所了,在这座步调匆忙的城市里,偶尔扮演救世主,偶尔扮演冷血恶魔,不过是一种逝去的记忆,然而不管是哪一种,我都不会再迷惘了。

在生活的路上我们会遇见很多人,好的坏的,复杂的单纯的,男的女的,老的少的,但每一个人都在走着属于自己的生命轨迹。

图书在版编目(CIP)数据

粉色事务所/璃华著.—上海：上海社会科学院出版社,2017
ISBN 978-7-5520-1990-2

Ⅰ.①粉… Ⅱ.①璃… Ⅲ.①长篇小说-中国-当代 Ⅳ.①I247.5

中国版本图书馆 CIP 数据核字(2017)第 119206 号

粉色事务所

著　　者：	璃　华
策划编辑：	王晨曦
责任编辑：	冯亚男　陈如江
封面设计：	主语设计
出版发行：	上海社会科学院出版社
	上海顺昌路 622 号　邮编 200025
	电话总机 021-63315900　销售热线 021-53063735
	http://www.sassp.org.cn　E-mail:sassp@sass.org.cn
照　　排：	南京理工出版信息技术有限公司
印　　刷：	上海景条印刷有限公司
开　　本：	710×1010 毫米　1/16 开
印　　张：	27.75
字　　数：	396 千字
版　　次：	2018 年 2 月第 1 版　2018 年 2 月第 1 次印刷

ISBN 978-7-5520-1990-2/I·255　　　　　定价：39.80 元

版权所有　翻印必究